Brass band

쓰하라 야스미 지음 ㅡ임희선 옮김

브라스밴드

알에이치코리아

차 례

등장인물

1978년도 입학

다카미자와 요코(Ob) ················· 차장. 나중에 사진 모델이 된다.

다마가와 나루오(Cor) ··············· 미국으로 건너가 프로 연주자가 된다.

아라마타 오사무(Fr.Hrn) ············ 장난감 로봇처럼 생긴 부장.

가와노에 쇼코(St.B) ··················· 여자인데 존 레논을 닮았다.

1979년도 입학

오키타 사요(B♭Cl) ···················· 심한 근시의 미녀.

니이미 가오리(B♭Cl) ················· 정보통이라는 자부심이 있다.

고히나타 류이치(T.Tb) ··············· 반골 정신이 투철한 부장.

도바시 쓰토무(Bs.Tb) ················ 무개성도 일종의 개성이라고 할 수 있겠지.

아시자와 구미코(Fl) ··················· 사람 잘 챙기는 차장. 현재는 화과자 가게 주인.

기미시마 히데쓰구(A.Sax) ········· 언행에 귀하게 자란 티가 난다. 현재는 가업인 료칸을
이어받아 운영하고 있다.

쓰지 깃페이(T.Sax) ··················· 브라스밴드부와 경음악 동호회 양쪽 모두에서 인기가
많다.

사토 데쓰오(T.Sax) ··················· 사실은 악기를 거의 다루지 못한다.

사쿠라이 히토미(Tp) ················· 밴드가 다시 모이는 계기가 된 인물. 절대 사투리를
쓰지 않는다.

요오가 다이스케(Tp) ················· 개성의 집합체. 전기 공작에 특별한 재능을 발휘한다.

가사이 소노코(Euph) ················· 자애롭고 느긋하다. 현재는 딸과 밴드를 하고 있다.

이시마키 미쓰루(Tu) ················· 남에게도 엄격한 우등생. 현재는 서점의 점장이다.

악기 약자 표기

Cond: 지휘자
B♭Cl: B♭ 클라리넷
Bs.Cl: 베이스 클라리넷
Fl: 플루트
Pic: 피콜로

Ob: 오보에
A.Sax: 알토 색소폰
T.Sax: 테너 색소폰
B.Sax: 바리톤 색소폰
Fr.Hrn: 프렌치 호른

Tp: 트럼펫
Cor: 코넷
T.Tb: 테너 트롬본
Bs.Tb: 베이스 트롬본
Tu: 튜바

Euph: 유포니움
St.B: 콘트라베이스
E.B: 일렉 베이스
Perc: 퍼커션

1980년도 입학

기스기 도시야(Ob) ················· 천재성이 있는 부장. 경건한 기독교 신자.

나가쿠라 류타로(B♭Cl) ·········· 음악을 대할 때만은 묘하게 진지한 날라리.

미나모토 유카(Bs.Cl) ············ 화려한 외모이지만 성격도 말도 거칠다. 나중에 술집 마담이 된다.

이쿠다 기요시(Fl) ················· 지나치게 섬세한 성격. 기타를 잘 친다.

마부치 하루요(Fl/Pic) ············ 다른 사람의 오라나 전생이 보이는 모양이다.

오카무라 요시코(A.Sax→T.Sax) ········ 록 마니아. 차장.

미우라 가나코(B.Sax) ············· 가족이 끊임없이 금전 문제를 일으킨다.

니시자키 유타카(Tp) ·············· 별명이 게 요리 전문 식당인 '가니 도라쿠'. 현재는 편 의점을 운영하고 있다.

가라키 에쓰오(Tu/Euph) ·········· 한마디로 페미니스트. 현재는 우체국 직원이다.

다히라 히토시(St.B) ··············· 이 글의 화자. 현재는 적자에 허덕이는 술집을 운영하 고 있다.

후텐마 준(Perc) ···················· 오키나와 출신의 로커빌리 재즈 음악 애호가.

1981년도 입학

마쓰바라 미야코(B♭Cl) ··········· 멋을 과하게 내서 멋쟁이로 보이지 않는다.

마부치 나쓰히코(Fr.Hrn) ········· 계산적인 성격. 마부치 하루요의 남동생.

가시와기 미키(Perc) ·············· 특이한 사고 회로를 가졌다. 현재는 미용사.

구마가이 료코(Perc) ··············· 나중에 기스기 도시야의 아내가 된다.

지도 교사

안노 시호코 ························· 1980년도 지도 교사.

구레바야시 헤이주로 ··············· 수학 교사이자 1981년도 이후의 지도 교사.

기시오카 히로미치 ··················· 현재 취주악부의 지도 교사. 사실은 이 클럽의 옛 멤버.

"음악에 닿으려 필사적이었던,
가장 순수했던 시절의 기록."

배순탁(음악평론가, 〈배철수의 음악캠프〉 작가, 『청춘을 달리다』 저자)

그랬다. 좀 잘 못해도 되는 거였다. 한데 모여서 죽어라 연습
하고, 관객들 앞에서 연주한다는 게 고작 큰 소리를 내는 것뿐일
지라도 괜찮은 거였다. 설령 무대를 망쳤더라도, 멋진 하모니를
이루지 못했더라도 괜찮은 거였다. 그냥 그 자체로 다 괜찮았던,
그런 시절이었으니까.

고등학교 시절의 브라스밴드(취주악부) 멤버들이 어른이 되어
다시 뭉친다는 줄거리의 이 책은 우리에게 음악의 소중함을 다
시 일깨워준다. 기실 음악은 쓸모없다. 주인공의 엄마가 말하듯
이 "거기에서 실물이 나오지는 않는다."는 걸 우리는 잘 알고 있
다. 그러나 음악이 흥미진진했던 시절이 분명히 있었다. 모든 음

악이 소중하고 귀해서, 어떻게든 그것에 가닿으려는 필사의 노력이 당연하게 받아들여졌던 시절이었다. 라디오에서 나오는 음악을 카세트테이프에 녹음하는 행위가 마치 성스러운 의식처럼 여겨졌던 그런 시절. 즉, 음악의 시대.

그것이 비록 찰나일지라도 음악을 통해서 구원 받았던 기억들, 하나쯤은 있을 것이다. 이 책은 그 기억의 편린들을 마법처럼 소환하여 때로는 유머 있게, 때로는 감동적으로 들려주고 보여준다. 속도감 있는 문장 덕에 읽는 재미를 느낄 수 있고 음악에 대한 저자의 재치 있는 통찰 역시 곳곳에서 빛난다. 무엇보다 깔끔한 번역이 만족스럽다.

이 책이 음악을 통해 말하고자 하는 것은 결국 '쓸모없음의 쓸모 있음'이라고 생각한다. 내 주위를 온통 쓸모 있는 것만으로 채운다고 가정해보자. 그러면 도무지 숨 쉴 곳이 없게 되어서 결국에는 나가떨어지지 않겠는가. 그러니까, 속된 말로 번 아웃되지 않기 위해서라도 가끔씩은 숨통 틔울 공간을 스스로에게 만들어줘야 한다. 음악이 그리고 바로 이 책이 당신에게 그러한 숨통이 되어줄 것이다. 지금, 진심을 담아 추천 버튼을 꾸욱 누른다.

"긴 시간 함께하는 명곡처럼
 오래도록 기억하고 싶은 이야기."

김이나(작사가)

    당신이 어떤 일을 기억해내려 할 때, 그 때가 몇 년도였는지 헤아리는 것이 쉬울까? 아니면 당시 어떤 노래가 히트 쳤었는지를 생각해 보는 것이 쉬울까? 1993년 여름에 내가 무얼 하며 지냈는지 떠올리는 것보다, 한창 김건모의 〈핑계〉가 여기저기서서 흘러나오고 있을 무렵 무얼 하고 있었는지 떠올리는 것이 쉽지 않을까? 음악이란 게 그렇다. 우리의 생활 속에 아무렇지 않게 흐르고 있지만, 무엇보다 강력하게 사람들의 의식 속에 스며든다.

    옛날에는 특별하게 느껴지지 않았던 음악이, 시간이 지나 다시 들으면 가슴 먹먹하게 느껴질 때가 있다. 그럴 때 우리는 그 음악 자체가 아니라 지나간 내 과거까지 함께 되새기는 것이다.

음악은 이렇게 홀로 존재한다기 보다는 한 사람 한 사람의 추억과 직접적으로 얽혀있다. 그렇기에 힘이 있다.

이 소설을 읽었을 때 내가 정말 좋아하는 영화 〈부에나 비스타 소셜 클럽〉이 떠올랐다. 이 영화를 보고 쿠바 음악을 잘 모르는 많은 사람들도 눈물을 흘렸다. 그리고 이 소설 또한 주인공 '다히라'처럼 음악이 인생의 중요한 부분을 장식한 사람이 아니더라도 분명 공감할 수 있는, 우리 모두의 이야기이다. 다히라는 25년 만에 밴드 멤버들을 만나면서 고등학교 시절의 자신을 다시 마주하게 된다. 그러면서 과거 자신조차 명확하게 알지 못했던 자신의 마음을 선명하게 떠올리거나 이해하지 못했던 누군가를 이해하게 된다. 음악은 그에게 지난 날에 꿈이 존재했음을, 그리고 그 꿈을 지나 지금의 내가 틀림없이 더 어른이 되었음을 말해준다.

이처럼 음악은 아무도 기억해주지 않는 나의 사소한 순간을 담아둔다. 사람들이 음악을 좋아하는 이유 중 하나가 바로 이것이라고 나는 생각한다. 내가 어떤 음악을 잊는다 할지라도 그 음악은 나를 기억한다. 내겐 그래서 음악이 소중하고 신비롭다. 이 책을 읽은 뒤 어딘가에서 나를 기억하고 있을 음악을 떠올려보길 바란다. 그리고 그 때의 내가 틀림없이 빛났음을, 그리고 지금 더 나아졌음을 느끼기를.

일러두기

* 괄호 안의 설명은 모두 옮긴이의 것입니다.
* 앨범 제목은 《 》, 노래 제목은 〈 〉로 표기했습니다.
* 단행본 제목은 《 》로, 영화, 드라마, TV 프로그램의 제목은 〈 〉로 표기했습니다.

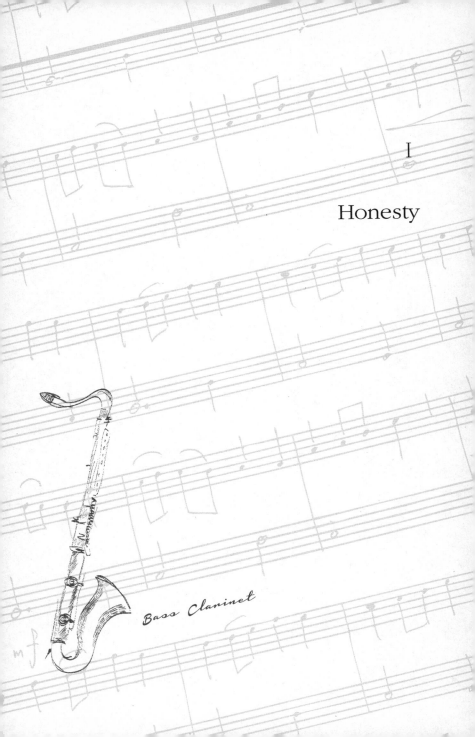

I

Honesty

Bass Clarinet

♩ ♪♫♬

베이스 클라리넷의 죽음을 알게 된 트롬본과 알토 색소폰은 거의 패닉 상태였다. 두 사람은 크게 동요하다가 드디어 베이스 클라리넷의 비밀을 알아차리고 말았다. 사반세기나 지나서 말이다.

밴드에서 몇 명씩 하는 악기도 아니고, 더구나 같은 학년이다 보니 나는 베이스 클라리넷 하면 무조건 미나모토를 떠올렸다. 그녀한테 악기를 넘겨준 선배와도 뭔가 분명 접점이 있었을 텐데 지금은 누구였는지 얼굴도 기억나지 않는다. 내 기억력은 옛날부터 좀 편향되어 있어서 별것 아닌 대화를 명확하게 기억하고 있는가 하면, 언제 어디서 그 대화를 주고받았는지 하는 사실

관계는 머릿속에서 완전히 사라져 버린 경우가 종종 있었다.

자살일 가능성도 있으나 일단은 사고사로 처리되었다고 들었다. 한밤중에 술 취한 채 2번 국도에 우두커니 서 있었다고 했다. 횡단보도가 아니었다. 승용차 몇 대는 아슬아슬하게 그녀를 피해 지나갔다. 그런데 바로 뒤에서 오던 덤프트럭은 피하지 못했다. 나에게 부고를 전해 준 사람은 미나모토가 데리고 다니던 나가레카와의 술집 점원이었다. 미나모토는 그곳의 고용 마담이었는데 죽기 며칠 전에 약간의 횡령이 발각되어 해고당한 상태였다.

큰 몸집에 화려한 분위기여서 옛날부터 눈에 확 띄는 타입이었다. 어디서 들었는지 올해 느닷없이 내 가게를 찾아왔고, 그 뒤로도 두세 번 얼굴을 비쳤다. 혼자 오기도 했고 점원을 데리고 온 적도 있었다. 쩌렁쩌렁한 목소리와 금방금방 바뀌는 표정이 옛날 모습 그대로여서인지 불규칙한 생활 탓으로 보이는 축 쳐진 피부가 더욱 눈에 띄었다.

"너 아직도 그거 하니?" 물었더니 "뭘 해?" 하고 진지한 얼굴로 나에게 되물었다.

마흔을 넘긴 나이에 아직도 고등학교 때 다루던 악기를 계속하는 사람은 흔치 않겠지. 일단 프로가 된 사람들조차 악기를 그만두었다 해도 이상하지 않은 세월이다. 애당초 그때 취주악부 사람들 태반은 자기 악기를 가지고 있지도 않았다. 대부분 학교에서 빌린 악기들이었다.

중고생 때 살짝 음악을 접하다 말았을 정도의 초보자가 한밤에 집에서 취미로 즐기려고 몇 십만 엔씩이나 하는 베이스 클라리넷을 선택할까? 아마 일본에서 이 악기로 연주하는 솔로곡 중에 제일 유명한 곡은 〈제니가타 헤이지〉(1966년에서 1984년까지 후지TV에서 방송되었던 추리 사극)의 주제곡일 것이다. 악기가 너무 길어서 엔드핀(테일피스를 고정시켜 주는 나무 조각)이 달려 있다. 연주할 때 바닥 진동도 상당히 심하다. 나도 콘트라베이스를 가지고 있지 않다. 재작년에 이 가게를 시작할 때 싸구려라도 하나 장식으로 갖다 놓을까 생각을 하기는 했다. 하지만 25년 만에 악기점 가서 직접 손으로 만져 보고 그게 얼마나 거대한 악기인지 다시금 깨달았다. 가게가 넓지도 않다. 공짜로 얻어 온 폐품 직전의 업라이트 피아노만 갖다 놓았는데도 화장실로 가는 통로가 거의 막힐 지경이다.

"에이, 설마!" 악기 이야기라는 걸 알아차린 미나모토가 웃었다. "넌?"

"만돌린이나 가지고 노는 정도지."

"하긴 넌 뭐든 잘했으니까."

"베이스 기타 말하는 거야? 그건 내가 했던 콘트라베이스와 운지법이 똑같았어."

"그래?"

그녀는 금세 이 화제에 흥미를 잃어버린 듯 핸드폰을 만지작거리기 시작했다. 피아노를 칠 줄 알았던 걸로 기억하는데 가게에 있는 피아노에도 흥미를 보이지 않았다. 점점 무슨 연극을 보고 있는 것 같은 느낌이 들기 시작했다. 열다섯 살이었던 나를 브라스밴드부에 들어가게 만든 장본인이 바로 이 미나모토였는데 말이다.

대마를 몰래 숨겨서 일본에 왔던 폴 매카트니(1942~. 영국의 작곡가이자 가수. 비틀즈에서 베이스를 담당했다)가 한 곡도 연주하지 못한 채 자기 나라로 강제 송환되고, 이란·이라크 전쟁이 발발하고, 프로야구 구단 히로시마 카프가 일본 시리즈에서 버펄로스를 이기는가 하면 12월에는 존 레논(1940~1980. 영국의 가수. 비틀즈의 창립 멤버)이 광신적인 팬이 쏜 총에 맞아 죽은 1980년.

앞에 나열한 사건들 중 매카트니의 바보짓 말고는 아직 일어나지 않았던 그해 5월의 어느 맑은 날 정오 무렵이었다. 조선소 방향에서 불어오는 바람에 실려온 파밭 냄새가 가득한 현립 덴소쿠 고등학교 1학년 5반의 미닫이문을 힘차게 열면서 미나모토가 큰 소리로 말했다.

"여기 다히라라는 애가 누구야?"

"전데요?"

긴장해서 돌아본 나에게 그녀는 복도로 나오라고 손짓했다. 교실 분위기가 얼어붙었다. 시골 고등학교에서 여학생이 남학생을 복도로 불러낸다? 이건 예삿일이 아니다. 긴장했지만 근거 없는 기대감을 갖고 자리에서 일어났다. 아니, 정작 내가 누군지 모르는 걸 보면 눈앞에 있는 이 여학생이 당사자인 건 아니겠군.

"아아, 너였어?" 실망한 말투로 그녀는 내 생각을 가로막았다. "되게 이상한 성이다."

"조상이 헤이케平家(헤이안 시대를 주름잡던 무사 집안 다이라 가문이라고도 한다)랑 무슨 관계가 있었나 봐요. 글자는 전혀 다르지만."

"그럼 우리 집이랑은 원수지간이네?"

그녀의 이름을 몰랐던 그때는 그게 무슨 뜻인지 몰랐다. 나중에서야 미나모토皆元가 미나모토源(겐지源氏를 일컬음. 헤이케를 무찌르고 가마쿠라 막부를 세운 집안)의 변형일 수도 있겠다는 생각이 들었지만 그러고 보니 본인한테 직접 확인한 적은 한 번도 없었다. 진짜로 그런 거라면 공연히 조상들의 한을 의식하느라 사이가 나빠질 수도 있겠다는 예감이 들었는지도 모른다.

그녀는 내게 왼손을 내보였다. 가운데 손가락이 붕대로 두껍게 감겨 있었다.

"배구하다가 금이 갔어. 너 클럽에는 가입했니?"

나는 고개를 갸웃했다. "일단 경음악 쪽에 이름은 써냈는데."

"뭐야, 동호회잖아. 그럼 그쪽은 그만두고 취주악부에서 현 베이스를 해."

"에?"

"6월 말에 문화제가 있고, 여름 방학에는 콩쿠르가 있어."

브라스밴드에서 베이스라고 하면 대개는 튜바를 가리키고, 좀 더 규모가 작은 밴드의 경우는 베이스 클라리넷이거나 베이스 트롬본이다. 따라서 현악기의 베이스인 콘트라베이스는 현 베이스라고 부르면서 구별한다. 사실은 '현'이라고만 해도 된다. 취주악에서 사용되는 현악기는 이것밖에 없기 때문이다.

일반적인 취주악부에서 '과일 바구니 게임'을 한다고 치자. 둥그렇게 모여 앉아 "남자!" 혹은 "1학년!"이라는 술래의 목소리에 따라 해당되는 사람들이 일제히 자리를 바꾼다. 자리는 반드시 하나씩 모자라게 되어 있고, 끝까지 자리에 앉지 못한 사람이 다음 술래가 된다. 취주악부에서 술래가 주로 지명하는 것은 "목관!" "금관!" "퍼커션!" 세 가지다. 퍼커션은 타악기를 일컫는 말이다. "현!"이라는 소리를 외칠 가능성은 거의 없다. 달랑 한 사람이 일어나서 술래랑 교대를 하든지, 기껏해야 술래와 멀리 떨어져 앉은 또 한 사람이 혀를 차며 짜증을 내는 정도로 끝나기 때문에 재미고 뭐고 하나도 없다.

관악기와 타악기의 앙상블이라고 할 수 있는 취주악에 어째서 콘트라베이스가 끼어들게 되었는지는 여러 가지 설이 있다. 입수하기 힘든 특수한 저음 관악기 대용이 아니었나 하는 설. 다른 현악기도 같이 끌어들였는데, 그 중에 비교적 짧은 시간에 배울 수 있는 콘트라베이스만 남게 되었다는 설. 덩치가 큰데도 대체로 가격이 저렴해서 그렇게 되었다는 설. 아니 순수하게 음악적인 표현에 필요해서인데, 음역이나 음량 모두 튜바에 미치지 못하는 악기지만 그래도 없는 것보다는 있는 편이 연주 전체가 아름다워지기 때문이라는 선의의 설.

나도 여기에 또 하나의 설을 추가하고 싶다. 재즈를 연주할 때 '뽀다구'가 나기 때문이라는 설이다. 사실은 뽀다구 어쩌고가 아니라 4비트에 내재하는 속도감을 표현하기 위해서…… 하는 식으로 말해 주고 싶지만, 그건 어디까지나 연주자의 실력에 좌우된다. 브라스밴드는 교향악단에 비해 압도적으로 레퍼토리가 넓다. 오케스트라 콘서트에서 뽕짝이나 헤비메탈 같은 곡을 연주하면 청중들은 황당해할 것이다. 화를 낼지도 모른다. 하지만 브라스밴드에서는 얼마든지 가능하다. 하물며 재즈야 말할 것도 없다.

길거리나 술집에서 적은 인원으로 편성된 악단이 기원이라는 브라스밴드와 남북전쟁 때 뉴올리언스에서 남군이 두고 간 악기로 만들어졌다는 재즈. 이 두 잡식성 음악은 20세기 전반에 폭발적인 진화를 거듭했다. 편성은 서로 상당히 중복된다. 양쪽이 많은 영향을 주고받았으리라는 점을 충분히 상상할 수 있다. 진화 과정에서 재즈에서는 튜바가 철수했고, 브라스밴드에는 재즈와 같이 콘트라베이스라는 꼬리가 생겨났다. 이 두 흐름은 연동되어 있지 않을까? 관악기도 타악기도 모자람이 없는 브라스밴드가 레퍼토리에 4비트까지 집어삼키려고 했을 때 아무래도 아쉬웠던 것이 툭툭거리는 노이즈와 더불어 저음부를 달려가는 현의 이미지가 아니었을까?

추측이 맞는지 여부는 떠나서라도 콘트라베이스의 이런 특성 때문에 나는 훗날 궁지에 몰리게 된다. 물론 그로부터 1년 이상 지난 후의 일이지만.

"좀 해 주라. 난 못 한단 말이야. 의사가 금지령을 내렸어."

"에에?"

나는 그제야 언제 어디서 미나모토를 만났는지 기억이 났다. 지난달 클럽 활동 견학일이었다. 신입생들은 가입할 클럽을 살펴봤고, 클럽의 기존 회원들은 신입생을 유치해 오라는 압박을 받았던 토요일 오후였다.

문화제와 체육 대회가 한꺼번에 열린 것 같은 분위기로 학교가 온통 들떠 있었다. 화학 클럽이 이상할 정도로 인기를 끌었던 이유는 자기들이 만든 탄산음료를 나눠주고 있어서였다. 같은 이유로 요리 클럽도 인기가 있었다. 체육 클럽들은 학교 운동장과 체육관을 여러 개로 나눠서 쓰느라 합성 사진 같은 연습 시합을 벌이고 있었다. 야구부 3루 베이스 뒤에는 페널티킥을 막으려고 늘어서 있는 축구부 선수들. 그 사이로 공을 찼다가 골대를 맞고 튕겨져 나간 오렌지색 축구공이 탁구대 밑으로 숨어들어 갔다. 안뜰에서는 합창부 노래 소리가 유머러스하게 울려 퍼졌고, 취주악부도 교정 여기저기서 떠들썩하게 파트 연습을 하고 있었다.

나무 그늘 아래 콘트라베이스가 누워 있었다. 측면을 아래로 해서 땅바닥에 눕혀 놓은 것이다. 사실 그게 콘트라베이스를 안정적으로 놓아두는 올바른 방법인데 그걸 알 리가 없는 내가 보기에는 참 특이한 모습이었다.

거대한 적갈색 악기가 잡초가 듬성듬성 나 있는 허연 땅바닥

위에 다른 세상에서 표류해 온 물건처럼 묵직한 빛을 발하고 있었다. 나는 같이 걷고 있던 초등학교 때 친구들 곁에서 떨어져 나왔다. 악기에 빨려드는 것 같았다.

나는 그 당시에도 만돌린은 켤 수 있었다. 연주한다고 할 수준은 아니었지만 결혼과 동시에 회사를 그만두고, 따라서 회사의 만돌린 클럽도 그만둬 버렸다는 아버지의 예전 부하 직원의 악기가 집 안에서 뒹굴고 있었는데 그걸 들고 더듬더듬 가요의 멜로디 정도는 칠 수 있었다. 말하자면 현악기의 기본 구조는 이해하고 있던 셈이다. 만돌린 줄은 가는 것은 비단실, 굵은 것이라고 해 봐야 연줄 정도 굵기였는데 눈앞에 있는 어마어마한 덩치의 현악기에 걸쳐져 있는 줄은 전화선인가 싶을 정도로 굵고 길었다. 이런 게 사람의 힘으로 진동한단 말이야? 쭈그리고 앉아서 은빛 줄을 향해 손가락을 뻗었다.

"함부로 만지지 마."

흠칫하며 손을 오므렸다. 자판기 옆에서 얼쩡거리고 있던 여학생 하나가 자유의 여신상처럼 종이컵을 높이 쳐들고 당장이라도 안에 있는 것을 내 머리 위로 쏟아 부으려는 참이었다. 그게 미나모토였다. 나는 말없이 그 자리에서 도망쳤다. 얘, 거기 서 봐, 하며 다른 여학생이 쫓아오기 시작해서 나도 덩달아 뛰기 시작했다. 당시의 나는 물론이고 몸집이 큰 편인 마나모토보다 더 큰 키에다 홀쭉한 얼굴에 작은 안경을 껴서 비틀즈 후기의 존 레논처럼 생긴 인물이었는데 치마를 입고 있었다.

그녀는 손쉽게 나를 따라잡더니 큰 손으로 내 어깨를 붙들었다. "너 1학년이지? 몇 반이야?"

"아닌데요." 나는 너무 당황한 나머지 엉뚱한 대답을 했다.

"이름만 말해 줘."

"다히라."

반사적으로 대답하고는 아차 싶어서 양쪽 팔을 필사적으로 흔들어 그녀의 손에서 빠져나왔다. 운동장 쪽으로 한참을 뛰어가다가 뒤돌아보았더니 아무도 없었다.

"기스기라는 애도 너랑 같이 이누이 중학교 나왔지? 그 애는 우리 클럽 들었어."

미나모토가 처음으로 나에게 웃는 얼굴을 보였다.

"정말이요? 어, 정말이에요?"

"너, 하고 싶어 했잖아? 현 베이스. 네가 들어오지 않으면 난 그냥 그 덩치를 옆에 놓고 멍하니 서 있을 수밖에 없단 말이야."

현 베이스가 그 거대한 악기를 가리키는 말이라는 사실을 이해한 나는 그걸 자유자재로 다루고 싶지 않을 사람이 누가 있겠나 하는 생각이 들었다. 그래도 고개를 끄덕이지 않았다. 미나모토의 가슴에 1학년 배지가 달려 있는 것을 보았기 때문이다.

"너도 1학년이야?"

"왜 갑자기 태도가 돌변하는 거야?"

웃음기가 사라졌다.

"그러는 넌? 뭔데 나한테 이래라저래라 명령질이야?"

"난 원래 말투가 이래. 아니, 됐다. 부탁한 내가 바보지."

나도 화를 내기 시작했다. "남한테 부탁하는 태도가 그게 뭐야? 난 경음악 쪽에 가서 일렉 할 거야."

"감전돼서 죽어 버려라." 미나모토는 나에게 등을 돌렸다. 그리고는 복도 저쪽으로 가 버렸다.

중학교 취주악부에서 현 베이스를 담당하던 미나모토는 고등학교에 들어와서 곧바로 같은 클럽에 가입했다. 그래서 클럽 견학일에 이미 다른 1학년들을 끌어들이는 쪽이 되어 있었던 것이다. 그런데 체육 시간에 왼쪽 가운데 손가락을 다쳐 버렸다. 현악기 연주자에게 줄을 잡는 손에 문제가 생긴 것은 치명적이다. 그 문제를 극복할 수 있었던 사람은 기타리스트 장고 라인하르트(1910~1953. 벨기에 태생의 재즈 기타리스트) 정도밖에 없는데 그나마 그 사람도 검지와 중지는 멀쩡했다.

미나모토는 어쩔 수 없이 취주악부를 그만두기로 결심했다. 그리고 자기 때문에 취주악부에 빈자리가 생긴다는 사실에 자책감을 느꼈다. 그녀가 취주악부에 일찌감치 가입했기 때문에 견학일에 현 베이스를 맡을 신입생을 모집하지 않았던 것이다. 악기를 연주하는 시범을 보일 필요도 없어서 악기는 얌전히 땅에 눕혀 놓은 상태였다. 하기야 존 레논을 닮은 가와노에 쇼코 선배는 미나모토를 완전히 믿고 있진 않았던 모양이다. 현 베이스라는 눈에 띄지 않는 악기와 어울리지 않는 미나모토의 외모에 내심 눈살을 찌푸리면서 얼마 안 가서 싫증을 내고 그만둬 버리지 않을까 의구심을 가지고 있었다.

　결론만 보자면 가와노에 선배의 예감은 적중했다. 선배는 그때 벌써 3학년이었다. 여름에 있는 콩쿠르까지만 참가할 수 있었다. 다시 1학년이 들어온다 해도 가르쳐 줄 수 있는 기간은 얼마 안 됐다. 음대를 지망하는 3학년은 대입 직전까지 연습을 위해 클럽에 나왔다. 하지만 안타깝게도 그녀는 의대 지망생이었다. 콘트라베이스가 있는 중학교는 몇 안 되었고, 그래서 경험자를 찾기는 정말 힘들었다. 가와노에 선배는 악기에 흥미를 보였던 나를 떠올렸다. 이름도 기억하고 있었다.

　그날 수업이 끝난 후, 나중에 브라스밴드의 유포니움에 정착하게 되는 가라키 에쓰오가 우리 교실로 와서 "취주악부 어때?" 하고 물었다.

　낮에 만났던 그 무례한 여자의 마수가 벌써 여기까지 뻗쳤나 싶어 몸을 사렸다. 기스기 도시야가 그 클럽에 들어갔다는 말이 생각났다.

　"기스기는 들어갔다며?"

　"응, 오보에인지 뭔지 하는 악기를 맡는대."

　"난 안 들어가. 경음악 쪽에 이름 썼어."

　"난……." 가라키가 머뭇거렸다. "취주악부도 괜찮은 것 같아."

　나는 순진하게 깜짝 놀랐다. "바쁜 클럽은 싫다며? 지금부터 시작해서 어느 정도 실력이 되려면 무지 힘들 텐데?"

　견학 날에 같이 다닌 네 사람 중에 음악과 제일 동떨어진 인생을 살아온 사람이 가라키였다. 기스기는 피아노를 친다. 다른 한 사람 이쿠다 기요시는 기타를 잘 친다. 입학 선물로 폴 사이먼하고 같은 길드의 기타를 받았다는 말을 들었다. 그렇지만 내가 아는 한 가라키는 레코드판을 사느니 한 달 치 주간《플레이보이》잡지를 선택하고, 음악 시간에는 교과서의 작곡가 얼굴에 수염이나 그리면서 시간을 때우는 타입이었다.

"그야 연습은 힘들겠지만……." 가라키는 어딘가 먼 곳을 바라보는 듯한 표정을 지었다. "예쁜 사람도 많고."

눈에 씌었던 뭔가가 떨어져 나간 것 같았다. 나는 그때까지 고등학교 클럽을 뭔가 숭고하고도 중후하고 진지한 활동으로만 여겼다. '한 번뿐인 청춘'을 불사를 무언가라고. 그래서 고민 끝에 정식 클럽으로도 인정받지 못해 활동하는 데 불리한 점이 많은 경음악 동호회에 적을 두려는 결심을 했던 것이다.

우리 집은 전혀 부유하지 않았지만 아버지가 취미를 즐기는 면이 있어서 문학 전집이나 그림 도구, 그리고 클래식 레코드판이 꽤 많았다. 스테레오 세트에는 전용 튜너가 달려 있어서 FM 방송을 맑은 소리로 들을 수 있었다. 카세트테이프 플레이어도 집에 빨리 들였다.

소니와 필립스가 공동으로 개발한 음악 매체인 콤팩트디스크 즉, CD와 전용 플레이어가 발매된 시기는 1982년 가을이었다. 일반 판매용으로 처음 찍힌 CD는 빌리 조엘의 앨범《피프티세

컨드 스트리트52nd Street》였다고 한다. 좋은 레코드다. 나도 남들과 다름없이 젊은 시절에는 〈어니스티Honesty〉가 애청곡이었다. 주로 카세트테이프로 들었다. 1980년에는 그 노래를 들으려면 검은 염화비닐로 만들어진 레코드판을 사거나 빌리거나 방송 녹음을 하는 수밖에 없었다. 다운로드가 아니라 방송 녹음이다. 당시 지상에 흐르는 음악은 대부분 디지털이 아니었다. FM 방송에서도 일일이 레코드판에 바늘을 얹어 음악을 틀었다. 그렇게 음악을 집에서 라디오로 수신하다가 숨을 죽이며 엄숙하게 카세트테이프에 녹음하는 작업이 방송 녹음이다. 그때는 그것이 엄연한 레코딩의 일부라도 되는 양 진지했다.

유행하는 음악이라고 하면 대부분이 가요였던 그 시대에 FM 라디오 방송은 다양한 음악을 박물관식으로 소개했다. 록, 팝, 소울, 컨트리 앤드 웨스턴, 샹송, 하와이안, 딕시랜드, 크로스오버와 퓨전, 클래식, 현대 음악, 그리고 민속 음악까지. 비밥, 레게, 테크노 팝, 미니멀 뮤직까지도 나는 모두 라디오 방송을 통해 알았다.

음악의 시대였다. 모든 음악이 지금보다 비싸고 귀하며 눈부셨다.

나는 언제나 음악이 흥미진진했다. 텔레비전에 밴드가 나오면 어떤 스타일의 악단이건 숨을 죽이고 뚫어지게 바라보곤 했다. 프로건 아마추어건 상관없고, 어떤 밴드라도 좋으니 언젠가 그들 중 하나가 되어 내 손가락이나 입술을 통해 리듬과 멜로디를 만들어 내고 싶다는 바람을 가지고 있었다. 그것은 당시 고등학생이라면 아주 흔하게 가지고 있던 소원이었다.

구체적으로 어떤 악기를 할 것인가 하는 중대한 결정에 대해서는 아무 생각이 없었다. 그냥 막연하게 현악기가 되지 않을까 예감을 하고 있을 뿐이었다. 막연한 데에는 나름 이유가 있었다. 이쿠다가 선물로 받았다는 포크 기타건, 축제 때 야외무대에 서는 대학생 밴드가 들고 있던 야마하 그레코의 일렉 기타건, 색소폰이건, 드럼 세트건, 그 당시 나로서는 눈알이 튀어나올 정도로 어마어마하게 비쌌다. 그러니까 어떤 악기든 그걸 소유하고 다룬다는 건 꿈나라 이야기나 다를 바 없었다.

부모님한테 슬쩍 물어본 적이 있기는 했다. 아버지는 곧바로 "집에 만돌린 있잖아."라고 말했고, 어머니는 "특별한 무언가를 갖고 싶으면 네가 돈 벌어서 사라." 하고 말했다. 둘 다 맞는 말이었다.

만돌린에 불만은 없었다. 가지를 세로로 자른 듯한 모양의 악기를 들고 노래를 부르는 록 스타나 재즈 가수를 본 적은 한 번도 없었지만, 가령 경음악 동호회 선배가 "넌 그걸 연주해."라고 말했다면 나는 순순히 그 말을 따랐을 것이다. "만돌린 가지고 어쩌자고? 알바라도 해서 일렉 기타 사 가지고 와."라는 지시를 받았다 해도, 혹은 우쿨렐레나 리코더를 하라고 했더라도 그 말대로 했을 것이다. 원래 성격이 남하고 경쟁하느니 차라리 남이 버린 것을 가지고 마는 타입이라 그런 것도 있지만 무엇보다 당시의 나는 악단, 즉 밴드라는 것에 대해 지나친 기대를 가지고 있었다. 혼자 고독하게 음악에 빠져 있던 기간이 길었던 만큼 밴드에 들어가서 동료들과 같이 연주한다는 것 자체가 목적이 되어 버려서 내가 그 안에서 무엇을 해야 할지까지는 생각이 미치지 못한 상태였다. 나의 역할을 가르쳐 줄 지도자를 찾고 있었다.

자전거를 타고 집으로 돌아가면서 깨달았다. 오늘, 내가 원하던 바로 그것과 비슷한 일이 일어났다는 사실을. 나에게 역할이 주어진 것이다. 문제는 그것이 취주악부라는, 나로서는 생각지도 못한 악단이라는 점이었다. 그래도 밴드는 밴드다. 나만 고개를 끄덕이면 확실하게 그 밴드의 멤버가 될 수 있다.

경음악 동호회에서는 몇 번이고 이런 이야기가 강조되었다. "물론 잘 맞을 것 같은 사람이 있으면 소개해 줄 수 있어. 하지만 기본적으로는 자기 힘으로 동료를 끌고 들어와야 한다는 게 우리 규칙이야. 멍하니 넋 놓고 있다가는 졸업할 때까지 밴드를 만들지 못할 수도 있다. 알았지?"

우리 중학교에도 취주악부는 있었다. 교가, 운동회 때 행진곡, 콩쿠르에서 연주하려는지 민요를 섞은 랩소디 같은 곡······ 이런 거 말고 다른 곡을 연주한 적이 있었던가? 음악실 밖에서 열심히 귀 기울여 보면 합주는 수시로 뚝뚝 끊어졌고, 같은 소절을 끝도 없이 되풀이하는가 하면, 중간중간에 지도 교사의 야단치는 소리가 들려오곤 했다. 야단을 맞고 그 자리에서 실력이 나아질 수 있다면 얼마나 좋겠는가. 경험만 열심히 쌓으면 어떻게든 실력도 늘 텐데. 곡목을 바꿔 보든지, 하다못해 지금 실력에 맞춰 편곡을 하는 노력이라도 좀 해 보지. 나는 사정도 모르면서 그런 식으로 비판을 하곤 했다.

근친 증오였는지도 모른다. 터질 듯이 내 마음을 가득 채운 채 출구를 찾지 못하고 있던 것도 음악이었고, 야단치는 소리와 함께 그들이 주입식으로 배우고 있던 것도 음악이었다. 그렇지만 남들 앞에서 소리를 낸다는 점만으로도 그들은 나보다 더 좋은 상황이었다.

그날 밤, 평소처럼 펜더(미국의 악기 제조업체. 일렉 기타 브랜드로는 세계에서 최고로 꼽힌다) 카탈로그를 열심히 들여다보고 있는데 "아무리 들여다봐도 거기서 실물이 나오지는 않는다." 하고 어머니가 일부러 가까이 다가와서 말했다.

인간이라는 생물은 도대체 왜 쓸데없는 것까지 입에 담으면서 주변 사람들과 마찰을 일으키려고 할까? 마찰이 생기는 게 그렇게 좋은가? 실물이 나오지 않으니까 지치지도 않고 종이 위에 찍힌 사진을 이렇게 들여다보고 있는 게 아닌가?

펜더의 최고급 기타 스타캐스터는 벤처스(1960년대를 풍미한 미국의 록 밴드)의 돈 윌슨이나 엘비스 코스텔로(영국의 싱어 송 라이터)가 애용하는 재즈마스터와 깁슨(미국의 악기 회사. 펜더와 더불어 세계 최고의 기타 메이커로 유명하다)의 세미아코를 억지로 우그러뜨려 놓은 것처럼 보인다. 20만 엔이 넘는다. 그보다 약간 낮은 랭킹에는 스트라토캐스터와 텔레캐스터, 프레시전 베이스, 재즈 베이스가 있는데 이런 것들은 10만 엔대 후반이다. 몸집이 작은 머스탱이나 브롱코도 10만 엔대 중반이다. 10만 엔 이하로는 입문자용인 뮤직스매스터와 그 베이스판이 있지만 마이크나 손잡이가 작고 플라스틱으로 된 부분이 많아서 꽤나 엉성하다. 그래도 펜더는 펜더다.

내가 죽기 전에 이 중의 하나라도 안아볼 수 있을까 생각하기 시작하면 그저 한숨밖에 안 나왔다. 1달러에 360엔이라는 고정 환율이 없어진 지 10년 가까이 지났지만 그래도 여전히 미제 상품들은 무시무시하게 비쌌다. 미군 기지의 밴드 연주자는 한 달에 일주일만 일하면 먹고 살 수 있다고 했다. 그 소문이 사실이라면 달러는 여전히 엔화의 네 배 이상 가치라는 뜻이다.

고집불통인 주제에 맷집은 약했던 나는 부모님한테 조금이라도 언짢은 소리를 들으면 곧바로 일어나서 2층 내 방에 틀어박혀 버리곤 했다. 하지만 그날 밤은 여유가 있었다.

"실물은 학교 클럽에서 빌리면 돼."

"어이구, 요즘 고등학교에는 일렉 클럽도 있다니?"

"일렉 아니야. 아마 브라스밴드에 들 거야."

"브라스밴드가 뭔데?"

"취주악부."

그리고는 기스기 도시야한테 낮에 만났던 여학생 연락처를 물어보기 위해 복도로 나갔다.

600형 다이얼식 전화. 그러니까 아주 평범한 검은색 전화로 다이얼을 돌리지 않고 원하는 번호에 걸 수가 있었다. 수화기를 놓는 후크를 적당한 타이밍으로 계속해서 치면 다이얼이 돌아갈 때의 진동을 대신할 수 있다. 한 번 치면 다이얼 1, 타탁 하고 두 번 치면 다이얼 2로 인식한다. 열 번 치면 0이 된다. 그러니까 예를 들어 117에 걸려면 탁, 탁, 타타타타타타탁, 하면 연결된다. 음성 신호를 이용한 푸시 회선에서는 이렇게 할 수 없다. 다이얼식 공중전화도 후크가 돌아오는 속도가 너무 느려서 할 수 없다.

초등학교 때 외국 영화에서 나온 배우가 교환원을 부르는 장면을 흉내 내다가 이 방법을 발견했다. 갑자기 수화기에서 시보를 알리는 목소리가 들려왔던 것이다. 이런저런 실험을 통해 법칙성을 알게 된 후로 아마 1년 가까이 다이얼에는 손을 대지 않았다. 친한 친구들의 전화번호는 손가락 리듬으로 기억하고 있어서 숫자가 머리에 떠오르지 않았다. 기스기네 집 번호도 마찬가지였다.

문득 "너도 들어온다고?" 하며 의미심장하게 씩 웃는 가라키의 얼굴이 상상되어 후크를 두드리는 리듬이 흐트러졌다. 끊고 다시 두드렸다.

취주악부에 미녀가 있는지는 파악하지 못했다. 눈이 나빠서 남의 얼굴을 한 눈에 세세하게 인식하지 못한다. 초등학교 때부터 안경을 꼈는데 근시가 자꾸 진행이 되어서 정상 시력인 적이 없었다.

확실하게 밴드의 일원이 될 수 있다. 그 커다란 악기를 만질 수 있다. 그런 이유만으로 나는 취주악부를 선택하려 하고 있었다. 지금 와서 생각해 보면 예쁜 여자애들과 친해지려고 클럽에 들어가려던 가라키나 나나 수준이 오십보백보다. 수컷 본능에 충실했던 가라키 쪽이 어찌 보면 더 당당했다고 할 수 있을지도 모른다.

전화가 연결되었다. 기스기의 반응은 무미건조했다.

"알았어. 그럼 내일 수업 끝나고 음악실에서 봐."

어, 너도 들어오는 거야, 하고 환영해 주길 바라고 있던 나는 실망했다.

"현 베이스를 하는 1학년 애한테도 내가 들어가기로 결정했다 연락하고 싶은데. 들어오라고 한 사람도 그 애였고. 몸집이 좀 큰 여자애인데⋯⋯."

"미나모토? 그 애 그만뒀어."

당연했다. 악기를 연주할 수 없는 사람이 클럽에 남아 있을 필요가 있겠는가? 그럼에도 내가 머릿속으로 그리던 모습은 그녀를 구해 주기 위한 든든한 조력자로 짠 하고 나타나서 그 결단을 칭송받는 장면이었다. 바보 같은 놈.

친절함을 찾기는 쉽다. 소중한 사랑을 얻는 일도 불가능하지는 않다. 그러나 진실함이라는 것은 눈을 씻고 찾아봐야 한다. 간단히 얻을 수도 줄 수도 없으니까.

머릿속에서 〈어니스티〉가 흐른다. 제목은 '솔직함'인데도 이 곡의 가사는 참으로 신랄하다.

우리하고는 상관이 없는 말.
모두가 너무 진실하지 못하니까.
솔직함이라는 말을 들어본 적이 없다.
당신이 내게 들려준다면 모르겠지만.

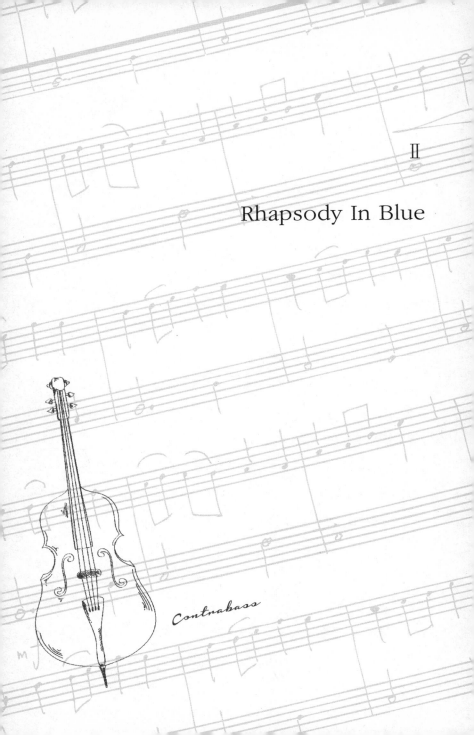

II

Rhapsody In Blue

Contrabass

♩ ♪♫♬

이튿날 수업 후에 나는 겁먹은 상태로 북쪽 건물 계단을 올라
갔다. 전날 기스기가 보여 준 반응은 서서히 효력이 나타나는 약
물처럼 점점 불안감을 증폭시키고 있었다.

정말로 들어갈 수 있을까? 필요 없다고 쫓겨나는 건 아닐까?

어느 계단이었는지는 기억이 나지 않는다. 학교 북쪽 건물은
남쪽보다 새것이어서 리놀륨이 깔린 계단 말고도 나선형으로 된
비상계단이 양쪽 외벽에 설치돼 있었다. 음악실은 4층 동쪽 끝
이었다. 지금 생각해 보니 귀문(음양도에 나오는 말로 사악한 귀신이
출입하므로 만사에 피해야 한다는 북동쪽 방향을 가리키는 낱말)이네.

음악실에서 학생들 몇 명이 다양한 관악기를 손에 들고 상태

를 점검하거나 길게 소리를 내거나 악보를 들여다보고 있었다. 내가 아는 얼굴은 없었다.

처음에는 가만히 서서 누군가 말 걸어 주기를 기다리고 있었는데 10분 정도 지나도록 아무도 다가오지 않아서 팀파니 소리를 맞추고 있는 코코아 색 피부의 여학생에게 "저기…… 현 베이스를 하는 사람은요?" 하고 물었다.

그녀는 곧장 연습실이라는 팻말이 붙은 문으로 들어가 안에 있던 가와노에 선배를 데리고 나왔다. 처음부터 바로 물어볼걸. 나는 이런 식으로 인생을 허비하는 일이 많다. 지금까지 살아온 인생을 통틀어 따져 보면 그 중 1년은 이런 식으로 허비하지 않았을까 싶다.

적어도 가와노에 선배는 나를 대환영해 주었다. 생이별한 남동생을 다시 만난 사람처럼 엄청나게 기뻐하며 나를 연습실로 안내했다. 안쪽에는 악기 케이스와 악보들이 여기저기 엉망으로 널려 있었다. 그녀는 파란 헝겊 커버에 덮인 채 옆으로 누워 있는 물체를 가리키면서 "저게 미나모토가 쓰던 현 베이스야. 다히라 군이 쓰면 돼." 하고 말했다. 가슴이 두근거렸다.

합성 피혁으로 된 벨트를 풀고 지퍼를 열었다. 악기를 본 순간 정말로 이게 견학 날 보았던 그 악기인가 싶었다. 실외에서 봤을 때보다 훨씬 더 짙은 색이었고, 여기저기에 깊은 생채기가 나서 나무 살이 보였다. 모서리에는 목재 단면이 드러나 있어 그게 합판이라는 것도 알 수 있었다. 그래도 뭐 큰 문제는 아니었다.

우선 악기 잡는 법과 활 쥐는 법을 배웠다. 아직 소리도 내지 않았는데 왼쪽 엄지와 손바닥 사이가 아파왔다. 만돌린의 열 배는 되어 보이는 두꺼운 악기의 목을 나도 모르게 힘을 주어 잡기 때문이었다.

  "튜닝은 어떻게 해요?"

  "낮은 쪽부터 미, 라, 레, 솔이야."

  내가 무슨 소리인지 알아듣지 못하는 얼굴로 있자 그녀는 악기를 옆으로 눕히고는 연습실에서 나가더니 책 몇 권을 안고 돌아왔다. 콘트라베이스 입문이니 현악기의 기초니 일반 서점에서는 팔지도 않을 법한 책들이었다. 한 권을 펼치며 그녀가 말했다.

  "다히라 군, 기타는?"

  "네? 취주악부에서 기타도 쳐요?"

  "아니, 쳐 본 적 있냐고."

  "만져 본 적은 있어요."

  "그래. 참고로 이 악기는 기타의 낮은 쪽에 있는 네 개의 줄하고 같은 음이야. 그보다 두 옥타브씩 낮지만."

  "되게 저음이네요."

  "그야 베이스니까 저음이지. 한번 퉁겨 봐."

  제일 굵은 줄을 손가락으로 퉁겼다. 둥, 하는 낮은 소리가 악기를 받치고 있는 내 가슴에 울렸다. 너무 낮아서 어떤 음정인지도 알 수 없었다.

"되게 낮네."

"되게 낮지."

무슨 어린애들이 얘기하는 것 같았다. 가와노에 선배는 책에 시선을 떨군 채 말했다.

"따라서 악보에는 한 옥타브 위의 음으로 표시되어 있지."

"복잡하네요."

그녀는 분홍색 잇몸을 드러내며 "어차피 얼핏 봐서는 모르니까 우리는 악보 아래쪽에 연필로 계이름을 아예 써 놓아. 너도 그렇게 하면 돼." 하고 말했다.

그런 식으로 해도 되나 이상해 하면서 "네." 대답했다.

"다른 악기 연주할 줄 아는 건 있어?"

"만돌린을 조금 할 수 있어요."

"만돌린, 만돌린…… 아, 만돌린하고 딱 정반대네. 만돌린은 낮은 쪽에서부터 미라레솔이고, 현 베이스는 솔레라미."

"아 그래요?"

"대답이 시큰둥하네. 그런 식으로 외우면 편하잖아."

"저는 도레미 같은 걸 잘 몰라서 만돌린도 소리굽쇠랑 줄의 화음으로 조율했어요."

"도레미 모르는구나. 그것도 모르면서 어떻게 악보를 보고 쳤어?"

"악보 안 보고 멜로디를 통째로 외웠어요."

"그럼 현 베이스도 그냥 통째로 외워서 해."

그래도 되는 건가 하는 의구심을 가지면서 알았다고 말했다.

운지법의 기본, 활을 팽팽하게 만드는 방법과 송진을 칠하는 방법, 활을 움직이는 방법 등을 배웠다. 그렇게 배우는 사이에 가와노에 선배의 성격을 알게 되었다. 지극히 과학적인 사람이었다. 지레의 원리, 마찰 계수, 진동 효율 같은 단어가 쉴 새 없이 나왔다. 내가 무슨 질문을 하면 자기 경험으로 대답하지 않고 곧바로 책부터 펼쳤다. "여기 프로가 연주하는 사진이 있어." 하고 나에게 보여 주면서 자기보다 프로의 방식을 따라하게 했다. 나는 그녀에게 호감을 느꼈다.

한편으로 실망한 부분도 있었다. 우선 합리적인 정신이 흘러넘치는 사람임에도 불구하고 가와노에 선배는 뛰어난 연주자가 아니었다. *끄그그극*, 활이 줄 위에서 미끄러질 때 나는 이상한 소리는 진공청소기의 소음이나 덩치 큰 남자가 흐느껴 우는 소리 같았다. 비브라토를 할 줄도 모르는 모양이었다.

"여자라 힘도 없고, 재능이 있는 것도 아니고. 그래도 나름 이런저런 방법을 써서 다른 사람들한테 폐는 끼치지 않으려고 하고 있어."

그다지 창피해하지도 않고 웃으니 다행이기는 했지만 이 사람은 도대체 뭐가 좋아서 이런 소리를 내면서 여태껏 악기를 잡고 있을까 싶었다. 그때는 내가 아직 앙상블의 기쁨을 모르던 시절이었다.

게다가 콘트라베이스라는 악기의 음량—공포 영화의 효과음 같은 음색과는 달리 가와노에 선배가 내는 소리는 아주 작아서 문밖에서 다른 악기들이 쿵쾅 쿠궁 탕, 빠빠라빠빠, 하며 본격적인 워밍업을 시작하자 완전히 배경의 노이즈가 되어 버렸다.

창밖을 내다봤다. 아담한 체구의 여학생들이 피아노 주변에서 불고 있는 클라리넷 소리가 가와노에 선배가 내는 소리보다 훨씬 더 명료하게 들렸다. 보이지도 않는 곳에서 누군가가 불고 있는 플루트 소리조차 더 크게 들렸다. 도대체 차이가 뭘까?

"조용한 교실로 옮기자." 가와노에 선배가 말했다.

우리는 거대한 악기를 안고서 음악실을 가로질렀다.

처음 들어 본 콘트라베이스는 예상보다 무겁지 않았다. 하지만 컸다. 말도 안 될 정도로 컸다. 폭도 두께도 그걸 옮기고 있는 사람을 능가했고, 안쪽으로 휘어진 악기 허리를 안고 들었기 때문에 내 키도 넘었다. 조심을 하는데도 의자나 큰 북에 계속 부딪쳤고, 복도로 나갈 때는 머리 끝부분의 소용돌이 모양을 문틀에 세게 들이박고 말았다. 이래서 여기저기 생채기가 많았구나.

트럼펫과 색소폰 소리가 나를 꾸짖는 것처럼 느껴졌다. 솔직히 말하면 역시 가입하지 말까 하는 생각이 살짝 들기도 했다. 손가락이 부러졌다고 둘러대면서 말이다. 가와노에 선배의 음악적이지 않은 음색을 들은 직후여서 더했다.

"부장. 얘가 가입한대."

복도에서 가와노에 선배가 누군가에게 하는 말을 듣고는 아차, 선제공격을 당했구나 싶어 몸을 움츠렸다.

"그래? 잘해 봐라."

굵은 목소리로 그렇게 인사하며 지나가는 부장이란 사람을 향해 "네!" 하고 고개를 숙였다. 목소리와는 다르게 몸집이 작았다.

"방금 그 사람이 아라마타 부장이야. 호른 담당."

음악실에서 교실 3개 정도 떨어진 문 앞에 가와노에 선배는 악기 핀을 바닥에 놓았다. 그녀가 문을 열자 삥, 하고 낮은 소리가 났다.

"먼저 온 사람이 있었네."

손짓에 이끌려 나도 교실 안을 들여다보았다. 안에는 당시로서도 촌스러운 불그스레한 뿔테 안경을 낀 여학생이 은색의 커다란 관악기를 들고 의자에 앉아 있었다. 나는 그게 튜바인가 생각했다.

"유포니움을 하는 2학년 가사이." 가와노에 선배가 말했다. "가사이, 이쪽은 현 베이스로 들어와 준 다히라야." 가사이 선배는 마우스피스에 입술을 댄 채로 악기랑 같이 고개를 꾸벅 숙였다.

나도 목을 쭉 빼고 머리를 위아래로 움직여 인사했다.

"좀 더 가 보자."

"……네."

제일 끝에 있는 교실까지 걸었다. 보면대와 송진도 가지고 와서 이제야 다시 강의를 시작하겠구나 생각했더니 선배는 화장실에 가 버렸다.

내 몫이라는 악기를 옆으로 눕혀 놓고 멀리서 보기도 하고, 일으켜 세워서 가까이서 보기도 하고, 살살 쓰다듬어도 보았다. 냄새도 맡아 보았다. 여러 가지로 좀 질리는 부분이 있기는 했지만 역시 악기라는 건 아름다웠다. 황홀하게 바라보게 되었다. 가와노에 선배가 내는 소리가 학교 비품인 이 악기의 한계일까?

방금 배운 자세로 제일 굵은 줄을 활로 켜 보았다.

가와노에 선배와 똑같은 소리가 났다. 힘이 모자라는가 싶어 이번에는 있는 힘껏 퉁겼다. 터덕터덕하며 줄이 마구 흔들렸고 악기 전체가 뛰어오를 것처럼 진동하기 시작했다. 깜짝 놀라 악기를 내팽개치고 도망칠 뻔했다.

아, 활을 멈추면 되겠구나 하는 생각이 떠올랐다.

낮은 여운이 휑한 교실 안을 떠돌다가 사라졌다. 나는 한참 동안 넋을 놓고 있었다. 방금 무슨 일이 일어났다는 걸 느끼고는 있었지만 그 실체가 뭔지 알 수 없었다. 음악에 손이 가닿지 않았다.

"엄청난 소리를 내더라." 가와노에 선배가 교실로 돌아왔다.

"들렸어요?" 왠지 쑥스러웠다.

"아주 잘 들렸어. 너 재능 있는 것 같아."

나는 제대로 듣지 못한 척했다. "네? 다시 한번 말해 주세요."

"재능 있는 것 같다고."

"다시 한번요."

"너, 참 애가 질기다."

그날의 나머지 시간은 오른손을 연습하는 데 몰두했다. 간혹 안뜰에서 아코디언 비슷한 소리가 들려왔다.

오른팔을 주무르면서 안뜰을 내려다보았다. 화단 옆에 서 있는 세 그림자의 머리 아래로 은색 막대기가 보였다. 플루트인가?

그 중 한 사람의 자다 일어난 것 같은 머리 모양이 눈에 익었다. "이쿠다?"

안경을 앞쪽으로 기울여서 도수를 높이고 다시 잘 보았다.

이쿠다 기요시가 틀림없었다. 길드의 기타를 선물 받은 녀석.

가와노에 선배의 허락을 받고 복도로 뛰어나갔다. 악기를 들고 이동하던 클라리넷 무리와 부딪칠 뻔했다.

중학생처럼 체구가 작은 여학생들 사이에 앞머리에 힘을 준 파마머리 남학생 한 명이 있었는데, 그가 "야 임마!" 하고 소리를 질렀다. 날라리들 사이에서 유행하는 심히 짧은 상의에, 심히 통이 큰 바지를 입고 있었다.

"죄송합니다."

"나가쿠라. 그만해." 그들 중에서도 유독 몸집이 작은 여학생이 단호한 말투로 파마머리를 나무라더니 내 쪽으로 지나치게 가까이 다가와서 섹시하게 위를 쳐다보며 말했다. "미안해." 그제야 나는 가라키에게 공감할 수 있었다. 미인이었다.

사흘 후에 그 선배는 나에게 "우리 처음 보지? 클라리넷의 오키타 사요라고 해."라고 자기소개를 했다. 내 얼굴을 기억하지 못했다. 아니, 처음부터 인식하지도 않았다. 나와는 비교도 안 될 정도로 심한 근시인데 우유병 밑바닥을 끼워 놓은 것 같은 두꺼운 안경이 너무 창피하다고 수업 시간이나 악보를 볼 때 말고는 그냥 맨눈으로 지낸다고 했다. 1980년, 콘택트렌즈 보급률이 아직 매우 저조하던 시절이었다. 눈 안에 뭔가 이물질을 넣는다는 것에 대한 공포가 전반적으로 심해서 안경만으로는 도저히 교정이 되지 않는다거나 격한 운동을 해야 하는 사정이 없는 한 안경을 쓰거나 그냥 맨눈으로 지내는 것이 일반적이었다.

그리고 그때의 파마머리 남학생은 알고 보니 나가쿠라 류타로라는 신입생이었다. 전형적인 날라리 불량 학생 스타일이었는데 검은색과 은색의 투톤 컬러 클라리넷을 갖고 있어 잘 맞는 것 같기도 하고 전혀 안 어울리는 것 같기도 한 묘한 조합이 인상적이었다. 연주는 잘했다. 실력이 아주 뛰어났다. 원래 연습을 열심히 하는 브라스밴드 소년이었는데 어느 시점에선가 비뚤어져 버렸고, 그럼에도 불구하고 클라리넷을 그만두거나 연습을 땡땡이칠 생각은 하지 않았다.

지금과 이삼십 년 전의 불량학생을 비교해 보면 예전 날라리들은 아무튼 체온이 높았던 것 같다. 이건 칭찬이 아니다. 단순히, 그리고 무의미하게 무조건 뜨거웠다. 학교에 제대로 나오지 않는 애들도 많았지만 대개는 그냥 오기 싫어서가 아니라, 학교 말고 다른 곳에서 뭔가 하고 싶은 것이 있는데 그 시간을 칠판 앞에서 낭비하기 아까워 오지 않는다는 식이었다. 그 하고 싶은 일이 뭔가 하고 보면 아르바이트이기도 했고, 돈을 뜯어낸다든지, 매춘을 한다든지, 헌팅을 한다든지, 오토바이를 개조한다든지, 그날 밤에 입을 하얀 양복을 다림질한다든지, 아무튼 다양했지만 그렇게 삐딱하게 살면서도 미래를 전혀 포기하지 않았던 것 같다. 이러니저러니 해도 더 좋은 세상의 존재를 믿으며 뭔가를 쌓기도 하고, 몇 번이고 헛짓을 하기도 했다. 일본이라는 나라가 그나마 성장기의 끄트머리를 간신히 잡고 있던 시기라는 점과도 연관이 있을 것이다.

그러나저러나 여기서 날라리들을 일컫는 말인 '양키'라는 호칭에 대해서 말해 둔다.

이 말이 간사이 지방에서 파급됐으리라는 점은 당시 우리도 짐작하고 있었다. 미국 사람을 양키라고 부르는 어른들은 옛날부터 많았지만 새로운 불량 풍속을 가리키는 말로 쓰는 양키는 억양이 영락없는 간사이 사투리였다. 나중에야 알았다. 과연 우리 추측대로 그 말은 오사카에서 만들어진 표현이며 원래는 난바(오사카 남쪽에 있는 번화가) 지역의 아메리카 마을이라 부르는 상점가에서 파는 펑퍼짐한 옷을 주로 입는 젊은이들을 가리키는 말이었다. 그들이 말끝마다 남발하던 "……양께"라는 어미와 '아메리카 마을'이 섞여서 그렇게 되었다나. 나름 센스 있었다.

오키타 선배에게 고개를 꾸벅하고 인사한 다음 계단으로 향했다.

계단을 뛰어 내려가는 도중에 새로운 음악이 들려왔다. 교회

음악처럼 장엄한 하모니였다. 발을 멈췄다. 앗, 음정이 약간 틀렸네.

계단을 울리는 그 소리가 도대체 어떤 악기에서 나는 것인지 나로서는 짐작도 가지 않았다. 3층에 있는 교실 중 하나였다. 복도를 따라가다가 여기다 싶은 교실의 문을 빼꼼히 열었다.

트롬본이었다. 같은 악기를 든 남학생 세 명이 책상과 의자에 앉아서 합주하고 있었다. 엄밀히 말하자면 테너와 베이스도 섞여 있었으니 같은 악기들이라고 할 수 없지만 그날 내 눈으로는 구별이 되지 않았다. 슬라이드라는 이름이 따로 있다는 사실도 아직 몰랐던 나는 U자 형태의 파이프가 같은 타이밍에 서로 다른 길이로 늘었다 줄었다 하는 모양을 문 틈새로 신기해하며 지켜보았다. 복잡하고 커다란 공작 기계 같았다.

음악이 멈추더니 제일 가까운 책상 위에서 악기를 불고 있던 남학생이 뒤돌아보았다. "누구야?"

변명을 할까 도망쳐 버릴까 망설이는 사이에 그는 악기를 어깨에 얹고 다가왔다. 문이 열렸다.

아까 그 파마머리 정도는 아니었지만 약간 불량스럽고 껄렁대는 분위기의 인물이었다. "누구냐니까?"

"아…… 새로 들어온 1학년인데요."

"파트는?"

"현 베이스요."

"뼈가 부러졌다던 그 애 대신이군. 난 2학년의 고히나타야. 너도 중학교 때부터 현 베이스를 했냐?"

"아뇨, 초보자입니다."

고히나타 선배는 눈살을 찌푸렸다. "재즈 좋아해?"

"싫어하는 건 아니지만 잘 몰라요."

"재즈 중에서 제일 좋아하는 건 뭐야?"

"웨더 리포트(70~80년대를 대표하는 미국의 퓨전 재즈 밴드)요."

"그건 재즈가 아니잖아. 현 베이스도 없고. 그런 음악을 하는 거면 경음악 쪽으로 갔어야지."

"아뇨, 꼭 그런 식의 음악을 하고 싶다는 건 아니고 전 그냥 밴드를 할 수만 있으면 돼요."

"이상한 놈일세." 고히나타 선배는 고개를 갸웃거리더니 책상 쪽으로 돌아갔다.

내가 정말 이상한가 싶어 나도 고개를 갸웃거리며 문을 닫았다.

플루트 연주자들은 안뜰의 같은 자리에서 연습을 계속하고 있었다. 소리가 끊어지기를 기다렸다가 화단을 뛰어넘어 갔다.

"어, 넌!" 나도 모르게 소리 내서 말했다.

그때까지 얼굴이 보이지 않았던 한 사람이 같은 반 여학생이라는 걸 알아차렸기 때문이다. 몇 번 말을 섞어 본 적도 있었고, 그래서 마부치 하루요라는 이름도 기억하고 있었다. 시원한 얼굴형으로 보기에 따라서는 미인이라고 할 수 있는데도 어찌된 영문인지 전혀 흥미가 생기지 않고 적극적으로 말을 걸고 싶지도 않았다. 나만의 세계에서는 참 불쌍한 존재였지만 당연히 그녀로서는 그런 것 따위 아무래도 상관없었을 것이다.

나중에 곡에 따라서는 피콜로를 연주하기도 했지만 그때는 플루트를 하고 있었다. 허리와 등을 쭉 펴서 자세를 바로잡더니 새침한 얼굴로 인사를 했다. 여전히 감을 잡을 수 없는 여자애였다. 쾌활하게 말을 걸어오는가 싶으면 다음 날에는 무슨 오물을 보는 듯한 눈초리로 나를 노려봤다. 모든 사람들에게 그런 식으로 대하는지 아니면 나한테만 그러는지 전혀 알 수 없었다.

"라이, 웬일이야?" 이쿠다가 물었다.

예전부터 불리던 호칭이었다. 부르기 힘든 다히라에서 다이라로, 그걸 뒤집어서 라이터로 불리다가 그것조차 생략되어 라이가 되었다.

"너야말로 어쩌다 클럽에 들어온 거야?"

이쿠다, 가라키, 기스기, 그리고 나는 초등학생 때부터 9년 동안 같은 학교를 다니며 지내온 사이다. 고등학교에 들어오자 모두가 다른 반으로 제각기 흩어졌다. 다들 새로운 학교와 반에 적응하느라 정신이 없는지 특히 이쿠다하고는 견학 날부터 지금까지 말을 섞지 못했다. 기스기하고도 비슷한 상황이었다. 가끔씩 가라키가 친한 티를 내면서 교실을 두루 돌아다니며 서로의 안부를 전해 주는 정도였다.

이쿠다는 사교적인 성격이 아니었다. 굳이 클럽에 들어갈 거면 경음악 동호회를 선택할 거지만 그것도 자기랑 비슷한 정도

로 포크송을 좋아하는 애가 있을 경우에 한해서라고 입학 전에
도, 그리고 견학 날에도 말한 바 있었다.

쉿, 하고 그는 입술에 손가락을 대더니 "저쪽으로 가자." 하며
내 등을 떠밀었다. 건물을 잇는 구름다리 아래쪽까지 등을 떠밀
려서 갔다.

"나 다중 녹음 시작했어." 이쿠다가 특유의 심각한 말투로 말
했다.

"설마 티악(일본의 오디오 브랜드)?" 깜짝 놀라 물었다.

그는 고개를 무겁게 끄덕이더니 살짝 미소 지으며 "144야."
하고 대답했다.

당시가 음악의 시대였다는 증거가 여기 또 하나 있다.

그 전해인 1979년에 티악은 음악 녹음의 개념을 뒤집을 정도
로 획기적인 신제품을 출시했다. 144 포르타스튜디오. 카세트테
이프를 이용한 4 트랙의 믹서 달린 녹음기다. 녹음한 소리에 겹
쳐서 녹음할 수 있었고, 조금만 응용하면 얼마든지 믹스할 수 있
었다. 혼자 밴드를 만들 수 있는 것이다.

전 세계의 아마추어 음악가들이 기뻐 날뛰었다. 그 유명한
《서전트 페퍼스 론리 하트 클럽 밴드Sgt. Pepper's Lonely Hearts
Club Band》(1967년에 발매한 비틀즈의 8번째 정규 앨범)도 4 트랙의
녹음기 2대를 써서 녹음한 것이었다. 더 오래된 시대의 레코드
와 비슷한 곡들이라면 144 한 대로 충분히 만들 수 있었다.

잡지 기사에 따르면 음질도 매우 뛰어나다고 했다. 고음질의

크롬 테이프를 배속으로 한쪽 면만 사용하기 때문이다. 스테레오 녹음의 A면과 B면을 합치면 4 트랙. 카세트테이프라는 매체는 원래 4 트랙 녹음이 가능하다. 그것을 2배속으로 사용하는 것이니 일반적인 녹음보다 훨씬 여유가 있는 풍요로운 음질이 되는 셈이다.

더구나 가격이 10만 엔 이하였다. 싸다고 할 수는 없었다. 모델을 한정시키지만 않으면 진짜 펜더 기타를, 일본 국산 일렉 기타라면 최고급을 살 수 있는 돈이었다.

그렇지만 현실감이 있는 가격이었다. 애비 로드(영국 런던의 녹음 스튜디오)도 빅 핑크(미국의 록 밴드인 더 밴드가 데뷔 앨범을 녹음한 곳)도 전혀 현실감이 없었지만 144는 그것을 다루고 있는 내 모습을 리얼하게 상상할 수 있게 해 줬다.

내게는 여동생과 남동생이 있다. 가라키도 여동생이 있다. 기스기에 이르러서는 쌍둥이 여동생에다 남동생이 또 있고, 나중에 남동생이 하나 더 태어났다고 들었다. 어느 집을 보아도 사람 수만큼 생활감이 가득했고, 그건 말하자면 집 안이 어수선했다는 뜻이다. 이쿠다만 외아들이고 아버지는 1급 건축사였다. 집에 놀러 가 보면 언제나 깔끔하게 잘 정돈되어 있었다.

"부모님이 사 주신 건 아냐. 그냥 내가 모아 둔 돈에 약간만 보태 주셨지."

그렇게 모아 둔 돈이 있다는 사실 자체가 부러워서 한숨이 나왔다. "우와, 대단하다. 나중에 나도 만지게 해 주라."

"우리 집에 왔을 때 해 봐."

"뭐 좀 녹음해 봐도 될까?"

"간단한 거면. 아일랜드 민요 같은 걸 녹음하고 있는데, 나는 노래를 못 부르니까 멜로디를 녹음할 수가 없잖아. 그래서 노래 대신 플루트 소리 같은 걸 녹음하면 좋겠다 싶어서 클럽에 들었 어. 기스기도 들었다고 하고……."

"가라키도 들어올지 모르겠다고 하던데."

"정말?" 이쿠다는 눈이 휘둥그레졌다. 그리고는 다시 심각한 말투가 되었다. "난 그냥 어떻게 부는지만 알고 싶어서 온 거라 서 어느 정도 불 수 있게 되면 내 악기를 사고 그만둘지도 몰라."

그래서 다른 부원들이 있는 곳에서 얘기를 안 하려고 했구나.

"그나저나 기스기는 왜 들어온 거야? 견학 날에는 흥미 있는 것처럼 안 보였는데."

"나도 잘 모르겠어. 물어봐도 말해 주지도 않고. 하긴, 걔는 워 낙 뭐든 잘하니까 할 마음만 있다면 오보에도 잘하겠지."

중학교 때 음악실에서 기스기가 배워 본 적도 없는 피아노를 그럴싸하게 쳐 준 일이 생각났다. 어떻게 했냐고 물었더니 연습 같은 건 안 했고 여동생들이 치는 걸 보고 흉내 냈을 뿐이라고 했다. 기스기에게는 그런 천재 끼가 있었다.

"라이는 경음악이라며? 괜히 배신한 것 같아서 미안하다. 그 래서 같이 밴드 할 사람은 찾았어?"

"아니 그게……."

나는 취주악부에 가입했다는 사실을 고백했다.

무슨 영문인지 이쿠다는 눈살을 찌푸렸다. "파트는 어디로 할 건데?"

"그게, 현 베이스로 정했어. 아니 정했다기보다는 처음부터 그 걸로 들어오라 그러더라고."

"아아." 하며 그는 표정이 풀렸다.

이건 내 생각일 뿐이지만 그때 이쿠다는 나의 갑작스러운 가입을 가라키와 비슷한 동기에서일 거라고 의심했던 것 같다. 매사에 진지한 이쿠다로서는 영 마땅찮은 일이었을 것이다. 그런데 현 베이스를 하기 위해 가입했다는 말을 듣고 그 의심이 풀렸던 게 아닐까? 가와노에 선배한테는 실례되는 이야기지만.

이쿠다가 소개해 준 플루트 파트의 아시자와 구미코 선배는 2학년이었지만 그런 줄 모르면 마부치의 후배로 보였다. 외모도 목소리도 무척 어려 보였다. 사람을 잘 챙기는 그녀 덕분에 뭐가 뭔지 모르던 나는 그 뒤로 참 많은 도움을 받았다.

"아아, 네가 다히라 군이구나. 안 그래도 가와노에가 꼭 들어와 줬으면 좋겠다고 그러더라."

"그랬어요?"

"정말 기대하고 있었어. 1학년에 현 베이스를 할 사람이 들어오지 않으면 안 그래도 규모가 작은 우리 취주악부에서 악기 하나가 또 없어져 버리잖아. 뭐야, 이제 보니까 이쿠다 군의 친구였잖아. 더구나 저기 마부치하고 같은 반이라며."

그녀는 그로부터 1분 동안 계속해서 "뭐야, 뭐야." 하고 말했다. 마부치는 시종일관 말없이 고개를 살짝 숙이고 있었다.

아직은 파트별로 과제곡을 익히는 단계여서 합주는 없지만 나중에 음악실에서 미팅이 있으니까 그때 보자고 아시자와 선배가 말했다. 이쿠다와 가볍게 눈인사를 하고는 악기를 남겨두고 온 교실로 돌아왔다.

5시가 되어 가와노에 선배와 음악실로 돌아왔을 때에야 취주악부 부원이 된 기스기 도시야의 얼굴을 볼 수 있었다.

"왔구나." 씨익 웃으며 내게 말했다.

"왔다." 그에 맞서서 나도 웃었다.

"미나모토의 부탁을 들어주러…… 온 것 같지는 않고. 그냥 단순히 현 베이스가 하고 싶어서?"

"어떻게 알았어?"

"그냥 감이지. 라이라면 그렇지 않을까 싶어서."

기스기는 이런 식으로 말할 때가 많았다. 그러나 '감으로' 그렇다는 말은 거짓이고 사실은 엄청나게 분석적이었다. 끈질기게 물고 늘어지면 명쾌한 논거를 제대로 가르쳐 주었다. 가와노에 선배의 합리적 사고가 목표 달성을 위한 수단이라면 기스기의 그것은 실천하는 자체가 목적인 것 같았다. 예를 들면 초등학교 어느 시기 이후로 기스기는 적어도 내 앞에서 단 한 번도 화를 낸 적이 없었다. "화를 내면 뇌세포가 많이 죽어. 한 번 죽은 뇌세포는 다시는 재생되지 않는단 말이야."라고 하면서 불쾌한 경우일수록 둥글둥글한 그 얼굴에 오히려 더 환한 미소를 지었다. 속이 뒤집혀서 뚜껑이 열릴 지경일 텐데도 어쨌든 얼굴에 감정을 드러내지 않았다. 그가 초등학교 시절에 한 계산이 옳다면 매일 같이 울고 화내고 감정에 따라 사십 평생을 살아온 지금의 나는 슬슬 뇌사 판정을 받아도 이상하지 않을 것이다.

재미없는 사람처럼 묘사했지만 어린 시절 욱하는 성격의 기스기를 나는 또렷하게 기억하고 있다. 원래는 지극히 감정적인 아이였다. 아마도 경건한 기독교 신앙을 가진 부모님이 그가 무언가를 깨닫도록 최선을 다해 이끌지 않았을까. 그것이 기스기의 '낭비 없는 인생을 산다'는 굳은 결심으로 이어진 게 아닐까 싶다.

그에게 클럽 활동 따위는 시간 낭비에 불과하겠지. 고민이 없어서 오히려 부럽다고 나는 생각해 왔다. 더구나 음악 아닌가. "물배 채워 봐야 금방 꺼진다고 하지만 음악 따위로는 한 순간도 배 안 부르다."라고 우리 어머니조차 눈살을 찌푸리는 도락 중의 도락이 음악이다.

나는 저쪽으로 가려는 기스기의 어깨를 잡고서 낮은 소리로 말했다. "진짜 솔직하게 말해 봐. 왜 취주악부에 든 거야?"

"알고 싶어?"

"응."

"김샐 텐데?"

나는 오히려 긴장했다.

기스기가 말했다. "복근을 단련하면 건강에 좋아. 요즘 운동 부족이거든."

정말 김샜다.

가와노에 선배가 내 이름을 불러서 그 옆에 가 앉았다.

지도 교사로 보이는 사람이 그랜드 피아노 앞으로 걸어 나왔다. 짧은 머리에, 따라서는 잔뜩 골이 난 소년처럼 보이기도 하는 젊은 여교사였다. 입을 움직이는데 학생들의 웅성거림은 잠잠해지지 않았다. 무슨 말을 하고 있는지 전혀 들리지 않았다. 미간에 주름이 잡히는 게 보였다. 그러다가 진짜로 화가 났는지 피아노 뒤로 돌아가서 의자에 앉아 버렸다.

"올해부터 지도 교사를 맡아 주신 안노 선생님이야. 아직 적응이 안 되신 모양이야." 가와노에 선배가 귓가에 속삭였다.

"이제 좀 조용히 하지?!" 하고 소리쳐서 모두를 잠잠하게 만든 사람은 복도에서 나에게 잘해 보라고 말한 굵은 목소리의 아라마타 선배였다.

자리에서 일어선 아라마타 선배는 천천히 교실을 둘러보면서 칠판 앞으로 나아갔다. 머리를 좌우로 흔들면서 걷다가 벽에 부딪쳐 쓰러지면 팔을 돌려 자기 힘으로 일어서는 장난감 로봇이 유행한 적이 있었다. 아라마타 선배의 체형과 몸짓이 그 장난감 로봇을 연상케 했다.

"……근데 어째 색소폰이 한 사람도 안 보이네?"

마치 그 말을 기다리고 있었다는 듯 문이 열리면서 너덧 명이 뛰어 들어왔다. 크고 작은 색소폰과 보면대를 안고 있었다.

"죄송합니다. 연습을 너무 열심히 하다 보니."

선두로 들어온 남학생이 웃으면서 부장에게 사과하자 나머지 사람들도 따라서 고개를 숙였다. 그들은 자리에 앉은 후로도 자기들끼리 속닥속닥 히히덕거렸다.

"방금 들어온 사람이 2학년 기미시마 군이야. 색소폰은 다들 사이가 좋아." 가와노에 선배가 알려 주었다.

나중에 그 사람이 헤이와 공원 근처에 있는 유명한 료칸의 장남이라는 사실을 알게 되었다.

"그럼 이제 다 모인 건가?"

"부장님!"이라는 소리와 함께 은색 트럼펫이 휘릭 하고 공중회전을 했다. 트럼펫을 높이 들고 돌려서 그런 건데, 그렇게 한 사람이 붉은색이 도는 단발머리 소녀여서 깜짝 놀랐다. "요오가 군이 아직인데요."

"또야?" 아라마타 선배가 한숨을 내쉬었다. "사쿠라이, 너네 같이 있었던 거 아냐?"

"중간에 개인 연습을 한다면서 어딘가로 가 버렸어요." 사쿠라이라고 불린 그녀는 말에 사투리 억양이 전혀 없었다. 이 근방에서 자란 사람이 아니었다.

"그러고 보니 다마가와도 안 보이는데."

"결석이에요. 오늘은 에이 트레인에서 라이브가 있대요."

헉, 하고 나도 모르게 소리를 냈다. 우리 현에서도 손꼽히는

라이브 하우스 이름이었다. 가와노에 선배에게 "그 사람 에이 트레인에 나와요?" 하고 물었다.

"반은 프로야. 아마 다마가와는 우리하고 연주하는 게 무지 답답하겠지만 달리 연습할 곳도 없으니까."

나는 흥분했다. 뜻하지 않게 엄청난 클럽에 들어왔구나 싶어 나의 행운을 기뻐했다. 그때 가와노에 선배가 다른 사람들에게는 한동안 가르쳐 주지 않았던 사실 두 가지를 알려 줬다.

하나는 트럼펫 파트를 담당하고 있는 다마가와 나루오 선배가 불고 있는 악기가 사실은 코넷(트럼펫과 비슷하게 생긴 금관 악기)이었다는 점이다. 기능만을 계속 추구하던 자동차가 결국에는 메이커 불문하고 다 비슷하게 되어 버린 것과 같은 이치인지도 모른다. 트럼펫과 코넷은 기원이 서로 다른 악기이지만 현대에 와서는 다른 점을 찾기 힘들 정도로 비슷하게 생겼다. 음역대도 같다. 음색은 빵, 하고 퉁기는 트럼펫에 비해 부드럽고 우는 소리 같은 느낌이 있다. 하지만 마일스 데이비스가 애용하던 것처럼 어두운 음색의 트럼펫이 있는가 하면 밝은 음색의 코넷도 있기 때문에 그런 악기들로 블라인드 테스트를 하면 지금의 나도 알아맞히지 못할 것이다.

또 한 가지는 그가 게이라는 것이었다. 당시 우리가 쓰던 단어를 그대로 쓰자면 호모였다. 누군가를 성적 취향으로 차별해서는 안 되겠지만 그의 그런 부분에 대해서는 안 좋은 기억도 없지 않아서 돌이켜 보니 기분이 착잡해진다. 그 얘기는 나중에 하겠다.

"현 베이스에 대망의 신입생이 들어왔습니다." 하며 아라마타 선배가 나를 일으켜 세웠고, 맥 빠진 박수 소리가 들려왔다. 색소폰 파트의 네 명만 공연히 들떠서 만세를 하고 있었다. 진심으로 기뻐해 주는 사람은 옆에 앉은 가와노에 선배밖에 없는 걸 보니 취주악부에서 현 베이스가 어떤 입지를 가지고 있는지 충분히 알 것 같았다.

아라마타 선배가 시켜서 간단하게 자기소개를 했다.

"다히라 히토시입니다. 오보에의 기스기 군, 플루트의 이쿠다 군과는 초등학교 때부터 친구입니다. 현 베이스에 대해서는 완전히 초보자지만 앞으로 잘 부탁드립니다."라고 했다. 이상이다. 그런데도 쓸데없이 말이 많았던 모양이다. 얼마 후에 뼈저리게 깨달았다.

"너를 위해 모두를 소개할 시간은 없으니까 차차 알아가도록 해. 다카미자와, 네가 나중에 명단을 줘."

알았다고 기스기 옆에서 오보에의 다카미자와 요코 선배가 대답을 했는데 당시 그녀의 목소리가 어땠는지 나는 도무지 기억이 나지 않는다.

차장으로서의 다카미자와 선배에 대한 기억은 거의 없다. 천천히 몸을 흔들면서 악기를 불고 있는 모습이 막연히 뇌리에 떠오르는 정도에 불과하다. 3학년이었던 그녀는 자기 후배로 들어온 기스기를 지도하는 데 전념하기로 마음을 먹었는지 다른 파트 사람들과 적극적으로 교류하거나 많은 사람들 앞에서 발언하는 일이 없었다. 기스기가 어느 정도 불 수 있는 실력이 되자 클럽에는 거의 나오지 않았다.

그와는 정반대로 다시 만났을 때의 인상은 강렬했다. 하지만 직접 대면한 것이 아니라 TV 화면에 그녀가 나타난 것이다. 그때 나는 대학생이었다. 화면 속의 그녀를 보다가 담배 연기가 애먼 데로 들어가 피를 토할 것처럼 심하게 기침을 했다.

그녀가 오보에 연주자로, 혹은 입소문이 난 인기 있는 빵집이나 손두부 가게 사장님으로 등장했다면 그렇게 놀라지 않았을 것이다. 외모나 행동거지가 검소함, 건실함 같은 말들이 어울리는 타입이었기 때문에 꾸준한 노력 끝에 그런 위치에 서게 되었다고 해도 이상할 게 없었다. 그런데 화면 속의 선배는 수영복 차림의 사진 모델이었다. 같이 출연한 개그맨들이 놀리는 말에 커다란 가슴을 흔들면서 웃고 있었다. 눈의 크기가 옛날하고 많이 달라진 것 같았지만 이름도 그대로였고, 말투에도 우리와 비슷한 사투리 억양이 남아 있었다. 그녀는 새로 발간된 자신의 사진집을 광고했다.

이튿날, 나는 그녀의 사진집을 샀다. 섬세하게 컬러 인쇄된 그녀는 TV에서 본 것보다 아름다웠지만, 사진을 보다 보니 점점 두려워졌다. 오랜 기억 속에 어렴풋이 남아 있던 모습이 어느새 눈과 가슴이 큰 발랄한 여성으로 뒤바뀌고 있었기 때문이다. 나는 사진집을 덮었고, 그 후로 다시는 펼쳐 보지 않았다. 그래서 끝내 보지 못한 페이지들이 많다. 아직도 집 안 어딘가에 있을지도 모른다.

가라키한테는 이 사실을 알려 주지 않는 편이 낫겠다고 막연하게 생각했다. 그가 그전부터 사진집을 꾸준히 사 모으고 있었다는 사실은 한참 뒤에야 알았다.

아라마타 선배의 지시로 부원들이 학년별로 일어서서 "잘 부탁합니다." 하고 한 목소리로 인사했다. 1학년이 여기저기서 일어섰는데 복도에서 나에게 고함을 질렀던 파마머리도 있었다.

"이렇게 새로운 사람이 들어오기도 하고, 금방 그만두는 사람도 생기고, 처음에 정했던 악기에서 다른 파트로 옮기기도 하는 등 1학년들은 아직 많이 불안정한 느낌이 있지만, 여름에는 콩쿠르가 기다리고 있습니다. 아직 멀었다고 마음 놓고 있을 때가 아닌 만큼 하루 빨리 다시 하나의 브라스밴드로 잘 모아졌으면 합니다. 선생님, 하실 말씀 있으세요?"

아라마타 선배가 부르자 안노 선생님은 하는 수 없이 다시 피아노 앞으로 나왔다. 그녀가 음악실을 둘러본 다음에 한 이야기는 그녀의 고지식하고 위태로운 성격을 잘 보여 주었다.

"아라마타 군, 지금 브라스밴드라고 했지요?"

"네."

"말꼬리를 잡는 것 같아서 미안하지만 취주악은 윈드 앙상블이나 심포닉 밴드라고 불러야지 금관 악기 악단을 가리키는 브라스밴드라는 단어를 사용하는 건 잘못이에요. 취주악에는 목관

악기도 많이 있으니까."

아라마타 선배는 억울했는지 "그럼 취주악부를 브라스밴드라고 하면 안 된다는 말씀인가요?" 하고 말했다.

"그렇게 말한 건 아니에요. 잘못된 단어라도 애착을 담아 사용하는 건 어디까지나 개인의 자유니까. 다만 나는 교사로서 잘못된 점은 잘못되었다고 여러분에게 가르칠 의무가 있어요."

"선생님." 트롬본의 고히나타 선배가 손을 들었다. "제가 알기로는 윈드 앙상블은 이보다 훨씬 더 작은 편성일 때 쓰는 말인데요. 심포닉 밴드라고 하면 또 교향악단하고 헷갈릴 테고요. 서양에서는 어떨지 모르지만 일본에서는 그냥 브라스밴드라고 하는 게 맞지 않을까요? 말은 우선 통해야 하는 거잖아요."

"아무리 관용어로 쓰인다 해도 잘못된 건 잘못된 거예요."

"그야 그렇지만……."

"잘못은 잘못이에요."

음악실 분위기가 얼어붙었다. 안노 선생님은 아랑곳하지 않고 자기 의자로 돌아갔고, 아라마타 선배가 모임을 해산했다.

연습실에서 가와노에 선배한테 과제곡 악보를 받았다. 가나다로 표기된 악보표였다. 당장은 한 음도 읽지 못하지만 통째로 외우는 데에는 도움이 될 것이다.

밖에서 몇 사람이 악기를 연습하는 소리가 다시 들려왔다. 열심히 하는 사람들은 미팅이 끝난 후에도 의례히 연습을 더 하는 모양이었다. 파마머리 나가쿠라도 벽에 기대서서 클라리넷을 불고 있었다. 우아한 손가락 놀림이었다. 곡은 〈랩소디 인 블루 Rhapsody In Blue〉의 한 소절이었던 것으로 기억한다. 내가 그 앞을 지나가자 선율이 중간에 끊겼다.

"생초보들이 줄줄이 들어와서……. 다른 사람들한테 방해되는 것 같으면 가만히 안 둔다."

물론 기스기와 이쿠다, 그리고 나를 두고 하는 말이었다. 사실은 줄줄이가 아니라 나는 악기를 만지고 싶어서, 이쿠다는 다중 녹음을 위해, 기스기는 진짜인지는 모르겠으나 건강을 위해 들어왔으니 제각기 다른 동기로 들어와 우연히 만난 것이지만, 그런 사정을 설명해 봐야 통할 것 같지도 않았다.

"열심히 연습할 거야." 나는 웃으며 말했다. 속으로는 이게 다인 줄 아느냐, 하고 의미 없이 큰소리를 치고 있었다. 우리 셋이 가입한 걸 알면 가라키도 들어올 것이다. 그리고 그의 동기 또한 여성들에게 둘러싸이고 싶다는 독자적인 것이다.

"이봐 현 베이스." 이번에는 뒤에서 누가 어깨를 잡았다. "테너 색소폰의 쓰지라고 하는데, 너 경음악 쪽에 가입 신청한 거 아니었냐?"

지각해서 시끌벅적하게 들어온 색소폰 무리 중의 한 명이었다. 장신에 장발. 그 시대는 남성 헤어스타일의 변천기였다. 장발머리 모양이 영 촌스럽고 낡은 느낌이었고, 오히려 초등학교 때 그렇게 싫어했던 스포츠 머리가 참신하게 보였다. 하기야 1학년들 중에는 장발이 거의 없고 2학년부터 많았던 이유는 교칙 때문에 머리를 기르지 못하는 중학교가 많았기 때문이다. 이듬해에는 우리 학년 중에도 시대에 뒤떨어진 장발을 흩날리는 남학생들이 나타났다. 하드 록을 좋아하는 사람들이 유독 그랬다.

"신청은 했는데요……." 그러고 보니까 경음악 쪽에는 아직 취주악으로 정했다는 말을 하지 않은 상태였다. 이중으로 가입한 걸 야단치는가 싶어 흠칫했다.

"나도 경음악이거든. 그쪽은 어떡할 거야?"

양쪽 다 한다는 생각을 하지 못했던 나는 눈이 둥그레졌다.

"둘 다 들어도 되는 거예요?"

"내가 그렇잖아."

"경음악에서도 색소폰이에요?"

"아니, 베이스 기타야. 아주르라는 퓨전 밴드에 들어 있어. 하지만 경음악 동호회 연습은 일주일에 한 번이니까. 평소에는 이쪽에 있는 셈이지. 양쪽 다 할 수 있다는 걸 몰랐나 보지?"

"예에. 지금 처음 알았어요."

"그럼 저쪽은 포기할 생각이었어?"

"가지고 있는 악기도 만돌린밖에 없고……."

"만돌린이면 블루그래스(미국 서부 산악 지대 음악을 전자 악기를 쓰지 않고 전통 민속 악기만으로 현대화한 형태의 음악)야? 여태까지 우리 학교에서 블루그래스를 지향하는 사람은 본 적이 없는데."

블루그래스에서 사용하는 만돌린은 동체가 평평하고, 고급품은 회오리 모양 장식 같은 것도 있어서 내가 가지고 있는 악기와는 전혀 달랐지만 굳이 바로잡지는 않았다.

"작년의 오스기 선생님이라면 이해해 줬겠지만……." 쓰지 선배는 피아노 맞은편을 돌아보았다. 안노 선생님은 이미 준비실 쪽으로 사라진 뒤였다. "올해는 안 될 거야. 그냥 일렉 베이스를 사. 현 베이스를 할 줄 알면 일렉도 할 수 있잖아. 베이스는 하는 사람이 별로 없어서 어느 밴드든 들어갈 수 있을걸."

"쓰지 선배 기타는 얼마 정도예요?"

"내 기타는 완전히 엉망이 되어서 줄도 제대로 감을 수 없던 걸 전당포에서 사서 부품을 따로 구해 가지고 내 손으로 다 붙여서 만든 거야. 그래서 바디, 넥, 픽업이 다 달라. 그런데도 6만 엔 정도는 들었을 거야."

"하나도 안 싸네요."

"이타가키 부장이 가진 악기는 12만 엔 정도일걸?" 동호회니까 회장이라고 부르는 게 맞을 테지만 쓰지 선배는 망설이지 않고 부장이라고 불렀다. 학생회장과 헷갈려서 그런가? "너무 싼 건 결국 다시 사야 하니까 별로 권하고 싶지 않지만, 국산으로 그럭저럭 쓸 만한 거면 신문 배달 일 년 치 월급 정도면 될 거야."

"선배는 신문 배달을 한 거예요?"

"아니, 난 친척이 하는 가게에서 아르바이트했지. 너 말이야, 부모님한테 돈 빌려서 악기 먼저 사고 나중에 갚으면 되잖아."

역시 아르바이트를 하는 수밖에 없다. 주인 없는 악기가 산더미처럼 쌓여 있는 코끼리 무덤 같은 곳은 당연히 없겠지. 비슷한 곳이 있다고 한다면 바로 여기일 것이다. 취주악부.

그러나저러나 신문 배달이라는 말이 고등학생 입에서 나온 것은 신선했다. 스포츠 만화 때문인지 가난한 운동선수만 하는 일이라는 이미지가 있었기 때문이다.

"그, 배달을 하려면요, 저는 오토바이 면허도 없는데…… 자전 거로 해도 괜찮을까요?"

"펫의 다이가 자전거로 하고 있을 거야. 판매소에서 큼직한 걸 빌려 준다고 하던데. 그놈한테 물어 봐."

"펫? 다이?"

"트럼펫의 요오가 다이스케."

"아아. 아까 오지 않았다는 분이요?"

"그놈은 수시로 안 와. 집시야. 넌 평생 못 만날 수도 있겠다." 킥킥킥 하고 쓰지 선배는 무책임하게 웃었다. "기다리고 있을게. 일단은 악기부터 사는 거야. 그 다음에 와."

정신을 차려 보니 기스기와 이쿠다가 가방을 들고 뒤편 비상 계단 쪽으로 나가려 하고 있었다. 나도 가방을 들고 쫓아갔다. 아시자와 선배가 손을 흔들어 주었다. 나도 흔든 다음 바깥으로 나갔다.

이쿠다가 계단 중간에서 기다리고 있었다. 웃으면서 나에게 무슨 말인가 걸어왔는데 마침 비행기가 학교 위를 지나가는 바 람에 전혀 들리지 않았다. 이제부터 바퀴를 내리고 바닷가에 있 는 공항으로 착륙하는 모양이었다. 하늘에 울려 퍼지는 비행기

엔진 소리가 퍼덕거리며 날뛰기 직전의 현 베이스 소리와 비슷한 느낌이 들었다. 입학식 이후로 쏟아져 들어오는 정보의 홍수 속에서 어지간히 지쳤는지 나선형으로 된 비상계단을 따라 내려가고 있으려니까 아버지가 마시는 맥주를 몇 모금 얻어 마셨을 때처럼 공중에 붕 뜬 느낌이 들면서 어지러웠다. 비행기 소리가 사라지자 그 뒤에 숨어 있던 음악실의 소음이 총천연색의 비처럼 지상으로 쏟아져 내렸다.

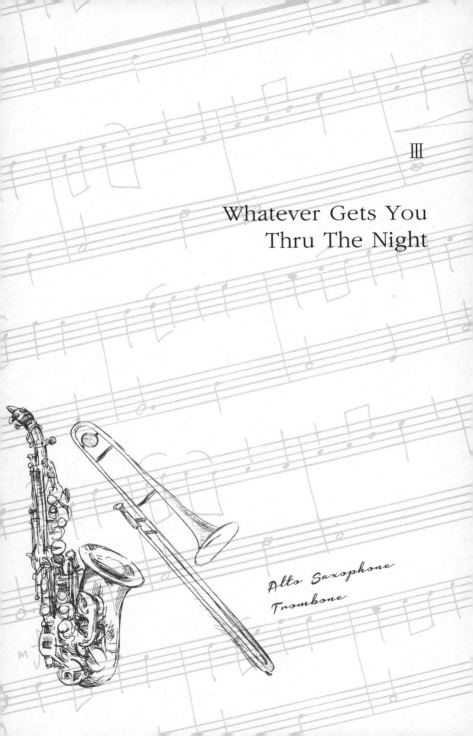

III

Whatever Gets You
Thru The Night

Alto Saxophone
Trombone

♩ ♪♫♬

　장마가 시작될 무렵, 트롬본—정확하게는 테너 트롬본의 고히나타 류이치 선배와 알토 색소폰의 기미시마 히데쓰구 선배가 클럽 전원에게 하나의 제안을 했다. 자기 파트 후배들한테는 사전에 얘기해 둔 바가 있었던 모양인데, 일단 앞에 나선 건 이 두 사람이었다. 문화제 무대 마지막에 글렌 밀러(독일계 미국인 트롬본 연주자이자 글렌 밀러 관현악단의 창단자)의 〈펜실베이니아Pennsylvania 6-5000〉을 연주하고 싶다는 것이었다. 비교적 단순한 곡이고 취주악용으로 편곡된 악보도 준비했으니까 정규 합주 다음에 리허설을 하게 해 달라고 안노 선생님에게 제의했다.

　〈펜실베이니아 6-5000〉이라는 곡을 모르는 사람이 있을 것을 예상해서 그들은 카세트테이프도 준비해 왔다. 고히나타 선배가 음악실에 비치되어 있는 플레이어로 그것을 틀자 많은 부원들이 얼굴에 미소를 띠었고, 후반 테마 부분에서는 작게 리듬을 타는 사람도 있었다. 이 흥겨운 산책과도 같은 곡은 곳곳에 따르릉 하는 벨 소리와 "펜실베이니아, 식스, 파이브, 다우즌"이라고 장단을 맞추는 부분이 있다. 악단 연주자들이 악기에서 입을 떼고서 같이 외치는 것이다. 지금 난 뉴욕의 호텔 펜실베이니아에 있어, 전화번호는 6-5000번이야, 하는 의미다.

안노 선생님은 떨떠름한 표정으로 듣고 있었다. 곡이 끝나자 피아노 앞으로 나와서 말했다. "이건 듣기보다 훨씬 어려운 곡이에요. 우리 밴드의 지금 실력으로는 무리예요. 그냥 여력으로 연주할 수 있는 곡이 아니라고 생각해요."

"클래식에 비하면 훨씬 단순한 곡이잖아요." 고히나타 선배가 반론했다.

"단순하니까 쉽다고 할 수는 없어요. 지금 레퍼토리를 늘려봐야 제대로 하지도 못할뿐더러 다른 곡도 연습이 소홀해질 테니 좋은 점이라고는 하나도 없는 문화제가 될 거예요. 그래도 괜찮겠어요?"

"그렇게 물으시면 할 말이 없지요. 그래도 도전해 보지 않으면 어떨지 모를 것 같은데요."

"난 안 해 봐도 알겠는데."

"저희는 모르겠는데요."

"그럼 물어보는데, 다들 정말 이 곡을 하고 싶은가요? 하고 싶은 사람은 손을 들어 봐요."

몇 명은 바로 손을 들었고, 열 명 정도는 천천히 들었다. 나는 가와노에 선배의 눈치를 보고는 손을 들지 않았다.

"알았어요. 다수결로는 이겼네요. 그렇다면 이렇게 해 보지요. 모두에게 일주일 시간을 주겠어요. 일주일 뒤에 합주를 해서 이 곡이 음악처럼 들리고, 또 다른 곡들 연습도 소홀히 하지 않은 것처럼 보이면 문화제 때 하는 걸로 하지요."

"일주일이요?" 고히나타 선배가 흥분한 목소리로 되물었다.

"단순하다면서요? 완성시키라는 소리가 아니에요. 음악처럼 들리기만 하면 충분합니다. 난 공정하다고 생각하는데. 고히나타 군, 안 그래요? 기미시마 군은?"

고히나타 선배 일행은 일단은 납득한 얼굴로 악보를 나눠 주기 시작했다.

TV를 보면 도쿄 어디에선가는 다케노코족(1980년대에 도쿄 하라주쿠의 보행자 전용 도로에서 화려한 옷을 입고 단체로 춤을 추던 젊은이들을 일컫는 말)이라는 애들이 일요일마다 남들 앞에서 춤을 추고 있다던데 그와는 전혀 상관없이 취주악부의 일주일은 지나가고 〈펜실베이니아 6-5000〉을 시험 삼아 합주하는 날이 찾아왔다.

"자신 없는 사람은 방해가 되지 않게 뒤에서 견학만 해." 고히나타 선배가 음악실을 둘러보며 말했다.

1학년의 반이 자리에서 일어났다. 안노 선생님은 연주의 질을 신경 쓰고 있는 모양이지만 소리도 제대로 내지 못하는 사람이 있는 시기에 열리는 문화제는 여름에 있는 콩쿠르를 대비한 연습 무대 정도의 의미였다. 초보자는 억지로 나갈 필요가 없다는 소리를 선배들이 대놓고 할 정도였다.

제일 먼저 자리에서 일어나 창가로 이동한 사람은 기스기였다. 예전부터 콩쿠르 과제곡을 할 때가 아니면 무대에 오를 생각이 없다고 선언한 바 있었다. 그 다음 다카미자와 선배도 일어섰던 것으로 기억한다.

가라키는 처음부터 창가에 있었다. 예상했던 대로 가라키도 우리 클럽에 가입한 것이다. "할 수 있는 악기가 없습니다. 하고 싶은 악기도 없습니다. 좋아하는 음악도 없습니다."라고 말해 도대체 어디까지가 진담이고 어디까지가 농담인지 분간이 되지 않는 그 태도에 선배들이 당황했다. 속마음은 '미인들이 있는 파트로 보내 주세요.'였지만 아무리 가라키가 뻔뻔하다 해도 대놓고 그런 말을 할 정도는 아니었다. 일단 남는 악기를 이것저것 해보다가 필이 꽂히는 것을 찾으면 그때 알려 달라는 것이 아라마타 선배의 결정이었고, 그래서 가라키는 아직 여기저기 떠돌아다니는 존재였다.

마부치는 일어섰지만 이쿠다는 자리에 남았다. 옆에 있는 아시자와 선배가 일어나지 않아서 얼떨결에 남아 있는 것처럼 보였다. 가와노에 선배와 나도 움직이지 않았다. 지난주에 가와노에 선배가 손을 들지 않았던 것은 안노 선생님의 눈치가 보여서 그런 것일 뿐, 사실은 처음부터 이 곡을 하고 싶은 의욕에 차 있었던 모양이다. "무대에 익숙해지면 익숙해질수록 더 좋아"라며 나에게도 모든 곡에 다 참가하라고 권했다.

〈펜실베이니아 6-5000〉은 리듬에 맞춰 피치카토(현을 손가락으로 퉁기는 연주법)로 연주하는 게 다른 곡을 붕붕거리며 활로 켜는 것보다 훨씬 더 즐거웠다. 일주일 동안 이 곡만 내리 연습하고 있었기 때문에 단단하고 굵은 줄을 계속 퉁기는 오른손 손가락은 물집이 잡혔던 곳에 다시 물집이 잡히고 계속 터져서 구멍투성이가 되었다. 이러다가 뼈까지 드러나는 게 아닐까 걱정될 지경이었다. 조금만 참으면 손가락 피부가 튼튼해지고 질겨진다는 가와노에 선배의 말을 믿고 반창고를 붙인 데다 스포츠용 테이핑 테이프를 말고서 합주에 임했다. 줄을 퉁길 때마다 엄청난 고통이 엄습했다. 그래도 한 곡 연주하는 시간 정도는 실신하지 않고 버틸 수 있겠지.

그렇게 밴드가 연주를 했는데, 이걸 승부라고 본다면 결과는 안노 선생님의 완승이었다.

표정이야 어떻든 선생님의 지휘봉 움직임은 발랄하고 즐겁게 보였는데 그에 반응해서 밴드가 내는 소리는 모든 면에서 글렌 밀러답지 않았다. 그러니까 전혀 멋스럽지도, 지적이지도, 감동적이지도 않고, 전자 오르간에 내장된 유치한 리듬 박스보다도 재미없고, 내 여동생의 음치에 가까운 콧노래보다도 답답했다.

사소한 실수는 어쩔 수 없었다. 음색이나 음정이 거친 것도 상관없었다. 치명적인 것은 우리 연주에 그루브가 전혀 없다는 점이었다. 우리말로 하자면 흥이 없었다. 글렌 밀러 악단의 흥겨운 연주를 잘 알고 있었기에 더더욱 우리 모두는 너무도 확연한 차이에 아연실색할 수밖에 없었다. "펜실베이니아, 식스, 파이브, 다우즌."이라고 장단을 맞추는 부분은 잠꼬대에 에코 효과를 준 것 같았다. 그 다음에 드럼이 스네어를 탕 하고 치고는 다음 부분으로 넘어가는데, 관악기 전원이 박자를 놓치는 바람에 타악기 파트와 현 베이스 파트만 먼저 불쑥 치고 나가는 꼴이 되었다.

참고로 이때 먼지를 뒤집어쓴 채 연습실에 방치되어 있던 옛날 드럼 세트를 혼자서 다시 조립해서 그럭저럭 들어줄 만하게 두드리고 있던 사람은 후텐마 준이라는, 성만 봐도 여실한 오키나와 출신의 1학년이었다. 내가 처음으로 음악실을 찾아갔을 때 팀파니 소리를 맞추고 있던 여학생이었다.

나중에 알았다. 초등학교까지 미군 기지가 있는 마을에서 살았던 그녀는 로커빌리(로큰롤의 초기 형태. 로큰롤보다 컨트리 색채가 강한 스타일)를 무척 잘 알고 있었다. 요즘에야 특유의 섬 노래라는 이미지가 있지만 70년대까지 미군 기지가 있었던 오키나와에 주로 흘렀던 음악은 오히려 이런 종류의 미국 음악이었을 것이다.

지휘를 끝낸 안노 선생님은 어딘지 자랑스러운 표정으로 고히나타 선배를 쳐다보았다. "이제 알겠지요? 단순한 곡이라고 해서 쉽게 생각하면 안돼요. 지금 이 연주가 우리 밴드의 실력인 거예요."

"조금만 더 연습하면……." 고히나타 선배가 반박하려고 했다.

"곡의 형태도 갖추지 못했다는 점은 고히나타 군도 인정하는 거지요? 그럼 약속은 약속이니까 이 곡은 하지 않기로 합니다." 라고 선생님이 말을 잘라 버렸다. "여러분이 졸업 후에 이런 곡을 연주하겠다고 하면 나도 말리지 않아요. 하지만 고등학교 취주악부에서 해야 할 것은 올바른 기초와 표현을 익히는 일입니다. 내가 여러분에게 심술을 부리는 게 아니에요. 음악은 평생을 가는 보물이에요. 공연히 이리저리 딴짓을 하는 것보다 지루하고 힘들더라도 올바른 왕도를 따라가야 나중에 풍성한 결과를 얻을 수 있어요."

"음악에 왕도가 따로 있나요?" 고히나타 선배가 물고 늘어졌다.

"있습니다. 그건 클래식이에요."

고히나타 선배는 황당해서 입이 떡 벌어졌고, 이윽고 고개를 흔들면서 말했다. "솔직히 그건 죽은 음악이잖아요."

"그럼 글렌 밀러는 살아 있나?"

고히나타 선배는 반론하지 못했다. 선생님은 의자로 돌아갔다.

처음 경험하는 고등학교 문화제에서 내가 출연하는 취주악부의 무대는 솔직히 말해 우선순위가 높지 않았다. 밴드에 들었다는 것은 기쁜 일이었다. 그래서 내가 기쁨을 실감하고 있었나 하면 그건 대답하기가 좀 애매한 부분이 있었다. 그 당시 내게 취주악부란 선배들의 지시를 맹목적으로 따라야 하는 곳, 그나마 야단이라도 맞지 않게 거대한 악기와 힘겨운 싸움을 벌이는 모습을 보여 줘야 하는 곳이었다. 음악을 즐길 수 있는 단계가 아니었다. 유치한 가판대들을 둘러보거나 연구 발표가 전시되어 있는 교내를 돌아다니거나 우리 반이 하는 카페에서 일하거나 혹은 내가 나가지도 않는 경음악 동호회의 무대를 향해 성원을 보내는 쪽이 훨씬 더 신나는 일이었다.

교내 방송으로 호출하는 소리를 들었는지 "가자!" 하며 마부치 하루요가 내 등을 툭 쳤다. 오늘은 우호적이었다. 앞치마를 벗고 음악실로 달려가서 강당까지 악기를 날랐다.

순서가 될 때까지 무대 뒤에서 멍하니 시간을 보내다가 방송부의 지시에 따라 무대로 올라갔다. 음을 맞춰 보고, 악보를 펼쳤다.

막이 올랐다. 청중이 드문드문 있었다. 대부분이 부원들의 가족 같았는데, 우리 가족은 없었다. 아버지는 토요일마다 근처 아이들에게 서예를 가르치고 있었다. 어머니도 옆에서 도와주기 때문에 이런 행사에 오는 일이 거의 없었다. 간혹 가다 보이는 중학생 같은 얼굴들은 이미 취주악을 하고 있는 애들이겠지. 안노 선생님이 아래쪽에서 걸어 나와 점잔을 빼며 인사했다. 조명이 눈부셨다.

시각적인 기억들만 남아 있다. 제일 분명하게 생각나는 것은 무대가 끝나고서도 계속 불만스러워하던 고히나타 선배와 기미시마 선배의 태도였다.

그에 반해 경음악 동호회의 콘서트에 대한 기억은 선명하다. 나는 그 전해에 생일 선물로 뭐가 좋겠느냐는 아버지의 질문에 "산타나(멕시코에서 태어난 미국 음악가이자 라틴 록 기타리스트)가 보고 싶어요."라고 대답해서 콘서트 티켓을 받았다. 태어나서 처음으로 직접 본 외국 뮤지션은 이 콘서트의 전반부 무대를 맡았던 에디 머니였다. 어마어마한 음악을 들었다고 감동했는데, 당연한 일이지만 산타나는 그것을 능가했다. 넘쳐흐르는 리듬과 그 위를 가볍게 미끄러져 가는 기타의 음색. 그러나 내가 흥분한 정도만 보자면 이 경음악 동호회의 무대가 더했을지도 모른다.

12만 엔이라는 비싼 일렉 베이스를 들고 있는 이타가키 부장의 밴드는 키보드가 두 대나 포함된 큰살림이었다. 건방지지만 내 생각에 이 밴드는 별로였다. 모두들 실력이 좋았고, 아마 대단한 스킬을 보여 주고 있었겠지만 관객한테는 그런 게 전혀 전달되지 않는 타입의 밴드였다. 모두가 자기 손만 쳐다보며 연주하고 있었다. 나도 그렇게 연주하니까 그게 나쁘다는 건 아니지만 어지간히 빼어난 기술을 선보이지 않는 한 관객들에게 좋은 인상을 주기는 힘들다.

반대로 장발의 테너 색소폰 연주자인 쓰지 깃페이 선배의 밴드, 아주르는 엄청났다. 세 명으로 이루어진 인스트루멘털 밴드로 다카나카 마사요시(도쿄 출신의 기타리스트, 음악 프로듀서) 같은 심플한 퓨전 음악을 특기로 하고 있는 모양이었는데, 서비스 정신과 예능인 정신이 왕성해서 갑자기 기타리스트가 지미 헨드릭스(미국의 기타리스트이자 싱어 송 라이터. 록 역사상 가장 위대한 기타리스트로 칭송받는다)처럼 연주하는가 하면—그렇다고 기타에 불을 붙이지는 않았지만—중간에 척 베리(미국의 기타리스트이자 싱어 송 라이터)의 프레이즈를 열띠게 연주하기도 했다. 곡에 따라서는 간주에서 기타가 반주만 하고 베이스가 볼륨을 높여 솔로를 하기도 했다. 마치 크림(영국의 슈퍼 록 밴드)의 잭 브루스(크림의 베이시스트) 같았다. 나는 숨소리가 거칠어졌다. 모두가 당연히 외친 앙코르 무대에 쓰지 선배는 베이스가 아니라 테너 색소폰을 들고 등장했다. 비정상적으로 목소리가 높은 드러머와 기타리스트가 절묘하게 엘튼 존과 존 레논을 연기하면서 〈왓에버 겟 유 투 르 더 나이트Whatever Gets You Thru The Night〉가 시작되었다. 쓰지 선배의 색소폰이 치고 들어왔다. 눈물이 날 것 같았다.

노래 도중에는 색소폰으로 베이스 라인을 연주했다. 기묘한 앙상블이었다. 뭐 어때, 하는 식의 난폭함. 과감함.

어른이 되고 나서 돌아보면 별것 아닌 사소한 일들이 풋내 나던 시절에는 천지를 뒤흔들 정도로 큰일처럼 느껴지는 경우가 있다. 특히 연애에 관련된 것이면 남의 일이라도 그렇다.

문화제가 끝난 뒤 손가락뼈가 다시 자리를 잡은 미나모토 유카가 베이스 클라리넷 주자로 취주악부에 복귀하였고, 그때까지 그 악기를 불고 있던 3학년생은 클라리넷으로 옮겨 갔다. 최종적으로는 안노 선생님이 결정했다고 들었다. 미나모토의 실력이 좋았던 것이다.

중학교 취주악부에서 미나모토에게 제일 먼저 배정된 악기가 베이스 클라리넷이었다. 1년은 불었다고 한다. 그런데 체육 시간에 피구 공에 얼굴을 정통으로 맞는 바람에 입술에 큰 상처를 입고는 현 베이스로 전향했다고 한다. 미나모토는 앞으로 구기 종목은 안 해야 할 것 같다.

낯선 악기로 옮겨 간 선배는 얼마 지나지 않아 거의 안 나왔다.

미나모토에게 복귀를 권한 사람은 중학교 선배이자 남자친구이기도 한 고히나타 선배였다. 그런데 두 사람은 사귀고 있다는 사실을 반 친구들에게도, 클럽 안에서도 철저히 숨기고 있었다. 클럽 활동에 연애를 끌어들여서는 안 된다는 게 고히나타 선배의 굳은 신조라는 말을 미나모토한테 들었다.

사실은 쑥스러워서 그랬을 것이다. 중학교 때 사귄 두 사람이 여전히 딱 달라붙어서 다니는 모습은 엄마가 손수 떠 준 머플러를 감고 다니는 것처럼 촌스럽다는 생각이 나에게도 있었다. 다행히 내게는 그런 고민을 해야 할 상대가 없었지만. 그러면서도 중학교 시절에 뭔가 접점이 있던 여학생에게 여전히 미련을 갖고 있는 것이 남고생이라는 존재다.

클럽 안에서는 아마도 나 혼자만 고히나타 선배와 미나모토의 교제 사실을 알고 있었을 것이다. 어느 날 점심시간에 연습실에서 몸을 굽혀 악기 커버를 벗기고 있는데 두 사람이 몸을 딱 붙인 채로 들어오더니 문을 닫았다. 고히나타 선배의 손이 미나

모토의 가슴을 쓰다듬었고 그녀는 뭐야, 하며 싫지만은 않은 듯
한 콧소리를 냈다.

나는 몸을 사리고 있었다. 물론 그렇다고 온몸이 악기 뒤에
숨겨질 리는 없었다.

미나모토와 시선이 마주쳤다. 그녀가 비명을 질렀다.

고히나타 선배가 맹수처럼 민첩하게 현 베이스를 뛰어넘더니
내 멱살을 잡았다. "너 여기서 뭐해?"

"호……혼자 연습하려고요. 이따가 가라키도 오는데요."

"왜 숨어 있었어?"

"악기 커버를 벗기고 있었는데요."

고히나타 선배는 앞머리를 쓸어 올리면서 현 베이스에 시선
을 두더니 하아, 하며 자조하는 것 같았다. 그리고 나에게서 손
을 떼고는 말했다.

"미안하다. 방금 본 거에 대해선 입 다물고 있어라."

"알겠습니다."

흠칫하며 고히나타 선배가 창문 쪽을 바라보더니 "넌 나중에
나와." 하고 미나모토에게 말하고는 연습실에서 나갔다. 그쪽을
봤더니 가라키가 음악실로 들어오는 참이었다.

도무지 악기를 정하려고 하지 않는 가라키에게 체력이 있어
보인다며 아라마타 선배가 권한 악기는 튜바였다. 그런데 도대
체 실력이 늘지 않아 지금껏 소리도 제대로 못 내고 있다. 내 현
베이스 실력도 연주라고 말할 수준은 아니었지만 혼자 남아 연

습해야 하는 사람은 언제나 가라키였다. 하지만 튜바와 현 베이스는 같은 멜로디를 맡는 경우가 많았다. 악보에 그냥 '베이스'라고 뭉뚱그려 적혀 있을 때도 있었다.

연습실 문을 연 가라키는 안에 나와 미나모토만 있는 것을 보더니 "어!" 하고 소리를 냈다. 그리고는 능글거리면서 "내가 방해했나?" 하고 말했다.

"뭔 소리래." 미나모토가 대답하고는 나를 철천지원수처럼 노려보았다.

"그럼 베이스 클라리넷도 같이 연습할래?" 나는 거기 있는 사람이 미나모토라는 사실을 이제 안 사람처럼 물었다.

"못하는 것들이랑 같이 하면 나도 못하게 돼." 그녀는 고개를 젓고는 나가 버렸다.

맞는 말이다. 그래서 반론할 수 없었다.

그날 밤, 미나모토가 우리 집에 전화를 했다.

표면적인 용건은 이랬다. "다른 사람들 앞에서 말하기엔 체면도 있고 하니까 전화로 가르쳐 줄게. 가와노에 선배는 검지로 짚는 음이 샤프가 돼. 왜 그런지 알아? 팔꿈치가 내려가 있어서 그래. 검지로 줄을 짚을 때는 왼쪽 팔꿈치를 더 올리고 손가락을 편하게 줄에 올려놓아야 해. 그렇지 않으면 소리가 겉돌게 되어 있어. 이건 관악기하고 맞출 때 중요하니까 일단 네가 먼저 연습한 다음에, 이게 맞지 않느냐고 가와노에 선배한테도 말해 줘. 콩쿠르도 얼마 안 남았으니까."

조언은 고마웠지만 진짜 용건이 뭔지는 짐작하고 있었다.

"고맙다. 그럼 끊을게." 나는 끊으려는 시늉을 했다.

"잠깐만 기다려 봐."

"왜?"

말이 없다.

"끊는다. 〈가요 톱10〉 시작한단 말이야."

"난 말이야." 하고 허둥지둥 말을 꺼내고는 다시금 침묵해 버렸다.

"급한 용건 있으면 빨리 말해. 그런 거 아니면 내일 하고."

"난 사실…… 고히나타 선배랑 그런 거 남들이 알아도 괜찮아."

"그래? 그럼 네가 다른 사람들한테 말하면 되잖아. 난 고히나타 선배하고 한 약속을 지킬 거니까." 실제로 나는 사반세기 동안 그 약속을 지켰다.

"내가 말하면 야단맞는단 말이야. 너 내가 그것 때문에 차여도 괜찮아?"

"난 상관없는데."

"네가 책임질 거야?"

"어떻게?"

"고히나타 선배랑 똑같이 생기고 나를 절대로 버리지 않을 사람을 소개시켜 줄 수 있어?"

"아톰을 만드신 박사님한테 가서 알아 봐."

무언가를 이야기하고 싶은데 누구에게 어떻게 말해야 할지 모르는 것 같은 말투였다. 그런 식으로 나는 TV에서 〈가요 톱 10〉이 탑3만을 남겨 놓고 게스트 코너를 진행할 때까지 쓸데없는 이야기를 듣고 있어야만 했다. 두 사람의 교제가 2년 동안 계속되었다는 사실, 고히나타 선배의 독재적 성격, 신조 등을 나는 알게 되었고, 또한 그 사이에 한 스무 번 정도는 바보라는 소리를 들었던 것 같다.

미나모토랑 했던 이런저런 이야기들을 떠올려 보면 내가 수시로 구박을 들었구나 하고 놀라게 되는데, 그렇다고 그런 구박을 받을 때마다 화를 냈던 기억은 없다. 기분이 그렇게 나쁘지는 않았던 모양이다.

그녀에게 호감을 느끼고 있었나? 그런 호감이 전혀 없지는 않았을 것이다. 하지만 예를 들어 그녀와 고히나타 선배가 서로 시시덕거리는 모습을 목격했을 때 짝사랑을 하는 사람이라면 당연히 가질 법한 속이 쓰린 느낌은 없었다. 내가 가진 느낌이라면 성인용 TV 프로를 몰래 훔쳐보는 것 같은 유치한 스릴감쯤이었다.

아까 얼핏 말했던 것처럼 당시 내 마음은 중학교 시절에 만난 어떤 소녀에 계속 사로잡혀 있었다. 가끔씩 말을 주고받는 사이였을 뿐 사귀거나 한 것도 아니었다. 나에게 호감을 갖고 있다는 정도는 느낄 수 있었다. 그리고…… 막상 글로 쓰려니 너무 소설 같지만, 그 아이는 백혈병에 걸려 어린 나이에 허무하게 가 버렸다. 부고를 들었을 때 나는 울지 못했다. 죽음이라는 것의 허무함이 그저 놀라울 뿐이었다. 몇 년 동안이나 계속 놀라고 있었다. 그러니까 고등학교 시절의 나는 계속 놀라 있는 상태였던 셈이다. 현실의 무참함에. 그리고는 조금씩 무너져 가고 있었던 것같다. 더 이상 중학교 시절의 그 아이에 대해서는 언급하지 않겠다. 무너져 버린 나 자신에 연민을 느끼지도 않겠다. 앞으로도 기본적으로는 취주악부에 대해서만 이야기할 생각이다.

아마도 미나모토에게서 나랑 같은 종류의 인간이라는 느낌을 받았던 것 같다. 굳이 말하자면 고집 세고, 맷집은 약하고, 고립되기 쉬운 영혼이다. 나중에 술집으로 찾아온 미나모토가 이십대에서 삼십 대 중반까지 정신적인 이유로 병원에 입원과 퇴원을 반복했다는 사실을 털어 놓았다. "겨우 다 나았구나, 정신을 차리고 보니까 아줌마가 되어 있더라고. 그러니까 내 청춘은 남들의 반밖에 안 되었던 거야." 하며 웃었다. 내 청춘도 전혀 달랐다고 할 수는 없어서 대충 아는데, 이런 사람들이 오히려 대인관계에 의존하는 경향이 많다.

여름 방학을 앞둔 어느 일요일이었다. 나는 이쿠다와 둘이서 상가 뒷골목을 걷고 있었다. 잡화점에 중고 악기가 진열되어 있는 것을 이쿠다가 발견했던 것이다. "거짓말처럼 싸더라."고 그가 말했다. 수입 잡화를 파는 가게들이 유행하기 시작할 무렵이었다. 싼 티 나고 정체도 알 수 없는 인테리어 소품들이 선반의 대부분을 차지하고 있었지만 엄청나게 싼 중국제 문구류, 의류, 컬러풀한 천 신발 등도 팔고 있어서 주머니가 가벼운 우리에게는 고마운 존재였다.

우리가 다니던 현립 덴소쿠 고등학교는 옛날 학제 때는 제2중학교였다고 한다. 어느 현에서나 제1중학교는 엄격하고 딱딱하고, 제2중학교는 자유롭다는 식으로 구분되었다고 들었다. 전쟁 시절에도 학생들에게 군용 각반을 감게 하지 않은 학교였다는 것이 교장 선생님의 자랑일 정도였다. 우리 때도 학생 모자는 없었고, 검은 학생복만 입고 있으면 나머지는 거의 마음대로 해도 괜찮았다. 학생복 안에 와이셔츠가 아닌 폴로셔츠나 스웨터를 입고 있기도 했고, 신발도 동전이 달린 로퍼를 신는가 하면 50년대식 뾰족 구두도 신었고, 잡화점에서 산 쿵후 신발을 신고 다니는 사람도 있었다. 참고로 나는 노란색이나 붉은색 계열의 농구화를 신었다. 어째서 여자 같은 색깔을 신었는가 하면 그런 색의 남자 사이즈 신발들이 할인 판매를 많이 했기 때문이다. 콩쿠르처럼 많은 학교 학생들이 모여 있는 장소에서 우리는 같은 학교 동료들을 찾기가 쉬웠다. 신발이 모두 컬러풀했기 때문이다.

잡화점에 있던 일렉 기타나 일렉 베이스는 그룹사운드 전성기 때 모조된 국산품들로 제대로 퉁기지도 못할 상태였다. 너무 약했던 것이다. 그러면서 그다지 싼 편도 아니었다. 이쿠다와 나의 금전 감각이 두 배에서 다섯 배 정도 차이가 난다는 사실을 깨달았다.

테이스코, 구야톤, 허니, 엘크 등, 그로부터 다시 사반세기가 지난 오늘날에 와서는 희소가치 때문에 프리미엄이 붙었을 만한 악기도 있었다. 억지로라도 돈을 마련해서 사 놓았으면 좋았을

걸 하는 생각도 들지만 아무튼 당시 내 눈에는 허접 쓰레기나 다름없었다.

나는 아침에 신문 배달을 시작한 상황이었다. 이 아르바이트에 대해서는 만성적인 수면 부족에 시달렸다는 점 말고는 달리 언급할 만한 것이 없다. 나는 우수한 배달원이 아니었다. 지각도 자주 했고, 배달을 빼먹는 일도 많아서 판매소 어른들은 나 같은 알바를 쓴 것을 일찌감치 후회했을 것이다. 그렇다고 잘라 버릴 만한 큰 잘못을 저지르는 일도 없어서 오히려 더 골치였을 것이다. 조금이라도 돈을 벌 수 있는 구멍이 생기니까 열심히 모아 두었던 카탈로그에 갑자기 현실감이 생기기 시작했다. 콘트라베이스를 만지게 된 것도 큰 영향을 주었다. 이 악기로 내가 내고 싶은 소리를 낼 수 있을까? 문제가 생겼을 때 대체할 수 있는 부품을 구할 수 있을까 하고 걱정할 정도는 되었다. 카탈로그 독자로서 어느 정도 발전한 셈이다.

"영 아닌 모양이지?" 내 표정을 읽은 이쿠다가 느긋하게 물었다. 그는 일렉 기타는 잘 몰랐다.

"좀 그러네." 하고 대답했다.

우리는 잡화점에서 나와 같은 건물 안에 있는 수입 레코드 가게로 이동했다. 달러가 비싸도 수입 음반은 국내 음반보다 쌌다. 미국에서는 레코드 자체가 쌌기 때문이다. 단, 가사나 해설은 붙어 있지 않았다.

"야, 저기." 하며 이쿠다가 가게 한쪽 구석으로 얼굴을 돌렸다.

재즈 코너에 미나모토가 있었다. 처음 보는 사복 차림이었는데 위아래 모두 당시 유행하던 파스텔 톤이었다. 폴로셔츠 차림의 남자가 뒤에서 무어라 말을 걸고 있었다. 고히나타 선배가 아니었다.

"베이스 클라리넷의 미나모토에 색소폰의 기미시마 선배까지…… 이런 데서 만날 수도 있구나." 하며 이쿠다는 순박하게 놀라고 있었다.

하기야 미나모토를 바라보는 기미시마 선배의 표정은 후배를 우연히 만나 놀란 사람처럼 보일 수도 있었다. 원래 그런 표정으로 흥분한 것처럼 떠드는 사람이었다. 그런데 갑자기 두 사람이 거리를 좁혔고, 나는 예감이 적중했음을 확신했다.

"우와!" 나는 두 사람에게 경고를 하기 위해 일부러 큰 소리를 냈다. "폴리스 새 음반이 나왔네."

깜짝 놀라며 이쪽으로 고개를 돌린 미나모토의 얼굴이 실제보다 네 배는 커 보였다. 기미시마 선배는 크게 뒷걸음질 치다가 다른 손님과 등이 부딪쳤다.

미나모토가 순간적으로 명연기를 보였다. 나에게 손을 흔들며 다가왔다. "다히라 군, 안 온다더니 웬일이야? 계획이 바뀐 거야?"

"응?" 하며 이쿠다가 나를 쳐다보았다. "너희 둘이 만나기로 했어?"

"아아, 잊고 있었다." 하고 적당히 둘러댔다. 일단은 미나모토가 하는 연기에 맞춰 주는 수밖에 없을 것 같았다.

"네가 못 온다고 해서 나는 기왕 외출하기로 작정한 거라 할 수 없이 기미시마 선배한테 대신 가자고 부탁했잖아. 안 그래요, 선배?"

돌아보며 묻는 미나모토에게 그는 애매한 웃음으로 대답했다.

미나모토가 나를 가리키면서 이쿠다에게 말했다. "얘가 말이야, 나한테 무슨 상담할 게 있다면서 만나자고 그러잖아. 그래서 나도 재즈 음반도 좀 들어 보고 싶고 해서 같이 골라 줄 거면 보자고 했지."

"뭘 상담하려고?" 이쿠다가 나를 보았다.

"별거 아냐."

"보나마나 여자에 대한 거겠지."

나는 기미시마 선배처럼 애매하게 웃어 주었다.

그렇게 해서 네 사람이 함께 음반을 고르기 시작했는데, 사실 그 자리에서 꾸며낸 이야기일 뿐 진짜로 음반을 고르고 있다고 믿은 사람은 이쿠다만이었다. 기미시마 선배와 내가 권한 찰리 파커(본명은 찰스 파커 주니어. 미국의 재즈 색소폰 연주자)를 미나모토는 30초쯤 들어 보더니 "역시 재즈는 안 맞는 거 같아."라며 고개를 저었다. 그리고는 가게를 둘러보며 "이 가게 좀 덥지 않아? 이상한 냄새도 나는 것 같고. 어디 쥐라도 죽어 있는 거 아냐?"

"이건 레코드 냄새야." 기미시마 선배가 가르쳐 주었다. "수입 음반은 독특한 냄새가 나거든."

"나가서 차가운 거라도 마시자. 그리고 다 같이 다히라 군의 고민을 상담해 주는 거야."

"고민이랄 것까지는 없고."

"털어 놓으면 마음이 편해질 거야. 괜히 혼자서 끙끙 앓다가는 점점 더 성격만 어두워질걸."

나는 혼자 설쳐대는 미나모토를 노려봤다. "알았어. 상담할게. 특히 여자의 심리에 대해서 미나모토한테 물어보고 싶은 것도 많고." 그녀가 갑자기 자세를 바로잡았다.

찜통더위 속에서 옹기종기 모여 찻집으로 갔다. 이쿠다가 기미시마 선배에게 말을 걸고 있는 사이에 미나모토가 슬쩍 내 옆으로 왔다.

"고히나타 선배 얘기하면 죽을 줄 알아."

"기미시마 선배는 어디까지 알고 있는 거야?"

"아무것도 몰라. 이번 달 초에 고백 받았어."

"고히나타 선배하고는?"

"계속 만나지."

"고히나타 선배의 신조를 아주 기가 막히게 이용했네."

"그런 식으로 말하지 마. 나한테도 나름 사정이 있단 말이야."

"남들보다 바람기가 많다는 사정?"

"너 정말 언젠가 죽여 버릴 줄 알아. 난 그래도 나은 편이야. 브라스밴드 여자애들이 다 순진무구한 소녀들인 줄 알아? 거의 매춘이나 다름없는 짓을 하는 애도 있는데."

"너야말로 내 손에 죽는다. 어디서 뻥이야? 누가 그런 짓을 하는데?"

"안 가르쳐 줄 거야. 넌 머리가 나빠서 무슨 말을 해도 안 믿으니까 말 안 할 거야."

"그게 무슨 말도 안 되는 소리야?"

"난 진실을 말하고 있는 거야." 미나모토가 입을 삐죽거렸지만 나는 곧이곧대로 받아들이지 않았다. 나중에 돌이켜 보면 전혀 근거가 없는 이야기는 아니었다.

"지금은 네 얘기를 하는 거잖아. 고히나타 선배와의 약속은 지키겠지만 너의 이 엉터리 연극에 맞춰 줄 생각은 없어."

"그러지 말고 오늘만 좀 봐 주라. 내가 설명할게. 고히나타 선배는 성실하고 좋은 사람이기는 한데 걸핏하면 때린단 말이야."

클럽으로 다시 돌아온 지 얼마 안 된 무렵에 그녀의 볼이 통통 부어 있던 것이 생각났다. 또 공놀이를 하다가 얼굴을 맞았나 싶었는데 생각해 보니 그때는 손가락이 완치되기도 전이었다.

"……네가 맞을 소리를 했나 보지."

"그 사람 집안 사정이 복잡하거든. 대학에 진학할 수 있을지도 잘 모르고. 기분이 더러울 때 화풀이를 할 사람이 나밖에 없는 거야. 하지만 기미시마 선배는 정말 자상해. 나한테 너무 잘해서 꿈속에 있는 것 같아."

"알겠고. 그래서 넌 어느 쪽을 좋아하는데?"

그녀는 대답하기를 망설였지만 마음이 흔들리는 것 같지는 않았다. "고히나타 선배."

뭔가 훈계라도 하고 싶었다. 하지만 아무것도 생각나지 않았다. "참 고민되겠다."

그녀는 기미시마 선배 옆으로 돌아갔다.

찻집으로 가는 사이에 나의 '상담'은 기미시마 선배 머릿속에서 이상한 방향으로 무르익었다. 마실 것과 먹을 것들이 테이블에 놓이자마자 선배는 부드럽지만 진지한 목소리로 말했다.

"그래서, 다히라는 우리 클럽의 누구를 좋아하는 거야?"

아무리 연극이라도 어릴 때부터 친구인 이쿠다 앞에서 그런 이야기를 하는 건 쑥스러웠다. 나는 새삼 미나모토의 이기적인 행동을 원망하며 이참에 "미나모토요."라고 말해서 지옥을 만들어 볼까 하는 생각도 들었지만 마음이 약할 것 같은 기미시마 선배에게 상처를 주고 싶지는 않았다. 그래서 무난한 대답을 하기로 했다.

"그렇게 진지하게 좋아하는 건 아니고요."

"그래도 사귀어 보고 싶은 마음은 있는 거잖아?"

"네에, 뭐⋯⋯."

"1학년?"

고개를 저었다.

"상급생이야? 누군데?"

"클라리넷의 오키타 선배가 너무 예뻐서요."

기미시마 선배의 표정이 어두워졌다. "그렇구나."

그 표정을 보고 처음에는 오키타 선배가 사실은 이미 누군가의 연인인데 나만 모르고 이런 소리를 해서 그런가 생각했다. 하지만 아니었다.

"오키타 선배는 남자친구가 있어요?" 미나모토가 기미시마 선배에게 물었다.

"아니, 없어." 하고 그는 단언했다. "다히라, 오키타랑 이야기해 본 적 있어?"

"그냥 인사만 하는 정도인데요."

"언제 한번 길게 이야기해 보면 알거야. 남자를 싫어하거든."

"……레즈비언이라는 뜻이에요?"

"그런 뜻이 아니야. 소위 말하는 성적 트라우마가 있는 모양이야." 마다가스카르 같은 곳에서 데리고 온 귀한 동물을 다루듯이 '소위 말하는 성적 트라우마'라고 그가 말하는 바람에 나는 보호동물로 지정된 여우원숭이가 자꾸만 머릿속에 떠올랐다. "눈이 나빠서 말할 때 얼굴을 바짝 들이대지? 1학년 때 착각해서 나도 모르게 안아 버린 적이 있어. 미인은 미인이니까 얼떨결에……아얏!"

기미시마 선배가 얼굴을 찡그리며 말을 멈췄다. 옆에 있던 미나모토가 발을 밟았거나 옆구리를 꼬집은 모양이었다.

"왜 그러세요?" 하고 이쿠다가 물었다.

"아무것도 아니야. 아무튼 그때 그랬더니 비명을 지르면서 학교 안을 뛰어다니는 거야. 무슨 큰 사건이 일어난 줄 알았는지 누가 경찰에 신고를 했어. 경찰이 도착했을 때 오키타는 옥상의 급수탑 위에 올라가 있었고, 오스기 선생님이 어머니를 모시고 와서 설득할 때까지 절대 안 내려왔어. 나는 경찰차 안에서 조서를 써야 했지. 초보자가 처음 악기를 시작하면서 벌써 개인 클라리넷을 산 것을 신기하다고 생각했던 시점에서 알아차려야 했어. 다른 사람이 입을 댄 마우스피스를 입에 무느니 아예 혀 깨물고 죽겠다고 할 애야, 걔는."

찻집에 이글스의 〈호텔 캘리포니아Hotel California〉가 흐르기 시작했다. 지난 1969년 이후로 그런 술은 팔지 않는답니다. 어느새 모두들 노래에 귀를 기울이고 있었고, 그렇게 오키타 선배에 대한 이야기는 끊겨 버렸다.

장식이 잔뜩 올라가 있는 푸딩을 먹은 다음 기미시마 선배가 나에게 이상한 말을 했다.

"다히라, 네가 연상을 좋아하는 거면……."

사실 그런 건 아니었지만 "아, 예." 하고 대답했다.

"사쿠라이가 나을 거야."

"네?"

"트럼펫의 사쿠라이 말이야. 너한테는 걔가 더 나아. 도쿄 말을 끝까지 고치지 않으려는 게 좀 거슬리기는 하지만."

"아, 네에."

찻집에서 나온 우리는 다시 두 명씩 갈라졌다. 서로 거리를 두고 단순한 선후배 사이인 척하며 멀어져 가는 기미시마 선배와 미나모토를 뒤돌아보면서 이 커플이 더 옳다, 이대로 잘 되었으면 좋겠다는 생각을 내 멋대로 했다. 아돌프 삭스(벨기에의 음악가. 색소폰을 발명한 사람으로 알려져 있다)가 발명한 악기를 하는 사람끼리니까 서로 잘 맞을 거라는 말도 안 되는 생각을 하기도 했다. 무뚝뚝하지만 남을 잘 챙기는 고히나타 선배를 우리 1학년들은 무서워하면서도 많이 따랐다. 그래서 자기보다 어린 여자친구에게 손찌검을 하는 약한 면이 있다는 사실은 상당히 쇼크였다.

"저 두 사람 혹시 사귀는 거 아냐? 데이트하고 있었던 건가?"하고 이쿠다가 뒤늦게 알아차리고는 내게 물었다.

"몰라." 나는 대답했다.

그런데 제일 뜬금없었던 건 사쿠라이 히토미 선배를 내게 권하는 것 같은 기미시마 선배의 말이었다. 그것은 오랜 세월 동안 내 마음속에 수수께끼로 남아 있었다. 나를 놀리려고 그런 말을 한 것 같지는 않았다.

사쿠라이 선배의 이미지를 한마디로 표현하자면 '이방인'이었다. 이 근방에서 나고 자란 여자들에게서는 거의 찾아보기 힘든 창백한 피부와 색소가 옅은 눈과 머리에, 우리와는 억양도 다르고 어휘도 다른 언어를 쓰면서 영화에서나 나올 법한 말을 자연스럽게 하곤 했다. 그런 점이 나쁘게 보이지는 않았다. 다만 클럽의 모든 사람들이 그녀에 대해 먼 나라 사람이 잠시 우리 생활권에 머물고 있는 것 같은 느낌을 가지고 있었다.

"왜 사쿠라이 선배가 낫겠다고 한 건가요?" 그때 일이 생각나서 기미시마 선배에게 물어본 것은 겨우 얼마 전이었다.

"그런 일을 여태 기억하고 있었어?" 하며 그는 웃었다. 고등학생 때보다 20킬로 이상 몸무게가 불었을 성 싶은데 그래도 온화한 말투와 표정은 여전했다. "내가 그런 말을 했었나?"

"했어요."

"그랬군. 그렇다면 아마…… 사쿠라이한테서 부모님의 일시적인 전근 때문에 이쪽으로 이사 오게 되었다는 말을 들었지. 그래서 조만간 우리 곁을 떠날 사람이라는 의식이 처음부터 있었어. 너에 대해서도 사실은 그런 느낌을 가지고 있었어. 금방 떠날 사람이라는 느낌. 그러니까 떠날 사람들끼리 사귀면 되지 않나 하는 생각이 머릿속 어딘가에 있어서 그런 말을 했을 거야."

"전 아직도 여기 있잖아요."

"대학은 그쪽으로 갔잖아. 도쿄로."

"그야 그쪽 학교에 붙었으니까 그렇죠."

"그럼 내가 잘못 느꼈던 거네."

나 또한 이방인으로 보였다는 사실을 깨달았다. 아무튼 기미시마 선배의 그 어드바이스 덕분에 나는 사쿠라이 선배가 전학을 간다면서 클럽을 그만둘 때까지 그녀를 계속 의식하며 지냈다. 사귀고 싶다거나 독차지하고 싶다는 식의 격한 감정은 없었지만, 그녀가 누군가에게 소유당하는 것을 상상하면 속이 답답해지는 미숙한 독점욕에 계속 시달렸다.

가게를 처음 열었을 때 고등학교 동창들 중에서 내가 주소를 알고 있는 사람들한테는 모두 메일을 보냈는데 곧바로 와 준 사람은 가라키밖에 없었다. 그런데 올해 들어서 하나둘씩 그리운 얼굴들이 가게를 찾아오기 시작했다. 타악기를 했던 후배 가시와기 미키, 플루트의 아시자와 선배, 가업을 이어받은 기미시마 선배. 어떤 파도 같은 게 이런 장사에는 있는 모양이었다. 그 시절의 취주악부를 재결성하자는 황당한 아이디어를 나에게 전해 준 사람은 기미시마 선배였다. 초여름 무렵이었다.

"내가 말을 꺼낸 게 아니야. 사쿠라이가 자기 결혼식에서 연주를 해 달라고 부탁했어."

"사쿠라이 히토미 선배요?" 놀라서 목소리가 뒤집어졌다.

"그래. 11월이라던데."

"아직까지 혼자였어요?"

"두 번째 아닐까? 자세한 사정은 모르지만."

"지금 어디 산대요?"

"도쿄."

"그럼 힘들지 않을까요?"

"그런데 일 때문에 이쪽으로 자주 오나 봐. 그러다가 이쪽에 있는 대학 교수하고 알게 되었다나. 듣기로는 어디 관공서에서 개구리 관련된 일을 하고 있다던데."

"개구리? 개굴개굴 우는 그 개구리요?"

"그래. 그 개구리. 지금 세계적으로 개구리가 급격하게 줄어들고 있는데 그걸 막기 위한 연구를 지원하고 있다고 하더라고."

"그러고 보니 요즘에는 개구리 울음소리가 거의 안 들리네요. 예전에는 여름만 되었다 하면 시끄러웠는데. 그건 그렇다 치고 이쪽이 개구리 본고장도 아닐 텐데 도대체 뭐하러……."

"모르지."

나중에 사쿠라이 선배에게 직접 들었다. 여기가 개구리 본고장이었다. 이 지역 국립 대학 생물학과는 전통적으로 개구리 연구를 활발히 해서 전 세계의 학자들이 연수하기 위해 찾아올 정도라고 한다. 사쿠라이 선배는 환경청 외부 기관에서 일하는데 개구리 구제를 목적으로 하는 NGO들의 활동이 첨단 연구와 잘 연계되어 있는지 감사하는 일을 한다고 했다.

"사쿠라이 선배는 아직도 트럼펫을 불고 있나 보죠?"

"응. 도쿄의 아마추어 밴드에서 계속 불고 있었나 봐. 그런데 개구리 일을 맡게 된 후부터는 이쪽에서 지내는 날이 많아져 유령 멤버처럼 되어 버렸다고 하더라고."

"지금 와서 고등학교 때 사람들을 모아 보겠다니 배포가 참 대단하네요. 그냥 다른 데서 사람 구하는 게 훨씬 빠를 텐데."

"즐거웠나 봐. 그때 취주악부가. 음악을 오랫동안 해 왔지만 그때만큼 재미있는 밴드는 못 봤다고 하더라고."

"밴드가 그랬다기보다는 본인이 젊어서 그랬겠죠."

"그럴지도 모르지." 하며 기미시카 선배는 웃는 얼굴로 샷 글라스에 남아 있던 술을 비웠다. "반짝거렸으니까."

잠시 후에 내게 물었다. 당시 부원들 중에 아직도 얼굴을 보는 사람이 있느냐고. 재결성을 일종의 웃자는 얘기로 받아들였던 나는 그 말에 진짜로 당혹스러워졌다.

"유포니움의 가라키는 가끔씩 술 한 잔 하러 들르기는 하지만 음악에서 손 놓은 지 오래되었어요. 플루트의 이쿠다는 지금도 혼자서 불기는 할 겁니다. 하지만 마지막으로 얼굴을 본 지 몇 년 되었고 그 뒤로는 전화 통화만 가끔씩 하는 정도예요."

거기까지 말한 다음 계속 말을 이어 갈지 잠시 주저했다. 사실은 기미시마 선배가 가게에 들어섰을 때부터 이야기를 할지 말지 계속 망설이고 있었다.

결국 말을 꺼냈다. 나중에 알게 되는 것보다는 낫겠다 싶었다.

"그리고 얼마 전에 베이스 클라리넷의 미나모토가 가게에 들렀어요. 나가레카와에 있는 술집에서 마담을 하고 있다더라고요."

기미시마 선배는 내가 예상한 만큼 놀라지는 않았다. "그래? 어때 보였는데?"

"별로 안 변했더라고요."

"악기는…… 하고 있을 리가 없겠지. 나가레카와의 술집 마담이 베이스 클라리넷을."

"뭐, 그런 마담이 절대로 없다는 보장도 없지만요." 하고 말하면서 나 혼자 웃었다.

"그때는 애가 참 귀여웠는데. 사실은 나도 마음이 좀 있기는 했거든."

그 말을 듣고 그때 나와 이쿠다가 눈치 채고 있었다는 걸 기미시마 선배는 이제껏 몰랐다는 사실을 알 수 있었다. 선배가 순진해서 그렇다기보다는 아마도 미나모토의 수완 때문이었을 것이다. 선배는 내게 샷 글라스를 하나 더 내오라고 하더니 "한 잔 받아라." 하며 위스키를 따라 주었다.

"감사합니다."

"다음에는 고히나타를 데리고 올게. 그 녀석도 다시 모이는 것에 찬성한다고 하더라고."

사쿠라이 선배와 마찬가지로 같은 학년이었으니 서로 만나고 지낸다 해도 이상할 것은 없었다. 그러나 타이밍이 타이밍이었던 만큼 나도 모르게 술을 뿜을 뻔했다.

"야야, 농담인 줄 알았어? 너도 현 베이스 해야지."

"전 악기도 없어요."

"그럼 일렉 베이스를 하든지."

"그것도 없습니다."

"어디서 빌려 와. 아무 악기나 상관없어. 잘 못해도 되고. 학교 브라스밴드 같은 건 원래 그런 거야. 다들 한 자리에 모여 죽어라 연주해서 큰 소리를 내고, 그걸 누군가가 들어 주면…… 아니 들어주지 않더라도 그냥 그 자체로 괜찮은 거야. 취직하고 결혼하고 애가 생기고 악기를 만져 볼 틈도 없어지니 옛날에 그렇게 죽을힘을 다해서 연습한 게 다 쓸모없는 짓이었다고 후회했는데, 다히라, 사실은 그래도 괜찮았던 거야. 음악 같은 건 다 쓸모

없다. 하지만 그래서 변함없이 아름답게 빛나는 거지."

취기가 오른 모양이었다. 미나모토에 대한 이야기가 그렇게 만든 것인지도 모른다.

그런 생각이 든다. 만약 재결성 이야기를 꺼낸 사람이 사쿠라이 선배가 아니었다면 기미시마 선배도 고히나타 선배도 이렇게 순순히 마음이 움직이지는 않았으리라. 아라마타 선배도, 아시자와 선배도, 오키타 선배도, 혹은 나나 가라키나 이쿠다였어도 아마 안 되었을 것이다.

우선 정상적인 성인의 상식으로 볼 때 25년 만에 브라스밴드를 재결성한다는 생각 자체가 환상이다. 쇼팽이고 슈만이고 어스 윈드 앤드 파이어(미국 그룹. 처음 디스코 음악으로 시작했다가 점차 펑크 음악을 선보였다). 술자리에서는 계획을 세우며 다들 신이 나서 떠들지도 모른다. 하지만 한잠 자고 일어나면 어젯밤엔 참 말도 안 되는 일로 떠들어댔다는 생각에 피식 웃음이 나올 테고, 틀림없이 그날로 잊어버리고 말 것이다. 그러나 처음부터 반쯤 투명하게 보이는 존재였던 사쿠라이 선배가 나서서 우리가 열고 나가야 할 문을 가리켜 준다면 얘기가 또 달라진다.

"1981년의 문화제." 기미시마 선배가 카운터를 바라보며 말했다. "우리는 돌이킬 수 없는 실패를 했지."

"실패랄 것까지는 없잖아요. 그때는 나름대로 즐거웠으니까."

"재즈는 대학 가서도 얼마든지 할 수 있었어. 그런데 억눌리니까 오히려 반항심이 생겨서 그랬지. ……그때 그 곡 생각나?

마지막에 연주한 행진곡."

"〈가을 하늘에〉 맞죠? 가미오카 요이치의."

"안노가 들고 와서 하라고 그러더라고. 호쿠리쿠 지역인가 어디의 과제곡이었던 것을."

"그랬어요?"

"곡이 영 아니라고 생각했지."

"그래요?"

"그런데도 요즘 들어서 자꾸만 생각이 나. 비제의 곡도 제대로 하고, 과제곡 뒤에 그 곡까지 깔끔하게 잘 불었으면 좋았을 텐데. 그걸 쪽팔리고, 모양 빠진다고 생각했지. 사실 진심은 아니었어. 그냥 그렇게 생각하고 싶었던 거지. 멍청한 우리들이."

그는 위스키를 연거푸 마셔 가며 그들에게 마지막이었던 문화제 이야기를 거듭했다.

2주 후, 한밤중이 다 되었을 무렵 기미시마 선배는 약속대로 고히나타 선배를 데리고 우리 가게에 찾아왔다. 둘 다 얼큰하게 취한 상태였다. 기미시마 선배와는 반대로 고히나타 선배는 옛날보다 야위었고, 원래 새치가 많았던 머리는 반 이상 하얗게 새어서 꽤나 나이가 들어 보였다.

마실 것을 내준 다음 그들에게 미나모토의 부고를 알렸다. 나도 불과 며칠 전에 미나모토의 술집 점원한테 들은 부음이었다. 두 사람의 혈색이 순식간에 창백해졌다.

"설마." 고히나타 선배가 시선을 높이 들었다. "자살은 아니겠지?"

"사고라고 하던데요." 다른 생각을 남기지 않기 위해 딱 잘라 말했다. 내 바람이기도 했다.

두 사람은 술을 마셔댔다. 취기가 오를수록 지난날의 추억에 사로잡혀 가는 것 같았다. 서로 무언가를 계속 말했지만 대화가 이루어지지 않았다. 그러다가 아마도 거의 동시에 깨달았던 모양이다.

"기미시마, 뭐 좀 물어 보자." 고히나타 선배의 미간에 깊은 주름이 생겼다. "여자랑 처음 잔 게 언제야?"

"사실 저는 말이지요……." 나는 화제를 돌리려고 끼어들었다.

"너는 주방에 들어가 있어." 하고 야단맞았다.

"아니, 여기 있어 줘." 기미시마 선배는 정반대로 요구했다.

할 수 없이 주방 입구에 서 있었다.

기미시마 선배의 눈이 촉촉이 젖어 있었다. 손가락으로 이마를 짚었다. "대충 그렇지 않을까 짐작은 했는데."

"질문에나 대답해."

"믿어 줘. 넌 그냥 중학교 때 선배일 뿐이라고 했어."

"알았으니까 질문에 대답부터 해. 솔직하게 말하지 않으면 가만 안 둔다. 언제야?"

"……고2 때."

고히나타 선배가 손으로 기미시마 선배의 넥타이를 움켜잡았다. "상대는?"

"너랑 같을 거야."

두 사람의 얼굴이 가까워졌다. 나는 카운터 위에 있는 술병들을 치우기 시작했다.

"그때 피 나왔어?"

"피? ……아, 그 피 말이야." 기미시마 선배는 고히나타 선배 손아귀에 있던 자기 넥타이를 조금씩 빼면서 말했다. "나왔지."

고히나타 선배의 어깨가 축 늘어졌다. 이윽고 느닷없이 주르륵 야윈 볼 위로 눈물이 흘렀다. "나 때도 나왔어. 어떻게 된 거야?"

미나모토는 둘 중 하나에게, 혹은 둘 다에게 모종의 마술을 부렸던 것이다. 대단하다.

고히나타 선배가 나를 노려봤다. "음악 바꿔. 뭐야, 이 우중충한 분위기는."

"《더 폴 위너즈》(바니 케셀, 레이 브라운, 셸리 맨이 함께 녹음하여 1957년에 낸 재즈 음반)인데 우중충한가요?"

"좀 신나는 거 틀어 봐. 딕시랜드(19세기 말에서 20세기 초에 미국 뉴올리언스에서 생겨난 가장 초기 형태의 재즈) 같은 거 없어?"

나는 CD랙을 찾아보았다. 가지고 온 CD를 들으면서 술을 마시는 손님이 가끔 있는데 대개는 그대로 두고 가기 때문에 내 취향이 아닌 앨범들도 꽤 있었다. 그런데 우리 가게에 버번 종류가 많지 않아서인지 딕시랜드를 가지고 온 손님은 아직 없었다. "백

파이프로 연주하는 〈하일랜드의 바람〉이나 〈매혹적인 하와이언〉 시리즈는 안 될까요? 그리고 폴란드의 폴카 모음도 있긴 해요."

"다히라, 너는 그때부터 다 알고 있었던 거 아냐? 걔가 나와 이놈에게 양다리 걸치고 있었다는 걸."

고개를 살짝 저으면서 CD를 보여 주려고 카운터에 나란히 늘어놓았다.

"설마 너도 유카랑?"

이번에는 고개를 크게 저었다.

"이놈은 믿을 수가 없어. 야, 안 그래? 이놈은 옛날부터 도대체가 속을 알 수 없는 놈이었단 말이야." 고히나타 선배는 기미시마 선배의 어깨를 치면서 이번에는 나를 손가락질하며 규탄하기 시작했다. 헷갈리기 시작한 모양이었다.

"생사람 잡지 마. 이놈은 그때 오키타를 좋아했단 말이야. 나한테 고민 상담까지 할 정도였으니까 틀림없어."

"뭐야? 오키타하고도 그랬다고?" 고히나타 선배가 카운터 위로 몸을 내밀어서 내 셔츠를 움켜잡았다.

"오해예요. 오해."

그때 손님이 들어왔다. "뭐하는 짓들이야. 너네는 아직도 고딩을 못 벗어났니?"

나도 모르게 가슴을 폈더니 옷깃의 단추가 튕겨져 나갔다. "사쿠라이 선배!"

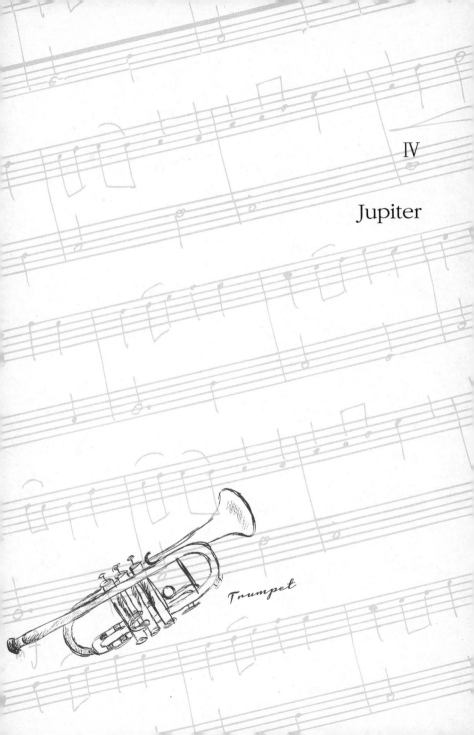

IV

Jupiter

♩ ♪♫♬

이튿날 정오가 지나서 나와 사쿠라이 히토미 선배는 모교 음악 준비실의 합성 피혁 소파 위에 나란히 앉아 있었다. 25년 전에도 있었던 소파인데 그때는 이렇게 납작하지 않았다.

"먹으면서 들어도 될까요?" 정년을 앞둔 나이 많은 교사가 새삼스럽게 물었다. 우리를 소파로 안내할 때도 그렇고 그 뒤로도 오른손에는 민속품으로 보이는 나무젓가락이 계속 들려 있었다. 인사를 나눌 때조차 가끔씩 그 젓가락을 플라스틱 도시락 통에 집어넣었다 뺐다. "학교에는 오랜만에 오시는 건가요?"

"졸업 후로 처음……." 나와 사쿠라이 선배가 한 목소리로 말했다.

"그럼 많이 놀라셨겠네요. 지금은 이런 분위기라서."

기시오카라는 이 음악 교사는 8년 전부터 덴소쿠 고등학교에 있었다고 한다. 취주악부의 현재 지도 교사이기도 하다.

그가 부임하고 얼마 후에 덴소쿠 고등학교는 운영 방침을 혁신적으로 바꿨다. 우리가 다닐 때까지만 해도 덴소쿠 고등학교는 진학 전문 고등학교까지는 아니어도 대학 진학률이 높은 학교였다. 4년제 대학에 들어가지 않더라도 전문대는 갔다가 사회생활을 시작하는 경우가 일반적이었다. 그러던 학교를 다시 생각하게 만든 계기는 신생아 출생률의 저하였다. 요즘에는 고등학생들 중 몇 퍼센트가 대학에 진학하는지 모르겠지만 전체적인 숫자인 분모가 줄었으니 당연히 대학 진학을 원하는 사람 수도 줄었다. 한정된 파이를 본격적인 진학 전문 고등학교와 싸워서 빼앗으려 들면 이 학교에 입학하는 학생은 점점 줄어서 조만간 학교의 존속 자체가 불가능할 정도가 될 것이다. 그래서 덴소쿠 고등학교는 옛날의 제2중학교답게 굉장히 파격적인 변신을 선택했다. 일반 고등학교에서 종합 학과 고등학교로 바꾼 것이다. 학생들 스스로가 커리큘럼을 만들어 수업을 듣는 방식으로, 말하자면 고등학교의 가면을 쓴 전문대다. 그렇게 한 결과…….

"소문으로는 듣고 있었지만 막상 직접 보니 여고가 된 건가 싶어요."라고 사쿠라이 선배가 말했다.

"남학생은 전체의 30퍼센트 정도밖에 안 될 거예요. 참고로 취주악부에는 남학생이 튜바 한 사람뿐이에요."

"다 해서 몇 명이 있나요?"

"스물세 명? 아니 스물두 명이군."

사쿠라이 선배가 흘깃 내게 시선을 보냈다. 모교의 클럽이 축소되고 있다는 소문은 후배를 통해 듣고 있었다고 했다. 특히 남학생들이 좋아하는 금관 악기가 심하게 줄어서 콩쿠르에서도 목관 앙상블을 연주한다고 했고, 레퍼토리가 다양해야 하는 문화제나 정기 연주회 때는 젊은 세대의 옛 멤버들이 차출된다고 했다. 이것에 사쿠라이 선배가 재결성이라는 아이디어를 얻었다. 부원이 적다는 것은 다시 말해 악기가 남아돈다는 뜻이었다.

"그럼 현 베이스는요?" 내가 물었다.

"전멸이지요. 벌써 5년 전부터 아무도 없어요."

"하아." 나도 모르게 한숨이 나왔다. "위에 누가 없으면 밑으로도 들어오기 힘들 텐데. 아예 맥이 끊어져 버린 거네요."

"중학교 때부터 아주 잘하던 애가 들어오거나 하지 않는 한 부활은 힘들겠지요. 그 커다란 덩치가 서너 대씩 연습실에서 썩어나고 있어요."

"몇 대라고요?" 우리 때는 두 대밖에 없었다.

"네 대일 거예요. 20년쯤 전에…… 아마 당신들보다 조금 뒤의 시절이겠네요, 한때 이 클럽이 50명을 넘어선 적이 있다고 하더라고요. 그때 명문 클럽을 만든다면서 악기도 대폭 늘려놓은 거지요. 그런데 아이들이 줄어들기 시작했고, 종합 학과로 바꿔도 근본적인 해결은 되지 않으니, 뭐 앞으로도 부원이 늘어날 일은 없을 겁니다. 공연한 낭비를 한 셈이지요."

"그때 악기 종류별로 다 늘어났나요? 그럼 트럼펫은 몇 개예요?" 사쿠라이 선배가 물었다.

"다섯 개, 아니 여섯 개 있나?"

"트롬본은?"

"비슷해요."

나와 사쿠라이 선배가 얼굴을 마주보았다. 그야말로 코끼리 무덤이었다.

"그런데 오늘 오신 용건은?"

실은 제가 결혼식을 하는데 그 피로연에서…… 사쿠라이 선배가 자기 계획을 말했다. "리허설 장소로 여기 음악실이나 강당을 빌렸으면 하고요. 물론 학생들한테 피해가 가지 않도록 시간대 같은 건 조정하겠습니다."

선생님은 표정을 흐렸다. "상당히 개인적인 사정이군요."

"모두가 이 학교 브라스밴드 옛 멤버예요."

"결혼할 분도?"

"……그 사람은 아니고요."

선생님은 천천히 찻잔을 입에 가져다 대면서 말했다. "일단은 교장 선생님과 상의해 보겠습니다. 너무 기대는 하지 마시고요."

사쿠라이 선배의 옆얼굴을 보았다. 실망한 기색은 없었다. 오히려 기대에 차서 환하게 빛나고 있었다. 살짝 나쁜 예감이 들었다.

"그리고 남는 악기도 빌려 주세요. 당일까지 삼 개월만 빌려 주시면 돼요. 우리가 그걸 쓰면 유지, 보수하는 데도 도움이 될 거예요."

선생님은 뜨거운 차를 마시다가 사레들렸다. "악기도 없는 사람들이 연주를 한다고요?"

"안 되나요?"

"안 될 것까지는 없지만, 그럼 도대체 용건이 뭡니까? 장소를 빌리자는 거예요, 아니면 악기를 빌려 달라는 거예요?"

"양쪽 다요. 악기는 많이 남지요? 그걸 빌려 주시면 연주에 참가하는 사람들이 늘어날 거예요. 한 사람이라도 많은 편이 좋으니까요."

"여자들은." 하며 선생님이 나를 쳐다보았다. 입술을 삐죽이면서 말했다. "어째 자기 결혼식 피로연은 특별해야만 한다는 강박관념 같은 게 있네요."

"내 결혼식, 피로연이라서, 사람이 많은 게, 좋다고, 누가 그랬어요!?" 사쿠라이 선배가 화를 내면서 벌떡 일어섰다. "다 같이 모여서 연주하는 것 자체에 의미가 있다고요. 피로연 같은 건 그냥 편의상 만들어 낸 자리일 뿐이고요. 물론 옛날처럼 그렇게 많이 모이지는 않겠죠. 그 당시를 재현할 수는 없을 테니까. 그래서 한 사람이라도 더 합류하는 게 좋은 거예요. 그게 이해가 안 되나요? 정말 취주악부 지도 교사 맞아요? 진짜 음악 교사 맞아요?"

"사쿠라이 선배."

그녀를 도로 앉히려고 했지만 타이밍이 늦어 버린 모양이었다.

치밀어 오르는 화 때문인지 기시오카 선생님의 눈동자가 한껏 작아져 있었다. "환경청 어딘지에서 일하고 있다 했지요? 그럼 참 대단하시겠군요. 하지만 나는 지금 그 모습을 여기 후배들한테 보여 주고 싶은 생각이 눈곱만치도 들지 않네요. 공립 고등학교에는 공립만의 규칙이라는 게 있어요. 여기는 일반인들에게 서비스를 제공하는 기관이 아니라는 겁니다. 그런 걸 원한다면 슈린칸 같은 사립 학교에 가 보세요. 사학이라면 나름 판단해 주겠지요. 학교의 남은 비품을 대여해 주는 사회봉사 활동도 하고 있는 걸로 압니다."

"사학이 할 수 있는 걸……." 더욱 화를 내려는 사쿠라이 선배의 등과 어깨를 있는 힘껏 문 쪽으로 밀어냈다.

"밖에서 기다려 주세요. 5분만."

"나 못 기다려."

"그럼 3분만."

문을 닫았다. 조용해졌다.

기시오카 선생님은 어깨를 들썩이면서 거친 숨을 쉬고 있었다. "나도 일부러 심술을 부리는 게 아닙니다."

"물론 그러시겠지요. 정말 죄송합니다."

"여기는 나에게도 모교예요. 내 재량으로 그렇게 할 수 있다면 당연히 기분 좋게 해 드렸겠지요."

"그러신가요?"

"당신들도 내 후배들이에요. 연습실에 있는 1960년대 초반의 앨범을 보면 찾을 수 있을 거예요. 나도 취주악부였으니까."

"……그러셨군요. 그럼 악기는?"

"호른."

"어려운 악기를 하셨네요."

"옛날에는 악기를 고를 여유 같은 게 없었지요. 빈 악기가 있으면 굶주린 고양이처럼 달려드는 수밖에 없었으니까."

어떤 악기든 잘하려면 정신이 아득할 정도로 많은 노력을 기울여야 하지만 처음의 한 발짝, 그러니까 그냥 소리를 내는 데까지에 드는 고생을 가지고 따지자면 오보에와 호른이 목관과 금관의 으뜸이다. 기네스북에도 이 두 악기는 가장 연주하기 힘든 악기라고 기재되어 있다고 한다.

이러니저러니 해도 나는 악기를 비교적 잘 다루는 편인지 클라리넷이건, 플루트건, 트럼펫이건 잠깐 빌려서 이리저리 만지고 놀다 보면 소리 정도는 낼 수 있었다. 색소폰이나 트롬본은 도레미까지 할 수 있었다. 그러나 오보에와 호른만큼은 몇 번을 도전해 보아도 할 수 없었다. 삑, 뿡, 하는 소리도 나지 않았다.

오보에, 그리고 텐소쿠 고등학교에는 없던 바순, 그와 더불어 숌(오보에의 전신이라 불리는 중세의 관악기)과 일본 피리 히치리키도 모두 더블 리드라고 해서 갈대 조각 두 개를 겹친 것으로 소리를 낸다. 원형은 그 부분만으로 이루어진 피리였다. 그러니까 더블 리드는 오보에의 심장이며 그 두께와 열린 정도, 습한 정도에 따라 음색과 음정의 정밀도에 하늘과 땅만큼 차이가 생긴다. 기본적으로 리드는 연주자가 직접 제작한다. 따라서 손재주가 없는 사람은 좋은 오보에 연주자가 될 수 없다.

오보에는 숨 때문에 힘들다는 소리를 많이 한다. 일반적으로 관악기에서 숨 때문에 힘들다고 하면 폐활량이 모자란다는 뜻이다. 그런데 오보에는 반대다. 더블 리드의 미세한 틈새로 숨을 불어넣는 것이라서 아무리 불어도 숨이 남게 되어 호흡을 멈추고 있는 것이나 다름없는 상태가 계속되기 때문이다.

교향악과 취주악에서는 연주하기 전에 악기 튜닝을 모두 오보에에 맞춘다. 그건 오보에가 정확한 음을 내기 때문이 아니다. 음정을 미세하게 조정하기 힘든 악기라서 하는 수 없이 다른 모든 악기들이 거기에 맞춰 주는 것이다. 구조를 개량할 수는 있겠지만 틀림없이 음색도 바뀌어 버릴 것이다. 연주자를 울게 하는 까다로운 악기지만 그 관능적인 음색이 없으면 클래식 음악 대부분이 완성되지 않는다. 제멋대로 구는, 하지만 끝내주게 아름다운 미인 같은 악기다.

오보에의 기원이 갈대피리라면 호른의 기원은 뿔피리다. 엄밀하게 따지자면 그냥 호른이라고 하면 지금도 뿔피리를 뜻하고, 커다란 달팽이처럼 생긴 금관 악기는 프렌치 호른이라고 해야 한다.

트롬본 이외의 금관 악기에는 대부분 밸브라는, 숨이 빠져나가는 거리를 조절하는 장치가 달려 있다. 이게 없다고 음정을 바꾸지 못하는가 하면 그렇지도 않다. 우리가 아는 진군 나팔이나 팡파르 트럼펫은 그냥 하나의 관밖에 없는데도 멜로디 연주가 가능하다.

자연 배음렬이라는 말이 있다. 관밖에 없는 악기라도 도, 솔, 도, 미, 솔, 시♭, 도, 레, 미…… 정도의 음을 부는 것이라면 숨을 불어넣는 방식만으로 가능하다. 진군 나팔 소리나 팡파르는 이런 음만으로 이루어져 있다. 길고 큰 알펜호른으로 연주하는 음악도 마찬가지다.

예전에는 작곡가가 그런 악기임을 잘 알고 작곡하기도 했고, 연주자가 다양한 길이의 서로 다른 관악기를 가지고 다니며 곡에 따라 이것저것 바꿔 가며 불었다. 물론 불편하기는 했다. 그래서 밸브를 도입하여 관의 길이를 비슷하게 변화시켰다. 말하자면 다양한 음정의 음계를 하나로 모아서 반음계까지 자유롭게 불 수 있게 만든 것이 현재의 금관 악기다. 안정된 음정을 내기 힘든 프렌치 호른은 그때마다 유리한 방법을 선택할 수 있도록 길고 짧은 관을 합쳐 놓았기 때문에 미로처럼 복잡한 모양새다.

악기의 음정이 불안정하다는 점이 음악적으로 유리한 경우도 있다. 프렌치 호른은 밸브 도입 이전부터 반음계를 낼 수 있었다. 호른 연주자가 달팽이 모양의 관 입구에 오른손을 집어넣고 연주하는 모습을 본 사람들이 많을 것이다. 그 동작은 악기를 제대로 들고 있기 위해서이기도 하지만, 옛날 연주자들은 그 안에서 교묘하게 손의 모양을 바꾸거나 구멍을 막아서 음정을 세밀하게 조작했다. 말하자면 호른은 불안정한 그 구조 덕분에 연주자가 숙달되면 될수록 다재다능한 금관 악기가 되는 것이다.

한마디로 어려운 악기다. 영국의 필하모니아 오케스트라와 로열 필하모니 오케스트라, 양쪽의 수석 연주자를 겸임한 데니스 브레인처럼 엄청난 연주자도 있다. 그러나 아마추어 레벨에서 호른이라고 하면 애매한 음정의 대명사다. 그냥 길게 빼는 소리 하나만 내도 제발 중간에 소리가 뒤집혀서 이상한 음정이 되지만 말아 달라고 오히려 주변 사람들이 진땀을 빼는 악기다.

안개가 자욱한 숲 속의 풍경 같은 그 음색은 다른 악기로 낼수가 없다. 천재 데니스 브레인이 삼십 대의 젊은 나이에 자동차 사고로 죽은 후 필하모니아 오케스트라의 수석 연주자로 취임한 사람은 데니스의 아버지이자 유명한 호른 연주자였던 오브리 브레인의 제자인 앨런 시빌이었다.

많은 사람들에게 호른 연주를 듣게 했다는 의미에서 시빌은 브레인 부자를 능가했다. 비틀즈의 곡을 듣다 보면 아름다운 호른 소리가 들리는데 그게 바로 시빌의 연주다.

"혹시 재결성이 잘 이루어지면 선생님도 호른을 불어 주세요. 사쿠라이 선배는 지금 좀 열이 올라서 저렇지 원래 나쁜 사람은 아닙니다."

"그야 그렇겠지. 나도 말이 좀 심했어."

"선생님이 호른을 불어 주신다고 하면 정말 기뻐할 거예요."

그는 처음으로 입가에 미소가 번졌다.

"지금 와서 불 수 있겠나?"

"저는 현 베이스였는데 지난 25년 동안 한 번도 만져 보지 못했어요. 그래도 괜찮잖아요. 엉터리 같아도 뭐 어때요."

"그럴 수는 없지. 대선배 체면이라는 것도 있는데⋯⋯."

그는 이제 완전히 활짝 웃느라 말을 잇지 못했다.

"일단은 슈린칸에 문의를 해 보겠습니다. 혹시 지도 교사 이름을 아십니까?"

"당신들 연배인데 아마 나가쿠라라고 했었지?"

벼락을 맞은 것 같은 느낌이었다. "나가쿠라⋯⋯ 이름은요?"

기시오카 선생님은 책상 서랍에서 파일을 꺼내 펼쳤다. "나가쿠라 류타로라는 선생이네."

사쿠라이 선배는 음악실 가운데 줄 뒤쪽에 앉아 기다리고 있었다. 트럼펫이 앉는 위치였다.

어떻게 됐어? 하고 소리 내지 않은 채 입술만 움직여서 나에게 물었다. 고개를 끄덕여서 헛걸음이 아니었음을 전한 다음 음악실에서 나왔다. 베이지색 카펫이 깔린 음악실에서 신발을 벗고 녹색 슬리퍼로 갈아 신는 규칙은 우리 때랑 바뀌지 않은 모양이었다. 하지만 신발장은 새로 바뀌어 있었고, 카펫도 더 이상 조심할 필요를 느끼지 못할 만큼 닳고 닳아서 군데군데 보수한 자국이 눈에 띄었다.

강렬한 햇살에 눈이 찡그려져서 둘 다 허겁지겁 모자를 썼다. 젊은 시절에는 어떻게 모자 없이 지낼 수 있었을까?

그 시절보다 훨씬 더 붉게 녹슬어 있는 비상계단에서 사쿠라이 선배가 말을 꺼냈다. "나도 모르게 일할 때처럼 버럭버럭해 버렸네. 다히라 군, 미안해."

"치열한 직장인가 보네요."

"내가 대변해 주지 않으면 개구리가 자기 변호를 할 수 없으니까."

"그렇군요. 그러나저러나 나가쿠라 류타로가 슈린칸에 있답니다. 악기에 대한 것도 말해 볼 수 있겠던데요."

"누구?"

"클라리넷 하던 날라리 있잖아요. 기억 안 나요?"

"아아, 걔. 아직도 고등학생이야?"

"설마! 교사죠."

문득 기시오카 선생님이 나가쿠라가 후배라는 것을 모르고 있었다는 점을 깨달았다. 자기하고 비슷하게 지내 온 셈인데. 어쩌면 나가쿠라가 말하지 않았을지도 모른다. 짐작 가는 이유가 있었다.

1층으로 내려왔다. "오키타 선배하고는 연락이 되나요?"

흐응, 하며 사쿠라이 선배가 턱을 쳐들고는 나를 내려다보는 눈짓을 했다. 십 대 시절의 버릇이 남아 있었다. 옅은 색이었던 머리카락은 스타일이 바뀌었고, 있는지 없는지 분간 안 되던 눈썹은 자연스럽게 그려져 있고, 동글동글하던 얼굴은 볼 살이 빠져서 홀쭉해졌지만 그 표정을 보자마자 사반세기의 세월이 꿈

같이 사라져 버린 것 같은 착각에 빠졌다. 발을 헛디딜 뻔했다.

"아직도 포기를 못 했어?"

"그 소문은 미나모토가 퍼뜨린 건가요? 아니면 기미시마 선배?"

"다들 알고 있었어."

"오해예요. 지금 물어본 건 류타로 같으면 오키타 선배를 통하는 게 빠르지 않을까 싶어서고요."

"왜, 파트 리더여서?" 사쿠라이 선배가 픽 웃으며 물었다.

"뭐…… 그런 거지요." 당시 나가쿠라가 오키타 선배를 보필하는 기사라고 자임했던 것은 틀림없다. 그 기사한테 부탁할 일이 있으면 공주님을 통해 말하는 게 최고겠지.

"가끔씩 메일 주고받는 정도지, 뭐. 사요는 지금 뉴질랜드에 있거든. 난 점심을 먹을까 하는데 어떡할래?"

"여행 갔어요?"

"아니, 거기에 살아. 남편이 뉴질랜드 사람이거든. 점심 어떡해? 먹을 거야?"

"네, 먹어요." 정오에 만나기로 했기 때문에 나는 어젯밤, 아니 오늘 새벽이라고 해야겠지, 거의 잠을 못 잤다. 배가 고픈 것 같기도 하고, 안 먹어도 금방 허기를 잊어버릴 것 같은 애매한 느낌이었다. 맥주나 한 잔 마시고 가게 문 열 때까지 늘어져 있고 싶은 게 솔직한 심정이었지만 그런 식으로 말하면 경멸당할 것 같았다. "어느 쪽이든 상관없어요. 식욕은 있고요."

"만나 준 거니까 내가 한턱 쏠게. 뭐 먹고 싶어?"

"글쎄……" 비어홀에서 독일식 족발 아이스바인하고 소시지. 잉글리시 펍에서 쌀 샐러드랑 피쉬 앤드 칩스. 이렇게 말할 수는 없었다.

정문에서 나와 버스 정류장으로 가는 도중에 사쿠라이 선배가 멈춰 서더니 페인트칠이 벗겨지려고 하는 나무 입간판을 가리켰다. "이 가게 아직도 있네. 학교 다닐 때 자주 왔었는데. 날씨도 더운데 그냥 여기 들어갈까?"

카페였다. 실망스러웠지만 불평할 수는 없었다.

가 본 적이 없는 곳이라고 생각했는데 문을 열고 들어가 보니 분위기가 익숙했다. 반대로 사쿠라이 선배는 "많이 달라졌네. 정말 그 가게 맞나?" 하며 고개를 갸웃거렸다.

고등학생들이나 좋아할 법한 맛에 양만 많은 런치 세트를 먹으면서 얘기를 나눴다.

"그래서, 선배 남편은 어떤 사람이에요?"

"오클랜드 사람이래. 예전 수도지. 일본에 와서 영어 학원 강사를 하고 있었는데 고향으로 돌아간다고 해서 오키타가 결혼하고 따라갔다고 하더라고."

"남성 기피증은 나았나 보네요."

"급수탑에 올라간 얘기?"

"소위 말하는 성적 트라우마가 있었다고 하던데."

"그거 거짓말이었어. 그냥 대충 둘러댄 말이야. 살짝 결벽증이 있기는 했지만 그렇게 보자면 나도 옛날에는 어느 정도 결벽증이었고. 그 나이 즈음의 결벽증은 일일이 이유를 찾으면 안 돼. 사요는 1학년 때 튜바 하던 이시마키 군을 좋아했거든. 그런데 안경을 벗으면 아무것도 안 보이는 애잖아. 눈앞에 있는 사람이 이시마키 군이라고 생각해서 추파를 계속 던졌던 거래."

"기미시마 선배를요? 그러고 보니 살짝 이미지가 비슷하기는 했네요."

"사요는 원래 분위기가 좀 요염하잖아. 상대가 확 끌어안았는데 보니까 기미시마 군이어서 깜짝 놀라가지고 비명을 질렀지. 걔가 원래 목청이 크거든. 그렇게 나온 자기 비명 소리까지도 창피해서 꺅꺅거리며 온 학교를 뛰어다녔더니 누군가가 오해해서 비상벨을 눌러 버린 거야. 그러니까 바깥에서 경찰 사이렌 소리는 들리지……, 그 뒤로는 기억이 나지 않는다 그러더라고. 하기야 사람이 정신 줄 놓으면 그 정도 황당한 짓은 저지르고도 남지."

"그럴까요? 뭐, 그럴 수도 있겠죠." 급수탑에까지 기어오를지는 모르겠지만 전혀 납득이 가지 않는 이야기는 아니었다. 그 이유는 나중에 설명하겠다.

"나중에 기미시마 군에게 상처를 주고 싶지 않아서 대충 둘러댔더니 남성 기피증이라고 오해를 해 버린 거야. 더구나 기미시마 군은 여기저기 떠들고 다니는 성격이잖아. 걔 때문에 고등학교 내내 남자친구를 못 사귀었다면서 지금도 서러워하던데."

"그래요?" 그 얘기는 그 얘기대로 재미있었지만 "아니, 저는

사쿠라이 선배의 남편 되실 분에 대해 물어봤던 건데요?" 하고
말했다.

"내 짝? 아아, 학자야."

"개구리?"

"그렇지."

"어떤 사람인가요?"

"학자답지 뭐."

흠, 왠지 말문을 막아 버린다는 느낌을 받으며 고개를 끄덕
였다.

"불만 있어?"

"제가 왜요?"

"사요 남편은 마크 레스터(영국의 아역 출신 영화배우)를 닮았대."

"언제 때의 마크 레스터요?"

"〈작은 사랑의 멜로디〉 때는 아니겠지."

"이야~ 오랜만에 듣네요, 마크 레스터. 누군가가 책받침으로
가지고 있었는데."

"사요는 올리비아 핫세(영국의 영화배우. 대표작은 〈로미오와 줄리
엣〉) 비슷하지 않았나?"

"닮은 부분도 있었던 거 같아요. 그 이름도 오랜만이네요."

영화 〈로미오와 줄리엣〉을 떠올려 보려고 했는데, 처음 여름
합숙 때 기억과 뒤섞여 버렸다. 어둠 저편에서 순간 빛이 나는
것처럼 하얗게 보였던 것은 몇 분의 일 정도의 확률로 젊은 날의

오키타 선배의 벗은 등이었다. 같은 확률로 사쿠라이 선배였을 수도 있다.

5박 6일간의 합숙 장소는 아침저녁으로는 쓰르라미, 낮에는 맴맴 하는 매미 때문에 시끄러운 산골짝의 한적한 마을이었다. 기차가 다니는 시골 무인역에서 한참 동안 버스를 타고 들어간 곳에 예전에 마을 사무소였다는 낡은 건물이 있었는데, 안쪽이 민박집처럼 개조되어 있었다. 건물 뒤의 언덕길을 올라가면 폐교가 된 초등학교가 있었고, 그 학교 강당 무대에서 우리는 합주를 했다.

학교에서 지정한 하복이나 트레이닝복을 입어야 한다고 했지만 여름철에 같은 옷을 계속 입고 있을 수는 없었다. 첫날 몸을 씻은 다음부터 복장이 흐트러지기 시작했다. 교복하고 별반 다르지 않은 하얀 폴로셔츠도 있었고, 록 밴드의 로고가 프린트된 티셔츠도 있었다. 그러고 보니까 뉴웨이브 계열 음악을 하는 밴드의 티셔츠는 꼭 흰색이었는데 이유가 뭘까? 하드 록 밴드는 거의 틀림없이 검은색이었고, 파랑이나 핑크나 오렌지색 티셔츠에 박혀 있는 이름은 칼라파나(하와이 출신의 록 밴드)나 파블로 크루즈(서핑 록 밴드) 같이 서핑족이 좋아하는 밴드들이었다. 지금은 사라져 버린 타월 천으로 된 티셔츠나 폴로셔츠도 있었다. 얼핏 보기에는 학교가 지정한 게 틀림없는 트레이닝 바지인데 가까이서 보면 스포츠 브랜드 제품이라는 고도의 눈속임 기술을 구사한 사람도 있었다. 나가쿠라 같은 애는 보라색 트레이닝복을 위아래로 맞춰서 태연하게 입고 다녔다. 미나모토는 여전히 파스텔 빛깔 옷이었다.

예나 지금이나 옷에 대해서 거의 신경을 쓰지 않는 내가 그때 가지고 갔던 바지들 중 하나만큼은 잘 기억하고 있다. 꽤나 자랑스러운 바지였나 보다. 직수입된 리Lee의 스트레이트 청바지, 그것의 짝퉁이었다. 그렇다고 해도 잘 만든 짝퉁이어서 보통 사람들은 알아볼 수 없었다. 미군 기지가 가까이에 있어서인지 길거리를 다니면서 잘 살펴보면 그런 류의 옷을 발견할 수 있었다. 다만 그런 옷들은 하나 같이 사이즈가 무척 컸다. 허리 28인치 바지를 만나기란 기적에 가까운 일이었다. B급 상품이어서 값이 반밖에 안 되었지만 그래도 들고 간 돈이 모자라서 가게 주인에게 따로 보관해 달라고 부탁했다가 다음 날 가서 샀다. 일반적인 국산 청바지보다 무겁고, 색이 짙고, 처음에는 종이 접기를 할 수도 있겠다 싶을 정도로 딱딱했다. 그러나 입으면 입을수록 부드러워졌다. 빨아서 널면 다시 딱딱해졌다. 그런 바지에 다리를 넣어 입는 감촉이 좋았다. 길이가 길었지만 자르지 않고 그냥 끝을 접어서 입었다. 당시에는 다들 그랬다.

합주 중간에 문득 미소를 띠고 있는 내 모습을 깨달았다. 나는 콘트라베이스라는 악기에 익숙해지고 있었다. 나 자신보다 오히려 주변에 신경을 쓰면서 무의식적으로 팔이나 손가락을 움직이는 시간이 확실하게 늘었다. 신입생한테도 가차 없이 쏟아지는 선생님의 꾸중이 나와는 무관했던 이유는 안타깝게도 잘해서가 아니었다. 지휘자가 실수를 알아차릴 수 없을 만큼, 경우에 따라서는 잘 못하는 부분을 그냥 연주하는 척만 해도 넘어갈 수 있을 만큼 취주악 연주 속에서 현 베이스의 소리는 잘 들리지 않는다. 그래도 나 자신에게는 직접 그 진동이 전해졌다. 즐거웠다.

사복을 입고서 하는 합주는 컬러풀해서 클럽 활동이 아닌 본격적인 밴드를 하는 것 같은 착각이 들게 했다. 기껏해야 고등학교 이류 밴드이기는 해도 서른 명 가까운 사람들이 마음을 모아내는 소리에는 혼돈이 한꺼번에 방출되는 것 같은 야만성이 있었다. 일상에서 벗어난 색깔과 형태가 있었다. 강당 특유의 약간 늦게 울려오는 잔향도 기분이 좋았고, 이 시끄러운 음악에 공헌하고 있다는 충실감은 나를 고무시켰다. 동시에 마음이 편안해졌다. 나는 밴드에 있었다.

현 베이스의 정위치는 무대 제일 앞쪽이다. 학교 음악실에는 콘트라베이스용 스툴이 하나 있어서 나와 가와노에 선배가 번갈아 가며 이용했다. 그러나 이곳에서는 그런 스툴을 조달할 방법이 없어서 둘 다 서서 연주했다. 우리 말고 서 있는 사람은 퍼커션 파트와 지휘자뿐이었다. 악기를 바꾸는 일이 많은 퍼커션 파트는 이리 왔다 저리 갔다 바쁘게 움직이는 모습이 요리 실습이라도 하는 사람들처럼 보였다. 하지만 나와 가와노에 선배는 항상 목을 앞으로 쭉 내밀고 서서 틈이 날 때는 악기에 기대기도 하며 지휘자와 악단을 옆에서 관찰할 수 있었다. 합주 중에 일어난 이런저런 일들을 참 잘도 기억한다면서 다른 파트 사람들이 감탄했는데, 그게 가능했던 이유는 현 베이스가 서 있는 위치와 시선의 높이 때문이었다. 언제나 클럽의 모든 부원들을 어딘지 조용한 기분으로 둘러보고 있을 수 있었다. 우리는 "금관!"도 아니었고 "목관!"도 아니었고 "퍼커션!"도 아니었고, 음을 잘못 내도, 심지어 연주하고 있지 않아도 아무도 눈치 채지 못하는 침묵의 파트였다.

가와노에 선배는 요령을 잘 알고 있었다. "조용하고 느긋한 부분에서는 좀 우아하게…… 지휘자에 맞춰 주고, 화려한 부분에서는 좀 심하다 싶을 정도로 힘차게 활을 움직이는 거야. 관악기는 움직임이 별로 없지만 우리는 다르잖아. 그게 지휘자에게는 응원이 되어서 밴드 전체의 분위기를 띄워 주거든. 난 그래서 현 베이스가 좋아. 소리는 거의 들리지 않는 존재지만 그런 식으로 힘을 주고 있다는 걸 청중들한테 잘 보여 줄 수 있으니까. 그리고 소리에도 울림이라는 게 있어. 잘 들리지 않는 음량이라도 제대로 된 음정으로 연주하면 다른 악기하고 울림이 어우러져서 한 가지 악기로는 나올 수 없는 신기한 음색이 되고, 그게 청중을 감동시키는 거야."

나는 튜바를 동정하고 있었다. 저음 악기로서 거의 같은 멜로디를 하는데, 현 베이스와는 달리 음을 틀리면 전체의 하모니가 노골적으로 흐트러진다. 곡을 모르는 사람의 귀에도 들릴 정도로. 2학년의 이시마키 미쓰루 선배는 제대로 하는데, 가라키는

아직까지도 낼 수 있는 음역대가 한정되어 있어서 갑자기 옥타
브 하나가 올라가거나 내려가거나 불안정한 소리를 냈다. 리듬
감도 이상해서 열심히 발로 타고 있는 리듬 자체가 지휘자와 다
르기 십상인 모습이 보기 딱했다. 안노 선생님은 소리가 흐트러
진다 싶으면 바로 지휘봉을 내려 버리고 만다. 날카롭게 지적하
는 훈계의 마지막은 언제나 "그리고 튜바, 박자라도 정확하게."
였다. 거의 포기에 가까운 목소리였다. 합주할 때 가라키는 언제
나 땀투성이였다.

쓰지 선배가 '펫의 다이'라고 부르던 요오가 다이스케 선배랑
처음으로 말을 주고받은 것도 이 합숙 때였다. 그때까지 선배가
나를 멀리한 것도 아니고 내가 피한 것도 아니었지만 선배는 합
주나 공연에 나와도 끝나자마자 어느새 소리 없이 사라져 버렸
기 때문에 인사할 틈조차 없었다.

개성의 집합체 같은 사람이었다. 나중에 알게 된 정보에 따르
면 클럽에 자주 나오지 못한 이유는 8밀리 영화 제작비를 만들
기 위해 아르바이트를 하고 있었기 때문이다. 가벼운 소아마비
여서 왼손을 쓰지 못했다. 그 사실을 감출 생각은 없었는지, 항
상 한 손을 주머니에 넣고 다닌다고 내가 말했더니 아무렇지도
않게 꺼내서 보여 주었다. 오른손보다 많이 작았다. "만져 봐."라
고 하기에 그렇게 했다. 유난히 차가웠다.

트럼펫을 불 때도 왼손은 주머니 속에 있었다. 트럼펫의 피스
톤 3개는 오른손으로 다뤘다. 나머지 새끼손가락과 엄지로 악기

를 지탱할 수 있었기 때문에 연주 자체는 한 손만 가지고 해도 문제가 없었다. 그가 트럼펫이라는 악기를 선택한 가장 큰 이유가 이것이었을 것이다. 악보는 어떻게 넘기나 싶어 유심히 보았더니 그는 트럼펫의 나팔관 가장자리에 타이어 튜브로 만든 가느다란 고무 패킹을 둘러서 그걸 악보에 대고 연주를 하며 페이지를 넘겼다.

나를 더욱 놀라게 한 점은 그의 음주 습관이었다. 합숙 때도 부모님 몰래 슬쩍 해 왔다면서 밸런타인 위스키를 병째로 들고 왔다.

"현 베이스, 여기 있었구나." 이틀째 저녁 식사 후에 그는 그 병을 안고서 내가 있는 방으로 찾아왔다.

그 방에 나 말고 누가 있었는지는 기억나지 않는다. 1학년 남자 목관은 저쪽, 금관은 이쪽 하는 식으로 안노 선생님이 기계적으로 배정해 준 방은 선생님이 자리를 떠나자마자 곧바로 무효가 되어 버렸다. 그 뒤로도 우리는 합숙 기간 내내 누군가의 코골이와 이 가는 소리, 음악 감상회―몇 사람이 카세트 플레이어와 테이프 컬렉션을 가지고 왔다―, 장기, 오셀로 게임, 카드 게임, 포르노 잡지, 공포 만화책 등을 이유로 빈번하게 방을 옮기곤 했다.

가라키가 없었다는 것만은 확실하다. 이시마키 선배가 새벽부터 잠자기 직전까지 스파르타식으로 그를 지도하고 있었다. 안노 선생님의 지시도 있었을 것이다. 대충 분류해 보자면 이시마키 선배는 우등생 타입이었고—너무 대충이라는 건 알지만 그렇게 대충한 분류를 스스로 믿고서 그에 맞게 행동하게 되는 게 중고생이라는 존재다— 연주도 이미지에 맞게 빈틈이 없었다. 그만큼 남에 대해서도 엄격했다. 나에게는 비판을 한 적이 한 번도 없었다. 그렇게 할 만한 가치도 없다고 여겨졌던 모양이다. 그러나 가와노에 선배에게 음색에 대한 이런저런 소리를 하는 것을 본 적은 있었다.

요오가 선배는 종이컵에 술을 따라 정좌 자세로 앉아 있는 내 앞에 놓았다. 자기 컵에도 술을 따랐다. "마셔라. 너 신문 배달하고 있다면서?"

"네."

"어떻게 일을 쉬고 여기 왔네?"

"안 좋은 소리 좀 들었죠."

"나도. 자, 마시자."

술집 주인이 되어 있는 지금의 내가 돌아보았을 때 신기하다는 생각조차 들지만 당시 나는 술에 전혀 흥미가 없었다. 아버지가 맥주를 권하면 싫다고 거절하기 미안한 마음에 그냥 잔에 입만 대는 수준이었다. 요오가 선배의 성격을 몰랐던 나는 그저 야단맞고 싶지 않다는 마음 하나로 물도 얼음도 타지 않은 미적지근한 증류주를 입술에 적셨다. 뜨겁고, 병원 같은 맛이 났다.

"술 마실 줄 아네?" 자기가 마시라고 명령해 놓고 의외라는 표정을 지었다.

이날 밤 생긴 오해 때문에 그 뒤로도 선배는 나에게 종종 술을 권했다. 술을 들고 다니지 않으면 안심이 안 되는지 그의 가방에는 언제나 스테인리스로 된 휴대용 술병이 들어 있었다. 내용물은 위스키 산토리 레드나 기껏해야 화이트였다. 때로는 학교 안을 비틀거리며 걸어 다닐 때도 있었다. 그러고도 어떻게 처벌을 안 받았나 신기했지만 그게 꼭 교사들이 눈치를 채지 못했거나 관용을 베풀어서가 아니었다. 나중에 알아차린 점이 있었다. 요오가 선배는 교사들하고 이야기할 때 꼭 왼손을 천천히 주머니에서 꺼냈다. 그러면 어느 교사든 갑자기 안절부절못하면서 이야기를 빨리 끝내고 후다닥 가 버리고 말았다.

"신문 배달해서 뭐 사려고?"

"일렉이요. 기타로 할지 베이스로 할지 아직 고민 중이에요."

"응." 그는 확인했다는 듯이 고개를 끄덕였다. 이미 쓰지 선배한테서 들은 바가 있는 모양이었다. "앰프는 어떡할 거야?"

나는 허공을 쳐다봤다. 생각해 본 적이 없었다. "집에서는 앰프 없이 연습해도 될 것 같아서요."

"그럼 밖에서는?"

"경음악 연습실이나 라이브 하우스 같은 곳에서는 그냥 거기 있는 걸로 쓰려고요."

"예전에 쓰지한테도 말한 적이 있는데…… 일렉을 하는 사람들의 그런 자세는 잘못되었어. 일렉의 악기 부분은 트럼펫으로 말하자면 기껏해야 마우스피스와 피스톤 부분이잖아. 관에 해당

되는 건 코드 저쪽에 있는 앰프랑 스피커 아닌가? 록 레코드를 들으면 대개의 일렉 연주가 음색이 나쁘다는 생각이 들거든. 그건 평소에 소리를 내서 연습하지 않았기 때문이야. 관악기 연주자 중에 음색이 나쁜 사람이 있다는 건 상상도 못 하는데 말이지."

"앰프도 값이 만만치 않아서…… 차차 생각해 보려고요."

"만들어 줄까, 내가?"

"앰프를요? 가능해요?"

"재료만 구해다 주면 공짜로 만들어 줄게. 원리는 어려운 게 아니거든. 어디서 낡은 타입의 오디오 앰프를 주워 와. 두 개 정도 있으면 되겠네. 스피커는 우리 집에 굴러다니는 것 중에서 적당한 놈으로 갖다 붙이면 될 거야."

의심을 하지 않기도, 기대에 부풀지 않기도 힘든 이야기였다. 악기와 마찬가지로 앰프 가격도 천차만별이지만 제일 싸구려를 산다 해도 몇 천 엔짜리는 없었다. 전기 원리를 아는 사람한테는 소박한 장치여도 몇 만, 몇 십만 엔에 팔리는 물건이니만큼 나름 특별한 기술이 활용되어 있을 것이다. 그래도 잠깐 생각해 보자. 퀸(영국의 록 밴드)의 브라이언 메이(영국의 록 기타리스트이자 천체 물리학자)가 쓰던 기타는 십 대 때 자기가 직접 만들었다고 했고, 앰프도 베이시스트인 존 디콘이 직접 만든 것을 레코딩에 사용하고 있다고 들었다. 메이도 디콘도 산속에서 수행하는 신선 같은 얼굴들인데 눈앞에 있는 요오가 선배도 딱 그런 분위기였다.

그 두 사람을 더해서 둘로 나눈 다음 동양인으로 만들어 놓은 것 같은 느낌이었다. 그러니 그 머리도 마찬가지로 천재가 아니란 법은 없었다.

"부탁드립니다." 나는 납작 엎드렸다.

결과부터 말하자면 내가 요오가 선배에게 앰프 제작을 의뢰하는 일은 벌어지지 않았다. 구식 오디오 앰프라고 해도 길가에서 발견되는 일은 거의 없었고, 얼마 후에 나는 어떤 일이 있어 새 앰프를 갖게 되었다. 그 사정은 나중에 설명하겠다. 다만 요오가 선배의 뛰어난 능력은 이듬해 뜻밖의 형태로 실감, 혹은 통감하게 되었다.

"너 마음에 든다. 별똥별이나 보러 갈까? 컵 들고 따라와."

"별똥별이요?"

그게 무슨 암호일까 싶어 고개를 갸웃거리면서 종이컵을 양손에 들고 복도로 걸어가는 요오가 선배의 뒤를 따랐다. 그는 변소 옆의 작은 문을 열었다. 알전구가 켜졌다. 창고였다. 안에는 이 건물이 지역 사무소였을 때 썼던 것으로 보이는 책상과 서랍장이 쌓여 있었다.

"문 닫아. 안노가 지나가다가 보기라도 하면 귀찮아지니까."

안쪽에 사다리처럼 생긴 계단이 있었다. 요오가 선배가 그걸 타고 올라갔다. 나도 문을 닫고 따라 올랐다.

"조심해. 위에는 전구가 없어."

요오가 선배는 그렇게 말했지만 아래에서 비추는 반사광 덕분에 완전히 캄캄하지는 않았다. 이 또한 사무소 시절의 물건인지 작은 상자들이 여기저기 쌓여 있었다. 작은 창문이 밖으로 나 있었다. 정원에서 비추는 불빛에 어렴풋이 빛나고 있었다. 건물을 밖에서 봤을 때 큰 지붕 한가운데에 작은 창문이 나 있었는데 그 안쪽에 있는 방이구나 싶었다.

요오가 선배는 그 창문을 열고 밖으로 나갔다. 그 뒤를 따라 창밖으로 고개를 내밀었더니 선배는 이미 지붕 기와 위에 앉아 있었다. "나오는 게 무서우면 거기서 봐도 돼. 술 줘."

컵을 건네주고 위를 올려다보고는 너무 엄청난 별들에 "와하하." 하고 웃어 버렸다. 모래사장인가 말이다. 그야말로 금과 은의 모래를 뒤엎어 놓은 것 같은 이 별들은 나처럼 눈이 나쁜 사람에게도 보이는 밤하늘의 아주 작은 부분에 불과할 것이다. 사실은 하늘 전체가 별빛으로 가득 차 있겠지.

"이 근방에는 번화가가 없어서 대기의 난반사가 적어. 우주의 빛이 아주 효율적으로 들어오는 거지. 우리 망막까지 말이야. 너 별자리는 좀 아냐?"

"오리온 정도요."

"지금 달이 있는 저 근방이 사수자리. 그 오른쪽이 전갈자리…… 밝고 붉은 빛을 띠는 별이 안타레스. 그 위쪽에는 뱀자리. 뱀이 이런 식으로 되어 있어." 요오가 선배는 상공에 파도 같은 선을 그렸다. "오른쪽이 머리고 왼쪽이 꼬리야. 저편으로 푸르스름하니 빛이 나는 별이 독수리자리의 알타이르. 우리말로 뭐라고 부르는지 알아? 말해 봐."

"모르는데요."

"바보야. 견우성이지."

"아아. 그럼 직녀성은요?"

"네가 찾아 봐."

심술궂은 말투가 아니었다. 사실 나는 그 말을 듣고서야 겨우 밤하늘을 비스듬히 가로지르고 있는 허연 띠가 옅은 구름이 아니라 은하수임을 알 수 있었다. 이게 은하수지, 하며 하늘을 보는 건 처음이었다. 은하수를 건너 맞은편에 있는 직녀성—거문고자리의 베가를 찾으려면 창문에서 한껏 몸을 밖으로 내밀어야만 했다. 머리 바로 위에 있었다. 정말로 밝은 별이었다. 나는 내 머리 위를 가리키며 말했다.

"저거죠?"

"잘 맞췄네. 하긴 어린애들도 그건 찾아낼 수 있지만. 별똥별은 봤냐? 봤으면 내려가자."

"아니요. 여기서 보여요?"

"얼마든지 보이지. 난 벌써 두 개 봤는데."

여기저기로 고개를 돌리는 나에게 그는 "그렇게 두리번거리지 말고 그냥 한 군데만 가만히 보고 있어 봐." 하고 말했다.

그래서 창문가에 머리를 대고 가만히 있었다. "제 시력으로는 안 보일지도 몰라요."

"참을성 되게 없다. 노래라도 부르고 있어. 아 맞다, 내가 트럼펫을 할 테니까 너는 허밍으로 베이스를 맡아."

과제곡에서 트럼펫이 활약하는 중간 부분을 그는 휘파람으로 불기 시작했다. 나는 완전히 다 외워 버린 베이스 라인을 흠~흠~흠~ 하고 허밍으로 했다. 내 목소리는 현 베이스처럼 낮지 않기 때문에 아마 본래의 음보다 두 옥타브 정도 위였을 것이다. 더구나 미성도 아니었다. 하지만 살짝 긁히는 듯한 휘파람 소리와 함께한 듀엣은 내 입으로 말하기 좀 그렇지만 기가 막혔다. 소름이 끼칠 정도였다.

휘파람이 올라갔다. 나는 내려갔다. 휘파람이 머물고 있는 동안에 나만 흐르듯이 움직였다. 내가 멈추면 이번에는 휘파람이 몰아쳤다. 밴드를 하는 우리가 이름조차 외우지 못한 국내 작곡가의 작품이었다. 그런데도 그것이 얼마나 치밀한 계산을 통해 만들어진 곡인지 나는 깊이 깨달을 수 있었다.

트럼펫이 길게 쉬는 부분이 되자 나는 점점 갈피를 못 잡았고, 그렇게 음악이 끊겼다. 달 왼편으로 엄청나게 큰 별이 빛나는 걸 발견한 나는 손가락으로 가리키며 물었다.

"저 별은 뭐예요?"

"목성. 염소자리에 목성이 겹쳐져 있어."

"목성에 염소자리…… 어라?" 오른편의 붉은 안타레스부터 다시 꼽아보았다. "전갈자리에 물병자리에 염소자리…… 별자리 순서대로네요."

"생일 별자리? 당연하지. 넌 정말 아무것도 모르네. 저쪽 일대의 띠를 황도대라고 해. 영어로 하면 조디악. 태양도 달도 혹성도 그 띠에서 벗어나지 않아. 그 띠를 12개로 나눠서 대표적인 별자리를 정해 놓은 게 황도 12궁이야. 너는 별자리가 뭐냐?"

"처녀자리요."

"오른쪽에 있네. 머리 좀 더 내밀어 봐. 산 끄트머리에 밝은 별이 있지? 저게 토성이야. 그 오른쪽으로…… 스피카는 산에 가려져서 안 보이네."

요오가 선배가 다시 휘파람을 불었다. 들어 본 적이 있는 멜로디였다.

"이 곡이 뭐였죠?"

"홀스트의 〈행성The Planets〉 중에 〈토성Saturn〉이다."

"아아, 수업 시간에 들어 본 적 있어요. 잘 기억하시네요."

"난 다 외워. 집에 레코드가 있거든."

"그럼 〈화성Mars〉은요?"

그가 불기 시작했다.

"〈목성Jupiter〉이요."

내가 밤하늘에서 다시 목성을 찾으려는 찰나에 가느다란 빛이 안경테 끄트머리를 아슬아슬하게 흘러서 사라졌다…….

요오가 선배는 이튿날 밤도 내 방으로 왔다. 내 어깨를 붙잡고서 "시간 있나?" 하고 물었다.

복도에는 쓰지 선배, 그리고 베이스 트롬본의 도바시 쓰토무 선배도 있었다.

클럽에 들어온 첫날, 3층 교실에서 틀림없이 보았을 텐데 내가 도바시 선배의 이름을 알게 된 건 최근이었다. 안경을 낀 비쩍 마른 사람이라는 것 말고는 이렇다 할 특징을 찾지 못했다. 덩그러니 외톨이로 있거나 입을 꾹 다물고 말을 하지 않으면 그것대로 특징이 될 수 있는데, 그는 고독하지도 않았고 심지어 과묵하지도 않았다. 남의 농담을 듣고는 잘 웃었고, 흔한 맞장구도 잘 쳤다. 하지만 그것뿐이라고 해야 하나, 입체감이 없다고 해야 하나, 아무튼 유별난데다 눈에 띄는 것이 둘째가라면 서러울 요오가 선배와 쓰지 선배 뒤에서 싱글싱글 웃고 있는 모습은 마치 바쁜 만화가가 조수에게 맡긴 배경 인물 같았다.

또 별을 보러 가는구나 싶어 기쁜 마음으로 따라갔다. 그런데 그들은 창고 앞을 그냥 지나쳤다. 계단을 내려갔다. "올라가는 거 아니에요?" 하고 요오가 선배를 따라잡고서 물었다.

그는 입술에 검지를 갖다 댔다. "조용히 따라와. 아무 말도 하지 말고."

계단 중간에서 같은 반 마부치와 마주쳤다.

"어디 가?" 하며 가까이 다가와서 물었다. 오늘은 내 오라가 괜찮은 모양이었다.

요오가 선배한테 말하지 말라는 지시를 받았기 때문에 그냥 고개만 살짝 기울이고는 지나쳤다. 이 합숙에 와서야 도무지 감을 잡을 수 없던 마부치의 정체가 겨우 보이기 시작했다. 합숙 장소로 오는 버스에서 우연히 옆에 앉게 되었던 것이다. 어쩌면 마부치는 일부러 내 옆에 앉았는지도 모른다.

"나 말이야⋯⋯." 하며 귓속말을 하는 듯 말을 걸어왔다. 진지한 목소리였다. "다른 사람들의 오라가 보여."

나는 그 말을 잠시 곱씹었다. 그리고는 화제를 돌리는 게 낫겠다고 생각했다. "그러고 보니까 버스 기다리는 동안에 간장 냄새가 나는 것 같던데, 너는 못 느꼈어?"

"그리고 전생도 알 수 있어."

"근처에 양조장이 있는 거 아닌가? 예전에 카베에 친척이 살았는데 거기에도 커다란 양조장이 있었거든. 그 옆을 지나가기만 해도 옷에 밸 정도로 어마어마한 간장 냄새가 나더라고."

"왜 내 말을 무시하니?"

"무시하는 게 아냐. 난 그런 얘기를 들어도 잘 모르겠단 말이야. 그런 종류의 만화나 잡지 같은 것도 읽어 본 적 없고."

"만화 싫어해?"

"《세눈박이 나가신다》는 갖고 있어."

"난 읽어 본 적 없는데. 재미있니?"

"살짝 야한 데가 있어서 여자들한테는 어떨지 모르겠네."

"《실험인형 더미 오스카》 같은 거야? 아 뭐야, 너도 야한 거 보니?"

"아냐, 전혀 달라. 그나저나 너 이상한 걸 다 안다."

"오빠가 사 온 만화 잡지에서 보지. 전생을 알 수 있다는 것에 대해 어떻게 생각해?"

"잘 모르겠는데. 그냥 너무 말하고 다니지 않는 게 낫지 않을까?"

"나 박해 받을까?"

"박해라고 할 정도는 아니겠지만, 예를 들어 전생에 개였다고 그러면 되게 기분 나빠할 사람도 있을 테니까."

"어떻게 알았어? 너도 볼 수 있는 거야? 네가 전생에 개였잖아."

"……그래?" 하고 나는 끄덕였다. "그렇지 않을까 싶었어."

"그래도 명견이었으니까 인간으로 다시 태어날 수 있었던 거야. 다행이다."

"다행이네. 그러는 넌 전생에 뭐였는데?"

"자기 전생은 남들처럼 잘 보이지 않아."

"포유류였는지 아닌지 정도는 알 수 있지 않아?"

"당연히 인류였지. 아마 마리 앙투아네트가 아니었나 싶은데."

"그것 참…… 혁명 때 많이 힘들었겠네."

"너무 참담한 일을 당했지."

"프랑스어 기억나?"

"지금은 잊어버렸어. 괜찮아. 대학 들어가면 공부해서 기억해 낼 테니까."

대화를 하면서 들었던 생각에 대해서는 언급하지 않겠지만 아무튼 이런 식이었다. 그녀는 나를 대할 때 다채로운 표정을 지었는데 내가 전생에 혀를 내밀고 헥헥거리는 개였기 때문이었다. 나로서는 거울을 보아도 확인할 길이 없지만 말이다.

현관에는 밤 산책에서 돌아온 것으로 보이는 나가쿠라가 신발을 벗고 있었다. 자기와는 반대로 이제 신발을 신기 시작한 2학년들에게 "뭐 사러 나가세요?" 하고 물었다. 거기서 제일 가까운 상점은 30분 가까이 걸어야 나오는 구멍가게뿐이었다. 건전지나 전구, 혹은 방충망 수리할 재료를 사기 위해 클럽 부원 몇 사람은 벌써 그 길을 왕복했다.

"아니, 벌써 문 닫았지. 그냥 뒷산에 올라가려고. 정원이……."
쓰지 선배가 뭔가 꿍꿍이가 있어 보이는 미소를 지으며 우리를 둘러보았다. "한 사람이 비네. 같이 갈래? 그 대신 조용히 있어야 한다."

나가쿠라까지 낀 우리 일행은 뒷산 폐교로 향하는 가파른 오르막길을 올라갔다. 오늘 밤은 캄캄한 운동장에 나란히 누워 별자리 감상을 하나 싶었는데 그것은 나의 커다란 오해였다. 2학년들은 플래시로 발치를 비추면서 숙소 뒤뜰로 이어지는 비탈길을 내려가기 시작했다. 나가쿠라와 나도 뒤를 따랐다. 45도 정도 될 법한 가파른 내리막길이었다. 옆으로 발을 벌려 내딛지 않으면 걸을 수가 없었다.

"여기야. 어제는 이 근처에서 딱……." 선두에 섰던 쓰지 선배가 멈추더니 그 자리에 쭈그리고 앉았다. 우리도 마찬가지로 해 보았더니 아래쪽 수풀이 마치 터널처럼 뚫려 있었고, 그 한가운데로 1층 불빛이 보였다. 쓰지 선배가 작은 목소리로 말했다. "끝내주지? 이제 슬슬 2학년들 시간이야."

창문 윤곽이 흔들리고 있었다. 피어오르는 김 때문이었다. 탈의실이었다. 숙소에 목욕탕은 하나밖에 없었고, 그리 크지도 않았다. 하루는 남자가 먼저, 다음 날은 여자가 먼저 하는 식으로 목욕탕을 쓰는 순서가 정해져 있었는데 그래도 한 번에 다 들어가지는 못해서 3학년, 2학년, 1학년 순서로 사용했다. 환기구가 없는 탈의실은 김이 서려 너무 더워서 우리는 창문을 활짝 열고 사용했다. 여자들도 우리처럼 과감하리라고 생각하지 않았다. 나와 나가쿠라는 긴장해서 몸이 얼어붙었지만 그 와중에도 무의식적으로 잘 보이는 위치를 잡으려고 서로 얼굴을 맞대고 있었다.

엥, 하고 모기 날아다니는 소리가 들렸다. 도바시 선배가 자기 얼굴을 치더니 "모기향이나 바르는 약을 가져왔으면 좋았을걸." 하고 말했다.

"요오가, 너 술병 가지고 있지? 빨리 마셔." 쓰지 선배가 말했다. "모기는 술 마신 놈 쪽으로 간단 말이야."

"그렇다고 하더라. 그런데 나는 모기한테 물려 본 적이 없다."

"구라 까고 있네."

"진짜야. 그런 체질인가 봐. 잠깐, 한꺼번에 들어온다."

나도 모르게 눈에 힘을 주었지만 길 하나를 사이에 둔 거리에서 방충망이 있는 창문 너머로 무슨 일이 벌어졌는지 내 시력으로는 알아보기 힘들었다.

요오가 선배를 비롯한 2학년들의 시력은 올빼미 수준이었다.

"발치밖에 안 보이네. 저 하얀 건 사쿠라이 다리인가?"

"사쿠라이겠지. 진짜 하얗다."

머릿속이 무척 복잡했다. 더구나 보이지 않았다. 그래도 창문에서 눈을 뗄 수가 없었다. 이러고 있는 나는 도대체 뭐냐?

"방금 지나간 운동복, 아마 아시자와일 거야." 도바시 선배도 의외로 잘 보이는 모양이었다.

"아…… 예스!" 쓰지 선배가 소리 없이 외쳤다. "오키타의 얼굴이 보였어. 쟤 이쪽 보면서 벗고 있는데. 그럼 저쪽으로 갈 때 틀림없이 온몸이 보일 거야. 아…… 아아, 또 얼굴이네. 하지만 쫌만 있으면 무조건 보인다."

보인다, 보인다 하며 그는 주문처럼 외웠다. 그러다가 "보였다!" 외마디로 바뀌자마자 나는 누군가가 어깨를 세게 치는 바람에 옆으로 넘어져서 안경이 벗겨질 뻔했다. 수풀이 꺾이고 풀을 짓밟는 소리와 "보지 마!" 하는 새된 고함 소리가 들려왔다.

내가 안경을 고쳐 썼을 때 2학년들은 깜짝 놀라 벌떡 일어섰고, 그들의 다리 맞은편에서 나가쿠라의 실루엣이 팔을 퍼덕이다가 사라졌다. 풀썩 따다닥 하며 수풀이 마구 꺾였고 으아아아 하는 비명 소리가 들려왔다. 앉아 있던 내 시야에는 탈의실 창문이 잡혔다. 하얀 무언가가 그 언저리에 있다가 사라졌다. 나중에서야 그게 누군가의 등이었다는 사실을 깨달았다.

"누구야? 나가쿠라 군? 너 그런 데서 뭐하고 있는 거니?" 아래쪽에서 아시자와 선배의 높은 목소리가 들렸다. 화를 내는 것 같지는 않았다. 다행이다. 의심을 받지는 않았구나.

나가쿠라의 목소리는 들리지 않았지만 무슨 말로든 적당히 둘러대고 있을 거라 생각했다. 우리는 조용히 비탈을 올라가 운동장에서 잠시 시간을 때운 다음 언덕길을 내려가서 아무렇지도 않은 표정으로 숙소 현관문을 열었다.

화가 나 얼굴이 새하얘진 안노 선생님이 현관에서 우리를 기다리고 있었다. "이게 모두인가? 잠깐 따라와."

식당으로 끌려가는 도중에 쓰지 선배가 도바시 선배를, 도바시 선배는 요오가 선배를 돌아보았고, 다음으로 내 쪽을 돌아본 요오가 선배가 이렇게 속삭였다. "쓰지가 그러는데 자기가 알아서 할 테니까 입 다물고 있으래."

긴 테이블 한쪽 구석에서 아시자와 선배가 나가쿠라의 얼굴에 반창고를 붙여 주고 있었다. 그녀는 쓰지 선배 일행을 향해 "바보." 하고 작은 소리로 말하더니 식당에서 나가 버렸다. 나가쿠라는 눈길을 떨어뜨렸다. 쓰지 선배는 그 어깨를 툭툭 쳤다.

한 줄로 앉으라는 명령을 받았다. 선생님은 반대편에 앉았다. "주모자가 누구지?"

쓰지 선배가 손을 들더니 "제가 억지로 데리고 갔습니다."

"억지로? 그럴 마음이 없는 애들을?"

"네. 혼자서 봐 봤자 재미도 없고."

"너희들은 재미있었겠지. 하지만 당한 여학생들 기분은? 마음의 상처는? 어떻게 책임질 건데?"

"그렇기는 해도 나무가 우거지고, 김이 잔뜩 끼어 있어서 아무엇도 안 보였는데요."

"여학생들은 나가쿠라 군이 보지 말라고 외치는 소리를 들었
다던데. 아무것도 안 보였다면 왜 말리려고 했을까?"

쯧, 하고 쓰지 선배가 혀를 찼다. 그런 다음 한숨을 쉬고는 "아
까 보였던 게 아니라 어제 저녁에는 보였다는 얘기를 하고 있었
어요. 오늘은 보지 말라는 뜻으로 말한 거지요. 그렇지?"

쓰지 선배가 다시 나가쿠라의 어깨를 툭툭 치고 있는데 반대
편에 앉은 안노 선생님이 절에 있는 아수라 불상으로 변해 갔다.
팔이나 얼굴이 늘어난 건 아니었지만 표정은 정말 닮아 있었다.

"어제 저녁? 말도 안 되는 소리를 하고 있네."

"진짜예요. 어제 저녁 먹기 전 자유 시간에 도바사랑 운동장
에서 배드민턴을 치고 있었어요. 그러다가 공이 경사 아래로 떨
어져서 찾으러 갔는데 아래쪽에서 노랫소리가 들려서……."

"노랫소리?" 선생님의 눈썹이 더욱 일그러졌다.

"그게 뮤지컬 곡 〈싱잉 인 더 레인Singing in the Rain〉이었는데."

"거봐, 틀리지."

"틀렸어요?"

"아니."

"그렇게 우연히 봤던 것까지 제 잘못이라고 한다면 어쩔 수
없지요. 제가 책임지고 클럽을 그만두겠습니다."

"정말로…… 봤어?"

쓰지 선배는 고개를 흔들었다. "얼굴은 못 봤고요. 속옷은 검

정이었어요. 거의 《에게해에 바친다》(이케다 마스오의 소설. 영화로
도 만들어졌다) 같았어요."

큭큭, 하고 요오가 선배 목에서 나는 소리를 듣고 선생님 얼
굴이 더욱 창백해졌다. 한순간, 양쪽 눈의 검은자가 홀렁 하고
위쪽 눈꺼풀 뒤로 사라졌다. 틀림없이 기절할 뻔했던 것이다.

졸도까지는 하지 않았지만 선생님의 숨소리는 급격하게 거칠
어졌다. 궁지에 몰린 사람처럼 일어서더니 스윙도어로 나뉘어
있는 주방으로 들어갔다. 식사를 만들어 주기 위해 오는 인근에
사는 아줌마들의 영역이었지만 우리도 냉장고나 수도를 이용하
고 있었다. 선생님은 숨을 헐떡이면서 수도를 틀어 물을 받아 마
시려 했지만 컵을 떨어뜨렸다. 숨을 쉴 때마다 쉭 쉭 하고 목에
서 소리가 났다. 그리고는 갑자기 그 자리에 무너져 내렸다.

선생님, 선생님, 외치며 일고여덟 명의 여학생들이 복도에서
쏟아져 들어왔다. 틀림없이 보고 있으려니 생각하고 있었다. 가
와노에 선배, 사쿠라이 선배, 아시자와 선배, 그리고 미나모토와
마부치도 있었는데 충실한 나가쿠라가 몸을 던지면서까지 지켜
주려 했던 오키타 선배의 모습은 보이지 않았다. 누군가 훔쳐보
고 있었다는 이야기를 듣자마자 갑자기 열이 나더니 그대로 몸
져누워 버렸다고 나중에서야 들었다.

"과호흡이야. 봉지, 아무 봉지나 가져 와."

요오가 선배가 외쳤다. 나는 영문도 모른 채 식당 안을 여기
저기 찾아봤지만 적당한 봉지를 찾지 못했다. 그러다가 아시자

와 선배가 어디선가 구멍가게의 종이 봉지를 찾아왔다. 요오가 선배의 지시로 선생님의 얼굴에 봉지를 갖다 댔다. 선생님은 봉지 안의 공기를 마시고 뱉기를 되풀이했다. 점점 호흡이 가라앉았다. 과환기 증후군, 소위 과호흡은 호흡이 지나쳐서 혈중의 이산화탄소가 부족해지면 생긴다. 젊은 여성들에게 일어나기 쉽다. 요오가 선배의 누나가 똑같은 발작을 가끔 일으키기 때문에 그는 대처법을 잘 알고 있었던 것이다.

얼굴에 댔던 봉지를 치우고 여학생들의 부축을 받아 의자에 앉은 안노 선생님의 다음 한마디는 "전원 탈퇴."였다.

"전원이요?" 하고 쓰지 선배가 강한 어조로 물었다.

"남학생 전원…… 아니라 여기 다섯 명."

"저 혼자만 그만두면 되잖아요."

"그럼 쓰지 군만 탈퇴해."

"알겠습니다."

"선생님, 지금 쓰지 선배가 그만두면 곤란한데요." 하고 바리톤 색소폰을 하는 1학년 미우라 가나코가 가녀린 목소리로 말했다. 곰돌이처럼 포동포동하고 몸집이 작아 앉아서 연주하고 있으면 커다란 악기가 땅에 닿을 것 같은 여학생이었다. 그 뒤로 2학기 때 보니 쓰지 선배의 여자친구가 되어 있었다. "콩쿠르 직전이잖아요."

"하기야 그런 일을 당했는데 거기다 사람까지 빠진다는 건 좀 그러네." 사쿠라이 선배가 팔짱을 끼고 얼굴을 뒤로 젖히면서 내려다보듯이—바로 이 모습으로 말했다.

"우리만 손해를 보는 거잖아." 아시자와 선배도 엄마처럼 푸념을 했다.

"선생님, 이 사람들 얼굴에 달걀을 던지고 싶은데요." 미나모토가 농담을 하면서 주방에서 나와 내 앞에 섰는데, 정말 손에 달걀을 들고 있었다.

"미나모토, 그거 어디서 가지고 왔지?"

"조리대에 쌓여 있던데요. 저기 뒤쪽에."

"식재료를 함부로 낭비하면 안 돼."

"어차피 다히라가 먹을 것을 쓰는데요, 뭐. 이런 변태를 클럽에 데리고 왔다고 생각하니 제가 너무 부끄러워요."

"누가 너를 봤다고 그래……."

손을 치켜든 미나모토에게 나는 대꾸했지만 그녀는 가차 없이 내 얼굴에 달걀을 던졌다. 경험이 없는 사람은 모르겠지만 그게 생각보다 충격이 크고 아프다. 특히 안경을 쓴 채 맞으면.

"안노 선생님의 복수다." 노랗게 지저분해진 렌즈 너머로 미나모토가 웃고 있었다.

마부치도 소리 내서 좋아라 웃었다.

나는 얼굴에 들러붙은 껍질을 손으로 닦어내면서 말했다. "선생님 안 봤어."

"선생님을 본 건 쓰지 선배였지? 그럼 쓰지 선배한테도 던져야지."

"야 미나모토, 까불지 마라. 나는 책임지고 그만둔다고 했잖아." 인기가 많은 자기가 탈퇴당하는 것을 주변에서 가만히 내버려 둘 리가 없다는 것이 쓰지 선배의 계산이었을 텐데, 어째 점점 오기가 생긴 것 같았다.

"쓰지, 그래도 이건 연대 책임을 져야지." 요오가 선배가 말렸다. "다 같이 달걀 세례를 받고서 사죄하자. 아무도 네가 그만두기를 바라지 않아. 아마 선생님도 그러실 테고. 선생님, 그렇죠…… 으악!"

"명중이다." 사쿠라이 선배의 목소리가 들렸다.

깨지다 만 껍질이 이마에서 툭 튀어나온 모양처럼 된 요오가 선배가 "축하한다." 말하자 주변 사람들이 배꼽을 잡았고, 그는 "너는 왜 웃어?"라고 나를 가리키며 웃었다.

안노 선생님이 강하게 말리는 바람에 그 뒤로 달걀이 공중을 날아다니는 일은 없었지만 미나모토의 돌출 행동이 그 자리의 긴박한 분위기를 풀리게 한 것만은 틀림없었다. 그것에 대해서는 나를 취주악부에 들어오라고 했던 일 다음으로 고맙게 생각하고 있다. 사쿠라이 선배가 막판에 분위기를 잘 읽고서 행동한 것과는 달리 미나모토는 그저 직감에 따라 행동했으리라고 생각한다. 당시의 그녀는 길이 없는 곳이라도 자기가 가고 싶으면 아무렇지도 않게 담장을 타고 걸어갈 수 있는 사람이었다. 그리고 그런 행동이 가능했던 것은 십 대의 무모함과 기세 덕분이었다. 이런저런 추억을 회상하면서 이제야 25년 후에 본 그녀의 모습을 단적으로 묘사할 수 있는 표현이 떠올랐다. 그건 속도를 잃고 추락하는 모습이었다. 슬프지만 이보다 더 어울리는 표현이 지금은 생각나지 않는다.

결국 우리는 한 명도 탈퇴하지 않아도 되었다. 그 대신 우리 다섯에게 내려진 벌은 이튿날 모든 사람들 앞에서 사죄하고, 밖에서 안쪽이 들여다보이지 않도록 접착 시트를 사 와서 탈의실 창문에 붙이는 것이었다.

"방충망이 처져 있으면 대낮에는 보이지 않잖아요. 그런데 정말 안노 선생님을 봤어요?" 작업을 하다가 쓰지 선배에게 물었다.

"뭔가 노래를 부르는 소리는 들었어. 그것뿐이야. 아무리 무뚝뚝한 안노라도 어처구니없어서 웃을 줄 알았지."

"어, 그럼?"

"설마 진짜 검정일 줄이야."

벌을 받았어도 했던 짓이 없어지진 않았다. 나는 여학생들이나 안노 선생님에게 가까이 다가가기 힘들어졌다. 그래도 가와노에 선배가 비교적 이성적인 덕분에 현 베이스의 파트 연습에 지장이 생기지는 않았다.

"쓰지 같은 애들한테 너무 휘둘리지 마. 걔네 구제불능이야."

그런 친절한 조언을 들었음에도 불구하고 나는 쓰지 선배와 요오가 선배, 도바시 선배와 자주 말을 주고받게 되었고, 그들은 더 이상 나를 현 베이스라고 부르지 않았다. 항상 어딘지 모르게 가와노에 선배나 미나모토, 마부치를 통해서 취주악부 사람들과 접해 왔던 내가 다른 사람들과 똑같이 이 클럽 부원임을 자각하기 시작한 순간이 그 여름 합숙 기간 어디쯤에 있었다.

나와는 반대로 같이 몰래 훔쳐봤던 나가쿠라는 완전히 풀이 죽어서 이튿날부터 옷까지 무채색의 교복으로 돌아갔을 정도였다. 합숙 기간 내내 오키타 선배는 훔쳐보기 일당의 반경 2미터 이내로는 절대로 다가오지 않았고, 바람이 불면 냄새를 맡을까 봐 바람이 불어오는 쪽으로 피했고, 복도에서 옆을 지나치느니 시간차를 두기 위해 뒤돌아서 기다렸다. 클라리넷 파트의 다른 여학생들도 같은 태도를 취했다. 그게 나가쿠라에게도 똑같이 적용되었기 때문에 그의 파트 연습은 개인 연습이 되어 버렸고, 합주를 할 때는 의자를 뚝 떨어뜨려 놓아서 색소폰 뒤쪽에 앉아야만 했다.

나가쿠라는 나가쿠라대로 나를 피해 다녔다. 자기에게 비극을 초래한 일당 중의 한 명이니 원망스러웠을 것이다. 원래부터 선배들에게는 순종적이었고, 그 대신 나한테 감정을 쏟아 붓는 경향이 있었다. 여름이 되어서야 겨우 다른 애들처럼 자연스레 말을 주고받을 수 있게 되었는데. 안타까운 일이었다.

그리고 이건 별것 아닌 일이지만 나는 가라키한테도 몇 번씩 원망을 들어야만 했다. "라이 군, 친구라면서 너무 치사한 거 아냐? 어떻게 나한테 가자는 말을 한마디도 안 할 수가 있어? 알았으면 연습이고 뭐고 당장 때려치우고 달려갔을 텐데."

"김이 서려서 아무것도 안 보였다니까."

"그 김 서린 거라도 보고 싶었다고."

　사반세기. 하지만 회상으로는 단숨에 돌아갈 수 있는 세월이다.
　기억이 왜곡되고 조각조각으로 남는 것은 아마 회상의 여행
에서 돌아오지 못할까 봐 뇌가 만들어 놓은 기능일 것이다. 그
당시를 회상하고 있으면 나는 그때처럼 즐겁고, 또 부끄럽기도
하다. 그런 만큼 정신이 퍼뜩 현실로 돌아올 때마다 지금 이 순
간에도 째깍째깍 변함없이 시간이 가고 있음을 알려 주는 초침
을 보며 아연실색했고, 밴드의 떠들썩함은 더욱 멀어졌다. 오늘
도 가게에 출근할 채비를 하려고 거울을 들여다보면 나 자신이
아니라 죽은 아버지의 얼굴을 면도하는 듯한 착각이 들 것이다.
　사쿠라이 선배도 나름 나이 든 티가 난다. 미나모토도 나이
들어 있었고, 가시와기도 아시자와 선배도 기미시마 선배도 고
히나타 선배도 가라키도 그랬다. 다른 사람들도 마찬가지겠지.
아니, 나이를 먹지 않았을 리가 있겠는가. 그때 그 사람들 모두
에게 1만 일 가까운 날들이 틀림없이 지났을 텐데.
　돌아보면 아득해질 것만 같은 세월의 공백을 마치 몇 주 동안
의 휴일처럼 여기며 긍정적으로 계획을 이야기하는 사쿠라이 선
배를 바라보고 있으면 기분이 통쾌해졌다. 그녀와 오가는 시간
이 길어질수록 눈에 보이고 귀에 들리는 모든 것들이 마치 분자
구조가 느슨하게 풀어지는 것 같이 느껴졌다. 카페 창문에 걸린
레이스 너머의 풍경이, 세세하게는 많이 변했을 텐데도 빛깔이

나 지루함에 있어서 그 당시와 거의 비슷하다는 점도 비현실성을 피부로 접하고 있는 그 감각을 더욱 부추겼다.

그것은 나이를 먹은 리얼한 나에게는 비현실이었다.

여기 있는 나는, 열다섯이나 열여섯 시절의 모든 가능성을 품고 있던 내가 아니다.

이쪽에 있는 나는, 고등학교를 졸업하면서 콘트라베이스와도 이별해 버린 나다. 따라서 오케스트라에 입단하는 날은 결코 오지 않았고, 재즈 음악가가 되지도 못했다. 물론 록 스타도 되지 않았다. 생각 없이 대학을 다닌 후 좋아하지 않는 일을 전전하면서 모든 연애에 실패해 온 나다.

삼십 대 후반에 쥐꼬리만큼 모아 놓은 돈을 다 털어, 연락도 않고 지내던 친척들과 지인들에게 모자란 돈을 빌리러 다닌 끝에 작은 술집을 차린 나다. 최소한의 소망을 이루기 위해서였지만 그렇다고 야심이 있었던 게 아니라 나를 받아들여 주는 자리, 작은 아지트를 원했던 것이다. 나를 절대 쫓아내지 못할 시간과 공간을.

그런 부정적인 냄새가 풍기는 가게에 손님이 많이 올 리가 만무했고, 따라서 언제나 적자에 허덕였다. 돈이 될 만한 물건은 모조리 내다 팔았다. 이거 하나만큼은 죽어서도 무덤에 가지고 가겠다고 했던 펜더의 베이스 기타도 팔아 버렸다. 월말에 찾아오는 거대한 파도를 목숨만 간신히 부지한 채 헤쳐 나올 때마다 이런 짓을 한 번만 더 할 수 있다면 나는 마법사가 틀림없다고 생각했다. 빚을 다 갚는 일 따위는 꿈속의 꿈이고, 이 아지트가 내일 하루 더 남아 있어 주는 것이 당장의 꿈이다.

꿈에는 귀하고 천한 것이 없다. 개구리 구제는 장대하고 격조 높은 프로젝트지만, 나의 아지트 연명하기 프로젝트 또한 그리 무미건조한 것만이 아니다. 그러나 취주악부 재결성 프로젝트는 이런 것과는 근본적으로 다르다. 한마디로 말하자면 개구리 구제나 아지트 연명의 꿈에는 질량감이 있다. 브라스밴드 재결성에는 없다. 질량감이 있는 꿈은 몇 가지 수단을 통하면 확실하게 이루어진다. 그것은 경제이고, 정치이고, 때로는 신앙이다.

반대로 질량감이 없는 꿈은 골치 아프다. 공연히 손을 뻗었다가는 비눗방울처럼 터지기도 하고, 솜처럼 손에 안 잡히기 일쑤다. 절묘한 때, 절묘한 자리에 그것이 이루어진다면 틀림없이 우연의 소산이다. 내 인생에도 몇 번인가 그런 순간, 혹은 그렇게 생각되는 순간이 있기는 했다.

합류 가능성이 있을 것 같은 동기들의 이름을 신이 나서 늘어놓는 사쿠라이 선배를 향해, 그녀의 새로운 음악을 향해, 나는 온화하게 고개를 끄덕여 주면서 마음속으로는 심술궂게 곱씹고 있었다. 사쿠라이 선배도 늙었구나. 일례로 25년 전의 그녀 같았으면 사소한 오해에 그토록 격하게 반응했을까? 아까 기시오카 선생님 앞에서 그랬던 것처럼. 반투명한 몸을 소리 없이 완전히 투명하게 만들거나, 환청처럼 들리는 목소리와 말로 상대방의 넋을 빼놓는 법을 옛날의 그녀는 알고 있었다. 역시 나이를 먹어서 그런 힘은 잃고 말았나 보네.

이 재결성은 힘들다. 실현되지 못할 것이다.

"……하지 않았어?" 음악 소리에 뒤섞여 선배의 말을 나는 제대로 듣지 못했다.

"아, 죄송해요. 뭐라고요?"

그녀는 머리를 뒤로 제치고는 다시 사반세기를 뛰어넘었다. 실제로 반투명이 되어 버려서 의자 등받이가 비쳐 보일 정도였다. 아니, 이건 좀 과장이 심했다.

"미나모토랑 다히라 군."

"네?"

"좋은 콤비 아니었냐고 물었어."

"그럴 리가요." 하고 대답했는데 나도 모르게 불쾌한 듯한 말투가 되었다.

"사이좋았잖아?"

"나빴지요. 겐지 가문과 헤이케 가문이니까요."

"……어? 어머, 그렇네." 처음 알았는지 그녀는 눈을 동그랗게 뜨더니 햐하하, 하고도 들리고 샤라라, 하고도 들리는 옛날 그대로의 웃음소리를 냈다.

아까까지 내 머릿속을 떠돌던 상념 같은 것은 그냥 단순히 생각을 빙빙 돌리다 보니 그런 것이고, 사실은 연주하는 자리가 그녀의 결혼식이라는 점이 마음에 안 들었던 것뿐인지도 모른다.

"미나모토도 같이 할 수 있으면 좋을걸. 베이스 클라리넷 소리도 듣고 싶은데."

"안 했을걸요."

"살아 있었으면 어떻게든 하게 했을 거야. 악기를 건네주고 선배가 명령하면 시키는 대로 할 애였어."

밖으로 나가 보니 어느새 하늘에는 구름이 많이 끼어 있고, 지상에는 습기를 머금은 바람이 불기 시작했다. 사쿠라이 선배가 옛날에 자전거로 다녔던 통학로를 걸어 보고 싶다고 해서 우리는 그쪽 방향에 있는 첫 번째 전철역까지 걸었다. 그녀는 서쪽 해안가로 향하는 노면 전철을 탔다. 나는 그 모습을 지켜본 뒤 맞은편 선로로 가서 번화가로 향하는 전철을 기다렸다.

V

가을 하늘에

♩ ♪♫♬

가라키는 우체국에서 일한다. 서른 넘어 중도 채용으로 입사
해서 월급이 너무 적다고 투덜대지만 예전처럼 텔레폰 클럽에
돈을 쏟아 붓고 사기를 당하는 것보다는 즐겁다며 한 달에 두세
번씩 우리 가게에 들르곤 한다. 그 이외의 날에는 어디다 돈을
쏟아 붓고 있는지, 혹은 성실하게 집으로 돌아가는지 어쩌는지
잘 모른다. 그는 2년 전에 결혼했고 딸이 하나 있다.

"지금도 예쁘지 않아?" 하고 내게 물었다. 사쿠라이 선배 얘기
였다.

"뭐…… 많이 변하지는 않았더라."

"결혼하는구나. 아아, 사쿠라이 선배 좋아했는데."

"사쿠라이 선배'도' 좋아한 거잖아."

"다섯 번째 정도였나?" 가라키는 손가락을 꼽으면서 말했다. "베스트 파이브는 사쿠라이 선배, 클라리넷의 오키타 선배, 아참 오보에의 다카미자와 선배를 빼먹으면 안 되지. 그런데 연예계에서는 은퇴해 버린 건가? 아무튼 젊었을 때도 귀여웠어. 그리고 플루트의 아시자와 선배랑 마부치도 괜찮았지."

"상대방 눈에는 네가 어떻게 비쳤을지 모르지."

"그리고 퍼커션 중에서……."

"가시와기라면 가끔씩 여기에 와. 키 크고 마른 애."

"그래, 걔도 귀여웠지. 하지만 내가 말하고 싶었던 사람은 구마가이야."

"결혼하고 성이 바뀌었잖아."

가라키는 무시했다. 몽상이 섞인 회상에서 벗어나려 하지 않았다.

"에휴, 한 손으로는 부족하네."

"양손으로 세도 모자라면서. 더구나 점점 마니아적으로 변질되어 가는 것 같은데."

"사실은 현 베이스의 가와노에 선배도 몰래 좋아했지."

잠시 대꾸를 하지 못했는데 가와노에 선배에 대해 나쁜 감정이 있어서는 아니다. 나도 그녀를 좋아했다. 가라키가 좋아하는 것과는 다른 의미에서라고 생각하지만. "그 당시에 말했으면 내가 꼭 전해 줬을 텐데."

"그건 안 되지. 악마의 유혹이야. 내 순정을 바친다면 그 상대는 가사이 선배여야 한다고 굳게 마음을 먹고 있었단 말이야."

"네가 말하면 왜 그렇게 끈적끈적하니 징그럽냐?"

"에이, 너무하네." 하면서 화통하게 웃었다.

가라키는 늘 이런 식이었다. 애정이 헤프다기보다는 여성 찬미를 즐기는 것이다. 이런 면이 주변 사람들을 짜증나게 하기도 하지만 그의 뛰어난 점이기도 하다. 나 같은 경우도 그의 말 덕분에 문제가 좀 있다고 여겼던 여자의 좋은 점을 알아차린 적이 많았다.

하지만 유포니움의 가사이 소노코 선배에 대한 그의 마음만큼은 예나 지금이나 각별하다. 자기 스스로도, 그리고 주변 사람들도 그만두는 수밖에 달리 방법이 없겠다고 여기던 상황 속에서 그녀는 유일하게 그에게 손을 내밀었고, 결국에는 그의 재능을—나름대로 꽃피우게 했다.

"가사이 선배 보고 싶다. 하지만 모두 다시 모인다는 건 불가능할 테고."

"왜 그렇게 생각해?" 하고 물었다. 상황을 있는 그대로 전했을 뿐이지 부정적인 주석을 단 기억은 없었다.

"아, 불가능이라고 못을 박아서 미안해. 적어도 나는 참가하지 못한다는 뜻이었어. 이제는 무엇을 불라고 해도 안 될 게 뻔하니까. 그런데도 그냥 고등학교 후배일 뿐인 나를 피로연에 초대하겠어?"

"그런데 가라키, 만약에 가사이 선배가 뭐든 불어 달라고 부탁하면 어떻게 할 거야?"

그는 생각할 겨를도 없이 "그야 죽을힘을 다해 불어야지." 하고 말했다.

사쿠라이 선배는 낡은 졸업생 명단을 꾸준히 다시 쓰면서 예전 멤버들을 계속 찾고 있었다. 취주악부의 부원이 한창 많았을 때 동창회가 발족되면서 우리 부모님 집으로도 당시의 내 주소를 문의하는 연락이 왔다. 그러나 그것은 벌써 10년도 더 지난 일이다. 학교가 종합 학과 고등학교로 바뀐 이후로 동창회는 전혀 기능을 못 하고 있었다.

모교로 찾아갈 때 같이 갔던 나를 뜻 있는 사람 중 하나라고 여겼는지 사쿠라이 선배는 때때로 전화해서 상황을 알려 주었다. 뉴질랜드에 있는 오키타 선배, 그러니까 지금은 맥클리건 부인이 클라리넷 파트 몇 명의 주소를 알고 있었지만 참가 약속을 받는 데까지는 이르지 않았다.

쓰지 선배와 요오가 선배는 행방을 알 수 없는 상태였다. 아니, 쓰지 선배는 시코쿠에서 일하고 있다고 하는데 시코쿠 어디인지는 부모님도 모른다고 했다. 요오가 선배는 일본에 있는지 없는지조차도 알 수 없었다. 트럼펫 한 명으로는 불안해서 코넷을 하던 다마가와 선배도 찾아봤다는데 미 대륙의 어딘가에 있다는 것만 알았다고 한다. 이시마키 선배는 대형 서점 체인의 점장이 되어 있었다. 바쁘다는 이유로 참가는 거절했다고 한다.

가사이 선배하고는 연락이 닿을 것 같다고 했다. 그녀가 오면 가라키도 온다. 유포니움과 튜바를 확보할 수 있다. 학생 시절에도 몇 번 경험했지만 밴드 멤버를 모으는 일은 카드 게임 같은 재미가 있다. 내심 불가능하다고 느끼고 있는 재결성이라도 앞으로 뭐, 뭐가 더 들어오면 어떤 곡을 연주할 수 있게 된다고 상상하는 일은 즐겁다. 기미시마 선배와 고히나타 선배의 관계가 어떻게 되었는지는 모르지만, 재결성이 성사되면 둘 다 참가할 것이다. 알토 색소폰에 트롬본, 사쿠라이 선배의 트럼펫, 내가 하는 현 베이스나 일렉 베이스, 그리고 유포니움이나 튜바가 들어오면 취주악단까지는 아니더라도 그럴듯한 콤보는 된다.

퍼커션은 절대적으로 필요하다. 보다 취주악다운 모양을 갖추려면 클라리넷이 필요하고, 다른 음역의 색소폰, 플루트, 오보에, 호른, 베이스 클라리넷 등은 없어도 된다. 미나모토가 악기를 물려준 후배는 두 학년 아래라서 사쿠라이 선배와는 학창 시절이 겹치지 않고 나와도 거의 교류가 없었다.

가라키가 돌아간 다음 손님이 없는 가게에서 그런 몽상에 잠겨 있었다. 사실은 악기마다 한 명씩 있다고 모든 문제가 해결되는 건 아니지만 일단 골치 아픈 현실은 직시하지 않기로 했다. 팡파레 시오카를리아라는 루마니아의 브라스밴드가 있다. 엄청난 속도로 전개되는 폴카풍 2박자의 연주곡들이 클래식이나 팝에 익숙한 귀에는 이상하게 들리기도 하지만 어쨌든 그런 곡예적인 연주라면 중복 편성이 아니라도 나름 들어줄 만하다. 이 밴드는 열 명가량으로 이루어져 있다. 미국의 뉴올리언스에는 더 티 더즌 브라스밴드라는 펑크 음악을 하는 밴드가 있는데 이쪽도 구성원은 열 명이 되지 않는다. 그러니까 우리가 고등학교 시절에 익혀 놓았던 곡을 적은 인원으로 연주하는 것은 가능하다. 적어도 이론상으로는.

이런 장사를 하다 보면 오늘은 절대로 손님이 더 이상 오지 않겠구나 하는 신기한 확신이 드는 순간이 있는데, 십중팔구 그 예감은 적중한다. 혹시나 싶어 문 닫는 시간까지 기다려 본 적이 있지만 좋은 쪽으로 예상이 빗나갔던 적이 없다. 서툰 피아노로 옛날 연주곡을 떠올리면서 남은 시간을 보낼까 생각도 해 봤다. 하지만 경험자라면 알 것이다. 오랫동안 만지지 않던 피아노 뚜껑을 여는 일은 생각 외로 용기가 필요한 행위다. 나는 담배를 한 대 천천히 피운 다음 입구의 팻말을 뒤로 돌려놓고 가게 안을 정리하기 시작했다.

고등학교 시절에 우리 가족이 살던 집은 이제 없다. 내가 도쿄에서 일하는 동안 여동생은 시집을 갔고, 남동생은 다른 현에 있는 대학을 나와 그 지방에서 취직했고, 아버지는 돌아가셨다. 텅 비어 버린 낡은 집을 혼자 주체하지 못한 어머니는 아예 집을 팔아 치우고 친척들이 많이 살고 있는 시골 마을로 이사해 버렸다. 추억이 많이 남아 있는 집을 그대로 유지할 수 있다면 물론 제일 좋겠지만 옆집도 비슷한 사정으로 이미 집이 비어 버린 상태였다. 노년에 접어든 사람이 혼자서 낡은 집을 계속 지켜 나가

기란 체력적으로도 경제적으로도 보통 힘든 일이 아니다. 그 집들이 있던 자리에 지금은 아파트가 들어섰다고 하는데 아직 내 눈으로 직접 확인하지는 않았다. 보러 갈 마음이 생기지 않았다.

요즘 나는 가게에서 걸어서 15분 정도 거리에 작은 집을 빌려서 살고 있다. 겸손이 아니라 정말로 좁아터진 집이어서 사무용 스틸 선반을 세우고 내 소지품을 들여놓았더니 로프트식 침대가 들어갈 자리밖에 남지 않았다. 지방도시라고는 해도 도심은 나름 비싼 월세를 내야 한다. 넓은 공간 따위 바랄 수가 없다. 가게 문 닫을 시간에는 버스도 전철도 끊긴다. 일하면서 술을 마시지만 않으면 오토바이나 자동차로 출퇴근해도 되지만 손님이 사주는 술도 귀한 매상인 만큼 실제로 그렇게 하기는 힘들다.

번화가와 안 좋은 동네가 같이 붙어 있는 것은 어느 도시나 마찬가지여서, 음식점 골목에서 살짝만 옆으로 꺾어져 들어가면 간판만 휘황찬란하게 번쩍이고 창문 불빛은 하나도 찾아볼 수 없는 윤락가가 나타난다. 목에 나비넥타이를 맨 호객꾼들을 간신히 피해서 지나가면 이번에는 여기저기에 마약상과 거리 매춘부들이 서 있는 어두운 모텔가가 나온다. 이 근방에서 집값이 싼 곳이라면 거의 틀림없이 이런 지역 가까이 있거나, 아니면 한밤중에도 차들이 끊임없이 다니는 제방 길가에 있다. 내가 사는 집은 바로 그런 곳에 있다.

샌드위치나 살까 싶어 편의점에 들어가 아무 생각 없이 잡지 제목들을 훑어보고 있는데 시야 안으로 창밖을 비틀거리며 지나가는 여자의 모습이 들어왔다. 고개를 들었다. 나를 흠칫 놀라게 한 것이 직전의 현실인지, 그로부터 연상되어 머릿속에 떠오른 것인지 확실하지 않았다. 여자는 포크파이처럼 챙이 위로 들린 헝겊 모자를 쓰고 아프리카 민속 의상처럼 생긴 초록색 판초를 입고 있었다. 길거리에서 보면 깜짝 놀랄 만큼 색다른 옷차림이 었는데, 내가 뺨을 맞은 듯한 충격을 받은 것은 옷 때문이 아니 었다. 나는 바로 편의점에서 나와 뒤를 쫓았다.

도쿄 도심에서 우연히 아는 사람을 만나는 일은 기적에 가깝다. 그러나 지방 번화가에서는 일상적인 일이다. 가게 손님하고 이야기하다 보니 서로 잘 아는 친구가 같은 사람이었음을 발견하는 일도 종종 있다. 그냥 본 적이 있는 정도라면 길거리에서 만나도 일일이 말을 걸지도 않고 이름을 기억하려 하지도 않는다. 인연이 있으면 다시 보겠지 하고 지나쳐 버리고, 그 사람을 보았다는 사실 자체도 금방 잊어버린다.

분명 젊은 여자는 아니었다. 딱 달라붙는 바지에 신고 있는 신발은 요즘 세대라면 눈길도 주지 않을 검은 가죽의 워킹화였다. 많이 취했는지 발걸음이 영 불안해 보였다. 뒤따라가고 있는 사이에 이상한 판초 같은 옷은 그렇다 치고 포크파이처럼 생긴 저 모자는 최근 일이 년 사이—그러니까 내가 술집을 열고 이 근방을 근거지로 삼은 이후에도 본 적이 있는 것 같았다. 그렇다 면 나는 굳이 상대방의 얼굴을 확인하지 않았다는 뜻이다. 내가 지금 생각하고 있는 그 인물이 맞다고 해도 뭐라고 말을 걸어야 할지 알 수 없었다.

여자는 어느 낡은 건물의 거리로 나 있는 문을 열었다. 원래는 선명한 빨간색 문이었을 테지만 지금은 색이 바래서 노란 가로등 불빛을 받아 얼룩진 오렌지색으로 보였다. 그 위에 플라스틱 글자를 붙여서 간판을 대신하고 있었다. 하지만 그것도 반쯤 떨어져 나간 상태여서 가게 이름을 제대로 알아볼 수 없었다.

나도 그 뒤를 따라 들어갔다. 우리 가게보다도 좁은 카운터 바였다. L자 모양으로 여섯 자리, 비좁게 앉으면 일곱 자리가 나올 것 같았다. 벽에는 연극 포스터가 빼곡하게 붙어 있었다. 바깥 모습과 마찬가지로 깔끔하게도, 세련되게도 보이지 않았지만 이런 상태로 장사를 계속할 수 있다는 것은 탄탄한 단골손님이 확보되어 있다는 뜻이니까 나로서는 오히려 부러웠다.

"어머, 어서 오세요." 하며 여자처럼 목소리를 낸 주인은 푸른 베레모를 쓴 노년의 남자였다. "같이 오셨나?"

여자는 그제야 자기를 뒤따라온 사람이 있음을 알고 모자를 벗으면서 멍한 눈으로 나를 뒤돌아보았다. 화장을 전혀 하지 않은 그 얼굴에는 나이에 걸맞게 주근깨가 흩뿌려져 있었다. 그녀는 고개를 가로저었다.

"……아닙니다." 하고 나도 말했다. "처음인데 괜찮나요?"

"그럼요."

여자는 제일 안쪽에, 나는 문 근처에 앉았다. 여자는 진 토닉을, 나는 맥주를 시켰다.

"클래식 채널로 돌려요." 여자가 혀가 꼬인 발음으로 요구했다. 유선 방송을 가리키는 것이었다. 주인이 나를 쳐다보았다. 고개를 끄덕였다. 에디트 피아프의 노래에서 〈무반주 첼로 조곡〉 중의 어느 악장인가로 바뀌었다. 요요 마(프랑스에서 태어난 중국계 미국인 첼리스트)의 연주인 모양이었다. 후우, 하고 여자가 한숨을 내쉬었다.

한 잔의 진 토닉을 다 마시기도 전에 여자는 카운터에 엎드려 졸기 시작했다. 짧은 머리를 갈색으로 물들였는데 정수리 쪽에 흰머리가 눈에 띄었다.

"쇼짱, 졸린 모양이네. 집에 가서 편하게 자는 편이 낫지 않겠어?" 가게 주인이 약간 귀찮은 듯이 말을 걸었다.

여자는 고개를 들지 않았다.

가게 주인은 한숨을 쉬더니 포기한 듯이 나를 향해 말했다. "이 사람 항상 이래요. 이 근방에 사시나?"

"아, 네에."

"연극 좋아해요?"

"별로 안 봅니다."

"쉬는 날에는 뭐해요? 스포츠 같은 거?"

"기회가 없네요. 그냥 집에서 뒹굴며 책이나 읽곤 합니다."

"그럼 혹시 모리 마리라고 아시나?"

"모리 오가이(일본 메이지·다이쇼 시대의 소설가, 번역가, 극작가)의 딸 말인가요?"

"그녀의 에세이에 나오는 시계짱이라는 미소년이 바로 어린 시절의 나예요."

"정말인가요?"

"아마도요. 나 말고도 시계짱이라는 애가 또 있었을지도 모르지만. 난 도쿄에서 노래를 불렀거든요."

"상송?"

"그러려고 상경했는데 얼마 후에 로커빌리가 유행하기 시작해서……. 진 빈센트는 알아요?"

고개를 끄덕였다. "〈비밥바룰라Be Bop a Lula〉지요?"

"젊은 사람이 잘 아네요? 그래서 일본의 진 빈센트로 만들 만한 애가 없나, 찾고 있던 프로듀서가 나를 딱 찍은 거예요. 그, 런, 데, 그 사람이 아무튼 미소년이면 사족을 못 쓰는 남자였고……."

이런 파란만장한 사연이 있기는 했지만 레코드 출시까지는 하지 못했고, 시계짱도 자기가 좋아하는 상송을 계속 부르고 싶어서 허름한 술집 전속 가수가 되었다고 한다. 그의 이야기에 미시마 유키오(일본의 소설가이자 극작가, 평론가, 정치 운동가로 극우 민족주의자)와 고시지 후부키(여성만으로 이루어진 뮤지컬 극단인 다카라즈카 가극단의 남성 역할 배우, 상송 가수)도 등장했는데 그건 아무래도 허풍인 것 같았다. 낮에 일하던 찻집으로 원고를 쓰러 오곤 했던 모리 마리가 엄청나게 가난한데다가 뻔뻔스러운 여자였다는 대목만 묘하게 리얼리티가 있었다. 식빵과 햄 한 장을 싸 가지고 와서는 버터를 내놓으라고 했단다. 그걸 빵에 발라 햄 샌드

위치를 만들어서 물이랑 같이 먹은 다음에도 남은 물 한 잔으로 버티다가 돌아갈 때 버터 값이라며 달랑 5엔만 놓고 갔다는 얘기도 들려주었다.

이야기를 끝낸 시게 씨는 슬슬 가게 문을 닫고 싶었는지 유선방송을 상송 채널로 돌려놓았다.

"클래식!" 여자가 외치면서 고개를 들었다. "그리고 진 토닉도 한 잔 더."

"슬슬 가게 문 닫아야 돼."

"아침까지 하잖아."

"그날그날에 따라 다른 거야."

"그런 식으로 자꾸 나를 싫어한다 이거지? 이제 여기 안 올 거야!"

"쇼짱, 아무리 그래도 요즘 들어 너무 많이 마신다. 술은 즐길 때가 제일 좋은 거야. 술에 먹히기 시작하면 지옥 문턱에 들어선 거라고."

"당신이 뭔데 나한테 이래라저래라야?" 여자는 재떨이를 손에 쥐고 들어 올렸다.

시게 씨는 팔로 얼굴을 감쌌고, 나는 자리에서 일어나 성큼성큼 여자에게 다가가서 팔목을 잡았다.

"집에 돌아가요, 안노 선생님. 제가 모셔다 드리겠습니다."

"누군가 했더니 현 베이스의 다히라 군이잖아?" 택시를 내릴 즈음이 되어서야 간신히 말이 통하기 시작했다. "왜 여기 있는 거야?"

나는 택시비를 내며 말했다. "가나야마초의 편의점에 있었는데 선생님이 지나가시더라고요. 게이가 하는 술집에 들어가셨죠? 야겐보리에 있는."

"시게짱네 가게? 오늘은 안 갔는데."

"기억 안 나세요? 아무튼 내립시다. 초등학교를 지났어요. 이 근처라고 하셨죠?"

"이 근처…… 이 근처 어딘가인데."

강을 건너고 공원도 지나왔다. 취한 상태만 아니었으면 택시를 타고 올 거리가 아니었다. 도무지 갈피를 잡지 못하는 발걸음이어서 "여기야." 하며 그녀가 파란 타일로 장식된 아파트를 가리켰을 때 내 존재가 귀찮아서 일단 보내 버리려고 한다고 생각했다.

"그럼 전 이만 가겠습니다. 얘기하고 싶은 게 있지만, 상당히 취하신 것 같고 저도 내일이 있고 하니."

"내일은 나한테도 있어. 사양하지 말고 들렀다 가. 남편은 없는 날이 더 많아. 밥이라도 먹고 가."

"많이 취하셨잖아요. 얼른 주무세요."

"잠은 언제라도 잘 수 있어. 술도 있는데. 소주나 진 어때? 그리고 게임도 하고 가. 플레이 스테이션 2도 있으니까."

"젊으시네요."

"나랑 몇 살 차이도 안 나면서."

우편함에서 안노라고 손으로 쓴 글씨를 발견했다. 성이 그대로인 것을 보니 남편이라고 말한 사람은 그냥 애인인 모양이었다. 좁은 엘리베이터에 나란히 서 보고 선생님이 상당히 아담한 몸집임을 알았다. 내가 고1 때 그녀는 새로 들어온 정도는 아니었어도 기껏해야 교사 이삼 년차였으니까 나이로 따지자면 스물너덧이었던 셈이다. 열여섯과 스물넷은 천문학적인 차이가 있지만 마흔과 마흔 여덟의 차이는 끝자리 수에 지나지 않는다. 그녀의 말대로 '몇 살 차이도 안 나는' 것이다.

제일 위층의 맨 끝 집이었다. 선생님이 쇠문을 열자 훅 하고 인도의 향냄새가 풍겼다. 불은 훤하게 켜져 있었다. 신발장에 동남아산으로 보이는 불상과 아프리카풍의 가면이 놓여 있었다.

"여행 다녀오셨어요?"

"누가 준 거야. 신경 쓰지 마."

나는 신발을 벗었다. 미닫이문을 떼어 내서 넓은 원룸처럼 쓰고 있지만 본래는 낡아빠진 방 두 개짜리 아파트였다. 집 안은 이국적인 분위기로 가득했다. 바닥에는 아프가니스탄 근방의 카펫이 깔려 있었고 벽에도 역시 중동산으로 보이는 태피스트리가 걸려 있었다. 한국산인지 중국산인지로 보이는 조개와 귀한 돌로 장식된 서랍장에는 바틱 천이 깔려 있고, 그 위에 자개 세공과 도자기와 목각 장식품과 촛대와 향로가 즐비하게 늘어서 있었다. TV 위에도 불상이 놓여 있었다. 소파에는 황토로 염색한 것으로 보이는 적갈색의 천을 덮어 놓았다.

"아 덥다 더워." 선생님은 판초를 벗어 던졌다. 그 안에는 민속 의상처럼 생긴 화려한 장식의 블라우스를 입고 있었다. 털썩, 소파에 몸을 맡기더니 "에어컨 좀 켜. 리모컨은 서랍장 위에 있어. 부엌 싱크대 옆에 술잔이랑 술이 있고 얼음은 냉장고에 있어. 내 것도 줘." 하고 명령하듯 말했다.

순순히 분부에 따랐다. 서비스를 하는 건 힘들지 않다. 이래뵈도 난 프로다. 부엌 수납장 안에 흑당 소주와 드라이진이 있었다. 식기가 몇 개 보이기는 했지만 그 외에는 정말 아무것도 없는 부엌이었다. 냉장고에는 주스와 요구르트밖에 없었다. 술잔을 골라 얼음을 넣고 옆구리에 드라이진 병을 끼고서 소파로 돌아왔다. 동남아산으로 보이는 의자인지 디딤대인지 모를 상자를 발로 끌어다 놓았다.

"여기 놓으면 될까요?"

"따라 줘."

"여기요." 선생님 잔에는 약간 적게 따랐다. 눈치 채지 못한 모양이었다.

"게임하려면 컨트롤러, 소프트는 TV 밑에 있어."

"해 본 적 없어요."

"나도." 하며 그녀는 웃었다.

"지금도 교사로 계시나요?"

"오래 전에 그만뒀어."

"그럼 어떤 일을?"

"작곡이나 단기 아르바이트 같은 거. 어떻게든 살게 되더라고." 그녀는 땀에 젖은 얼굴을 들어 위를 올려다보았다. "천장이 빙빙 도네. 다히라 군은 무슨 일을 해?"

"뭐 적당히 하고 있어요." 하고 신중하게 대답했다. "담배 좀 피워도 될까요? 나가서 피고 올까요?"

"아니, 여기서 피워도 상관은 없는데 재떨이가 없네. 거기 있는 향로 중에 적당한 걸 써."

서랍장 앞에서 담배에 불을 붙이고 되도록 진액으로 지저분해진 향로를 골랐다.

"이거……." 뚜껑을 들며 뒤돌아보니 선생님은 술잔을 손에 쥔 채로 잠들어 있었다. 도저히 취주악 이야기를 꺼낼 분위기가 아니었다. 편의점 유리창 너머로 선생님인 것 같은 옆얼굴을—정확하게 말하자면 챙 끝이 살짝 올라간 모자의 실루엣이었다. 첫 여름 합숙 때 안노 선생님이 실외에서는 꼭 그런 식으로 모자를 쓰고 있었던 것을 신기하게도 나는 기억하고 있었다— 발견한 순간 제일 먼저 뇌리에 번뜩 떠오른 것은 그리움도 아니고 어린 시절에 대한 쑥스러움도 아니고 드디어 지휘자를 발견했다는 전향적인 생각이었다. 이런 일은 처음이었다. 나는 이제야 재결성에 열을 올리는 선배들의 기분에 공감할 수 있었다.

십 대 시절을 돌아보면서 살아가는 것은 자학이다. 스냅 사진처럼, TV에 나오는 광고처럼 청춘 시절을 아름답게만 보냈던 사람이 인류 역사상 한 명이라도 있을까? 제대로 된 지성을 갖춘 어른들 중에 십 대 시절의 꿈을 모두 이루었다고 큰 소리로 웃을 수 있는 사람이 존재할까? 십 대 시절의 자신을 돌아보는 어른의 시선은 냉혹하고 지금의 자신을 바라보는 십 대 무렵의 시선은 잔인하다. 그래서 사람은 이날 하루만을 살고자 한다. 주간지를 읽고, TV 보면서 웃고, 핸드폰을 새것으로 바꾸고, 유명한 식당 앞에 그곳이 유명하다는 이유만으로 줄을 선다.

그런데 과거의 나와 현재의 내가 벌이는 진흙탕 싸움에 종지부를 찍을 방법이 여기 있었다. 양쪽을 연결해 버리는 것이다. 연속시키는 것이다. 밴드를 재결성하는 게 아니라 오랫동안 쉬고 있던 것으로 만들어 버리자. 그렇게 하면 모든 일이 미완성의 꿈이 된다. 존재하는 것은 미완성의 나와, 그런 나를 둘러싼 테두리 없는 세계뿐이다. 콜럼버스의 달걀이다.

담배를 다 피운 다음 선생님 곁으로 돌아갔다. 그 손에서 술잔을 뺐다. "선생님, 전 가 볼게요."

그녀가 "어디로?" 하고 잠꼬대를 했다. 그녀는 일어서려고 했지만 다리에 힘이 들어가지 않아 카펫 위로 미끄러져 내려갔다. "침대로 갈래. 도시짱, 나 좀 일으켜 줘."

누군가와 착각하고 있었다. 나는 그녀의 등을 부축해 옆에 있는 방으로 걷게 했다.

"어머…… 넌 현 베이스의 다히라 군이잖아?"

"도대체 몇 번을 묻는 겁니까?"

"여기 왜 있는 거야? 나를 도와주러 온 거야?"

"선생님이 들어오라고 해서 온 거잖아요."

"그랬어?"

침대에 앉혀 줬더니 선생님은 들춰진 이불 위에 이상한 각도로 누워 버렸다. 언제나 뾰족뾰족하게 신경이 곤두서 있던 옛날의 그녀와는 완전히 딴 사람 같았다.

간신히 한손을 움직이면서 "너도 자고 가. 옆에서 자도 돼."라고 말했다.

나는 피식 웃었다. "사양하겠습니다."

"덮쳐도 돼. 내가 봐 줄게."

"놀리지 마세요."

"이렇게 늙어 버린 아줌마한테는 흥미가 없겠지? 젊었을 때 하게 해 줄걸."

"저 갑니다."

"미안해." 하고 말하더니 팔의 힘을 빼고는 곧바로 새근새근 숨소리를 내며 잠이 들었다. 밀려 올라간 소매 안으로 수없이 칼에 베인 흔적이 보였다.

돈이 아까워서 집까지 걸어갔다. 가는 동안에 여름밤인데도 기온이 더 떨어져서 경치가 푸르게 빛나기 시작했다. 별로 많이 움직인 하루도 아니었는데 신경이 지쳐서 아무것도 할 마음이 생기지 않았다. 목욕하기 전에 잠깐 눈만 붙이려고 로프트 침대에 기어 올라갔다가 점심 무렵까지 정신없이 자 버렸다. 얇고 불안정한 잠을 자며 꾼 꿈은 거의 현실 기억의 콜라주였다. 처음 참가했던 취주악 콩쿠르 예선 때의 모습이 여기저기로 흩어져 버리기도 하고, 혹은 여기저기 있던 기억들이 그 시점으로 수렴되기도 하는 꿈이었다.

연주는 참담했다. 무대에 오르기까지의 기나긴 과정과 무참한 결과의 엄청난 격차는 그 즈음 내 마음에 막 피어오르기 시작한 취주악에 대한 열정에 찬물을 끼얹기에 충분했다.

안노 선생님도 처음 참가한 콩쿠르였다. 그녀가 긴장해서 딱딱하게 굳어 있다는 사실은 창백하게 질린 얼굴이나 로봇 같은 동작만 보아도 충분히 알 수 있었고, 그런 기분은 우리들에게도 전염되었다. 우선 과제곡부터 시작되었다.

지휘봉이 올라갔다가 내려갔다.

스포트라이트를 받은 순백색의 지휘봉은 그 직전에 학교 음악실에서 했던 리허설의 약 1.5배 속도로 다시 퉁겨져 올랐다.

메인 멜로디가 흩어져서 원음과 에코를 사람의 힘으로 표현하고 있는 느낌이 들었다. 선생님은 허겁지겁 속도를 늦췄다. 그런 변화에 퍼커션 파트가 따라가지 못해 요상한 리듬을 만들어 냈다. 우리 반주 악기도 박자를 놓쳐서 어떤 사람은 마구 앞서나가는 퍼커션에, 어떤 사람은 선생님의 지휘에 충실한 이시마키 선배의 튜바에 보조를 맞췄다. 빠른 쪽과 느린 쪽의 차이는 심한 부분에서는 거의 한 소절 분량이 되지 않았을까 싶다.

중반에 금관이 중심이 되어 끌고 가는 부분에서 약간 회복하는 것처럼 느껴졌다. 옆으로 눈길을 돌려 보고는 이유를 알게 되었다. 라이브 하우스에 출연할 정도의 실력을 가지고 있는 다마가와 선배가 자기 악기를 위아래로 흔들면서 금관의 제일 높은 음을 불어대고 있었다. 트럼펫 파트에 박자를 알려 주고 있었던 것이다. 그러나 그것도 한때였을 뿐, 금관이 쉬는 부분에 들어서자 앙상블이 다시 흐트러졌다. 금관이 활약하는 마지막 부분에서 다시 약간 괜찮아졌지만 원래부터가 잘하는 밴드가 아니었기 때문에 간신히 들어줄 수 있는 정도였다.

이상이 과제곡의 완성도였다. 이 시점에서 결과는 이미 절망적이었다.

이어지는 자유곡이 아까보다는 나은 연주였던 이유는 모두가 마음을 내려놓고 하다못해 즐기다 돌아가자는 생각을 했기 때문이었을 것이다. 헛된 욕심을 부리지 않고 심플한 곡을 선택한 안노 선생님의 공이기도 했다. 기미시마 선배가 언급했던 행진곡 〈가을 하늘에〉였다. 가을 체육 대회 때 반주로 다시 활용할 수 있는 곡이라는 점도 선곡의 커다란 이유였다. 2분 반밖에 안 되는 짧은 곡인데다가 악보 마지막 부분에는 다카포가 달려 있었다. 그러니까 팝과 마찬가지로 마지막은 시작 부분의 되풀이인 셈이다. 힘찬 2박자 반주와 명랑한 멜로디, 단순하면서도 기복이 있는 구성은 우리의 자포자기한 기분과 묘하게 잘 맞았다. 나도 어느새 손가락에 힘이 들어가는 바람에 현이 본체에 부딪쳐서 탁탁거리는 쓸데없는 소리를 냈다. 미나모토가 악기를 입에 댄 채 내 쪽을 돌아보았다. 베이스 클라리넷과 현 베이스는 위치가 가깝다. 악보도 거의 같을 때가 많다. 그녀는 미소를 짓고 있었다. 그래 잘한다, 하는 눈길이었다.

과제곡으로 이야기를 돌리겠다. 엉망진창이 되어 버린 직접적인 원인을 제공한 안노 선생님을 많은 부원들이 원망했고, 뒤에서 심한 욕을 하기도 했지만 사실은 그런 일로 쉽게 무너진 우리가 미숙한 것이었다. 설령 선생님이 지휘를 완벽하게 했다 하더라도 어딘가에서 우리가 망가져 버리지 않았으리라는 보장은 아무도 못한다.

다마가와 선배의 활약은 칭찬을 받을 만하다. 그러나 원래 같으면 아무리 엉망진창이라 해도 지휘봉에, 그게 불가능하면 콘서트마스터인 오키타 선배의 소리에 맞춰서 연주하는 것이 옳다. 소리가 들리지 않아도 잘 관찰하고 있으면 프레이즈 첫머리는 알 수 있다. 아무리 제대로 된 박자라 해도 그냥 멤버 중의 한 사람이 밴드 전체에 자신의 박자를 강요해서는 안 된다. 이렇게 잘난 척하면서 그럴듯한 말을 할 수 있는 것은 그 뒤로 다양한 밴드 경험을 했기 때문이다. 하지만 당시의 나는 막연하게 이상하다는 느낌을 가졌을 뿐이다.

밴드가 제자리를 찾은 것이 일시적인 현상에 불과했던 이유는 목관, 특히 나가쿠라가 고집스럽게 오키타 선배에게 맞추고 있었기 때문이다. 원칙적으로 말하자면 그 행동이 옳았지만 상황에 적절히 반응했다고 보기는 힘들다. 비상사태에 직면했는데도 자기 연주에 바빠서 주변에 아무런 지시도 내리지 못했던 오키타 선배에게도 잘못이 있다. 하다못해 다마가와 선배가 짊어지려 했던 역할을 알아차리고 자기가 그것을 이어가야 했다. 뒤쪽 상단에 있는 금관은 대부분의 멤버들이 볼 수 없는 자리다. 그러나 지휘자 근처에 앉아 있는 퍼스트 클라리넷은 멤버 전원이 볼 수 있다.

그보다 더욱 잘못한 사람은 그때그때 눈에 띄는 소리를 따라가서 연주에 일관성을 주지 못했던 그 밖의 멤버들이었다. 나도 그 속에 포함되었다. 그러니까 모두에게 책임이 있다고 할 수 있었다.

딱 한 사람, 같은 무게의 책임을 질 필요가 없는—아니 그보다는 그럴 권리가 없는 멤버가 있었다. 가라키였다. 내 귀가 틀림없다면 그는 과제곡을 할 때 단 한 번도 악기를 불지 않았다. 지휘봉의 첫 움직임에 놀라 악기에서 얼굴을 떼어 버렸고, 곡이 시작한 다음에도 두리번두리번 좌우를 둘러보다가 어느새 곡의 흐름을 완전히 잃어버렸는지 도레미를 적어 놓은 악보를 노려보다가 고개를 갸웃거리고, 마우스피스에 입술을 대는가 싶다가도 다시 악보를 들여다보고…… 이런 동작을 결국 그 곡이 끝날 때까지 반복하고 있었다. 〈가을 하늘에〉에서는 그래도 조금 불었다.

심사 결과를 강당에 앉아 들은 학생은 별로 없었다. 다들 화가 나고, 속이 상해 어쩔 줄 몰라서 공연히 정원을 서성이기도 하고, 누군가가 어디에선가 갖고 온 고무공을 이상할 정도로 열심히 차기도 하면서 철수할 때까지 시간을 죽이고 있었다. 안노 선생님도 뭐라고 하지 않았다.

"본선 갈 일은 없겠지?" 내가 기스기에게 말했다.

"나는 '못 간다'에 천 엔 건다. 10대 1이라도 괜찮은데, 너는 '간다'에 백 엔 걸지 않을래?"

"싫어."

그 판단은 물론 정답이었다. 본선을 위한 전체 연습 일정은 없어졌고 그 대신 체육 대회에서 연주할 행진곡과 교가의 악보가 일찌감치 배부되었다. 그날 중으로 차기 부장과 차장 선거도 있었다. 고히나타 선배와 아시자와 선배를 추천하는 사람이 있었고, 그 외에는 추천도 입후보도 나오지 않아 그대로 결정되었다.

나는 신문 배달 아르바이트를 계속하고 있었다. 밤에 TV를 보고 있으면 순식간에 눈이 감겼다. 그 대신 낮에는 이상할 정도로 팔팔하고 심심했다. 클럽 활동이 없는 날이면 끈을 달아 놓은 만돌린 케이스를 어깨에 둘러매고서 자전거를 타고 이쿠다네 집으로 놀러 갔다.

만돌린은 아직도 가지고 있다. 고래 같은 모양의 케이스 뚜껑을 가끔씩 열어 보고 마음이 가면 쓰다듬듯이 퉁겨 보기도 한다. 측면에 이름 테이프를 벗겨 낸 자국이 있다. 이쿠다네 집에 자주 들고 놀러가던 시절에 창피해서 떼어 버렸다. 처음에 악기를 썼던 아버지의 부하 직원이 회사 비품으로 찍은 이름 테이프였을 것이다. 스미코였는지 루미코였는지, 여하튼 그런 여자 이름이 하얗게 박힌 푸른색 테이프였다. 그대로 내버려 두던지 하다못해 떼어 낸 테이프를 케이스에 넣어 두었으면 좋았을걸. 나를 음악의 세계로 이끌어 주었던 최초 인물의 이름을 이제는 알 길이 없다.

예전에는 멋진 가죽처럼 보이기도 했던 케이스는 검은 칠이 벗겨지자 사실은 모서리를 깎아 낸 두꺼운 보드 종이였음이 드러났다. 악기도 그에 걸맞은 수준이었다. 소박한 나무 모자이크로 장식된 가장자리 외에는 아무런 꾸밈이 없는, 가장 저렴했으리라 생각되는 보급품이었다. 아무리 찾아봐도 돈을 마련할 구멍이 없었을 때 의외로 괜찮은 물건일지도 모른다는 기대를 가지고 악기점에 가지고 갔더니 2천 엔 정도는 줄 수 있다는 소리를 들었다. 해체해서 다른 악기를 보수하는 데 쓴다고 했다. 도저히 그건 아니다 싶어서 도로 가지고 왔다.

칠은 내가 처음 갖게 되었을 때부터 이미 여기저기 허옇게 변해 있었다. 픽 가드로 붙어 있는 흑단인지 뭔지 하는 얇은 판도 지금은 무수히 잔금이 나 있다. 그러나 연주에 지장을 줄 정도로 심하게 상한 곳은 한 군데도 없다. 튼튼한 악기다. 그리고 딱 그것뿐이다.

텅 비어 버린 폐허를 걷고 있는 것 같은 소리를 낸다.

몸체 안쪽에 붙어 있는 노란색, 갈색, 검정의 삼색으로 인쇄된

레이블에는 'REGISTERED TRADE MARK/SUZUKI VIOLIN CO.,LTD./NAGOYA JAPAN'이라고 되어 있고 'No.228/1967'라는 시리얼 번호가 있다. 스즈키 바이올린. 메이지 시대에도 있었던 일본에서 가장 오래된 서양 현악기 제조업체는 어떤 의미에서는 깁슨이나 펜더보다도 위대하다. 바이올린이나 첼로, 만돌린을 하는 일본인 중에서 초보자 시절에 이 메이커의 악기를 써보지 않았던 사람은 거의 없다. 학교에서 내가 빌려 쓰던 콘트라베이스도 스즈키 바이올린 제품이었고, 수업에서는 사용하지도 않는데 음악 준비실에 나란히 걸려 있던, 상태가 엉망인 클래식 기타들도 마찬가지였던 것으로 기억한다. 이렇게 튼튼한 만돌린을 만드는 회사가 기타는 제대로 못 만들었는지, 아니면 관리를 너무 안 해서 그랬는지 제대로 칠 수 있는 상태의 기타가 하나도 없었다. 이 회사는 더 이상 기타를 만들지 않는다. 이쿠다와 전화 통화를 할 때 들었던 이야기다.

참고로 이쿠다는 몇 년 전부터 정신병을 앓고 있어 어렸을 때 살던 그 집에 그대로 틀어박혀서 부모님의 연금으로 먹고살고 있다. 신경 강박증이라고 들었다. 어떤 원인으로 그렇게 되었는지, 혹은 옛날부터 그런 병이 있었는지는 물어본 적이 없어서 모른다. 이쿠다 자신도 모를지도 모른다.

주변에 피해를 입히는 일은 없다. 시간 감각이 애매한지 아주 이상한 시간대에 몇 번씩 전화를 걸어오기도 하고, 다양한 시점을 뒤죽박죽으로, 예를 들면 10년 전 일을 어제 일로 계속 떠든

다든지 하는 경우도 있지만 그 정도는 익숙해지면 크게 불편하지 않다. 그러나 일을 하는 데에는 문제가 있을 것이다. 백화점에서 해고당한 것도 충분히 납득이 간다.

최근에 한 대화, 그렇다고는 해도 벌써 반년 전 일이다. 나는 가족의 안부라도 묻듯이 "길드는 어때?" 하고 말했다.

"요즘에 상태가 안 좋아. 아무래도 넥이 뒤틀린 모양이야." 이쿠다도 가족에 대해 말하듯이 대답했다. 한숨 섞인 말투였다. "마틴만 너무 예뻐했더니 삐쳐 버린 건지도 몰라."

"좋은 악기여서 더 섬세한 거겠지. 몇 십 년이나 지났으니 상태가 바뀔 만도 하고."

"어?" 하며 내게 다시 물었다. "몇 십 년?"

"산 지 25년이 넘었잖아."

"……그랬나? 그럼 상태가 안 좋겠네. 조만간 가메 씨한테 맡겨 볼까 생각 중이야."

"가메 씨면 그 데즈카 악기에 있는? 아직도 거기 있어?"

"지금은 독립해 하쿠시마에서 자기 가게를 하고 있지."

나하고는 관계가 없는 얘기 같아서 "그래." 하고 수긍하고 말았지만 이게 만약 중요한 화제였으면 그 '지금'이 정말로 지금인지, 아니면 과거 어느 시점인지를 잘 알아봐야 한다. 이쿠다는 절대로 거짓말을 하지 않는다. 화법이 이상할 뿐이다.

악기로 화제를 돌리자면, 이쿠다의 길드 기타보다 훨씬 연상인 내 싸구려 만돌린에는 이를 테면 기분이 토라질 정도의 섬

세함이 없다는 뜻이다. 이것은 어떤 의미에서는 아주 훌륭한 일이다.

백인들이 버리고 간 드럼통에서 태어난 천상의 울림이라는 트리니다드 토바고의 스틸 드럼에 필적할 정도로 감동적인 악기는 그레치의 우쿨렐레라고 나는 생각한다. 만드는 공을 최대한 아끼기 위해 프라이팬 모양에 본래 악기에는 쓸 수 없는 합판으로 만들어졌고, 집에서 일반인들이 사용할 법한 도료를 써서 항공기 같은 색깔로 잔뜩 발라 놓았다. 음정도 제대로 맞지 않는 악기인데 거기에는 나름 이유가 있다. 순식간에 만들어서 군용기에 실어 전쟁 폐허 같은 곳에 뿌려 주는 전시 구호물자 중 하나였기 때문이다. 집이 불타고 가족을 잃고 절망 가운데 허덕이는 사람들에게 식량과 더불어 음악도 보내 주려 했던 어디의 누구인지 모르는 그 군인의 마음 씀씀이를 나는 높이 평가하고 싶다.

만약에 다시 고풍스러운 전쟁이 일어나 마흔 줄의 남자조차 전선으로 내몰리는 일이 생긴다면 나는 배낭에 이 스즈키 바이올린 회사에서 만든 만돌린을 집어넣을 것이다. 적의 총탄이 만돌린 동체에 구멍을 낸다 해도 밤중의 야영장에서는 기분 좋게 악기 역할을 해 줄 것이다. 줄이라는 줄을 모두 잃어버리고 악기로서 더 이상 쓸모가 없게 되더라도 물이나 식량을 담는 그릇으로, 혹은 구멍을 파는 삽으로, 배를 젓는 노로 내가 죽을 때까지 틀림없이 그 역할을 다해 줄 것이다.

이쿠다의 길드 기타로는 그렇게 하지 못한다. 이렇게 말해도 이쿠다는 전혀 화가 나지 않겠지만.

25년 전 여름의 그 기타는, 말하자면 언제나 도서실 한편에서 이쿠다와의 대화를 기다리고 서 있는, 스스로 옷이나 화장만 잘하면 엄청난 미녀로 변신할 수 있다는 사실을 모르는, 머리를 딴 우등생 비슷한 존재였다. 그때까지 쓰고 있던 국산 기타를 "손에 다 판자때기 깁스를 하고 쳤던 것 같다."라고 말할 정도로 길드 기타에 익숙해지자 그 음색은 옆에 있는 내가 폴 사이먼의 노랫소리를 환청으로 들을 정도로 아름다웠다. 이 빼어난 미모의 우등생 뒷받침을 받은 이쿠다는 기타 실력이 눈에 띄게 늘었고, 144 포터 스튜디오에는 아일랜드 민요 외에도 사이먼 앤드 가펑클(폴 사이먼과 아트 가펑클이 구성한 미국의 2인조 그룹), 펜탱글(영국의 포크 록 밴드), 안토니오 카를로스 조빔(브라질 출신의 세계적인 작곡가, 가수, 피아니스트로 보사노바의 전설을 만든 인물) 등의 명곡 반주 트랙이 점점 쌓여 갔다. 그런 멜로디들을 제대로 불 수 있을 정도로 플루트가 손에 익지는 않았다고 했다.

딱 한 곡, 기타로는 내기 힘든 고음의 트레몰로를 만돌린으로 녹음하게 해 준 적이 있다. 사이먼 앤드 가펑클의 〈홈워드 바운드Homeward Bound〉의 전주 부분에 겹치는 반음 아래의 라인이었다. 몇 번 시도하다가 이쿠다가 오케이 사인을 보내서 끝냈는데 완성도가 높다는 생각은 들지 않았다. 나중에 지워 버렸을지도 모른다. 하지만 정말로 열중했고, 녹음한 소리를 재생해서 들었을 때는 흥분되었다.

144가 치워져 있는 동안은 이쿠다가 대충 기타를 만지고 나는 그 소리를 들으며 적당한 음을 트레몰로하면서 놀았다. 전혀 엉뚱한 소리를 낼 때도 있었지만 이쿠다가 정돈된 진행으로 연주하고 있는 한 점차 쓸 수 있는 음을 잡을 수 있었다. 그렇게 화음을 맞추는 작업은 마치 작곡가가 된 듯한 그럴싸한 기분을 맛보게 해 주었다.

합주에는 마력이 있다. 이쿠다의 방에서 나를 소박한 기쁨으로 이끈 것, 서른 명의 밴드부원을 절망의 나락에 빠트렸던 것, 그 정체는 모두 합주라는 의식이었다. 자신과의 싸움인 독주에서는 이 정도의 정신적 고양감이나 실망감이 발생할 수 없다. 어쩌면 우정보다도 멋지고, 어쩌면 연애보다도 가혹한 것이, 새들의 지저귐처럼 서로 어우러져서 소리를 낸다는 이 인류 특대의 발명일지도 모른다.

입체 퍼즐인 루빅 큐브가 쓰쿠다 오리지널이란 회사에서 발매되어 TV에 자주 소개되었던 것도 그해 여름이었는데, 단순한 장난감치고는 상당히 비싼 가격이었던 그것을 제일 먼저 입수한 사람도 역시 이쿠다였다. 그의 책상에 있던 것을 들고 오랜 시간 동안 악전고투를 했지만 나는 한 면밖에 맞추지 못했다.

"한 면만 맞추는 건 의미가 없어."라고 이쿠다가 말했지만 그의 실력도 나랑 비슷했다.

나중에 그의 책상에 여섯 면의 색깔이 다 맞춰진 큐브가 놓여 있는 것을 보고 물었더니 기스기가 놀러 와서 맞춰 놓았다고 했다. 나도 모르게 손을 뻗어 만지려 하자 이쿠다가 말했다.

"다시 맞추지 못하니까 만지지 마."

VI

Pastorale

Tuba
Euphonium

♩ ♪ ♫ ♬

약간 망설였지만 그래도 보고해 두기로 했다. "안노 선생님을 만났어요."

"어디서?"

"가게 근처에서. 우연히."

"우리 모인다는 얘기는 했어? 지휘 맡아 주시지 않을까?"

"말 못 했어요. 그럴 분위기가 아니어서. 많이 취해 계셔서요."

"내가 물어볼게. 연락처는 받아 놓았지?"

"알고는 있는데…… 다시 만날 거예요. 제가 말씀드려 볼게요. 그래도 너무 기대는 마세요. 교사도 그만두신 모양이고 하니까."

"왠지 선생님을 끌어들이기 싫은 것 같은 말투인데?"

"그럴 리가요." 하며 나는 웃었다. 끌어들이기 싫은 게 아니라 만나게 하고 싶지 않았다. 예전의 선생님을 알고 있는 그 누구하고도.

"그럼 부탁할게." 하고 사쿠라이 선배는 말했고 더 이상 이 일에 대해 물고 늘어지지 않았다. 선배도 중요한 얘기가 있어서 한 전화였다. 유포니움의 가사이 선배와 연락이 닿았단다. 더구나 같이 할 수 있다고 한다.

지금은 성이 다지마로 바뀌었다지만 헷갈리니까 그냥 옛날 성으로 부르기로 한다. 딸이 하나 있다. 벌써 고등학생이다. 오랫동안 음악과 떨어져 있던 가사이 선배에게 계기를 만들어 준 사람이 이 레오나라는 요즘 스타일의 이름을 가진 딸이다.

소녀들이 빅 밴드(대중음악, 특히 재즈 밴드 형식 중 하나. 일반적으로 대규모로 편성한 앙상블 형태의 밴드)를 결성한다는 영화가 히트를 친 적이 있었다. 레오나는 이 영화에 푹 빠져서 자기가 다니는 여학교에서 뜻을 같이하는 친구들을 모았다. 영화의 영향력 덕분에 사람이 금방 모였다. 여학생들은 모아 둔 돈을 털거나 혹은 부모를 졸라 악기를 갖추고 엇비슷한 밴드를 결성했다. 동호회로 학교의 인정도 받았다.

의욕과 기세가 충만하다고는 해도 초보자들만 모아 놓은 집단이다. 정식 클럽과는 달리 선배도 지도자도 없었다. 픽션처럼 하루아침에 실력이 쌓일 수는 없는 일인데, 그 아이들의 매뉴얼은 어디까지나 픽션이었다. 십 대 특유의 근시안적 행동력으로 연주할 기회만큼은 여기저기 많이 확보해 놓았다. 문화제에도 시골 축제에도 자리를 만들었고, 게다가 라이브 하우스까지 예약해 버렸다. 아직 한 곡도 제대로 연주하지 못했는데 말이다. 솔직히 그 축제와 라이브 하우스 책임자의 식견을 따지고 싶지만 어쨌든 말도 안 되게 순조롭게 이 모든 일이 진행되어 버린 데에는 역시 영화의 영향이 컸으리라는 것이 사쿠라이 선배의 견해다.

음악을 좋아하는 엄마 덕분에 어렸을 때부터 피아노를 배우고 다양한 음악을 듣고 자라온 레오나는 주변 사람들이 너무 폭주하는 것을 보고 당황했다. 밴드 결성이 곧 스포트라이트를 받는 화려한 무대로 직결되지는 않는다는 점. 그에 앞서 힘든 훈련 과정이 필요하다는 점. 그녀에게는 너무도 당연한 사실을 어쩐 일인지 동료들은 깨닫지 못했다. 의상을 입고 무대에 서기만 하면 음향 효과가 빵빵한 제대로 된 연주가 흐른다는 식의 말도 안 되는 착각에 사로잡혀 있었다. 황당하지만 이런 착각을 토대로 만들어졌다가 그대로 사라져 버리는 밴드가 헤아릴 수 없이 많다.

나도 몇 군데 밴드를 경험했다. 어떤 규모를 가진 밴드이건 어느 정도의 기간 동안 활동을 하기 위해서는 반드시 필요한 사람이 두 종류 있다. 남들보다 약간 더 잘하는 사람. 그리고 미움을 받는 악역이다. 한 사람이 양쪽 역할을 겸하고 있는 경우도 있지만 트러블의 원천이 되기 십상이기 때문에 분담하는 편이 낫다. 사실은 이 두 가지 역할을 맡은 사람이 몇 명 더 있으면 훨씬 이상적이다.

전자가 없는 경우 밴드라는 조직은, 어디나 마찬가지인데 의외로 자기들이 실력이 없다는 사실을 깨닫지 못한다. 다른 밴드가 아주 잠깐 보여 준 최악의 순간과 자기들의 최고의 순간을 비교하고는 우리도 나름 괜찮네 하고 생각해 버리는 것이 보통 인간이다. 밴드 안에서 두 번째 내지는 세 번째 실력이라는 사실을 알면 밴드 전체에 대한 객관성은 갖지 못하더라도 최소한 자기가 천재 플레이어가 아니라는 점만큼은 자각할 수 있다.

후자, 즉 미움 받는 악역은 역할이 크다. 동료들에게 찬물을 끼얹으려면 강한 정신력이 필요하다. 밴드라는 조직은 반드시 무모한 군중 심리로 움직이게 되어 있다. 열 개 중에서 예닐곱 개 정도는 아무렇지도 않게 잘못 판단 내리고, 더구나 제대로 책임을 지는 사람도 거의 없다. 언제나 브레이크 페달에 발을 올려 놓고 있는 운전 학원의 교관 같은, 혹은 실패의 예감이 들면 재빨리 비명을 지르는 탄광 안의 카나리아 같은 존재가 그래서 꼭 필요하다. 예전의 덴소쿠 고등학교 취주악부에서는 이 역할을 안노 선생님이 맡고 있었다.

레오나의 빅 밴드에는 그 외의 인재밖에 없었다. 안 좋은 인재라는 뜻이 아니다. 분위기 메이커에 실무에 홍보에 미모까지 각자가 뛰어난 재능을 가지고 있었다. 그러나 레오나의 눈에는 문화제 때 서는 첫 무대가 그대로 해체 공연이 되는 모습이 보이는 듯했다. 축제 담당자와 라이브 하우스에서는 자기한테 책임을 지라고 할 것이다. 그녀는 자신의 잘못된 계산을 후회했지만 그렇다고 자기가 카나리아가 되는 것도 두려웠다.

멤버들 중 한 소녀가 낡은 테너 색소폰을 쓰고 있었다. 이유를 물어보니 어머니에게 물려받은 악기라고 했다. 어머니가 중학교, 고등학교, 대학교까지 취주악부에서 색소폰을 불었단다. 이름은 듣지 못했지만 이 아이도 요즘 식으로 아리사라고 해 두자.

아리사도 밴드에 대해 레오나와 마찬가지로 위기감을 느끼고 있었다. 두 사람은 열심히 의논하고 궁리한 끝에 어떤 기발한 대책을 생각해 냈다. 지금 이 밴드에 없는 타입의 인재를 각자의 가정에서 모셔 오자고.

제2 반항기가 채 끝나지 않은 레오나가 이때만큼은 엄마에게 머리를 숙이며 부탁했다. 가사이 선배는 인재 타입으로 보자면 카나리아다. 물론 안노 선생님만큼 매몰차지는 않지만. 한편으로 아리사의 엄마는 한 악기를 불어 온 기간이 길었던 만큼 그 실력을 어느 정도 유지하고 있었다.

엄마들은 사정을 이해했다. 어머니는 강하다. 정말로 강하다. 두 사람은 밴드 연습장으로 가서 정식으로 가입을 신청했다. 멤버들이 얼마나 놀랐을지 충분히 상상이 되지만 어쨌든 일시적인 참가는 인정되었다. 엄마들은 열심히 학교에 드나들며 딸들에게 부탁받은 역할을 충실히 해냈다. 드디어 없어서는 안 될 정식 멤버로 모든 사람들에게 인정받기에 이르렀고, 문화제에도 시골 축제에도 라이브 하우스에도 소녀들과 똑같은 의상을 입고 출연했다.

이상이 작년에 있었던 일이고 그 밴드는 지금도 정기적으로 공연을 하고 있다고 한다.

"그 빅 밴드를 쓰면 되잖아요. 결혼식 때." 내가 사쿠라이 선배에게 말했다.

"무슨 소리를 하는 거야? 우리의 브라스밴드여야지."

"가사이 선배는 무슨 악기를 하는 거예요?" 보통 빅 밴드에는 유포니움이 필요 없다. 가사이 선배는 딸이랑 같은 악기인 트롬본을 중고로 구입해서 다시 연습했다고 한다. 고등학교 때는 편성 때문에 유포니움으로 배치되었지만 원래는 글렌 밀러처럼 트롬본을 하고 싶었다고 한다.

"지금은 트롬본이 더 익숙하니까 가능하면 트롬본을 했으면 하더라고."

"그러면 가라키가 유포니움이 되겠네요. 튜바가 없네."

"베이스 쪽은 현 베이스가 있잖아."

"소리가 잘 안 들리잖아요."

"들리게 하는 방법을 나는 아는데."

"그만 하세요. 생각만 해도 끔찍한데……. 그런데 요오가 선배의 행방은 알았어요?"

"아직 모르겠어. 부탄일지도 모른다는 소리를 듣고 그쪽 대사관에 편지는 보내 놨는데."

"부탄이면 어디 있는 나라인가요?"

"히말라야 쪽이야. 인도랑 중국 사이에 끼어 있지. 뭔가를 발굴하는 일을 하는 모양이야."

"허어." 문득 떠오른 것은 안노 선생님의 집에서 맡은 향냄새였다. 선생님이 남편이라고 부르던 사람도 그런 종류의 일을 하나?

"다마가와 선배는요?"

"혹시나 싶어 영문으로 인터넷 검색을 해 봤더니 뉴욕에서 활동을 했던 기록이 나오더라고. 거기서 앨범도 몇 장 낸 모양이야."

"대단하네요."

"레코드 회사에 이메일을 보냈더니 곧바로 답신이 왔는데 지금은 그 회사에서도 연락을 할 방법이 없대. 그리고 니시자키 군은……"

"니시자키?"

"다히라 군과 같은 학년이었잖아. 트럼펫의 니시자키 유타카."

"아아, 가니 도라쿠."

"본명도 좀 외워 주지."

얼굴이 불그스레한데다가 손발을 흔들흔들 움직이는 버릇이 있어 오사카 유명한 식당의 모터 달린 게 모형 간판 같다고 누군가가 말했다. 그러다가 언제부터인가 '가니 도라쿠'라는 별명으로만 불리게 되었다. 나쁜 의미에서 바람 같은 놈이어서 저쪽 편에 있는가 싶으면 어느새 이쪽 편으로 옮겨 와서 다른 쪽 험담을 하곤 해 나는 항상 거리를 두고 있었다.

"연락이 되었습니까?"

"당시 전화번호로 걸었더니 본인이 받더라고."

"전에 술집 했던가요?"

"지금은 편의점 한대. 그래서 피로연에 참석은 하겠지만 악기도 없고 연습에 참가할 수도 없어서 연주는 힘들겠다 하더라고."

"고히나타 선배도 악기가 없나요?"

"사겠다고 말은 했는데 좀 힘들어 보여서 일단 기다리라고 말해 두었어. 기미시마 군은 당시에도 자기 악기를 갖고 있었고."

"둘 다 참가할 의사는 있는 거지요? 잠깐만 기다려 보세요. 메모해 놓지 않으면 뒤죽박죽이 될 것 같아요."

사쿠라이 (Tp)	있음
고히나타 (Tb)	없음
기미시마 (A.Sax)	있음
가사이 (Tb)	있음
(Euph)	없음
가라키 (Tu)	없음
(Euph)	없음
다히라 (St.B)	없음

"아, 그래도 트럼펫이랑 트롬본, 알토 색소폰은 확실하니까 어

떻게든 밴드는 되겠네요."

"현 베이스도 확실하잖아."

"하지만 악기가 없는데요."

"그리고 퍼커션의 가시와기. 여기 단골이라며?"

"그쪽은 계산에 넣지 않는 게 좋을 것 같은데요."

"어째서?"

나는 그 물음에 답하지 않은 채 "나가쿠라는요?" 하고 말했다.

"슈린칸에 전화를 걸어 보기는 했어. 그런데 너무 데면데면하
니 낯선 사람처럼 굴더라고. 걔는 힘들 것 같아."

나는 담배에 불을 붙였다. "조만간 제가 한번 만나 보겠습니
다. 그 녀석한테 부탁할 수 없다면 선배가 기시오카 선생님한테
무릎 꿇고 사정할 수 있겠어요?"

"절대 안 돼. 혀 깨물고 죽어 버릴 거야."

"사람이 그렇게 나쁘지는 않던데."

"그런 남자가 교육자로 있으니까 전 세계 여성과 개구리가 아
직도 이렇게 괴롭게 살고 있는 거야."

"개구리는 상관없을 것 같네요. 그 사람 우리 학교 취주악부
선배예요. 호른을 불었다고 하던데."

"흐응." 약간은 감탄을 하는 듯하더니, 금세 깜짝 놀란 목소리
로 "안 부를 거야. 왜 내 피로연에 그런 인간을 불러야 돼?" 하고
말했다.

"피로연은 편의상 만든 자리일 뿐이고 다 같이 모여서 합주한

다는 데 의의가 있다고 하지 않았던가요?"

"하지만 세대가 다르잖아. 얼굴도 모르는 사람을 불러서 어쩌겠다는 거야?"

"그럼 아라마타 선배는요?"

"그야 대환영이지. 안타깝게도 아직 연락이 되지 않았지만. 대학을 도쿄로 갔고, 가족들도 지금은 그곳에 있나 봐. 다히라 군처럼 시내에서 우연히 만나거나 친구의 친구를 통해서 알아 볼 수도 없으니까……."

"아마 가시와기는 아라마타 선배나 다마가와 선배를 거의 모를 거예요. 그런 것도 세대가 다르다고 해야 하지 않나?"

그녀는 입을 다물어 버렸다.

너무 몰아갔나 싶어서 다시 한껏 밝은 목소리로 말했다. "그나저나 목관이 너무 적네요. 확실한 악기가 알토 색소폰밖에 없으니."

그녀는 목소리가 가라앉았다. "클라리넷 파트의 여자애들은 거의가 전업 주부여서……."

네네, 하고 내가 맞장구를 치고 있었는데 그 다음 말을 이어 가지 않아서 "전업주부여서 어떻다고요?"라고 물었다.

"……서로 이메일을 자주 주고받는다니까."

또 아까처럼 맞장구를 쳤다. "그래서요?"

"……한 사람만 움직이면 나머지는 저절로 따라올지도 몰라. 시간대만 잘 맞으면."

"그렇게 되었으면 좋겠네요. 응, 정말 그랬으면 좋겠다."

"구미짱은 여기 왔었어?"

플루트의 아시자와 선배를 말하는 것이었다. "그때 이후로는 안 왔어요. 원래 한 달에 한 번 들르는 정도였으니까. 전화해 볼까요?"

"부탁해. 이쿠다 군은 힘들다고 그래서…….."

"만약 사쿠라이 선배나 아시자와 선배가 하자고 하면 참가는 하고 싶을 겁니다. 특히 아시자와 선배를 정말 존경하고 있었으니까요. 하지만 병이 있는 녀석이라 상태가 언제 어떻게 될지 아무도 몰라요. 그리고 저는 마부치하고도 교류가 없어요. 기스기 결혼식 때도 안 왔다고 하고. 아무하고도 연락 안 하고 지내는 거 아닐까요?"

"기스기 군하고도 지금은 안 만나지? 오보에는 힘들지도 모르겠네."

"연하장은 오는데, 상사에 들어가서 꽤 출세했는지 전 세계를 돌아다니는 모양입니다. 이것도 가라키한테 들은 얘기지만."

"그럼 부인만 오려나?"

"그러지는 않을걸요? 그 부부의 분위기를 봐서는."

기스기는 대학을 졸업하고 취직한 직후에 취주악부 후배였던 퍼커션의 구마가이 료코와 결혼했다. 아무도 두 사람이 교제한다는 사실을 모르고 있었다. 나는 도쿄에 있어서 피로연에 참석하지 못했지만 젊은 사람들 결혼식인데도 독재적인 남편과 순종적인 아내를 그림으로 그려놓은 듯한 장면을 몇 번씩 보았다고 했다. 지금 두 사람 사이에는 두 쌍의 쌍둥이 자녀가 있다. 쌍둥이는 유전되는 것일까?

"그러고 보니 다히라 군이 술집을 한다고 하니까 소노코(가사이)가 흥미진진해하면서 무지 가고 싶어 하더라. 안 바쁜 날을 잡아서 한번 같이 갈까 하는데 언제가 좋아?"

"안 바쁜 날이요? 매일이죠."

사쿠라이 선배는 말문이 막혔는지 잠시 침묵했다. "그래도 느긋하게 이야기를 할 수 있을 때 가야지. 무슨 요일이 좋아?"

"굳이 꼽으라면 목요일이 좋겠네요. 가시와기가 남자친구와 같이 올 수도 있으니까. 미용사라서 금요일이 휴일이거든요."

"미용실 휴일이 금요일이야?"

"가게는 연중무휴인데 교대로 쉰다고 하더라고요."

"몇 시 정도면 이런 얘기를 집중해서 할 수 있을까?"

"가게 문 열 때부터 닫을 때까지요."

나는 진지하게 대답했는데 사쿠라이 선배는 어이없어했다.

다음 목요일, 사쿠라이 선배는 정말로 가사이 선배를 데리고 왔다. 위기감을 느끼게 된 모양이었다.

가사이 선배는 몸이 상당히 풍만해져 있었다. 엄마로서, 혹은 빅 밴드의 구세주가 된 자부심 때문인지 예전보다 말투가 많이 까랑까랑했다. 안경 모양은 바뀌어 있었지만 불그스레한 뿔테라는 점은 여전했다.

어쩐 일인지 가게에 손님이 있어서 처음에는 과묵한 바텐더 역할에 충실했다. 마실 것을 내주며 "가라키를 불러도 될까요?"라고 가사이 선배에게 물어봤을 때를 빼고는 말이다. 지금 연락을 안 해 줬다가는 평생 원망을 들을 게 뻔했다.

"물론이지." 하며 그녀는 기뻐했다.

가라키는 핸드폰을 받지 않았다. 그래서 음성 메시지를 남겼다.

두 여성은 기분 좋게 마셨다. 우리 가게의 목숨을 연명해 주기 위해 의식해서 더 잘 마셔 주었는지도 모른다. 점차 목소리가 젊어졌다. 나쁘게 말하자면 귀에 거슬릴 정도로 높아지기 시작했다. 먼저 와 있던 손님은 고급 위스키를 찔끔거리면서 낡은 문고판 책을 읽고 있었다. 항상 그런 식으로 조용하게 앉았다가 가는 손님이었다. 짜증이 난 얼굴로 흘깃거리다가 사쿠라이 선배가 영문를 알 수 없는 비명을 지르자 결국에는 책을 덮고 말았다.

"여기."

계산을 하고 나가는 손님에게 "또 오세요!"라고 평소보다 세 배는 더 인사를 하며 배웅했다.

"우리가 너무 시끄러웠나?" 카운터로 돌아온 나에게 가사이 선배가 물었다.

"아마 가사이 선배 쪽이 아니었을걸요."

"그럼 나?" 하고 사쿠라이 선배가 물었다.

나는 대답을 하지 않았다.

"소노코 탓이야. 쓰지 군 행방을 알고 있었으면서 여태까지 가르쳐 주지 않았으니까."

"나한테 물어보지도 않았잖아. 기미시마 군이나 누가 벌써 연락한 줄 알았지."

"어디 계시는데요?"

"도고 온천이래."

"지금도 같은 곳에 있을지는 나도 몰라. 3년 전에 도고의 가고메소라는 료칸에 묵었을 때, 그 집은 아니었지만 근처 료칸의 셔틀 버스를 운전하고 있더라고. 처음에는 설마 했는데 말을 걸어보니까 정말로 쓰지 군이어서 차창 너머로 잠깐 인사를 했지. 그 버스에 쓰여 있던 료칸 이름을 잊어버리는 바람에 그 뒤로는 연락을 못 했지만."

"다히라 군, 여기 핸드폰 전파 잡혀?" 사쿠라이 선배가 가방을 무릎에 얹으면서 물었다.

"핸드폰은 돼요. 전 안 가지고 있지만."

"나는 있어." 그녀는 가방에서 A4 용지 크기의 노트북을 꺼냈다.

"소노코, 도고의 가고메소라고 했지?"

"쓰지 군이 있던 데는 다른 집이라니까."

"도고에 그런 료칸은 무수히 많을 텐데요."

"어느 정도는 범위를 좁힐 수 있을 거야." 노트북을 핸드폰과 접속해서 검색을 시작했다.

나는 카운터 안쪽으로 돌아갔다. "음악 바꿀까요?"

"〈가을 하늘에〉!" 사쿠라이 선배가 고개를 숙인 채 외쳤다.

"없습니다. 다른 거요."

"《아를르의 여인》의 〈파스토랄레Pastorale〉."

"그런 건……." 하고 말하면서 나는 앨범이 있는 선반에서 한 장을 뽑아서 내놓았다. "여기 있지요. 두 분이 오신다고 해서 낡은 박스를 뒤져 찾아 냈습니다."

가사이 선배는 만면에 웃음을 지었다가 곧바로 눈썹을 찡그렸다. "미안, 좀 이따 듣자. 오랜만에 히토미랑 다히라 군 얼굴을 봐서 안 그래도 마음이 뭉클하던 참이거든. 여기다가 비제까지 듣게 되면 틀림없이 울어 버릴 것 같아."

"그럼 글렌 밀러라도 틀까요?"

"아아, 글렌 밀러. 딸애랑 하는 밴드에서도 글렌 밀러를 자주 해. 좋은 곡들이 무지 많잖아. 난 젊었을 때에도 〈글렌 밀러 이야기〉라는 영화를 좋아했어. 관객을 등지고 지휘하던 글렌 밀러가 박수갈채에 놀라서 확 뒤돌아보는 장면이 정말 좋았거든. 그리고 미국 동부에서는 심야 라디오 방송이어서 듣는 사람이 별로 없었지만, 서부로 갔더니 시차가 있어서 많은 사람들이 듣고 있었다는 그 일화도 좋았고. 아아, 시차가 있어서 정말 다행이다, 생각했지. 시차 덕분에 우리도 지금 글렌 밀러를 들을 수 있구나……."

글렌 밀러의 베스트 음반을 틀었다. 두 번째 곡인 〈리틀 브라운 저그Little Brown Jug〉가 시작되는데 가시와기와 연하의 남자 친구가 가게로 들어왔다.

"가시와기가 왔네요."

사쿠라이 선배와 가사이 선배는 돌아보더니 큰 소리를 지르면서 좋아했다. 여성들이 옛정을 나누는 동안 나는 가시와기의 짝과 대치할 수밖에 없었다. 이 지방의 여학생들을 카리스마로 지배하고 있다는 ―가시와기가 한 말이지만― 녀석으로, 자기 나이보다 더 어린 스타일로 멋 내고 있었다. 분명하게 햇빛이 아닌 자외선으로 태운 피부를 마치 전투 의식을 치르는 원주민처럼 은장식으로 치장했다. 불편한 타입이다. 예전의 가니 도라쿠는 발치에도 못 미친다.

"마스터." 하며 카리스마 군이 손가락을 딱 쳤다. "오늘 밤 기분에 잘 맞는 칵테일로."

누구의 기분인지 모르겠지만 버번에 맥주를 타서 내주었다.

한 모금 마신 카리스마가 기침을 겨우 참으면서 말했다. "……재미있는 맛이네. 이게 무슨 칵테일이지?"

"막스 베버(독일의 법률가, 정치가, 정치학자, 경제학자, 사회학자로, 사회학 성립에 막대한 영향을 끼친 인물)입니다." 사실은 '보일러 메이커'라고 한다.

가시와기는 사쿠라이 선배와 가사이 선배한테서 재결성에 대한 이야기를 듣고 있었다. 표정은 썩 밝지 않았다. 근무 시간과 안 맞기도 했고, 내가 가시와기 회로라고 부르는 사고 회로에도 독특한 혼란이 일어난 모양이었다.

1982년 2월 14일, 나는 가시와기 미키에게 성 밸런타인의 믿음과는 아무런 관계도 없는 게 틀림없는 수제 초콜릿을 받았다. "평소에 잘해 주셔서 고마워 드리는 거니까 너무 신경 쓰지 마세요. 열심히 만들었는데 쪼끔 실패했어요."

특별히 잘해 준 기억은 없었지만 그래도 그 말을 곧이곧대로 듣고 별생각 없이 받았다. 그런 것을 집으로 들고 갔다가는 어머니가 이상한 오해를 할 것 같아서 귀갓길에 먹어 치웠다. 본인이 자수한 대로 모양을 만드는 데 실패해서 겉보기는 무슨 용암 표본 같았다.

이튿날 "초콜릿 드셨어요?" 하고 질문을 받았다.

"응. 정말 실패했더라."라고 대답했다.

1983년 2월 14일에도 가시와기는 직접 만든 초콜릿을 주었다. "이제 슬슬 졸업이네요. 축하의 뜻으로 드리는 거니까 받아 주세요. 올해도 쪼끔 실패했어요."

축하 선물로 고맙게 받았다. 그것도 집으로 돌아가면서 먹어 치웠다. 이번에는 〈돌아온 울트라맨〉 1화에서 괴수에게 죽임을 당한 또 다른 괴수와 비슷하게 생겼다.

이튿날 "초콜릿 드셨어요?"라는 질문을 받았다.

"응. 정말 실패했더라." 하고 대답했다.

아무리 둔해도 두 번째 받았을 때는 고마워서라거나 축하 선물이라는 것 말고도 그 애가 나에게 호감을 가지고 있다는 걸 알게 되었다. 하지만 그 시절 남자 고등학생의 태반은 '그래서 뭐?'로 끝난다. 나는 가시와기에 대해 순진하고 괜찮은 후배라고 생각했다. 스네어 드럼의 일정치 못한 연주를 좀 고쳐 줬으면 좋겠다고도 생각했다. 그 정도였다. 그래서 실패한 초콜릿이지만 고맙게 먹는다는 것 이상으로는 생각이 미치지 않았다. 가시와기의 자존심을 위해 분명히 말해 두지만 그녀는 못생기지 않았다. 그리고 마쓰다 세이코(일본의 가수, 배우. 1980년대를 대표하는 최고의 아이돌)하고도 닮지 않았다.

사견이지만 절정기의 마쓰다 세이코의 인기는 앞선 야마구치 모모에(일본의 가수. 1970년대를 대표하는 아이돌)를 훨씬 능가했다. 야마구치 모모에가 국민 가수라는 소리를 듣게 된 것은 1980년에 은퇴를 발표한 뒤였지만, 마쓰다 세이코는 완전히 한창일 때, 틀림없이 죽을 때까지 노래를 부르겠구나 하는 분위기를 유지하던 가요계의 여왕이었다.

아니, 그런 점 말고도 머리 모양에 자기 이름이 붙은 여성이 역사상 얼마나 있겠는가. '세이코짱 커트'는 지겹도록 오랜 기간 일본 젊은 여성들이 즐겨 하던 헤어스타일이었다. 다른 여가수들까지 따라할 정도였으니까 어마어마한 영향력이라고 할 수 있다. 남녀 공학 고등학교에서 한 반에 최소한 세 명, 머리 길이나 얼굴이 너무 달라서 알아차리지 못했던 애들까지 포함하면 여덟 명 정도는 그 헤어스타일이었을 것이다. "마쓰다 세이코 판박이."라는 소문이 난 여자애가 있었는데, 실제로 보면 닮은 점은 헤어스타일, 딱 그거 하나, 정말 그거 하나, 다음날 봐도 그거 하나라는 탄식 소리가 내 주변 남자들의 입에서 자주 나왔다.

가시와기도 그 중 하나였다. 절대로 이상한 외모가 아니었지만 연예인으로 비유하자면 도모사카 리에(일본의 가수, 여배우. 1992년 광고 모델로 데뷔)를 닮은 그녀가 헤어스타일은 마쓰다 세이코여서 뒤죽박죽이었다. 내 미의식으로는 따라갈 수가 없었다. 물론 당시에 도모사카 리에는 아직 연예계에 데뷔하지 않았고, 얼마 전에 인터넷 카페에서 알아보았더니 1982년 2월에는 겨우 세 살이었다. 그러나 불과 열두 살이라는 나이에 토요타 TV 광고에 출연한 그녀가 한 10년 정도만 일찍 태어나서 데뷔했더라면 가시와기의 인생은 크게 바뀌었을지도 모른다.

가시와기의 이상한 사고 회로가 처음으로 살짝 드러난 시점은 내가 고등학교를 졸업하고 반년 가량 지났을 때였다. 대학에 들어가지 못해 재수하고 있던 나에게 어느 날 두루마리가 배달되었다. 실제로는 편지였지만 두루마리가 들어 있는 건가 싶을 만큼 봉투가 두툼했다. 아마 버리지는 않았겠지만 나는 지금도 그 전체 내용을 모른다.

그때 막 일반적으로 사용되기 시작했던 아주 얇은 사인펜으로 빼곡하게 적은 그것을 호의적으로 평가한다면 실재하는 두 인물을 모델로 한 실험 소설이었지만, 악의적으로 혹은 의학적 객관성을 가지고 평가한다면 망상을 보강하기 위한 물건에 불과했다. 분량이 편지지로 오십 장은 되었을 것이다.

나와 가시와기가 같이 고등학교에 다닌 2년 동안을 회고하는 글이란 점은 이해할 수 있었다. 편지지 한 장당 스무 번 정도 '둘이서 함께'라는 말이 있었다. 내가 기억하기로는 가시와기와 '둘이서 함께' 무언가를 한 적은 단 한 번도 없었다. '취주악부 전원이'라든지 '전교생이 할 수 없이 한꺼번에'라든지 '전 시민이 하나가 되어'라면 얼마든지 있었다. 그런데 마치 취주악부 부원은 두 사람밖에 없고, 전교생도 두 사람뿐이고, 어쩌면 지구에 생존하는 인류도 두 사람인 양 써 놓았던 것이다. 도저히 끝까지 읽을 수 없었다.

얼마 후에 전화가 걸려 왔다. "편지 읽으셨어요?"

나는 나름 배려하는 마음으로 이렇게 대답했다. "응. 되게 길더라."

무난한 감상이라고 생각했는데, "그랬군요." 하고 말하고 가시와기는 목소리가 점점 기어들어가더니 조금 이따가 전화를 끊고 말았다.

둘 다 대학생이 된 후, 여름 방학 때 집에 돌아와 있는 동안에도 이상한 구실로 나오라고 한 적이 있었는데, 예감이 좋지 않아 응하지 않았다. 오해가 없도록 이 또한 분명하게 말해 두는데 내가 가시와기를 싫어한 적은 한 번도 없었다. 우리 술집에 가끔씩 드나들게 된 후로도 이런 식으로 행동하다가는 직장에서 문제가 많을 텐데, 걱정하거나 제발 우리 가게에 폐는 끼치지 않았으면,

하고 바란 적은 있지만 그럼에도 불구하고 꽤 괜찮은 후배라고 생각하고 있다. 그리고 딱 그 정도다.

우리 가게에 올 때 반드시 카리스마를 데리고 오는 것도 가시와기 사고 회로의 불가사의한 부분이다. 더구나 이 두 사람은 술이 들어가면 꼭 투덕투덕 사랑싸움을 한다. 그러다 대개는 카리스마 쪽이 혼자 휑하니 나가 버리고 만다. 가시와기는 잠시 고독하게 혼자 술을 마시면서 자꾸만 핸드폰을 만지작거리고 들여다보며 "여자가 먼저 미안하다고 하는 게 낫겠죠?" 하고 내게 묻는다. 나는 고개를 끄덕인다. 혹은 고개를 갸웃거린다. 어떤 식으로 반응하건 가시와기는 핸드폰을 한 손에 쥔 채 돈을 내고 가게에서 나간다.

가시와기가 겨우 카리스마 옆자리로 와서 앉았다. 카리스마는 벌써 얼굴이 불그레해져 훅, 훅, 하며 콧구멍에서 자꾸 증기를 내뿜고 있었다. 이래서 저 칵테일을 보일러 메이커라고 부르는 것이다.

"밴드 할 거야?" 내가 가시와기에게 물었다.

"다히라 선배는 어떻게 하실 거예요?" 내게 되물었다.

"난 악기가 없어."

"조달해 올 곳은 있다고 사쿠라이 선배가 그러시던데."

"있다고 장담할 정도는 아니고. 불가능하지는 않지만."

"딕크의 친구가 드럼 세트를 가지고 있지?" 그녀가 카리스마에게 물었다. 딕크는 카리스마의 애칭인데 왜 그런 이름을 쓰는지는 무서워서 물어보지 않았다.

카리스마는 훅, 훅, 하고 고개를 끄덕였다.

가시와기는 "드럼." 하면서 자기를 가리켰고, "베이스." 하면서 나를 가리켰다. "선배, 딕크는 기타를 정말 잘 쳐요."

가시와기의 사고 회로가 슬슬 열을 받기 시작한 모양이다. "그게 브라스밴드랑 무슨 상관인데?"

"모처럼 모이는데 딱 한 번만 연주하고는 땡이에요?"

"일단은 그러자는 얘기잖아. 내가 참가할 수 있는 건 브라스밴드이고, 거기에 기타리스트는 필요 없어. 나는 기타가 있거나 없거나 다른 밴드는 할 생각도 없고."

"그래도 딕크의 친구한테 드럼 세트를 빌리는데……."

"악기는 아마 사쿠라이 선배가 조달해 줄 거야. 스틱이랑 말렛도. 그럼 넌 하는 거지?"

"연습에는 나가지 못하겠지만 전날이랑 당일에는 할 수 있을 거예요."

나는 메모지에다 적었다.

가시와기 (Perc)   없음

"다히라 군." 사쿠라이 선배가 문을 열고 들어왔다. 안 보이기에 화장실에 갔나 했더니 음악 소리가 없는 바깥에서 전화 통화를 하고 있었던 모양이다. 핸드폰을 나에게 내밀었다. "쓰지 군

찾았어."

"지금 여기저기 전화를 해 본 거예요?"

"그런 숙박업소들은 밤중에도 꼭 누군가는 깨어 있잖아. 쓰지 군이 얘기하고 싶대."

핸드폰을 받아들고 주방으로 들어갔다. "전화 바꿨습니다. 다히라입니다."

"오랜만이네."라는 쓰지 선배의 목소리가 들렸다.

"도고에 계신 건가요?"

"그래. 여기서 일한 지 한 10년 정도 됐지."

"가사이 선배를 만나셨다고요?"

"……가사이가 뭐라고 했는데?"

"차창을 사이에 두고 잠깐 안부 인사만 주고받았다고요."

"그렇게만 말한 거야?"

"네."

"너 술집 한다면서? 몰랐네. 알았으면 한번 가 봤을 텐데. 음악은?"

"내내 못 했습니다."

"그랬구나. 나도 그래. 그래서 이번 일에 낄 생각도 없고."

"아쉽네요."

"아까 사쿠라이한테도 말했는데, 당일치기라도 괜찮으니까 잠깐 도고에 들러라."

"온천 하러요?"

"멍청아, 나 보러 오라고." 그가 처음으로 웃는 소리로 말했다.

"만나 뵙고 싶은 마음이야 굴뚝같지만 돈이 없어서요."

"교통비 정도는 사쿠라이 결혼 축의금 내는 셈 치고 내가 줄 게. 그러니까 와라."

"사쿠라이 선배를 그렇게 설득하면 되는 건가요?"

"같이 와. 나도 이제 마음을 먹었다. ……아무튼 조만간 와라."

쓰지 선배는 일방적으로 전화를 끊었다. 나는 주방에서 나갔다.

"뭐래?" 사쿠라이 선배가 물었다.

"도고로 오래요."

"그 말만 했어?"

"네, 기본적으로는요."

사쿠라이 선배는 노트북 앞으로 돌아가 앉았다. 커서를 움직이면서 "다음 휴일이 언제야?" 하고 말했다.

"일요일이요."

"그럼 나는 괜찮아. 다음 날은 도쿄에 가 봐야 하니까 자고 올 수는 없지만."

놀라서 눈이 휘둥그레졌다. 가시와기와 카리스마는 막스 베버가 원래 뱃사람 이름인지 화장품 이름인지를 가지고 싸우기 시작했다. 안됐지만 어느 쪽도 아니다.

그때 거대한 장미 꽃다발을 한 아름 안고서 가라키가 들어왔다.

1980년 9월에는 전 세계에서 다양한 사건이 발생했다. 중동에서는 이란·이라크 전쟁이 발발했고, 뉴욕의 라이브 하우스에서는 빌 에번스(미국의 재즈 피아니스트)가, 영국의 지미 베이지 저택에서는 본조라고 불리던 존 본햄(영국의 드럼 연주자, 작곡가. 그의 죽음으로 유명한 록 밴드인 레드 제플린이 해체되었다)이 죽어 버렸고, 일본에서는 가라키 에쓰오가 학교 건물 3층에서 튜바를 밖으로 내던졌다. 전쟁이나 뮤지션들의 죽음에 대해서는 내가 상세히 알 길이 없지만 가라키의 어리석은 행동에 대해서는 잘 알고 있다. 무엇보다 튜바가 떨어지는 현장을 직접 목격했다.

청명하게 맑은 초가을 하늘에 금색 튜바가 떠 있는 모습을 보면 사람들은 어떤 생각이 들까? 어떤 사람은 신의 기적이라고 느낄지도 모른다. 어떤 사람은 르네 마그리트(초현실적인 작품을 많이 남긴 벨기에의 화가)를 좋아하는 어떤 예술가의 새로운 작품인가 생각할 수 있다. 나는 양쪽 다였다. 그러나 튜바는 물리 법칙에 충실히 따른 속도로 낙하해서 화단 테두리의 콘크리트 블록에 부딪쳐 해체되었다. 정말 아주 산산이 부서져서 가벼운 부품은 사람 키 정도까지 튀어 올랐다가 다시 떨어졌다. 악기 음색에 어울리지 않게 키가 높은 소리의 잔향이 한동안 안뜰을 맴돌았다.

낙하 지점에 가장 가까이 있던 사람이 전교생 중 하필이면 나였다는 점은 가라키에게 다행스러운 일이었다. 나중에 증언할 때 나는 아무도 없는 안뜰에 튜바가 떨어지는 바람에 깜짝 놀라 뛰어가 보았다는 말을 되풀이했다. 그러나 실제로는 콘트라베이스와 보면대를 안고서 바람이 불지 않는 그늘을 찾아다니는 중이었다. 가와노에 선배는 대입 시험을 앞두고 자주 결석했고, 나는 악기를 들고 움직이는 데 익숙해져서 가벼운 마음으로 학교 안을 돌아다니며 개인 연습을 하는 날이 많았다. 그날도 그런 날이었다. 위에서 가라키의 더듬거리는 소리가 들려와서 나도 모르게 발걸음을 멈추고 가만히 듣고 있었다. 이윽고 그의 고함 소리가 들렸다. 이어서 소리가 아니라 튜바가 바로 내 옆으로 떨어졌다. 다른 게 또 떨어질 것 같아서 일단 콘트라베이스를 구름다리 아래쪽으로 피난시켰다. 안뜰에 사람들이 모여들기 시작한 것은 그 뒤였다.

3층 파트 연습 시간에 무슨 일이 벌어졌는지는 이쿠다가 훔쳐봐서 알고 있었다. 가라키가 처음 고함을 질렀을 때 이쿠다는 바로 그 교실 밖 복도에 있었다고 한다. 가라키는 이시마키 선배로부터 콩쿠르 예선 때의 실상에 대해 추궁당하고 있었다. 첫 번째 큰 소리가 "다음에는 제대로 할 거예요."였다니까 아마 합주 때 불지 않을 거면 가르쳐 봐야 무슨 소용이냐는 핀잔을 들었겠지. 이시마키 선배는 말을 안 가려서 하는 스타일이라고 할까, 욕을 해서라도 상대방의 의지를 이끌어 내려는 타입이었다. 그 때까지는 아직 가라키의 얼굴에 자조하는 웃음이 비쳤다고 한다. 그런데 이시마키 선배가 말을 하다 보니 너무 나가서 쓸데없는 소리를 했다. 여자애들 보려고 들어온 놈이라서 악보나 지휘

봉이 아닌 여자들만 흘깃거린다고. 본질은 놓쳤지만 현상으로서
는 맞는 말을 해 버렸다. 아니, 거기까지도 아직은 괜찮았다.

그는 한숨을 쉬면서 "너 같은 놈을 키운 부모가 누군지 궁금
하다."라고 말해 버렸다.

이게 결정타였다. 가라키는, 이쿠다의 말에 따르면, 눈물로 뺨
을 적시면서 자기 튜바를 내버려두고 이시마키 선배에게 다가가
그가 들고 있던 튜바를 낚아챘다. 그리고는 "선배도 울게 해 주
지." 하면서 창문 밖으로 내던져 버렸던 것이다.

가라키는 어떤 욕을 먹어도 화내지 않지만 가족에 대해 뭐라
고 하면 눈이 뒤집혀 버린다. 초등학교 때도 비슷한 일이 있었
다. 같은 학교를 다니던 여동생이 못생겼다는 놀림을 받자 울면
서 복도로 나가 화장실에 있던 양동이를 들고 와서 안에 있는 걸
레 빤 물을 그 말을 했던 아이 책상에 부어 버렸다. 그리고 다시
복도로 나갔다가 돌아와서 같은 짓을 반복했다. 보고를 받고 달
려온 교사가 붙잡아 멈추게 할 때까지 그는 집요하게 같은 짓을
반복해서 온 교실을 물바다로 만들어 버리고 말았다.

그런데 별로 알려져 있지 않아서 흥미를 갖는 사람이 아주 적
은데, 튜바라는 이름은 몇 가지 계통의 금관 저음 악기의 총칭이
다. 그래서 다 같이 튜바라고 불려도 형태나 기구는 다양하다.
예를 들어 밸브에는 피스톤식과 로터리식이 있고 배치도 일정하
지 않다. 제품에 따라 음정을 조작하는 오른손의 위치가 다르다.

나팔 방향도 제각기 다르다. 피스톤식의 업라이트형, 통칭 세

로 베이스는 관을 넓히는 부분이 연주자 얼굴의 오른쪽에 위치한다. 다른 것은 왼쪽에 있기도 하다. 그리고 고등학교 비품으로 있는 악기들은 양쪽 스타일이 뒤섞여 있다. 이유는 충분히 상상이 된다. 음악 교사라도 튜바를 잘 아는 사람은 많지 않다. 이미 학교에 있는 튜바가 어떤 형태인지 확인하지 않은 채 당장의 예산에 맞는 악기를 주문하기 때문이다. 결과적으로 한 취주악부에 악기를 오른쪽으로 든 사람과 왼쪽으로 든 사람이 혼재하는 사태가 발생한다. 우리 학교도 딱 그랬다.

가라키가 집어 던진 튜바는 로터리식으로 아직 새것이었다. 자기가 쓰고 있던 악기는 값싼 세로 베이스, 그것도 몇 십 년이나 되어 윤기를 잃고 여기저기 우그러져 있고, 청록이 슬어 거무튀튀했다. 만약 가라키가 자기가 쓰던 튜바를 집어 던졌다면 어차피 수명이 다했으니 새 악기를 사면 된다고 했을 수도 있다. 그러나 현실은 그 반대였다. 안뜰로 내려온 가라키가 헛소리처럼 "변상이군…… 변상이지……." 하고 계속 중얼거리던 모습이 기억난다.

안뜰에 모여든 학생들과 교사들이 가라키와 나와 해체된 튜바를 둘러쌌다. 안노 선생님의 모습도 보였다. 종이 봉지를 입에 대고 있었다.

이시마키 선배가 악기 케이스를 들고 내려와서 코를 훌쩍거리며 아끼던 악기의 잔해를 모아 케이스에 담으려 했는데 나팔이 납작하게 찌그러져 버려서 뚜껑이 닫히지 않았다. 그는 가라키의 셔츠를 잡고서 케이스 앞에 끌고 왔다. "네가 이거 불어."

"알겠습니다." 하며 가라키는 고개를 푹 숙였다.

그 뒤로 당사자들과 안노 선생님, 다른 교사들 사이에 어떤 합의가 이루어졌는지 구체적으로는 잘 모른다. 일단은 사고로 처리되어, 가라키는 기물 파손죄로 벌을 받거나 변상을 해야 하지는 않았던 모양이다. 그러나 학교가 새로운 튜바를 구입해 준다는 구제 조치도 취해지지 않았다. 그러니까 이시마키 선배가 화가 나서 한 말대로 가라키가 취주악부에 계속 나오고 싶으면 산산조각이 난 튜바를 불 수밖에 없었던 것이다.

처음에 가라키는 학교가 끝나고 나면 매일 같이 연습실에 와서 망가진 튜바와 씨름했다. 테이프로 붙여 보기도 하고, 쇳줄로 감아 보기도 하고, 어떻게든 자기 힘으로 악기로 기능하게 하려고 노력했다. 물론 불가능한 일이었다. 결국 악기 고치는 일을 포기하고는 입회 직후부터 강요받고 있던 마우스피스만을 사용한 기초 연습으로 돌아갔다. 악기 본체가 없는 이상 무슨 짓을 하건 체육 대회 때는 합주에 낄 수가 없었지만, 자기만 잘못한 게 아니라는 의식이 있었는지, 도망치듯 탈퇴해 버리는 건 도저히 못 하겠는지 날이면 날마다 마우스피스만 불고 있었다. 그 모습은 마치 뭔가에 홀린 사람 같아서 보는 이의 간담을 서늘하게 했다.

가사이 선배가 손을 들었던 날은 사건이 있은 지 2주가량 지났을 때였다.

"선생님, 저, 유포니움 인원이 모자라는 것 같은데요. 악기는 남는데."

웬일로 발언을 다 한다 싶었더니 무슨 소리인가, 하며 나는 미심쩍어했다. 사회를 보던 고히나타 선배도 고개를 갸웃거리고 있었다.

안노 선생님이 의자에서 일어섰다. "하나로 모자라나? 우리 밴드 규모면 그게 보통인데."

"남학생이면 음량이 있으니까 괜찮을지 모르지만 저는 소리가 작아서 이번 체육 대회 때 하는 곡이 좀 불안합니다."

그 순간 선생님의 미간에 주름이 확 잡혔다. "선곡에 문제가 있다는 뜻인가?"

"곡은 괜찮아요. 제가 자신이 없다는 거지요. 가라키 군을 유포니움으로 데려와도 될까요?"

음악실에는 순간 정적이 감돌았다.

안노 선생님이 그것을 깼다. "오히려 혼란스러워하지 않을까? 콩쿠르 때도 제대로 불었던 것 같지가……."

"그때는 모두가 긴장했잖아요. 여름 합숙 때 이시마키 군한테 확실하게 단련을 받았고, 요즘도 기초 연습을 열심히 하고 있으니까 지금 와도 충분히 할 수 있을 거예요. 안 될까요?"

"안 될 것은 없어요. 어쨌든 본인 마음이니까." 선생님은 팔짱을 끼더니 "소리를 헤칠 것 같으면 실제 합주 때는 빼 버릴 거예요."라고 주의를 주었다.

"그렇게 안 되도록 잘 가르치겠습니다. 가라키 군, 어때?"

모든 사람들의 시선이 집중되었다. 가라키는 울고 있었다. "유포니움하게 해 주세요."

"선배님, 생일 축하드립니다." 가라키는 빨간 꽃다발을 가사이 선배에게 안겼다.

"아직 아닌데. 다음 주야." 그녀는 어쩔 줄 몰라 했다.

"에…… 아, 다음 주에 드릴 수 있을지 없을지 몰라서요."

"내 생일을 아직도 기억하고 있었어?" 하면서 가사이 선배는 감격의 눈물을 흘렸다.

아마도 가라키는 날짜를 잘못 알고 있었을 것이다. 그러나 아무도 지적하지 않았다. 장미꽃은 서른여섯 송이였다. 개수에 의미는 없고, 그냥 갖고 있던 돈으로 살 수 있을 만큼 샀다고 했다.

"나 지금 빈털터리야. 라이 군, 외상으로 좀 마실게."라고 귓속말을 했다.

내가 가끔씩 마시는 싸구려 위스키를 카운터에 올려놓았다. "이거 마셔."

가라키 하나가 더 끼었을 뿐인데 가게가 시끌벅적해졌다. 그 분위기를 타고 가시와기와 카리스마의 말다툼은 더욱 심해졌다. 이윽고 〈세인트 루이스 블루스 마치St. Louis Blues March〉가 흐를 때 카리스마가 가게에서 퇴장했다. 그러나 가시와기는 핸드폰을 만지작거리거나 들여다보지 않고 당연하다는 듯이 선배들 옆자리로 옮겨와 앉았다.

　글렌 밀러가 끝나서 이번에는 《아를르의 여인》을 틀었다.

　완전히 취해 버린 듯 보이는 가사이 선배가 나를 붙잡고서 말했다. "다히라 군, 비제는 참 좋다. 비제의 곡은 참 부드러워."

　비제를 부드럽다고 느끼는 당신이 부드럽고 자상한 것이다, 하고 나는 생각했다.

VII

I. G. Y.

Tenor Saxophone

♩ ♪♫♬

　히로시마 카프가 작년에 이어 일본 제일의 구단이 되고, 한편
으로 요미우리 자이언츠의 나가시마 감독은 사임하고, 오 선수
도 현역에서 은퇴한 가을, 나는 드디어 나만의 일렉 베이스를 손
에 넣었다. 기타가 아니라 베이스를 고른 이유는 이미 콘트라베
이스에 익숙해지기 시작한 부분도 있었고, 거기에다 쓰지 선배
한테서 받은 영향이 컸다.

　문화제뿐만 아니라 체육 대회에서도 쓰지 선배는 학생들 앞
에서 연주를 보여 주었다. 교가와 행진곡 반주밖에 예정되어 있
지 않은 체육 대회를 기대하는 선배들이 모습이 신기했는데 직
접 경험해 보니 그 이유를 잘 알 수 있었다. 옛날 학제 시절의 중

학교 때부터 내려온 전통으로 보이는 홍팀 백팀으로 나뉘어진 응원전이 장난이 아니었다.

응원단이 운동장 양쪽 대각선 모서리에 각각 자리를 잡고서 건축용 발판으로 망대를 세우고, 모조지와 골판지로 장식을 했다. 취주악부의 금관과 퍼커션, 그리고 경음악 동호회도 자기 반이 소속되어 있는 팀으로 가서 망대 주변, 경우에 따라서는 그 위에서 시민 구장 저리 가게 팡파르나 응원곡을 연주하고 치어걸들이 거기에 맞춰 정신없이 춤을 췄다.

가장 엄청난 응원은 포격전이었다. 나중에는 금지되었을 게 틀림없다. 이걸 응원이라고 할 수 있을까? 건축 자재인 쇠파이프로 만든 대포와 화학부가 만들어 온 화약을 안에 넣고 둥그렇게 만 천을 포탄 삼아 운동장을 사이에 두고 서로 포격해서 상대방의 망대를 부숴 버리는 것이었다. 아마 포탄은 사람이 맞아도 다치지 않도록 만들어서 화학부가 나눠 줬을 것이고, 망대도 장식과 구조는 이리저리 다르게 할 수 있어도 어디까지나 종이로 된 것이어야 한다는 엄격한 규정이 있었지만 아무리 그래도 어떻게 그런 일이 허용되었는지 모르겠다. 요즘 같으면 경찰이 출동할 일이다.

쓰지 선배의 밴드 아주르는 인기가 많은 기타리스트가 백팀, 쓰지 선배와 드러머는 나와 같은 홍팀이었는데, 각각 즉석에서 밴드를 짜서 상대방의 소리를 방해하지 않도록 번갈아 연주했다. 망대 밑에서 열심히 바라보고 있던 나에게 쓰지 선배가 '올라와' 하고 손짓을 해서 바로 옆에서 보게 해 주었다. 쓰지 선배의 베이스는 펜더에 가까운 형태였지만, 그가 말한 대로 부품을 모아 짜 맞춘 것이어서 여러 기종의 특징이 보였다. 생채기투성이인 부분과 아직 새것처럼 보이는 부분이 뒤섞여 있었다.

"소리 좋네요." 한 곡을 마친 그에게 말했다. 빈말이 아니었다.

"나름 괜찮지. 그런데 이것도 처음 만들었을 때는 튜닝도 잘 안 되고 톤도 엉망이었어. 땜질이 제대로 안 되었던 모양이야. 어떻게 하나 싶어서, 상대를 해 줄지 몰랐지만 도쿄에서 악기를 만드는 프로한테 전화를 해 봤지. 그랬더니 부품이 아니라 조립이 잘못 되었을지도 모른다면서 자기한테 보내면 다시 조립해 주겠다고 그러더라고. 만 엔 정도 들기는 했는데 이런 생김새가 되어서 돌아왔지. 땜질도 전부 새로 해 줬더라. 그 비용까지 합쳐서 6만 엔이 든 기타야."

"그 정도면 프로라는 사람이 처음부터 새로 만드는 악기는 어마어마하겠네요?"

"50만 엔쯤 한다더라."

"헉!"

"그나저나 신문 배달하면서 쪼끔은 모았냐?"

"별로예요. 조간만 돌리는 거라 수당이 적어요. 음반도 자꾸 사게 되고."

"멍청아, 정신 차리고 모아야지. 있잖아, 이번 학기에 새로 경음악에 들어온 놈들이 세 명 있거든. 기타 둘에, 드럼 하고 싶다

는 놈 하나. 네가 베이스를 사면 딱 맞으니까 소개해 주려고 했
는데."

이대로 가다가는 경음악 동호회는 유령 부원으로 계속 떠돌
겠구나, 하고 거의 포기 상태였던 나는 인생 설계를 다시 해 보
았다. 그리고 그날 밤, 태어나서 처음으로 자금 융통이라는 것을
경험해 보았다. 당시로서는 적은 금액이 아니었다. 긴장했다.

아버지는 못마땅한 표정이었다. "아침에 꽤나 열심히 배달하
는 모양인데 아직도 못 산 거냐?"

어머니는 더욱 마뜩찮은 얼굴이었다. "도대체 얼마짜리를 사
고 싶어서 그러는 거야?"

"싸구려는 살 수 있지만 어차피 다시 사고 싶어질 테니까 결
국은 손해를 보는 거라고 선배가 그랬단 말이야. 제일 싼 거 말
고 하다못해 그보다 약간 위의 것은 사고 싶어."

"하기야 싼 게 비지떡이라고는 하니까. 구체적으로 어떤 기타
를 사고 싶은지 보여 줘 봐. 팸플릿 같은 거 없어?"

그런 식으로 흥미를 보일 줄은 예상하지 못했다. 금액 교섭만
줄곧 할 줄 알았던 것이다. 나는 방에서 국산 기타 카탈로그를
몇 권 가지고 와서 실제로 쳐 보지 않으면 고를 수 없겠지만 그
나마 이거나 저거 정도면 괜찮을 것 같다고 사진을 가리켰다.

아버지는 그 자리에서 결론을 내리지 않았다. "네 엄마랑 잘
의논해 보마."

"너무 기다리게 하면 다른 멤버를 찾는댔어."

"알았다."

이튿날 아침을 먹을 때 아버지가 이상한 질문을 했다. 이 근방에서 일렉 악기가 제일 많은 악기점이 어디냐는 것이었다. 카탈로그를 보다가 아버지도 사고 싶어졌나? 설마!

양으로 보면 데즈카 악기점일 것이라고 대답했다.

"일요일에 다 같이 가 보자."

"다 같이?" 나도 모르게 얼굴을 찌푸렸다. 가족과 함께 뭔가를 사러 가는 것이 창피하게 느껴지는 나이였다. 더구나 일렉의 전당에 가족들을 줄줄이 앞세우고 간다니.

"싫으냐? 하지만 내 눈으로 보지도 않고 돈을 빌려줄 수는 없다."

적어도 돈을 빌려주기는 할 모양이었다. 드디어 일렉 베이스를 살 수 있다. 얼마나 빌려주실 건가? 어떤 게 내 악기가 될까? 카탈로그에 있는 사진들이 머릿속을 빙글빙글 돌았다. 록 밴드도 만들 수 있다. 우와, 이게 웬일이야!

"카탈로그는 내가 좀 더 봐도 되겠지?"

"아…… 네." 어안이 벙벙했다.

일요일이 되었다. 가족 모두가 함께 외출하는 건 오랜만이었다. 버스 안에서도 전철 안에서도 아버지는 안경을 위로 올리고서 열심히 카탈로그를 읽었다. 아버지는 기술 쪽 일을 하니까 기본적인 원리는 이해할 수 있겠지만, 보다 정신적인 부분, 예를 들면 어떤 뮤지션이 썼기 때문에 그 카피본을 제품으로 만들었다는 내용은 전혀 알지 못했을 것이다.

데즈카 악기점은 지금은 작아져 하나의 가게로 합쳤지만 당시는 상점가 끝에 클래식 악기 전문과 전자 악기나 드럼을 전문으로 하는 두 개의 점포가 있었다. 어머니는 가게 안으로 들어가지 않았다.

"난 일렉 악기라는 건 봐도 잘 모르겠으니까 그냥 백화점 지하에나 다녀올게."라며 여동생과 남동생을 데리고 상점가를 걸어 나갔다.

"이쪽이냐?" 아버지가 멋스럽게 꾸며진 클래식 전문 점포를 가리켰다.

"아니, 반대쪽." 나는 멋지지 않은 쪽을 가리켰다.

로큰롤 스타 포스터가 벽에 더덕더덕 붙어 있고 컬러풀한 악기들이 빽빽하게 진열된 가게와 두터운 양복 재킷을 입은 아버지의 모습은 정말 어울리지 않았다. "뭐가 갖고 싶은 거냐?"

나는 카탈로그에 있는 상품을 눈으로 찾았다. 당연하지만 카탈로그에 나와 있는 모든 악기들이 있을 리가 없었고, 더구나 베이스 기타는 훨씬 종류가 적었다. 눈으로는 7만 엔짜리 악기를 쳐다봤지만 결국 돈을 조금만 빌리면 살 수 있는 4만 엔대의 펜더 카피 기타를 손으로 가리켰다.

"쳐 보겠다고 해라."

이쿠다가 '가메 씨'라고 부르던 가메오카 씨가 영업할 기회를 엿보고 있었다. 아직 이십 대였을 것이다. "아들이 기타를 쳐 보게 해 주세요."라고 아버지가 부탁했다.

가메오카 씨가 스툴에 앉으라고 해서 앉아 기다렸더니 금세 튜닝한 악기를 건네주었다. 앰프가 켜졌다. 적당히 줄을 퉁겼는데 엄청나게 큰 소리가 나는 바람에 가메오카 씨가 허둥지둥 앰프를 조정했다.

머뭇거리면서 취주악부에서 했던 곡을 퉁겼다. 콘트라베이스와 만돌린하고는 전혀 느낌이 달랐다. 왼손이 몸에서 한참 멀리 떨어져 있어서 무척이나 긴 악기를 연주하고 있는 것 같았다. 소리가 손에 들고 있는 악기에서가 아니라 맞은편에 있는 스피커에서 도전하듯이 뿜어져 나오는 것도 위화감이 들었고, 앰프의 구조를 모르니 음색을 조정할 수도 없었다. 조정할 필요가 있는지조차 몰랐다. 진땀이 났다.

얼굴을 들어 보니 아버지는 가메오카 씨와 뭔가 한참 얘기를 나누고 있었다. 내가 들고 있는 악기를 가리키며 저건 카피 상품이 아니냐, 왜 다른 회사 악기를 카피하는 거냐, 등등 뭘 모르는 소리를 하고 있었다.

"저건 하나의 완성형이라 더 이상 개량할 이유가 없어서 그런 겁니다." 하고 가메오카 씨가 무난하게 대답해 줬다. "바이올린이나 피아노도 지금은 전부 같은 형태로 나오지 않습니까."

"그래도 여길 보니 일렉은 상당히 여러 가지 모양이 있는 것 같은데요?"

"굳이 색다른 형태를 좋아하는 손님도 계시니까요. 하지만 지금 아드님이 들고 계신 형태가 기본입니다."

아버지는 납득한 것처럼 보였다. 나에게 다가와서 물었다. "그 모양이면 되는 거냐?"

"아…… 네." 일단은 고개를 끄덕였다. 모양은 펜더랑 같으니까 불만은 없었지만 좋은 악기인지 아닌지는 알 길이 없었다.

아버지는 가메오카 씨를 돌아보며 말했다. "이 모양의 진품은 있습니까?"

"펜더 말씀이신가요?" 가메오카 씨가 당황했다. 벽의 높은 위치를 가리켰다. "저기에 하나 있기는 합니다만."

진품 펜더 프리시전 베이스. 색은 선버스트. 물론 나는 그 기타를 알고 있었다. 악기점 앞에 바보처럼 멍하니 서서 하염없이 바라본 날도 있었다. 하지만 오늘은 애써 보지 않으려 했다.

악기점에 펜더가 하나밖에 없다고? 하며 요즘 젊은 사람들은 고개를 갸웃거릴지도 모른다. 하지만 당시에는 있다는 것만으로도 대단한 일이었다.

"쳐 보고 싶지?" 아버지가 내게 물었다.

나는 멍해져서 대답도 하지 못했다.

"저걸 한 번 쳐 보게 해 주세요."

"잘 알겠습니다." 가메오카 씨의 말투와 동작이 갑자기 돌변해서 수십 년 동안 아버지를 모신 하인처럼 깍듯해졌다.

디딤대를 딛고 올라선 작은 키의 가메오카 씨가 훌쩍 한 손으로 악기의 바디를 들어 올린 순간에야 비로소 나는 이것이 현실임을 깨달았다. 그는 넥의 상태를 확인하고 줄을 튜닝 한 다음 귀공자를 대하는 것처럼 공손한 태도로 내 무릎 위에 있던 베이스를 그걸로 바꿔 주었다.

만져 보고 퉁겨 본 소감? 소리에 대해서는 아무것도 기억나지 않는다. 그 전에 만져 본 국산 기타보다 가벼웠고, 볼륨 조절 손잡이의 감촉은 딱딱했고, 또 미국 냄새가 났다. 그 냄새는 내 착각이 아니었던 모양이다. 한참 뒤에 미국 대륙을 여행할 때 내슈빌에 있는 세계적으로 유명한 빈티지 악기점에 들어간 나는 그때와 똑같은 냄새로 가득 차 있는 것에 놀랐고, 갑자기 들뜬 기분이 되었으니까 말이다.

"진품으로 연습하면 실력도 빨리 늘겠지요?"

"그럼요, 당연한 말씀이지요. 다른 것으로 하는 것보다 두 배는 빠를 겁니다." 가메오카 씨가 허무맹랑한 소리로 맞장구를 쳤다.

"소리는 좋으냐?" 아버지가 들여다보며 물었다.

"그야⋯⋯." 하고 고개를 끄덕였으나 내가 그때 소리의 차이를 알았을 리가 없다.

아버지가 가메오카 씨에게 가격을 확인할 때까지, 아니 확인한 다음에도 나는 아버지의 의도를 오해하고 있었다. 살 것처럼 행동하면서 나에게 진품을 만지게 해 주려고 그러는 거라고 생각했던 것이다. 그런데 아버지가 가격 흥정을 시작했다. 수입 대리점과 계약한 것이 있어 가격은 깎아 줄 수가 없다고 가메오카 씨가 미안한 표정으로 대답했다. 그 대신 액세서리 전부와 엠프를 덤으로 주겠다고 말했다.

아버지는 순순히 납득했다. "그것들 말고 필요한 건 없나요?"

"없습니다. 나중에 필요한 줄 세트도 드리겠습니다."

"그럼 다 된 거냐?" 하고 아버지가 나에게 물었다.

나는 우물우물 말 같지도 않은 소리를 냈다.

가메오카 씨가 베이스를 다시 닦고 있는 사이에 아버지가 내게 말했다. "지금까지 네가 모은 돈은 다 내놓아라. 나머지의 반은, 그러고 보니 네 입학 선물을 해 주지 못했으니 이걸로 하자. 늦었지만 축하한다. 그리고 남은 반은 오래 걸려도 상관없으니 꼭 갚도록 해라."

고맙습니다, 하고 목소리가 나오지 않아 몇 번이나 입술을 움직여야 했다.

아버지가 돌아가시고 없는 지금, 그때 아버지가 했던 생각은 추억 속의 표정, 단편적인 말을 통해 추정해 보는 수밖에 없다. 아버지는 예전에 야구를 좋아하는 소년이었지만 어른이 될 때까지 진짜 글러브를 가져 본 적이 없다고 했다. 음악을 좋아하면서도 남들이 물려 준 것이나 빌린 악기밖에 없는 나의 모습에 예전의 당신이 겹쳐졌는지도 모른다. 카탈로그를 열심히 읽고는 국산 기타 대부분이 카피 상품임을 알게 된 아버지는 이왕 돈을 내서 사 주려면 진품을 사야겠다고 결심했던 모양이다.

약 17만 엔. 내가 모아 둔 돈은 그 중 20퍼센트에도 미치지 못했다. 다시 말하지만 우리는 잘 사는 집이 아니었다. 그렇게 큰 돈을 어떻게 마련했는지 나는 묻지 못했고, 물었다 해도 솔직하게 대답해 주시지 않았으리라고 생각한다. 그러니까 이건 어디까지나 상상이지만 나와 여동생이 둘 다 공립 중학교와 고등학교에 입학한 덕분에 손을 대지 않고 있던 정기 예금을 이 기회에 깬 것이 아니었을까?

어머니와 여동생, 남동생이 쇼윈도 앞으로 돌아왔다. 아버지와 나는 상점을 나섰다. 내 손에는 무겁고 커다란 하드 케이스가 들려 있었다. "나중에 앰프랑 같이 배송해 드릴까요?" 하고 가메오카 씨가 물었지만 내 인생에서 가장 중요한 쇼핑을 했는데 어떻게 '펜더 없이' 집으로 갈 생각이 들겠는가.

그게 뭐야? 하며 동생들이 떠들어 댔다.

"좋은 걸로 샀니?" 어머니가 물었다.

의례적으로 묻는 인사일 뿐이었지만 그날만큼은 뭔가 뜨거운 것에 꽉 막혀 목이 메었다. "제일 좋은 걸로 샀어."

기울어진 석양이 거리를 토파즈 색으로 빛나게 하고 있었다. 진짜 펜더를 손에 들고 가족과 함께 전철역으로 향하는 나는 세상에서 가장 행복한 소년이었다. 이 세상에 나쁜 일 따위는 영원히 일어나지 않을 거라는 느낌마저 들었다.

얼마 후에 나는 경음악 동호회에 가입한 세 사람을 쓰지 선배를 통해 소개받았고, 인생에서 처음으로 직접 결성한 밴드를 경험했다. 취주악부 이외의 사람들까지 이 글에 적다 보면 너무 번

잡해지기 때문에 이름도 쓰지 않겠지만 세 사람 모두 심성이 착하고 온화하며 음악을 좋아하는 소년들이었다. 따로 리더를 뽑지 않아도 모든 일이 합의되었다. 바로 그 점 때문에 음악 스타일이 딱히 정해지지 않았다는 것이 밴드로서는 단점이었을지도 모른다. 그 대신 다양한 실험을 하며 즐길 수 있었다. 밴드 이름은 하늘색이란 뜻의 쓰지 선배 밴드 아주르를 약간 흉내 내서 감이란 뜻의 퍼시먼이라고 지었다. 리드 기타리스트의 자랑인 야마하 SG의 바디가 선명한 단감 색깔이었기 때문이다. 모두들 그 색깔을 좋아했다.

또 하나의 기타가 멋이 없었던 게 아니다. 오히려 너무 강렬해서 무서울 정도였다. 프레셔라는 초보자용 악기 브랜드가 있었는데 만화 잡지에 광고가 자주 실리곤 했다. 이 브랜드가 벼르고 별러 발표한 상급자용 시리즈인 스트라토캐스터 모양의 기타가 그것이었다. 내 기억에 줄 감는 부분에 영어로 '똑바로'라고 적혀 있었다. 제일 큰 특징은 보통 기타와 앰프 사이에 두는 이펙터를 기타 몸체에 내장하고 있어서 스위치나 조절 장치가 잔뜩 달린 엄청난 모양이었다는 것이다. 디스토션, 페이저, 오토와우 등이 달려 있었던 것으로 기억하는데 그 전체 기능은 기타 주인만이 파악하고 있었다. 기능이 있으면 쓰고 싶은 게 인지상정이라 종종 뀨앙뀨앙 하는 이상한 소리를 내고는 했다.

무엇이건 다 모아서 한데 집어넣는 올인원이라는 발상은 프레셔만의 기발한 아이디어라기보다 시대의 풍조였다. 일렉의 왕자라고 할 수 있는 깁슨도 스위치 투성이의 기타를 발매하고 있었다. 레스 폴(미국의 기타리스트이자 솔리드 바디 일렉 기타를 만든 사람) 자신이 애용했던 레스 폴 모델 퍼스널 같은 기타는 마이크까지 연결할 수 있을 정도였다. 그리고 이런 풍조는 금세 사라졌다. 올인원 상품이 오래가지 않는 이유는 다양한 요소가 복합되어 있을수록 유행이나 시대에 뒤떨어지기 쉬워서다. 그리고 무엇보다 망가지기 쉬워서일 것이다. 프레셔를 치는 우리 기타리스트도 점차 이펙터를 밖으로 다는 일이 많아졌고, 나중에는 다른 사람들과 같이 장비를 세팅했다.

멤버들의 기대에 호응하기 위해, 또한 아끼는 기타에 걸맞기 위해 나는 글자 그대로 손가락에서 피를 흘릴 정도로 일렉 베이스를 연습했다. 취주악부를 자주 빠지게 되었고, 출석해도 콘트라베이스를 일렉 베이스로 여기며 연주하는 일이 많아졌다. 다마가와 선배가 가끔씩 얼굴을 내밀 때 말고는 음악실에 3학년들이 거의 없는 상태였다. 그러니까 가와노에 선배도 없었다. 내 마음대로 할 수 있었다.

이 불성실한 1학년생을 안노 선생님은 가만히 두고 보지 않았다. 어느 날 학교 끝난 후 음악실로 들어간 나를, "잠깐 이리로." 하면서 준비실로 불러들였다.

"요즘에 결석이 많은 것 같은데." 하며 의자를 돌려서 앉았다.

나는 살짝 반항기를 드러내면서 말했다. "될 수 있는 대로 나오도록 하겠습니다."

"될 수 있는 대로가 아니라 제대로 나오도록 해. 다히라 군, 갓포 요리(손님 접대용 일본 요리의 명칭)라고 먹어 본 적 있어?"

살짝 고개를 갸웃거렸다. 사 준다는 뜻인가? "없는데요."

"나도 없어. 하지만 아는 사람 중에 전통 있는 갓포 요리집에서 일하는 사람이 있지. 거기서는 새로 요리사를 고용할 때 프랑스 요리나 중국 요리를 배운 사람은 채용하지만 일본 요리를 배운 사람은 거절한대. 왜 그런지 알아?"

나는 고개를 저었다.

"프랑스 요리나 중국 요리를 배운 사람이라면 그 식당의 음식을 처음부터 배우려고 할 거야. 하지만 일식을 나름 알고 있다고 생각하는 요리사는 반드시 자기 식으로 요리를 하려고 해서 손님들의 불만을 사게 된다고 하더라고. 현 베이스랑 일렉도 그런 부분이 있지 않아?"

"무슨 말씀인지 잘 모르겠는데요. 경음악 쪽하고 양다리를 걸치지 말라는 뜻인가요?"

"그렇게까지 말하는 건 아니야. 쓰지 군도 양다리잖아. 하지만 쓰지 군은 전혀 다른 악기를 하지. 다히라 군은 경음악 동호회에서도 비슷한 악기를 하기 때문에 현 베이스도 그 악기만큼 연주할 수 있다는 착각을 해서 연습을 소홀히 하는 경향이 있는 것 같은데. 아닌가?"

"아닌데요."

선생님은 코웃음을 쳤다. "조만간 어느 한쪽을 선택하지 않으면 양쪽 다 어중간하게 끝나 버릴 거야."

궤변을 늘어놓고 있다는 느낌이 들었지만 그 자리에서는 할 말이 생각나지 않았다. 그럼 왜 플루트랑 피콜로는 번갈아서 해도 되는 건가요, 하고 말할걸 그랬다고 나중에야 생각이 났다.

결국 자기 관리하에 있는 사람이 록이나 재즈에 푹 빠져 있는 꼴이 영 마음에 들지 않았던 것이다. 음악 세계에서는 다른 장르에 대한 근친 증오가 무시무시할 정도다. 나중에 내가 알게 된 뮤지션들 중에는 아르바이트로 재즈를 연주한다는 사실이 알려져서 스승으로부터 파문당한 콘트라베이스 연주자도 있었고, 록 음악 같은 음색으로 솔로를 연주했다는 이유로 그 즉시 밴드에서 잘려 버린 기타리스트도 있었다. 그때까지 그런 종류의 감정을 접한 적이 없었던 나는 선생님의 말과 행동이 이상하게만 느껴졌다. 내가 선생님에게 가지고 있던 약간 특이하면서도 사랑스러운 지도 교사라는 이미지가 무너져 내렸고, 그 대신 경멸과도 같은 감정이 남았다. 그녀가 쓰지 선배를 인정할 수밖에 없는 이유는 둘 중 하나를 선택하라고 다그치면 보나마나 취주악부를 그만둘 게 뻔하기 때문이었다. 나는 취주악부 쪽을 선택할 것처럼 보인 모양이었다. 하지만 나 또한 어느 한 쪽을 고를 수밖에 없다면 결론은 생각할 필요도 없었다. 나의 펜더를 쓸 수 있는 곳을 선택할 테니까.

경음악 동호회의 연습은 일주일에 한 번씩 멤버 중 한 사람의 교실을 이용할 때마다 담임에게 허락을 받게 되어 있었다. 소음 때문에 그 이상은 연습하지 못했고, 빌릴 수 있는 교실도 한정되었다. 록이나 재즈에 눈살을 찌푸리는 교사들은 적당히 이유를 둘러대며 빌려 주지 않았기 때문이다. 앰프나 드럼 세트 등 기자재는 졸업생들이 놓고 간 것에 의지하고 있었다. 문화제도 모든 무대가 끝나고 남은 시간밖에 주어지지 않았다. 그래도 나는 경음악 동호회를 선택할 작정이었다.

"그럼 현 베이스를 그만두겠습니다."라는 말을 목구멍 안쪽으로 삼키게 한 것은 음악 준비실 바깥에서 들려오는 다른 부원들의 연습 소리였다. 퍼커션에 알토 색소폰, 클라리넷과 호른, 플루트 소리도 들렸다. 처음으로 이 음악실에 발을 들여 놓았을 때는 모두가 떠듬떠듬해서 잡음 같았다. 지금은 악기를 보고 있으면 연주하는 사람들의 얼굴이 떠오르고, 누가 잘하고 못하는지도 대략 알았다. 반년 사이에 모두들 실력이 상당히 늘었다.

"전 양쪽 다 할 겁니다."라고 말했다. "일주일에 한 번은 쉬지만, 합주가 있을 때는 저쪽 연습 일정을 조정하겠습니다. 그러니까 취주악부에 피해를 주지는 않을 겁니다."

선생님의 안색이 변했다. "내 말을 못 알아들었어?"

"저는 양쪽 다 할 권리가 있습니다. 내일 죽을지도 모르고, 앞으로 어떻게 될지도 모르는 게 사람인데 악기 두 가지를 연주하는 게 용납이 안 되나요?"

"그런 식으로 말하는 사람치고 일찍 죽는 경우를 못 봤고, 대개는 늙을 때까지 지지리 살아남아서 젊은 날에 허비한 시간을 후회하곤 하지."

"전 후회 안 할 거예요. 현 베이스 연습 시작해도 될까요?"

선생님은 책상에 팔꿈치를 대고 손가락 끝으로 이마를 누르고 있었다. 대답이 없어서 그냥 준비실을 나왔다. 그 이후로 한 사람이 취주악부를 떠날 때까지 나와 안노 선생님의 냉전은 계속되었다. 그리고 전혀 예상 밖으로 먼저 떠난 사람은 내가 아니었다……

가을이 지나고 12월에 접어들었을 때 뉴욕에서 존 레논이 팬이라는 남자의 총에 맞아 죽었다. 내가 이튿날 조간 배달을 위해 고등학생치고는 이른 시간에 잠자리에 들려고 양치하고 있을 때, "아까 TV에 나오던데, 뉴욕의 뭐시기라는 사람이 총 맞아서 죽었다더라."라고 어머니가 말해 주러 왔다.

"누가?"

"록을 하는 그 뭐냐, 네가 좋아하는 가수…… 이름을 잊어버렸네."

어머니는 TV를 열심히 보는 편이 아니었다. 그냥 시계 대신 켜두고 있는 정도였다. 혹시나 싶어서 아버지한테 누구였는지 물어봤지만 아버지도 제대로 보지 않았다고 했다.

우리 어머니조차도 아들이 좋아하는 가수라고 알아볼 수 있었다는 점과 뉴욕이라는 사실을 합치면 충분히 알아차릴 수도 있었는데, 그때 나는 존 레논이라는 이름이 전혀 머리에 떠오르지 않았다. 그렇게 까맣게 생각나지 않았던 제일 큰 이유는 아마 그날 밤 내가 바로 그 존 레논의 음반을 듣고 있어서였을 것이다. 대개 사람들은 그런 식으로 일치되는 것을 오히려 배제해서 생각해 버리기 마련이다.

몇 시간 후에 나는 내 손으로 배달하고 있던 신문을 통해 그의 죽음을 알았다. 배달이 반쯤 끝날 때까지 그 기사 제목을 알아차리지 못했던 것은 늦게 날이 밝아오는 계절이기 때문이었다. 나는 아침 햇살을 등지고 서서 작은 글자로 된 기사를 열심히 읽어 내려 갔다.

오랜만에 발표된 신곡이 너무 긴장감 없이 느슨해서 이걸 좋아해야 하나 망설이고 있었고, 음악으로 느끼게 하기보다 사랑이네, 평화네, 하는 말을 자꾸 반복하는 그의 성향도 정치하는 사람 같아서 호감이 가지 않았다. 끈질기게 비틀즈의 재결성을 바라는 사람들에 대해서도 나는 냉랭한 시선을 보내고 있었다. 만약 그들의 바람대로 비틀즈 재결성이 이루어진다 해도 우리가 보게 될 밴드는 기대했던 그 밴드가 절대로 아닐 것이라는 기묘한 확신이 있었다.

그럼에도 불구하고 그 뉴스는 그때까지의 확고하고 단단하던 세상이 기울어지는 듯한 느낌을 주었다. 내가 믿고 있던 세상은 재능이나 예술에 대해서는 그게 약간 독선적이라 해도 너그러웠고, 과대평가를 할망정 숨통을 끊어 버리는 일 따위는 없었다. 존 레논이 절대적으로 안전해야만 하는 세상이었다.

우지나 항에서 고속정을 타면 몇 개의 섬을 경유해 한 시간이 조금 넘게 걸려 시코쿠에 도착할 수 있다. 도고까지는 여기서 더 들어가야 하는데 전날 쓰지 선배에게 연락했더니 배가 도착하는 마쓰야마까지 마중을 나오겠다고 했다.

배 멀미 따위는 하지 않는다고 큰소리치는 사람이라도 파도 위를 퉁기면서 빠른 속도로 나아가는 고속정을 타면 얘기가 달라진다. 울퉁불퉁한 비포장도로를 달리는 자동차나 다름없고, 더구나 그게 승용차가 아닌 버스라면 어떨지 상상해 보면 알 수 있을 것이다. 이런 말을 하는 나도 처음 탔을 때는 도착까지 남은 시간을 계산하면서 어서 빨리 이 괴로운 시간이 흘러가기만을 간절히 기도했다.

처음 고속정을 탄다는 사쿠라이 선배도 예외가 아니었다. 출항한 지 5분도 지나지 않아 얼굴이 새파랗게 질리더니 도저히 얘기고 뭐고 할 여력조차 없어 보였다. 나는 평소의 수면 부족이나 채워 볼까 싶어 자리에 축 늘어져서 몽롱한 상태로 시간을 보냈다.

요즘에 꾸는 꿈은 온통 고등학교 시절이다. 취주악 합주 이야기를 나누는가 하면 미나모토가 죽고, 근처에서 안노 선생님을 발견하고, 지금은 쓰지 선배를 만나기 위해 고속정에 타고 있으니, 사실 이렇게 지내면서 옛날 일을 회상하지 말라는 것이 더 이상하지만 꿈에서 깨어나 다시 돌이킬 수 없는 미래로 모든 것이 돌아오는 감각은 썩 유쾌하지가 않다.

향수와 회한은 사이가 좋다. 둘 다 틀림없이 한쪽을 뒤에 숨기고 있다. CIA의 음모설까지 있는 존 레논의 죽음에 내가 후회할 일 따위 아무것도 없을 텐데도, 내 성격이 그런 탓인지 그 일이 있기 얼마 전에 안노 선생님에게 '내일 죽을지도 모르는 게 인간'이라는 건방진 말을 한 기억이 존 레논의 죽음과 세트로 머릿속에 박혀 있다. 결과는 선생님 말대로 꼭 그런 말을 하는 놈일수록 과거를 후회하면서 생각보다 훨씬 오래 산다.

그러나저러나, 그해부터 시작된 1980년대의 그 못난 모습은 정말 대단했다. 어깨가 딱 벌어진 윗도리인 가다마이, 위로 튕겨 올린 머리. 여자들의 두꺼운 눈썹. 카페 바, 디스코, 날림으로 지어진 파스텔 색조의 리조트. 금방금방 바뀌는 유행어와 음악. 몇 만 엔씩이나 하는 천 가방.

저기, 하면서 내 손등을 툭 친 사쿠라이 선배의 무릎 위에 놓여 있는 것이 바로 그 값비싼 천 가방의 대표였던 루이비통이다.

"도저히 안 되겠다. 다음 섬에서 내리자."

"할 수 없군요." 나는 한숨을 쉬었다. "그래도 다음 섬 정도면 괜찮겠네요. 시코쿠 섬이니까."

"이제 다른 섬에는 안 들리는 거야?"

"사람 불편하라고 섬이 그렇게 많은 줄 아세요? 한 20분 정도면 도착하니까 조금만 더 참아 주세요."

"왜 그래? 루이비통이 신기해?" 내가 가방을 빤히 쳐다보는 걸 보았던 모양이다. "어느 유적지에서 발굴해 왔나 하고? 우리

언니라는 선사 유적지야. 들 만한 일이 있으면 쓰려고 언니가 가지고 있던 걸 뺏어 왔는데 아무리 해도 찢어지지가 않네."

"옛날에 유행했었죠? 그 복주머니 모양."

"나는 갖고 싶은 생각이 하나도 없었지만 우리 언니는 크리스털족이라고 자부하고 있었으니까." 자기가 말해 놓고 웃었다.

"그 크리스털족은 어느 섬의 부족인가요?"

"알면서 묻는 거지? 다히라 군은 옛날부터 얌전해 보이면서 은근히 짓궂다니까."

"오해예요. 이렇게 잡담이라도 하는 편이 낫잖아요. 그러면 신경이 딴 데로 가니까. 1980년대 음악 중에서는 뭘 좋아했어요?"

"질문이 뭐 그래? 신경 써 주는 거야?"

"입 다물고 있을까요?"

"알았어. 대답할게. 나는…… 블론디(미국의 밴드. 뉴웨이브와 펑크 시대의 선구자들 중 가장 성공한 밴드)."

"정말로?"

"이상해? 데비 해리(미국의 여성 가수, 작곡가, 작사가, 영화배우, 기타리스트. 블론디의 멤버) 멋있었잖아. 그리고 록시 뮤직(1971년에 브라이언 페리가 만든 영국의 록 밴드)도."

"그건 1970년대 밴드 아닌가요?"

"내가 알고 있는 건 1980년대 곡이니까."

"그런 식이면 시카고(1967년 일리노이 주 시카고에서 결성된 미국의 록 밴드)나 스틸리 댄(미국의 재즈 록 밴드)까지 1980년대 밴드라고 해야 하는 거 아니에요?"

"그게 누구야? 들어 본 적 있는데. 시카고 말고 다른 쪽."

"사쿠라이 선배가 알고 있는 쪽은 아마 도날드 페이건(월터 베커와 함께 스틸리 댄의 창립 멤버이자 리드 싱어)일 거예요.《나이트 플라이》가 그 당시 엄청나게 팔렸으니까. 그 사람이 스틸리 댄 밴드 멤버 중 하나예요."

"그 사람도 이름만 알겠고 어떤 음악인지 떠오르지가 않네. 어휴 답답해."

"노래를 부르면 알지도 몰라요." 나는 〈아이 지 와이I. G. Y.〉의 후렴을 흥얼거렸다.

다가올 세상의 아름다움이여. 자유로운 시간의 찬란함이여.

"……아아, 알겠다 알겠어. 나 그 노래 좋아했는데." 하며 그녀가 기뻐했다.

바다에 몸이 익숙해진 후 육지를 밟으면 이번에는 땅바닥이 흔들리는 것 같은 착각이 든다. 늦더위였다. 작렬하는 태양 빛을 받은 마쓰야마 항 주변의 경치는 일단 오래 방치되어 있던 사진처럼 허옇게 보였다.

"어디서 기다리라고 했어?" 자칫 볕에 탔다가는 피부가 퉁퉁 부어오를 거라면서 사쿠라이 선배는 터미널 건물 밖으로 나가려 하지 않았다.

"그냥 밖으로 나와서 기다리라고만……." 나도 혹시 몰라 외투 속주머니에 넣어 왔던 클립식 선글라스를 안경에 끼웠다.

찬찬히 둘러보려고 로터리 끝에서부터 걷기 시작했는데, 숙소 이름이 새겨진 하얀 봉고차가 우리 쪽으로 다가오더니 멈춰섰다. 차 앞쪽을 돌아서 걸어오는 그림자는 긴 머리를 뒤로 묶은 쓰지 선배가 틀림없었다. 그런데, "어서 와라." 하고 왼손을 내밀어 악수를 청하는 그에게 나는 대답할 말을 잃어버렸다.

그는 더 가까이 다가와서 축 늘어뜨리고 있는 내 오른손을 굳게 잡았다. "이렇게 되었다. 그래서 합주는 같이 못 한다. 그냥 마음만 참가할게."

그는 티셔츠 위에 무늬가 없는 와이셔츠를 겹쳐 입고 있었다. 악수를 하기 위해 내민 왼쪽 소매는 팔꿈치까지 걷어 올린 상태였다. 그러나 오른쪽 소매는 중간에서 묶여 있었다. 팔이 중간까지밖에 없는 것이었다.

"전용 면허도 가지고 있고 차도 개조한 거니까 걱정하지 마." 운전석에 올라탄 쓰지 선배는 우리를 돌아보며 웃었다. "이 말을 매번 하지 않으면 사무실에서 야단을 맞거든. 다히라, 넌 옆에 타라."

"네." 일단 내렸다가 조수석에 올라탔다.

"……그래?" 쓰지 선배가 사쿠라이 선배에게 뭔가를 물어봤는데 그 끝부분만 들었다.

"저런 건 사람이 탈 것이 못 돼."라고 그녀가 대답하는 소리를 들고 배 멀미를 하지 않았냐며 놀렸음을 알았다. "쓰지 군."

"왜?"

"대답하기 싫으면 안 해도 되는데…… 언제 그렇게 된 거야?"

"내 손?"

"응."

"벌써 10년이 넘었지. 이제야 겨우 오른손이 있는 것 같은 착각을 안 하게 됐어."

"사고로?"

"장거리 트럭 운전사로 일할 때였는데 앞에서 난 사고에 휘말려 차가 옆으로 전복되었어. 운이 나빴던 게, 이쪽 손에 담배를 들고 밖으로 내민 상태로 운전하고 있었거든."

"바보." 사쿠라이 선배는 루이비통 핸드백에서 손수건을 꺼내 얼굴을 감쌌다.

"이런 기회가 올 줄 진즉에 알았으면 좀 더 소중하게 다룰걸 그랬지."

"그래도 죽는 것보다는 낫지 뭐. 미나모토는 죽었대."

"다히라한테 들었어. 생명력은 우리 중에 제일 강해 보이는 애였는데. 이런 표현은 다히라 전문이지만 베이스 클라리넷과 테너 색소폰은 친척 같은 악기거든. 우리 둘 다 사쿠라이를 축하해 줄 수 없다니 아쉽네. 나도 사쿠라이랑 똑같이 트럼펫을 할걸 그랬어. 그럼 다이처럼 한 손으로 불 수 있었을지도 모르는데. 색소폰이나 베이스는 그게 안 되니까."

크크큭, 하는 소리가 들려서 사쿠라이 선배가 웃고 있나 싶어 깜짝 놀라 뒤를 돌아보았더니 흐느끼며 울고 있었다. 쓰지 선배가 차를 출발시켰다. 장애를 느끼지 못할 정도로 뛰어난 운전 실력이었다.

내 쪽을 흘깃 보며 말했다. "숙소에는 온천에 온 손님이라고 말해 뒀다. 사원 할인 요금으로 미리 다 냈으니까 몸 좀 담그고 가라. 야, 사쿠라이, 너 갈아입을 빤쓰는 갖고 왔냐?"

"넌 손이 아니라 머리가 날아갔어야 돼!"

"매점에 속옷도 팔아. 살 때 나한테 말해라. 싸게 사게 해 줄게."

"가지고 왔어."

쓰지 선배는 내가 하는 술집에 대해서 이것저것 많이 물었다. 규모는 어느 정도냐. 위치나 인테리어는 어떠냐. 무슨 술과 요리를 팔고 있냐. 어떤 음악을 틀고 있냐.

"한번 들러 주세요. 쓰지 선배한테는 서비스 많이 드릴 테니까요."

"괜찮은 가게 같네. 그쪽으로 갈 일이 있으면 꼭 한번 들릴게."

아무런 정보가 없어서 막연히 낡고 허름한 온천 숙소를 상상하고 있었다. 그런데 노면 전철 노선에서는 떨어져 있었지만, 우리 눈앞에 나타난 료칸 건물은 상상했던 규모보다 세 배 정도 크고 멋있고, 현대적이었다.

"좋은 곳이네요."라고 내가 말하자 "도고의 이카리소를 몰랐어?" 하고 야단을 쳤다. "일류야."

빨리 씻고 오라고 해서 욕탕으로 직행했다. 아직 대낮이어서 그런지 한산하게 비어 있었다. 몸을 씻었다. 그런 다음 수도 없이 많은 탕에 끝에서부터 하나씩 몸을 담갔는데 몇 개 되지도 않아서 지쳐 버렸다. 순순히 포기하고 탈의실로 돌아와 안경을 쓰고 벽에 있는 시계를 보았더니 30분밖에 안 지나 있었다.

테너 색소폰의 키를 움직이고 일렉 베이스의 현 위에서 날아다니던 쓰지 선배의 오른쪽 손가락……. 그가 여전히 건강하고 성격도 많이 변하지 않은 것처럼 보여서, 그 움직임만 이 지구상에서 말끔하게 사라져 버렸다는 사실이 도무지 받아들여지지 않았다. 말도 안 되지만 지금은 악기와 함께 어딘가에 소중하게 보관되어 있고, 막상 무대에 올라가게 되면 앰프와 이펙터를 세팅하듯이 그 오른손도 세팅할 수 있지 않을까 하는 상상조차 하게 되었다. 그의 화려한 손가락의 움직임을 동경해서 나는 픽 가드에 피가 점점이 스밀 때까지 펜더 베이스의 줄을 퉁겼고, 수업 시간에도 반창고를 감은 손가락 끝으로 의자 좌석 받침대를 긁곤 했다.

내가 생전 처음 직접 보고 접한 뮤지션이 쓰지 선배였다. 이쿠다도 잘하기는 했지만 그의 기술은 좋은 의미에서건 나쁜 의미에서건 너무 섬세해서, 잘 따지고 보면 예술이라고 할 수 있을지는 모르지만, 청중들을 열광하게 하는 타입은 아니었다. 쓰지 선배는 무대의 사람이었다. 흥미롭게도 쓰지 선배 혼자 색소폰이나 베이스를 연습하고 있을 때 옆에서 귀를 기울여 보면 거칠기만 하지 전혀 잘하는 것처럼 들리지 않았다. 베이스는 부장인 이타가키 선배가 훨씬 기술이 뛰어났고, 곡에 따라서는 나도 이 듬해부터 쓰지 선배보다 더 잘하게 되었다. 그러나 청중 앞에 서면 완전히 역전되었다. 이타가키 선배나 나는 긴장을 하는 바람에 아무리 잘 해야 연습 때의 70퍼센트 정도밖에 실력을 발휘하지 못했다. 그런데 쓰지 선배는 연습 때보다 최소한 30퍼센트 이상 손가락을 잘 움직일 뿐만 아니라 긴장도 안 하고 침착했기 때문에 포인트를 줘야 하는 순간을 절대로 놓치지 않았다. 게다가 동작이 화려하기 때문에 실제 실력보다 두세 배는 더 잘하는 것처럼 보였다. 그런 한순간 한순간이 무조건 멋있었다.

쓰지 선배와 사쿠라이 선배는 라운지 구석에서 이야기를 주고받고 있었다. 내가 갔더니 "나도 온천에 들어갔다 올게." 하며 사쿠라이 선배가 자리에서 일어났다.

"잠깐 기다려 봐" 하고 쓰지 선배가 어디로 사라졌나 싶더니 옆구리에 병맥주를 끼고 돌아왔다. 왼손에는 병따개와 잔 두 개를 겹쳐서 들고 있었다. 선배는 그것들을 테이블에 늘어놓으며 말했다. "그냥 휴가 처리해 달라고 했다."

"저희는 오래 못 있는데요."

"사쿠라이한테 들었어. 너희가 돌아간 다음에는 오랜만에 느긋하게 책이라도 읽으면서 쉬지 뭐."

"이 근방에 사세요?"

"근처에 있는 아파트가 독신자 숙소로 사용되고 있어. 좁아터

졌지만."

"설마 저희 집보다 더하겠어요. 앉을 곳이라고는 침대밖에 없는데."

"우리 집도 비슷해. 그나저나, 다히라, 내가 부탁할 게 좀 있다." 그는 한 손으로 교묘하게 맥주병을 땄다. 잔에 부으면서 말했다. "가나코…… 미우라한테도 연락이 간 거냐?"

쓰지 선배의 여자친구였던 바리톤 색소폰 주자다.

"졸업 이후로 한 번도 연락을 못 했어요. 기미시마 선배도 모른다고 해서 사쿠라이 선배가 다른 동기들을 통해서 찾아보고는 있는데, 제가 알기로는 아직……."

"옛날 연락처는 쓸모없어. 젊을 때 신용 카드 때문에 빚더미에 올라앉아서 개인 파산을 했으니까. 빚쟁이들이 쫓아올까 봐 주소도 여기저기 옮겨 놨었고. 그 당시 연락을 하고 있던 사람은 나밖에 없었을 거야. 의외로 그 녀석하고 오래 사귀었거든. 그런데 그 녀석이 그렇게 돼서, 나도 이런 성격이라 대판 싸우고는 한동안 연락을 안 했는데 그 사이에 내가 이렇게." 하며 오른팔을 움직였다. "……됐지. 그러고는 소식이 끊겨 버렸어."

"사고 났을 때 연락 안 한 거예요?"

"안 했어. 고집 부리느라 그런 건 아니고. 사실 그때는 앞으로 일도 못 하고 음악도 끝났다고 생각했으니까. 그런 상태로 연락하는 건 결국 나 좀 먹여 살려 달라는 뜻이나 다름없잖아. 개인 파산까지 한 여자한테 그럴 수는 없었지."

"미우라는 그럼 모르는 거네요?"

"몰라. 나도 그 녀석이 아직도 미우라 성을 가지고 혼자 사는지, 결혼했는지 모르고. 그래서 너한테 부탁하려고. 우선 내가 이렇게 되었다는 건 취주악부건 경음악이건 아무한테도 말하지 마. 그리고 혹시라도 가나코하고 연락이 되면." 쓰지 선배는 일단 맥주를 쭉 들이켰다. "만약에 그 녀석이 아직도 혼자인 것 같으면 내가 이렇게 되었다는 것, 그래도 도고에서 성실하게 잘 지낸다는 소식을 전해 줘. 언제까지든 기다리겠다고 말이야. 그런데 혹시 이미 결혼했거나 좋은 사람이 곁에 있어서 행복해 보이면 나에 대해서는 아무 말도 하지 마. 물어보더라도 적당히 둘러대. 사쿠라이한테는 나에 대해서 무조건 아무한테도 말하지 말라고 해 두었어. 그러니까 네가 가나코를 만났을 때 상황을 봐서 행동해. 할 수 있겠어?"

나도 맥주를 들이켰다. "그러겠습니다."

"이건 내 감인데 아마 오노미치(히로시마 현 남동부에 있는 시)의 바닷가에 있을 거야. 초등학교 시절에 살아서 제일 잘 아는 지역이라고 그랬거든. 보모 자격증이 있으니까 잘 풀렸으면 그런 종류의 일을 하고 있겠지."

"알겠습니다."

"그런 여자한테 아직도 푹 빠져 있다니 참 덜떨어진 놈이라고 생각하겠지만."

"……아니에요."

"아니라고 할 필요 없어. 얼굴 보면 다 아니까. 넌 원래 그런 놈이잖아."

"오해예요. 사쿠라이 선배도 여기 오면서 저한테 심술궂다고 그러던데. 왜 그러는지 모르겠어요."

"머리에 떠오른 생각을 입 밖으로 내지 않으니까 그렇지. 상대방이 봐 줬으면 하는 부분이 아니라, 보지 말았으면 하는 부분을 먼저 발견하고. 게다가 입을 꾹 다물고 있으니까. 다들 그걸 무서워하거든. 너한테 선배 행세를 하는 게 상당히 스트레스였어. 다이스케도 네가 두렵다고 했으니까."

"설마."

"진짜야. 그런데 막상 이런 부탁을 하려고 보니까 네 얼굴밖에 안 떠오르더군. 손해 보는 역할이다, 너도. 잠깐만 혼자 마시고 있어라. 잊어버리기 전에 선배다운 짓을 한번 해 줘야지. 기다리고 있어 봐."

그렇게 말하고 자리에서 일어나 로비에서 나간 후로 그는 좀처럼 돌아오지 않았다. 그 사이에 사쿠라이 선배가 목욕을 끝내고 나왔다. 핑크빛으로 상기된 얼굴에 어머, 하며 반기는 표정이 떠올랐다. 테이블 위에 있는 맥주를 본 것이다.

"이거 마시면 돌아가는 배 안에서 많이 힘들까?"

"마시나 안 마시나 마찬가지일걸요." 나는 무책임하게 말하고는 사람을 불러서 맥주와 잔을 하나씩 더 가지고 오게 했다.

그로부터 다시 30분이 지나서야 겨우 쓰지 선배가 돌아왔다.

로비에 나타난 그는 내가 이제껏 봐 왔던 그의 모습 중에서 가장 고고했다고 할 수 있다. 오른쪽 어깨에 가죽 스트랩을 메고 왼손으로는 아끼던 일렉 베이스의 넥을 잡고 있었다. 내 안에 있는 순진하고 단순한 자아가 '거 봐, 역시 칠 수 있잖아!' 하며 환성을 질렀을 정도였다. 그러나 베이스의 바디를 누르고 있는 오른팔 끝에는 아까처럼 셔츠가 매듭지어 있었다.

"다히라." 테이블 앞까지 온 그는 왼손만으로 가볍게 악기를 들어올렸다. 25년 전의 내가 멀리서, 혹은 가까이서 수면을 떠도는 듯 어슴푸레한 반짝임을 느꼈던 쓰지 선배의 수제 베이스였다. "악기도 안 가지고 있다며? 내 후배지만 어째 그리 못났냐? 이건 뭐 케이스도 없지만 그래도 소리는 날 거다. 가지고 가라."

나는 벌떡 일어서서 고개를 세차게 저었다. "이걸 받을 수는 없어요."

"멍청아. 누가 너한테 준대? 빌려 주는 거야. 죽으면 돌려 줘."

사쿠라이 선배가 날이 저물기 전에는 신칸센을 타야 한다고 해서 우리는 다음 고속정 시간에 맞추기 위해 택시를 타고 항구로 돌아갔다. 케이스도 없는 베이스 기타를 꼭 안고 배에 올라타는 나에게 사쿠라이 선배가 뒤에서 "이제 뭐라고 발뺌할 수도 없네." 하며 웃었다.

나도 고개를 끄덕였다. "네, 못 하겠네요."

돌아갈 때도 사쿠라이 선배는 뱃멀미를 심하게 했다. 다행히 승객이 별로 없어서 나는 오랜만에 일렉 베이스를 쳐 봤다. 줄을 감는 나사가 풀려서 소리가 맞지 않는 줄이 하나 있었지만 그냥 맞는 셈치고 계속 쳤다. 굳은살 없이 부드럽게 풀려 있던 손가락 끝에 순식간에 물집이 잡혔다. 이 물집을 바늘로 콕 찔러 물을 빼내고 피부가 붙고 나서 다시 연습하다 보면 짐승 가죽처럼 튼튼하고 반질반질한 굳은살이 만들어질 것이다.

항구에는 사쿠라이 선배의 약혼자가 마중을 나와 있었다. 사쿠라이 선배가 놀라는 모습으로 보아 원래 다른 장소에서 만나기로 했던 모양이다. 그저 후배와, 그것도 이유가 있어서 당일치기로 여행을 간 것이지만 그래도 그가 걱정하는 것은 당연했다. 그 심정은 충분히 알 수 있었다. 진짜배기 양서류학자, 아니 동물학자라는 사람 자체를 나는 생전 처음 봤는데 이때까지 만났던 그 어떤 사람하고도 비슷한 데가 없었다. 굳이 비슷한 사람을 꼽으라면 겉보기에는 별로 잘 나가지 않는 작곡가 같았고, 말투와 태도는 소아과 의사 같았다고나 할까. 두 사람은 물품 보관함에 넣어 두었던 짐 가방을 친환경 자동차에 싣고 로터리를 빠져나갔다. 나는 쓰지 선배의 베이스와 함께 노면 전철을 탔다.

번화가가 가까워 오면서 전철 안에 사람이 많아졌다. 술집 영업을 하는 날이라면 벌써 준비를 시작했을 시간이다. 평소 정기 휴일에는 북적이는 게 싫어서 절대 멀리 가지 않는다. 내 인생에 예정에 없던 하룻밤이 시내 한가운데 훅, 하고 나타난 것 같은 느낌이 들었다.

문득 데즈카 악기점이 생각나서 원래 내리려던 역보다 앞서 내렸다. 이제는 이름이나 얼굴을 알아볼 수 있는 점원이 하나도 없었다. 앞을 지나가던 젊은 점원을 붙잡고서 악기 상태를 봐 달라고 부탁했다. 점원은 베이스를 앰프에 연결해서 소리를 확인했다.

"줄 감는 나사 말고는 별다른 문제가 없는 것 같은데요. 그나저나 정말 지저분하네요." 하면서 웃었다. "줄이 상당히 낡은 것 같은데 바꿔 드릴까요?"

"아니, 쓸 수 있으면 그대로 둬요." 그리고는 앰프 가격을 보고 눈이 휘둥그레졌다. "이렇게 싼가?"

"브랜드는 서양 쪽이라도 상품은 중국제예요. 그래도 훌륭합니다."

"우리가 어렸을 때보다 싸네."

"그래서 악기점은 돈을 못 벌지요."

바다가 갈라질 정도로 엄청난 기적이 일어나서 이번 달에 흑자가 나면 그때 가서 생각해야지. 내가 싸구려 나일론으로 된 커버를 고르는 사이에 점원은 악기의 나사라는 나사는 전부 다시 조인 다음 폴리시로 윤을 내 주었다. 이거 보세요, 하며 새까맣게 된 천을 이쪽으로 내밀었다.

커버에 넣은 악기를 어깨에 메고서 가게까지 걸어갔다. 마찬가지로 일렉 기타를 짊어진 젊은이가 어! 하는 표정으로 나를 바라보았다. 기분이 썩 괜찮았다.

카운터 안쪽에 베이스가 자리 잡을 장소를 찾고 있는데 누군가가 바깥쪽에서 문을 움직였다. 잠가 놓아서 문은 열리지 않았다. 문 닫았다고 표지판을 걸어 놓았지만 취객의 눈에는 그런 글씨가 들어오지 않을 수도 있었다.

"죄송합니다. 오늘은 문을……." 유리문에 나타난 모자 모양을 보고 말을 이어가지 못했다.

안노 선생님이 유리문에 손바닥을 갖다 댔다.

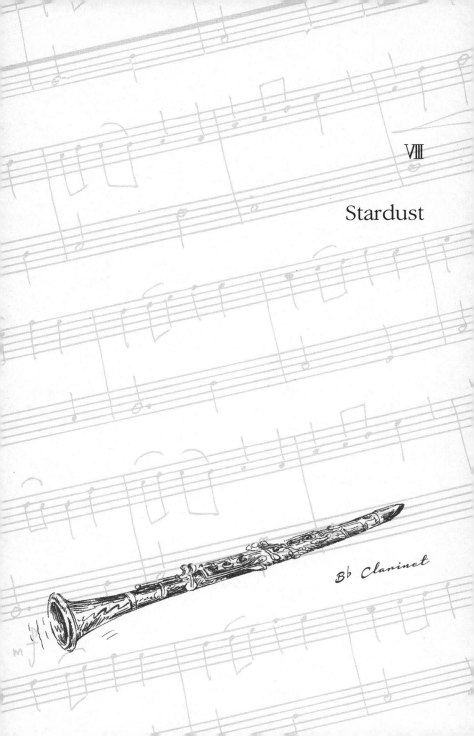

VIII

Stardust

Bb Clarinet

♩ ♪♫♬

안노 선생님이 임신했다는 사실을 클럽에서 제일 먼저 알아차
린 사람은 아마 요오가 선배였을 것이다. 해가 바뀐 1981년 1월,
계절치고는 맑게 갠 따사로운 오후였다. 카메라가 망가져서 영
화 제작이 제자리걸음이라며 클럽에 얼굴을 자주 내밀게 된 그
가 지나가던 나를 멈춰 세우고는 창가 쪽을 턱짓으로 가리켰다.

"애 뱄네."

안노 선생님이 창문 앞에 서서 부원들이 파트 연습을 준비하
는 모습을 바라보고 있었다. 평소 같으면 감시한다는 말이 어울
릴 텐데, 그날따라 마음이 딴 곳에 가 있는 사람처럼 눈앞에 볼
만한 다른 게 없어서 할 수 없이 눈길을 준다는 느낌이었다. 나

도 모르게 배 부분을 주의 깊게 살폈지만 울 소재의 타이트스커트는 평평해 보였다.

"배는 들어가 있는데요?"

"배가 아니야. 얼굴로 아는 거지. 우리 누나도 저런 느낌이었어."

"얼굴이 어떻게 변하는데요?"

"구체적으로 어디가 어떻게 된다고 말하기는 힘들고. 뭐, 분위기라고 봐야겠지."

"독신이잖아요." 어떻게 초능력이 있는 것처럼 그런 걸 맞추는 게 가능하겠느냐는 생각이 들어서 웃었다.

문득 그때의 대화가 떠오른 것은 그 다음 달 25일 목요일이었다. 어째서 날짜와 요일까지 분명하게 기억하고 있는가 하면…….

2교시 수업이 끝났을 때 전에 없이 기스기가 교실로 찾아왔다. 나를 문 쪽으로 부르더니 "라이 군, 나랑 어디 좀 가자." 하고 말했다.

"어디 가는데?"

"평화 공원."

"로마 교황?"

혹시 몰라 다시 말해 두지만, 이 회상의 무대는 일본의 지방 도시이지 로마가 아니다. 너무 자주 외국을 돌아다녀서 하늘을 나는 성좌라고 불렸던, 역사상 가장 활동적인 교황이 드디어 일본을 방문하러 왔다. 신문과 TV는 날마다 전에 없이 황송해하면서 교황의 동향을 보도하고 있었다.

"오늘이구나."

"그래. 이런 기회는 평생 다시 안 와. 나는 갈 거야. 너는?"

"……가야지. 몇 시부턴데?"

"바로 나가자. 다음 수업 시작하면 시간 못 맞춰."

나는 교실을 돌아보았다. "하지만 다음은 담임 시간인데. 아침에 출석을 불렀으니까 없으면 바로 땡땡이라는 게 들통난단 말이야."

"뭐라고 그러면 그냥 솔직하게 말해 버려. 교황 설교를 듣고 싶다는데 화를 내면 그건 사탄의 앞잡이지."

지당한 말이다. 우리 집은 정토신종인데 가도 되나 싶은 생각이 들었지만 그렇다고 내가 바티칸까지 가는 것도 아니지 않은가. 교황이 우리를 만나서 이야기하고 싶다고 이 먼 곳까지 온 거다. 그러니 우리가 기분 좋게 맞아 줘야 된다.

기스기와 나란히 자전거를 타고 학교를 나섰다. 자전거로 가면 15분 정도 걸리는 거리였다. 넓은 공원 어디에서 설교를 하는지는 기스기도 파악하고 있지 않았다. 중앙으로 가 보면 알겠지 하는 생각에 우리는 '100미터 도로'에 면한 분수대로 향했다.

평소에는 한산한 그 주변에까지 사람들로 넘쳐나고 있었다. 참고로 100미터 도로라는 곳은 좌우의 녹지대와 그 뒤에 있는 보조 도로를 합친 길을 말했다. 재해 피난 장소도 겸한 이런 타입의 도로는 전후 부흥기에 고안되었다. 그러나 실제로 만들어진 곳은 네 군데뿐이었다. 나머지는 나고야와 삿포로에 있었다.

내가 어렸을 때만 해도 이 근방은 녹지도 아직 빈약했고, 오가는 차들도 없어서 한산하다 못해 황량하기까지 했기 때문에 버스에서 내리기가 싫었다. 그러나 그로부터 십여 년 후 이 겨울의 평화 공원은 차분하니 짙은 색으로 그을린 건물들과 우람하고도 싱싱한 나무들의 대비가 아름다운 곳으로 바뀌어 종교 지도자를 맞이하는 데 부족함이 없는 전통 있는 장소로 보였다. 겨울철 보기 드문 인파에 밀려 자리를 빼앗긴 비둘기들이 이리저리 낮게 날아다녔다. 위령비 앞에 순백색의 설교 무대가 설치되어 있었다. 우리는 사람들 틈을 비집고 앞으로 나아가 위령비가 간신히 보이는 가장자리 돌 위에 섰다.

시장님 인사 말씀이 있었고, 그 후에 교황이 순백색 연단 너머로 새하얀 모습을 드러냈다. 그런데 너무 단순하고 무방비하게 나타나서 나는 그가 교황을 소개시켜 줄 주교나 사제라고 생각했다. 하지만 그 사람이 바로 로마 교황 요한 바오로 2세였다.

그가 처음 한 말이 일본어여서 나는 깜짝 놀랐다. 전쟁은, 하고 그는 겉모습만으로는 예상이 안 되었던 힘찬 목소리로 말을 시작했다.

"전쟁은, 인간이, 저지릅니다. 전쟁은, 인간의, 생명 파괴입니다. 전쟁은, 죽음입니다."

소름이 돋았다. 엄청난 순간을 목격하고 있다고 느껴졌다. 전쟁이, 혹은 세계가, 역사가, 신이 무엇인지 나는 알지 못했다. 나는 그저 단순하게 요한 바오로 2세라는 인물에 감탄하고 있었다. 대단한 사람이다, 하고 외치고 싶었다. 로마 교황의 인간성을 칭찬하다니 새가 하늘을 난다고 놀라워하는 사람 같아서 창피하기는 했다.

알파벳으로 발음을 써 놓은 원고를 그냥 그대로 읽는 것에 불과하다 해도 일본 사람들을 대하는 것이니 당연하다는 듯이 교황은 일본말을 했다. 서론도 붙이지 않고, 말을 꾸미는 것도 없이, 그야말로 도중에 총을 맞거나 심근경색으로 쓰러진다 해도 후회하지 않을 정도로 힘차게 본론에 돌입했다.

이 사람은 말의 힘을 믿고 있었다.

자기 설교로 세상을 더 좋게 만들 수 있다고 믿고 있었다.

그런 느낌 때문에 익숙한 평화 공원이 바티칸으로 보이기 시작했다. 정말로 말이다.

기묘한 억양의 호소는 낯선 문화권의 노래 같기도 했지만, 그럼에도 불구하고 약간 추측을 하면 모든 말을 이해할 수 있었다. 젊은 날의 기억력은 정말 대단하다. 그 연설의 마지막 부분을 지금도 머릿속에서 재현할 수 있으니 말이다.

"하느님, 저의 목소리를, 들어 주십시오. 우리가 언제나, 증오에는, 사랑으로, 부정에는, 정의로, 온몸을 헌신하고, 가난 앞에서, 자신의 것을, 나누고, 전쟁 앞에서, 평화로, 응답할 수 있도록, 지혜와 용기를, 내려 주십시오. 아아, 하느님, 저의 목소리를, 들어 주십시오. 그리고, 이 세상에, 주의 끝없는, 평화를, 내려 주십시오."

하느님께 호소를 마친 교황이 연단을 떠나자, 청중들도 이리
저리 움직이기 시작했다. 나는 기스기를 돌아보았다. 그는 눈이
시뻘겋게 충혈되어 있었다.

"오길 잘했다, 그치?" 내가 그에게 물었다.

"오길 잘했어." 하고 기스기는 쉰 소리로 대답했다.

그날은 우리 둘 다 도시락이 아니라 점심 값을 받아 가지고
왔다. 텐소쿠 고등학교에는 빈약하지만 학생 식당이 있어서 우
동이나 국수 정도는 싼 값에 먹을 수 있었는데, 맛도 없고 양도
적어서 학교 밖에서 오코노미야키나 라멘을 사 먹고 오는 사람
들이 많았다. 사실은 교칙 위반이었다. 그러나 도시락을 가지고
오지 않은 학생들이 모조리 학생 식당으로 몰려들게 되면 식당
도 감당이 안 될 것이고, 학교 주변 음식점으로부터 손님을 빼앗
는 일이 되기도 해서 교사들도 까다롭게 따지지는 않았다. 학교
로 돌아가도 4교시 수업에 들어가기 애매한 시간이어서 우리는
공원에서 잠시 시간을 보낸 다음 적당한 가게에서 오코노미야키
를 먹었다. 오코노미야키는 시내 어느 곳에나 있었다. 라멘집이
오히려 드물었다.

평소대로였다면 그날도 아마 나와 기스기는 '달걀, 국수 곱빼
기'로 먹었을 것이다. 밀가루 반죽, 튀김 부스러기, 숙주, 양배추
를 넣은 부침개 두 장 사이에 보통은 돼지고기, 달걀, 국수 사리
나 우동 사리를 추가해 달라고 주문한다. 그런데 고등학생이라

는 생물은 도대체 열량을 얼마나 쓸데없이 소비하는지 그 정도
로는 저녁 때가 되기 전에 말끔하게 빈속이 되어 버린다. 그래서
질보다는 양을 위해 고기를 포기하고 그 대신 국수 사리를 두
개, 때로는 세 개 넣어서 먹는 것이 유행하고 있었다. 달걀까지
포기해 버리면 아무래도 맛이 영 아니었다.

　점심시간이 끝나기 전에 학교로 돌아왔는데, 자전거 세워 놓
고 학교 건물로 가는 도중에 식사 후 산책을 하고 있던 우리 담
임에게 들켜 버렸다.

　"어이, 다히라." 하며 그는 손짓했다. 야마무라라는 성씨의 중
년 영어 교사였다. 교실 사용을 쉽게 허락해 주기 때문에 경음악
동호회에서는 고마운 존재였다. 그런 만큼 이 선생님에게는 찍
히고 싶지 않았다.

　"그냥 솔직하게 말해. 나쁜 짓을 한 것도 아니잖아."라는 말만
남기고서 기스기는 갈 길을 갔다.

　나는 선생님에게 다가갔다.

　"지금 등교하는 거냐?"

　"네."

　"거짓말하지 마라. 아침에 있었잖아."

　"그러니까 두 번째 등교입니다."

　"어디 갔었어?"

　"평화 공원이요."

　그는 눈이 둥그레졌다. "로마 교황?"

"네."

"무슨 소리인지 알아들을 수 있었어?"

"일본말로 했어요."

"그래?" 하며 그는 손을 턱에 갖다 댔다. "좋은 얘기를 하던?"

"우리가 아니라 하느님한테 기도하던데요."

"끝까지 듣고 온 거냐?"

"네." 나는 고개를 끄덕였다.

선생님도 끄덕였다. "그렇다면 됐다. 출석으로 해 두마."

그는 사탄의 앞잡이가 아니었다.

내가 안노 선생님의 실루엣에 변화를 알아차린 것은 그날 방과 후 연습하러 갔을 때였다. 그래서 날짜까지 분명하게 기억하고 있는 것이다. 기 싸움을 한 가을날 이후로 선생님하고 말을 주고받은 적은 한 번도 없었고, 혹여 선생님이 나에게 할 말이 있는 경우에는 다른 부원을 통해서 전했다. 가까이서 같은 공기를 마시고 있는 것도 싫은지 옆을 지날 때조차 획 하니 잰 걸음으로 지나쳐 갔다. 교사로서 적절한 태도인지 의문이었지만 이상하게도 나는 유쾌했다. 생글생글 웃는 낯으로 나를 대하는 사람이라도 속으로는 무슨 생각을 하는지, 나를 좋아하는지, 싫어하는지 알 길이 없다. 하지만 안노 선생님이 나를 싫어하는 것은 확고한 사실이었다. 돌이켜 보면 어린 시절의 커뮤니케이션은 대개 이런 차원이었다.

남의 감정을 시각이나 청각으로 알 수 있다면 초능력을 가진

것이나 다름없다. 시간을 들여서 상대의 속마음을 알아볼 필요
도 없을뿐더러 쓸데없는 불안감에 싸여 잠을 설치는 일도 없을
것이다. 우리가 공상 과학 영화처럼 초능력을 얻는 일은 불가능
하더라도 주변에 그 능력을 줄 수는 있다. 안노 선생님처럼 마음
을 행동에 바로 투영하기만 하면…….

그날 여전히 빠른 걸음으로 내 앞을 지나쳐 가는 안노 선생님
의 잔상이 이상하게 뚱뚱하게 남았다. 피아노에 앉은 모습을 뚫
어지게 보았다. 예전에도 저런 멜빵 치마 차림으로 학교에 온 적
이 있었나? 어제는 어떤 옷을 입었지? 생각났다. 스웨터 위에 헐
렁한 셔츠를 걸치고 있었다.

나는 음악실을 둘러보았다. 요오가 선배가 교단 위를 걸어 다
니면서 트럼펫 피스톤을 움직이고 있었다. 나는 콘트라베이스를
옆으로 눕혀 놓고 그에게 다가갔다. "안노 선생님 배가 큰데요."

"전에 말해 줬잖아. 내가 그랬지?" 어떻게 못 알아들었냐고 신
기해하는 표정이었다. "누구 애냐고 네가 물었잖아. 니이미가 알
고 있어."

임신했으니 누군가의 애가 틀림없겠지만 요오가 선배는 흥미
가 없는 모양이었다.

생각해 보니 나도 흥미가 없었다. 어디서 근무하는 몇 살 먹
은 남자라고 들어 봐야 아, 그렇구나, 하고 끝일 것이었다. 흥미
있는 것이라면 선생님이 출산 휴가를 내게 되면 지도 교사가
누구로 바뀌느냐는 것 정도였다. 니이미 선배라면 뭔가 알고 있

을지도 모르지만 굳이 찾아가서 물어보고 싶은 마음은 들지 않았다.

2학년 니이미 가오리 선배는 클라리넷을 했다. 매우 명랑한 성격—이런 평가가 무난할 것이다. 정보통임을 자부하고 있어서 듣는 쪽이 관심을 가지고 있건 말건 교사나 부원들의 사생활을 친절하게 조목조목 알려 줬다. 그냥 흥미로 남 이야기를 들을 때는 재미있지만 생각해 보면 나에 대해서도 다른 곳에 가서 뭐라고 말할지 모르는 것이니 말하자면 양날의 칼 같은 존재였다.

내 콘트라베이스가 있는 곳으로 돌아가 줄을 조율하면서 먼 발치에서 흘깃흘깃 선생님을 보고 있었더니 바로 그 니이미 선배가 뭔가 할 말이 있는 표정으로 다가왔다. 그런데 그 순간 악보를 들고 있던 나가쿠라가 그녀를 불렀다. 왠지 모르게 한숨 놓이는 기분으로 나는 악기를 들고 다른 교실로 이동했다.

그날은 또 다른 일까지 겹쳤다. 모임 후에 코넷의 다마가와 선배가 가까이 와서 귓가에 대고 "다히라, 지금 에이 트레인에 간다." 하고 이미 결정된 사항처럼 말했다. 이 선배는 항상 이렇게 속닥속닥 비밀 이야기를 하는 것처럼 말을 하는 사람이었다. 이미 이 지역 음대에 합격해서 이제는 졸업만 앞두고 있었는데 연습할 장소가 없어서인지 예전보다 오히려 더 열심히 음악실을 드나들고 있었다.

"라이브예요? 다마가와 선배가 나가요?"

"내가 나가는 거면 벌써 리허설 하러 갔지. 오늘 밤은 정규 멤버가 연주하는데 마지막에 잼 세션이 있거든. 그러니까 너도 낄수 있어."

"재즈는 아직 무리예요."

그는 웃었다. "그럼 잘 들어 둬. 오늘 연주하는 베이시스트는 실력이 끝내준다."

"돈이……."

"내가 쏠게."

나는 아직 에이 트레인에 발을 들여놓은 적이 없었다. 두 개의 악기를 연습하고, 신문 배달을 하고, 거기다 공부까지 해야 해서 나름 하루하루를 바쁘게 보내야 했고, 무엇보다 놀러 다닐 돈도 없었다. 다마가와 선배가 출연하면 보러 가야겠다고 생각했는데 2학기 이후로 그는 대입 시험 때문에 라이브 활동을 쉬고 있었다. 다마가와 선배가 돈까지 내준다면 더 바랄 것이 없었다. 나는 살짝 긴장하면서 "지금 준비할게요."라고 대답했다.

연습실에서 콘트라베이스를 정리하고 있는 나에게 쓰지 선배가 다가와서 물었다.

"재즈 카페에 가자고 그러던?"

다마가와 선배와 이야기하는 것을 보고 있었던 모양이다.

"아니, 에이 트레인이요."

"거긴 아직 안 열었어. 먼저 후쿠로마치에 있는 재즈 카페로 갈 거야."

"그래요?"

그는 의미심장한 미소를 지었다.

"작년에는 나보고 가자고 했어. 너도 조심해라."

"뭘요?"

"이것저것 다. 재즈 카페에서 이상한 곡 신청하지 마라. 갑자기 팩하니 토라질 수도 있으니까."

"네에. 그럼 어떤 곡이 무난할까요?"

"일렉이 나오는 건 하지 마. 그렇군, 올해는 너구나."

"혹시 제가 뭔가로 뽑힌 건가요?"

"아니…… 아마 록 좋아하는 사람을 교육하는 게 즐거운 모양이지."

쓰지 선배는 혼자 웃더니 말을 이어갔다. "그러고 보니 다마가와 선배는 스카치 닮지 않았냐?"

나는 검은 스코티시테리어를 머리에 떠올렸다. "개 종류요?"

"무슨 소리를 하는 거야? 스카치 형사(최장기간 드라마 〈태양을 향해 외쳐라〉에 나온 형사 역할) 말이야. 배우 오키 마사야가 연기했던."

"아, 약간 닮았네요."

배우처럼 잘생긴 미남도 아니고 키도 별로 크지 않았지만 부분적으로 오키 마사야 비슷하긴 했다.

쓰지 선배가 말한 대로 앞서 가던 다마가와 선배의 자전거는 후쿠로마치 골목으로 들어가서 멈춰 섰다. "여기 좀 있다가 가자. 초반 무대는 들어 봐야 별거 없으니까."

그 재즈 카페의 이름은 기억나지 않는다. 얼마 전에 근처에 갈 일이 있어 우연히 그 골목을 발견하고 들어가 봤지만 가정집들이 늘어서 있을 뿐 카페는 흔적조차 없었다. 원래 일반 주택을 개조해 놓은 카페였다. 친척 집의 어수선한 마루에 들어간 것 같았다. 그러나 진공관 앰프를 중심으로 한 오디오 시스템과 카운터 뒷벽을 가득 메우고 있는 LP판은 압권이었다.

"마스터. 클리포드 브라운(미국의 재즈 트럼펫 연주자). 그리고 평소에 마시던 걸로 두 잔."

평소에 마시던 거라고 해 봐야 그냥 커피일 뿐이었지만 다마가와 선배의 그 말투가 짜릿할 정도로 멋있었다. 우리는 긴 의자에 나란히 앉아 LP판 다섯 장 정도 들으며 그 가게에서 시간을 보냈다. 가게 주인은 카운터 너머에서 음반을 바꿀 때 말고는 꼼짝 않고 책만 읽고 있었다.

4인용으로 보이는 긴 의자였는데도 다마가와 선배가 어깨를 바짝 붙이고 앉아서 신경이 쓰였지만 큰 소리가 울리는 가운데 "이 솔로, 괜찮지?" 같은 말을 하려면 어쩔 수 없겠지 하고 이해했다. 선배가 신청하고 싶은 곡 없냐고 해서, "빌 에반스 트리오(재즈 피아니스트 빌 에반스, 베이시스트 스콧 라파로, 드러머 폴 모시안이 1960년대에 결성한 재즈 트리오)요." 하고 말했다.

"센스 좋은데." 선배는 내 어깨를 잡고 좌우로 흔들었다. "옛날에 쓰지를 데리고 왔더니, 그 녀석은 네이티브 선(1978년에 결성된 일본의 퓨전 음악 밴드)이 최고라면서 신청을 하더라고. 그놈은 글

렀어. 제대로 된 음악을 가르쳐 줄까 했는데 전혀 쓸모가 없는
놈이야."

쓰지 선배의 충고가 없었다면 나도 그런 짓을 저질렀을지 모른다. 수많은 어쿠스틱 재즈 중에서 피아노 트리오를 고른 이유도 모처럼 이런 곳까지 온 거면 베이스가 잘 들리는 곡을 듣고 싶다는 생각에 지나지 않았다.

"빌 에반스는 죽었지."

"맞아요. 무슨 병이었지요?"

"마약인 모양이더라. 너 마약은 하지 마라."

"네에."

어쨌든 그 가게의 음향 시스템으로 듣는 스콧 라파로의 소리는 감동적이었다. 이 천재 베이시스트는 에반스의 죽음보다 20년이나 앞서서 겨우 스물다섯 살에 요절해 버렸다. 교통 사고였다.

슬슬 시간이 됐다며 다마가와 선배가 카운터로 가서 돈을 냈다. 나는 잘 마셨다고 고개를 숙인 다음 그대로 에이 트레인까지 선배를 뒤따라갔다. 그곳은 전철이 다니는 길이 바라다보이는 작은 빌딩의 지하에 있었다. 자전거를 건물 뒤편에 놓고 뒷문을 통해 들어가 계단을 내려갔다. 작은 책상 앞에 앉아 있는 점원에게 다마가와 선배가 입장료를 냈다. 그 뒤에 있는 문이 열렸다. 일렉 베이스의 굵직한 소리가 귀를 막았다. 다마가와 선배가 나를 뒤돌아보며 얼굴을 찡그렸다.

안에는 담배 냄새로 가득했다. 손님은 반가량 차 있었다. 대학

생들로 보이는 밴드의 구성은 드럼, 베이스, 기타, 피아노, 트럼펫에 테너 색소폰으로 비교적 평범했는데 기타와 베이스가 울림통이 없는 솔리드 바디였다. 다마가와 선배는 뒤쪽 테이블에 나를 앉게 하더니 옆에 있는 바 카운터에서 종이컵에 든 맥주를 두 잔 사 가지고 돌아왔다. 마실 생각은 없었지만 일단 손에 들고 입만 댔다. 다마가와 선배는 내 옆에 붙어 앉았다.

밴드의 음악은 퓨전이 많이 가미된 재즈여서 나는 좋았는데 다마가와 선배는 불쾌해 보였다. 특히 재즈 블루스 곡에서 기타가 하드 록처럼 일그러진 음색으로 솔로를 시작했을 때의 반응이 대조적이었다. 나는 금방 화색이 도는 표정이 되어 옆을 바라본 반면에 다마가와 선배는 도저히 들어줄 수 없다는 듯이 자리에서 일어나 트럼펫 케이스를 어깨에 메고 나가 버렸다. 하는 수 없이 혼자서 베이시스트의 손가락 움직임만 열심히 쳐다보고 있었다.

다마가와 선배는 그 밴드가 무대에서 내려가자 자리로 돌아와 악기를 테이블에 올려놓았다. 문 바로 밖에서 끝나기를 기다리고 있었던 모양이다. "귀가 썩는 줄 알았네."

나는 억지웃음을 지었다. 항상 이런 식이면 나갔다 다시 들어왔다 하느라 참 힘들겠다 싶었다. 다음 밴드가 다마가와 선배가 보고 싶어 하던 그룹이었다. 아까 그 밴드에서 기타를 빼고 베이스를 콘트라베이스로 바꾼 악기 구성이었다. 멤버는 모두 중년이었다. 내 눈에는 일반적인 음악을 얌전하게 연주하는 밴드라는 정도의 인상이었지만 인기가 많은지 어느새 가게 안이 사람들로 꽉 찼고, 익숙한 느낌의 솔로 연주가 끝날 때마다 박수갈채가 쏟아졌다. 다마가와 선배도 기분 좋게 다리를 까딱까딱 움직이고 손뼉을 쳤다. 나도 따라서 하기는 했지만 왜 이런 의식에 참가하고 있는지 모르겠다는 생각이 든 것도 사실이다.

다마가와 선배에게는 의식이 아니었다. 어느 트럼펫 솔로 연주가 끝난 뒤 나는 막 박수를 치려다가 손을 다시 테이블로 내려놨다. 다마가와 선배가 박수를 치지 않고 있었기 때문이다. 어리둥절한 표정으로 보았더니 얼굴을 가까이 대고서 "한 음 잘못 불었어."라고 말했다.

도대체 어떤 반응을 해야 된단 말인가.

피아노가 업 템포로 〈어텀 리브스Autumn Leaves〉(에디트 피아프가 부른 유명한 상송)를 치기 시작했다. 그게 신호였는지 트럼펫과 색소폰이 무대에서 내려왔고 그 대신 객석에 있던 너덧 사람들이 무대 아래로 모여들었다. 모두 젊었고, 관악기를 들고 있었다. 다녀올게, 하고 다마가와 선배도 아끼는 코넷을 들었다.

그들은 순서대로 마이크 앞에 서서 연주했다. 처음에는 재미있는 이벤트가 시작되었구나 싶어 열심히 보았지만 세 번째부터는 지겨워졌다. 생각해 보면 당연한 일이었다. 아마추어가 집에서 편곡하고 연습해 온 솔로를 가게가 마련해 준 자리에서 연주하는 데 불과했으니까. 일종의 노래방이었다. 모두들 시작은 순조로웠다. 그런데 하다 보니 머릿속이 뒤죽박죽이 됐는지 마지막까지 불지도 못하고 그만두는 사람도 있었다. 그러면 도중에 피아노 솔로가 되어 버렸다. 다마가와 선배는 그래도 당당한 편이었다. 그러나 별 볼 일 없다고 생각한 그 밴드의 트럼펫 주자가 얼마나 잘하는 사람인지 절절하게 느끼게 해 주었다.

〈스타터스트Stardust〉(호기 카마이클이 1927년에 낸 재즈 스탠더드 음반)의 인트로가 흘러나와 나는 기뻤지만 관악기를 하는 사람에겐 별로 반가운 곡이 아닌지 무대로 올라가는 사람이 확 줄었다. 이어진 〈스위트 조지아 브라운Sweet Georgia Brown〉(1925년도에 벤 버니가 낸 재즈 스탠더드 음반)에서는 다마가와 선배 이후로 아무도 올라가지 않아서 그 밴드의 색소폰 주자가 무대 위로 뛰어 올라 갔다.

전곡을 솔로로 연주했다는 게 자랑스러웠는지 자리로 돌아온 다마가와 선배는 신이 나서 맥주를 새로 사 마셨고, 내 컵에 있던 맥주도 마셔 버렸다.

"오늘 정말 감사했습니다." 내가 일어서서 고개를 숙였다. 한참 전부터 졸려서 어쩔 줄을 모르고 있었다. 신문 배달 때문에 저녁 여덟 시만 되면 졸음이 쏟아지는데, 벌써 아홉 시가 넘은 시간이었다.

"도움이 됐지?"

"네. 그리고 선배, 멋있었어요."

"그래?" 그는 내 눈을 지그시 쳐다보았다.

난처해져서 "정말 대단했어요." 말하고 고개를 끄덕였다.

나란히 밖으로 나왔다. 1층은 불이 꺼져 있었다. 어두컴컴한 복도를 따라 뒷문으로 향하고 있는데 느닷없이 다마가와 선배가 "다히라." 하면서 몸을 밀착시켜 왔다. 나는 깜짝 놀라 벽으로 물러서며 가방을 떨어뜨렸다. 다마가와 선배의 얼굴이 내 코에 부딪쳤다. 아야, 하며 입을 벌렸다. 그 틈에 선배의 혀가 내 입 안으로 밀려 들어왔다. 너무 큰 충격이어서 그의 손이 내 가랑이 사이를 헤집고 있다는 것도 바로 알아차리지 못했다.

그는 입을 맞춘 채로 "가만있어. 가만있어. 내가 기분 좋게 해 줄게."라고 말했다.

그가 내 바지 지퍼를 내릴 때에야 어떤 사태에 직면했는지 확실하게 깨달았다. 이 사람은 동성애자다. 나도 그와 같은 부류거나 혹은 얌전하게 명령을 들을 사람이라고 생각하고 있다. 그리고 이 사람은 클럽의 최고참으로 나의 2년 선배다.

다마가와 선배는 내 허리에 팔을 두르면서 앞에 쭈그려 앉았다. 나는 그의 팔을 잡아 뺀 다음 어깨를 밀쳐 버렸다. 그가 뒤로 벌러덩 넘어졌다. 나는 가방을 주워 들 틈도 없이 전차가 다니는 길가로 나 있는 출입구 쪽으로 뛰어갔다.

"멋있다고 했잖아!"라는 고함 소리가 뒤에서 나를 쫓아왔다.

마침 지하에서 올라온 사람들 때문에 앞이 가로막혔다. 할 수 없이 2층으로 올라갔다. 아래쪽에서 다마가와 선배의 목소리가 들려왔지만 무슨 말인지 알아들을 수 없었다. 3층, 4층으로 계속 올라가면서 이건 마치 이야기로만 듣던 오키타 선배의 행동 같다고 생각했다. 나한테도 성적 트라우마가 있는 건가? 무슨 헛소리야. 이상한 건 저쪽이잖아.

3층까지는 사무실로 보이는 문이 늘어서 있었지만 4층부터 그 위로는 보통 아파트 같았다. 5층이 꼭대기였고, 더 올라갔더니 옥상으로 통하는 문이 있었다. 문은 바로 열렸다.

다마가와 선배가 부분적으로 닮은 오키 마사야가 '아버지, 열반에서 기다릴게.'라고 휘갈겨 쓴 유서를 남기고 게이오 플라자 호텔 옥상에서 떨어져 죽은 것은 그로부터 2년 뒤에 일어난 일이다. 그 이후로 어지간한 빌딩은 옥상에 좀처럼 나가기 힘들어졌지만, 그 전까지는 모두가 공유하는 공간 같은 느낌이어서 경치가 좋으면 누구든 올라가서 볼 수 있었다. 담배 한 대 피고 온다고 하면 옥상을 가리키는 경우가 대부분이었고, 별을 보는 것도, 불꽃놀이를 보는 것도 옥상이었다. 요오가 선배는 종종 주택 옥상에 마음대로 올라가서 영화 촬영을 했다고 한다.

벽의 윗부분이 구부러진 철조망으로 둘러싸인 아주 평범한 옥상이었는데, 건물 앞 도로가 불빛으로 가득해서 묘하게 밝았다. 밤바람이 싸늘했다. 사무실에서 필요 없게 된 책상과 사물함을 쌓아 놓아 비바람에 그대로 노출되어 있었다. 여기까지 쫓아오면 그 다음은 급수탑인가? 아니, 상대는 한 명이니까 틈을 봐서 계단으로 뛰어 내려가는 게 맞겠지.

문을 살짝 열고서 귀를 기울였다. 발소리는 들리지 않았다. 다마가와 선배 혀의 감촉이 떠올라서 자꾸 침을 뱉었다. 문에 등을 기대고 쭈그려 앉았다. 밤하늘을 올려다보았다. 오리온자리 별세 개만큼은 알아볼 수 있었다. 〈스타더스트〉의 꿈같은 멜로디를 생각하며, 아까 본 베이스 연주자처럼 다리를 손가락으로 퉁겼다. 그 연주자가 재즈 베이시스트로 어느 정도 실력을 가지고 있는지는 모르겠지만 미끄러지듯이 옆줄로 이동하던 그 손가락의 움직임이 자꾸 생각났다.

위를 올려다보니 참으로 아름다운 밤하늘이었다. 문득 그 하늘에 르네상스 시대의 성모상처럼 배가 불룩한 안노 선생님의 모습이 떠올랐다가 사라졌다. 그 모습은 한순간의 착각 같은 이미지여서 다시 떠올리려고 애를 써 봐도 다시는 나타나지 않았다.

그 대신 로마 교황의 목소리를 기억해 내기로 했다. 하느님, 저의 목소리를, 들어 주십시오. 우리가 언제나, 증오에는, 사랑으로, 부정에는, 정의로, 온몸을 헌신하고, 가난 앞에서, 자신의 것을, 나누고, 전쟁 앞에서, 평화로, 응답할 수 있도록, 지혜와 용기를, 내려 주십시오. 확신에 찬 좋은 목소리였다. 오늘은 정말 너무 많은 일들이 한꺼번에 일어났다.

만약 여기까지 쫓아오지 않으면 나는 다마가와 선배를 용서할 것이다. 존경하는 마음은 변함이 없으며 그를 이해하려고 노력할 것이다. 하지만 선배는 어떻게 생각하고 있는지 알 수 없었다. 오키타 선배도 급수탑 위에서 이런 생각을 했을까? 마치 그녀의 패러디를 하는 것 같은 나의 모습이 싫었고, 의식과 연결되어 있는 육체가 징그러웠다.

딱 한 번만 백혈병으로 죽어 버린 여자아이에 대해 언급하겠다. 나는 그녀에 대한 얼마 안 되는 기억 속에서 빙글빙글 돌아가는 풍차처럼 해맑게 웃는 얼굴을 끄집어내고서 "이런 데까지 와 버렸어." 하고 그녀에게 말을 걸었다. 그녀가 살아 있는 또 다른 차원의 세상을 상상하면서. 그쪽 세상의 나는 여기 있는 나보다 훨씬 더 그녀를 좋아하고, 그녀만 바라볼 수 있으면 그 외에는 아무것도 필요하지 않을지도 모른다. 오르골 상자처럼 자그마한 세상에서 우리는 언제까지나 서로를 마주 보며 웃고 있을 것이다.

'이런 데'라는 것은 내가 살아가는 이야기가 아니라 그녀는 알지 못하는 그녀의 죽음 이후의 나날들을 가리킨다. 이 시대를 말한다. 시간은 흘러간다. 전쟁이 일어나든 누가 죽든, 혹은 아무리 세계가 엉망으로 일그러진다 해도 시간은 아무 감정 없이 그냥 지나쳐 가 버린다.

다마가와 선배는 옥상으로 올라오지 않았다. 나는 계단을 내려갔다. 가방은 1층 복도 벽에 기대어져 있었다. 나는 자전거를 타고 집으로 돌아왔다. 현관에서 신발을 벗고 있는데 "오빠 왔어?" 하고 여동생이 양치질을 하면서 복도로 나왔다. 여동생을 쳐다봤더니 나에게 손가락질을 했다.

"남대문 열렸네."

그 순간만큼 여동생 앞에서 당황했던 적이 없다.

옷을 갈아입고 쓰지 선배에게 전화해서 따졌다. "왜 안 가르처 준 거예요?"

"뭘 말이야? 왜 이렇게 흥분해서 난리야?"

"다마가와 선배 말이에요."

"다마가와 선배가 뭐?"

"왜…… 게이라고 말 안 해 준 거예요?"

"역시 모르고 있었구나. 하긴 나도 처음에는 아무것도 모르고 따라갔지만. 왜, 무슨 짓 하던?"

"무슨 짓이고 뭐고."

"너 빨렸냐?"

노골적인 표현에 헉하고 놀랐다. "밀쳐 내고 도망쳤어요."

"그 인간 뒤끝 작렬인데."

"어떻게 하면 되죠?"

"대학 개강하면 더 이상 클럽에 안 들락거리겠지. 그때까지는 무슨 소리를 들어도 그러려니 해."

"무슨 소리를 하는데요?"

"네 태도가 냉랭하면 자기가 당할 뻔했다는 둥 이상한 소문을 흘리겠지."

나는 크게 한숨을 내쉬었다. "클럽은 이번 학기 끝날 때까지 안 나갈게요. 사람들한테는 적당히 말해 주세요."

갑자기 내뱉은 말이 아니라 집에 돌아오면서 내내 생각했던 일이었다. 만성적인 수면 부족 때문에 몽롱한 상태로 보내는 수업 시간이 많았다. 클럽을 마치고 집에 돌아와 저녁을 먹고 나면 벌써 눈이 반쯤 감겨 있었다. 그 뒤에는 "물만 끼얹고 나오냐?"라고 어머니가 놀릴 정도로 재빨리 몸을 씻고 숙제를 하기에도 바빴다. 요즘 들어서는 경음악 연습 때 말고는 일렉 베이스의 케이스를 열어 보지도 못했다. 나는 지쳐 있었다. 일상생활 중의 뭔가 한 가지를, 잠시 동안만이라도 빼놓아야겠다고 생각하던 차에 오늘 같은 일이 발생한 것이었다.

"뭐라고 말할까? 다마가와 선배가 무서워서 못 나온다고?"

"아니, 그냥 아무 말도 하지 말아 주세요."

"정말로 쉴 거야? 너도 참 유리 멘탈이다."

"어차피 시험도 얼마 안 남았으니까 실제로는 많이 쉬는 것도 아니에요."

"남자라면 말이야, 눈을 지그시 감고, 금발 미녀가 빨아 준다 생각하면서 참았어야지. 다마가와 선배 끝내주게 잘하는데. 나는 그때 너무 좋아서 싸 버렸어."

"정말이에요? 진짜로?"

"그럼! 그 뒤로 중독이 되어서 요즘에는 가나코한테 매일 해 달라고 할 정도라고."

"진짜로요?" 하고 다시 물었지만 스스로도 무엇이 진짜냐고 물은 건지 몰랐다. 진짜, 진짜, 하고 쓰지 선배는 계속 긍정했다. 한동안 미우라 가나코의 얼굴을 똑바로 쳐다볼 수 없겠구나 생각하면서 전화를 끊었는데, 시간이 흐르면서 아무래도 놀림당한 것 같은 느낌이 자꾸 들었다.

고등학교 졸업 후의 다마가와 선배에 대한 이야기를 더 해 둔다. 어느 재즈 전문 웹 사이트에 그의 행적이 간결하게 정리되어 있는 것을 사쿠라이 선배가 발견했다. 나는 그 글을 읽고 감동해서 눈물을 흘렸다. 아래에 영어 원문을 의역해 놓는다.

'음악 대학 중퇴 후 단신으로 미국에 건너가 가난과 싸우면서 뉴욕을 거점으로 연주 활동을 계속했다. 1998년 마약 소지 혐의로 경찰에 체포되었으나 증거 불충분으로 불기소 처분되었다. 구치소에서 알게 된 재즈 드러머 휴버트 닉슨과 의기투합하여 밴드 니쿠타마를 결성했다. 2년 후에 발표한 첫 번째 메이저 앨범은 전문지로부터 기적의 콤비네이션이라고 절찬을 받았다. 2005년에 닉슨과 동성 결혼을 하기 위해 벨기에로 이주했다.'

나가쿠라 류타로는 듬성듬성해진 머리카락을 빗은 모양이 왕년의 파마머리를 떠올리게 하는 것 말고는 마치 전혀 딴 사람처럼 변해 있었다.

"오랜만이네, 다히라 군. 하나도 안 변한 것 같아." 부드러운 미소를 지으며 악수를 먼저 청했다.

"너는 정말 많이 변했다." 나는 악수에 응했다. 그의 손은 두툼하고 따뜻했다. "그래도 건강하게 잘 있는 것 같아서 다행이다."

"보기만 그렇지. 동맥경화가 심해서 담배를 끊으라는 의사의 명령을 받고서야 겨우 금연에 성공하기는 했는데, 그러고 났더니 살이 찌더라고."

그를 기다리는 사이에 피우던 담배꽁초가 쌓인 재떨이를 테이블 가장자리로 밀었다. "나도 되도록 참아 볼게."

"안 그래도 돼. 내가 금연을 못 한 가장 큰 이유가 마누라야. 아무리 같이 끊어도 마누라가 항상 먼저 포기하거든. 그래서 남의 담배 연기는 전혀 신경 쓰이지 않아."

나는 웃으면서 담배와 라이터를 주머니 속에 집어넣었다. 나가쿠라에게 완전히 마음을 연 상태가 아니었다. 나가쿠라한테서 연락을 받고 그의 직장, 그러니까 사립 슈린칸 고등학교까지 오기는 했지만 그는 학교 안으로 들어오라는 소리는 안 하고 근처 일본 가정식 식당에서 만나자고 했다. 그러는 편이 그냥 돌려보내기 쉽기 때문이라고 나는 짐작했다.

"요즘에는 점심을 거의 여기서 먹어. 싸거든." 가게 밖을 둘러싸고 펄럭이는 음식 사진이 프린트된 깃발에는 500 미만의 숫자들이 춤추고 있었다. 대학의 카페테리아를 학교 밖에 차려 놓은 것 같은 식당이었다. 묘하게 큼지막한 메뉴판을 펼치면서 그가 말했다. "뭐 좀 먹어도 될까? 다히라 군은 먹었어?"

"아니, 나도 주문해야지. 그렇지 않으면 미안할 것 같네."

나가쿠라는 버튼을 눌러 점원을 불러서 차가운 다누키 우동과 유부 초밥 세트를 시켰다. 나는 장국에 적셔 먹는 우동을 시켰다. 그때까지는 약속한 사람이 올 거라고 하면서 물 한 잔으로 버티고 있었다.

"음대에 들어간 줄은 모르고 있었는데."

"남들보다 많이 늦었어. 스무 살 때 아버지가 돌아가셔서 좋은 의미에서든 나쁜 의미에서든 신변이 가벼워졌다. 그래서 앞으로는 나 자신을 위해서 인생을 살아야겠다고 결심했는데 기껏해야 음악 교사 정도밖에는 생각이 안 나더라고. 공부를 한 것도, 학자금을 모은 것도 그때부터였으니까 정말 많이 늦었지."

"고생했네."

"그렇지도 않았어. 젊었으니까, 고생도 아니었지."

"지난번에는 깜박하고 말을 안 했는데 덴소쿠 고등학교에 계시는 기시오카 선생님한테 들었어. 나가쿠라라는 선생이 슈린칸에 있다고."

"그렇겠지."

"기시오카 선생님도 우리 학교 취주악부 선배라던데."

"알고 있어."

"네가 후배인 걸 그 선생님은 모르는 것 같던데? 숨긴 거야?"

"아니. 처음에 인사 나눌 때 얘기할 타이밍을 놓친 것뿐이야."

"클라리넷은?"

"그 뒤로는 손을 놨지. 이젠 아예 운지법도 잊어버렸어. 대학은 성악으로 들어갔고. 전공은 처음부터 교사가 될 생각에서 음악 교육으로 했어."

"그럼 사쿠라이 선배의……."

"안 돼, 안 돼. 어림없어."

음식이 나왔다. 서로 먹고 있는 동안에는 말을 안 했다. 사정은 벌써 전화로 얘기해 두었다. 그는 분명한 대답을 주지 않았고, 그냥 자기가 연락할 때까지 기다리라고만 했다. 일주일을 기다렸다가 내가 다시 연락했다. 조금만 더 기다리라고 했다. 다시 일주일을 기다렸다가 연락했다. 조금만 더 있어 보라고 했다. 그로부터 다시 일주일이 더 지나고서야 겨우 나가쿠라에게 연락이 와서 다음 주에 만나자고 했다. 그의 속내를 알 수 없는 이상 충견처럼 입을 벌리고 마냥 기다리고 있을 수밖에 없는 게 지금 내 입장이다. 아직도 기다리고 있다. 과연 슈린칸에 남는 악기가 있는지. 그걸 우리가 빌릴 수 있는 건지.

식사를 마친 나가쿠라는 손수건을 꺼내서 크게 코를 풀었다. 순간적으로 울음을 터뜨렸나 했는데 그냥 내 착각이었다.

1981년 2월 말부터 봄 방학이 끝날 때까지 나는 쓰지 선배에게 선언한 대로 취주악부에 나가지 않았다. 아무도 뭐라고 하는 사람이 없었다. 쓰지 선배가 골수염이라는 기가 막힌 구실을 생각해 내서 소문을 퍼뜨려 준 덕분이었다. "한동안은 일렉 기타밖에 칠 수 없는 정도."라는 말까지 덧붙여 준 덕택에 경음악 동호회에서 활동하는 데에는 지장이 없었다.

그런 내가 학년말 시험이 끝난 다음 딱 한 번 취주악부 모임에 나간 일이 있었다. 다마가와 선배 옆에는 절대 가기 싫어서 약간 느지막이 슬쩍 음악실로 들어갔다. 안노 선생님은 언제나처럼 피아노 의자에 앉아 있었다. 배는 내가 상상하던 것보다 눈에 띄지 않았지만 얼굴이 무척 창백해 보였다.

나가쿠라가 밴드를 이번 학년이 끝날 때까지만 하고 그만두고 싶어 한다는 말을 마부치와 이쿠다한테 들었다. 누가 물어봐도 이유를 말하려 하지 않는다고 했다. 선배에게는 마치 군인처럼 충성스러웠던 그가 처음으로 반항을 한 것이었다.

악기를 했던 기간이 길고 연습도 열심히 해 온 나가쿠라는 고등학생치고는 남달리 실력이 뛰어났다. 모든 사람들이 차기 콘서트마스터로 지목하고 있었고, 스스로도 그렇게 자부하고 있던 것으로 안다. 말하자면 1학년과 2학년의 중간쯤에 있는 존재로 1학년에게는 클럽을 대표하는 듯한 말투로 말했고, 선배들에게는 1학년 대표처럼 의견을 말했다. 실력이 뒤쳐지는 부원이 그만두겠다는 것과는 차원이 다른 얘기였다. 클라리넷 파트, 특히 오키타 선배의 흥분된 감정 상태가 다른 목관 사람들에게도 전염되어 아주 어색하고 긴장된 분위기가 클럽에 흐르고 있다고 이쿠다가 말했다. 나는 이쿠다가 너무 예민하다고 생각했지만.

"라이 군, 나가쿠라한테 이유를 좀 물어봐 줘. 동기들 중에서는 그래도 제일 친하잖아."

나가쿠라하고 친하다는 의식은 전혀 없었지만, 그 말마따나 이쿠다나 다른 애들보다는 그나마 얘기를 자주 한 편이었다. 그래 봐야 이유는 아마 클라리넷 파트의 유일한 남학생으로서 외톨이가 되기 쉬운 나가쿠라가 말을 걸 만한 사람이 마찬가지로 외톨이처럼 혼자 있는 나였다는 것에 지나지 않겠지만. 그래도 물론 그런 식으로 부탁을 받으니 기분이 나쁘지는 않았다.

모임에서 나가쿠라는 말을 한마디도 안 했고, 내 자리에서는 얼굴도 제대로 보이지 않았다. 끝나자마자 서둘러 돌아갈 채비를 하는 걸로 봐서 어떤 표정을 하고 앉아 있었는지 상상은 갔다. 음악실을 나서는 그를 따라갔다. "나가쿠라."

그는 비상계단 앞에서 이쪽을 흘깃 쳐다보기는 했지만 걸음을 멈추지는 않았다. 나도 계단을 따라 내려갔다. 자전거를 세워둔 곳으로 향하는 그와 나란히 걸었다.

그는 앞쪽에 시선을 둔 채 "뭐 할 말 있어?" 하고 말했다.

"그만둔다며?"

"그만둘 거야."

"다들 이유를 알고 싶어 하던데."

"꼭 말할 필요는 없잖아." 그는 나를 뿌리치려고 걸음을 재촉했다. 자전거가 있는 곳에 도착했다. 나가쿠라의 자전거는 앞줄에, 내 것은 저 안쪽에 세워져 있었다. 그가 자전거 앞 바구니에 가방을 던져 넣고 바퀴에 채워 놓은 자물쇠를 푸는 것을 보고는 허겁지겁 내 자전거 쪽으로 뛰어갔다.

정문 즈음에서 따라잡았다. 나가쿠라는 속도를 늦추지 않았다. 계속 따라갔다. 두 대의 자전거는 파밭이 띄엄띄엄 있는 주택가를 지그재그로 달렸다. 공항으로 가는 버스가 다니는 길가로 나왔다. 나가쿠라는 어두컴컴한 느낌의 찻집 주차장에 자전거를 세우더니 내렸다. 불량 학생답게 TV 게임이라도 하러 들어가나 싶었지만 아니었다. 뒤따라 자전거에서 내린 나에게 "야 이 새끼야, 왜 자꾸 따라와!" 하고 소리를 지르기 위해서였다.

건달 같은 말투에 눈살을 찌푸려졌다. "집에 같이 갈까 해서."

"뭔 소리야. 너랑은 방향이 다르잖아."

"그럼 내가 좀 돌아가지 뭐. 앞으로는 너 보기도 힘들잖아."

"네가 뭔데 그런 소리를 지껄이는 거야? 친구도 아닌 게 누구 허락받고 친한 척하고 지랄이야?"

"허락이 필요한 거면 네가 허락해 주면 되잖아."

"맞는다!"

"때려. 화 안 낼게."

나가쿠라는 가까이 다가와서 내 교복 가슴팍을 움켜잡았다. 나는 어깨의 힘을 뺐다. 나가쿠라 같은 타입을 마주하는 게 처음은 아니었다. 이런 애들이 저항하지 않는 상대를 진짜로 때릴 확률은 한없이 제로에 가깝다. 만약 진짜로 때린다면 그건 약간 병적인 정신 상태를 가진 놈이기 때문에 재빨리 물러나는 수밖에 없다. 그러나 나는 나가쿠라가 건강하다는 것을 알고 있었다.

몇 초 후에 역시 그는 예상대로 힘을 풀었다. "따라오지 마."

"그만두는 이유를 말해 주면."

"너한테 그런 걸 물을 권리가 있어?"

"난 있다고 생각해. 선배들한테는 말하지 않아도 되지만, 우리는 이제 2학년으로 올라가. 그럼 클럽의 중심이 되잖아. 네가 클럽을 그만두게 되면 남아 있는 우리가 그만큼 더 열심히 해야 하니까."

"제대로 나오지도 않는 놈이."

"골수염……." 하고 변명을 하려다가 그만두었다. "그러네. 미안하다. 지금까지 불성실했던 건 내가 사과할게."

나가쿠라의 손에 다시 힘이 들어갔다. "너도 말이야, 내가, 그래도 클럽에 있는 동안에는 조금이라도 수준을 높여 놓으려고, 얼마나……."

나는 깜짝 놀랐다. "전부터 그만두려고 작정했었어?"

그는 손을 놓았다. "빨리 가. 내 눈앞에서 꺼지라고!"

"전부터 그만둘 작정이었으면 그동안 내가 속은 셈이네."

"누가 속였다고 그래. 올 초에 사정이 바뀌었단 말이야. 아버지가……."

"아프셔?"

"뇌출혈로 쓰러졌어. 아직도 의식이 없어." 주차장으로 차가 들어와서 우리는 자전거를 끌고 인도로 나갔다. 나가쿠라가 자전거에 올라탔다. 나는 그 핸들을 잡았다. "그래서?"

"이거 놔."

나는 무시했다. "그래서?!"

"그래서 모르겠다고. 정시제로 옮기고 일을 시작할지, 그러면 졸업하는 데 시간이 오래 걸리니까 이대로 다니면서 야간 일을 찾을지, 학교를 그만둘지, 지금은 아직 아무것도 모르겠다고. 모르니까 설명도 못 해. 그래도 어쨌든 클럽을 계속할 시간이 없는 것만큼은 확실하니까."

덴소쿠 고등학교에는 4년제 주간 정시제 반이 있었다. 전일제의 일반 고등학교와는 학생들 사정이 너무 달라서 수업뿐만 아니라 행사도 별개로 진행되었고 교류도 거의 없었다. 규모가 다른 두 개의 학교가 같은 부지 안에 공존하고 있는 느낌이었다.

"선배들한테도 그렇게 설명하면 되잖아."

"그럼 처음에는 동정하겠지. 하지만 입에서 입으로 전해지는 사이에 우리 집 형편이 어려워져서 클럽을 그만뒀다는 얘기만 남게 된다고. 잘 사는 애들은 그게 어떤 기분인지 모를 거야." 그는 갑자기 정신이 든 것처럼 나를 째려보더니 "이제 됐지? 혼자만 알고 입 다물고 있어. 공연히 여기저기 나불거렸다가는 불알을 확 뽑아 버릴 테니까."라고 말했다.

"아무한테도 얘기 안 할 거고, 너를 말리지도 않을 거야. 클럽을 그만둬도 음악은 계속할 수 있는 거고……."

"클라리넷도 없는데?" 하며 내 말을 가로막았다. 험악한 눈길이, 그 채로 젖어 들었다. "거봐. 너도 모르잖아. 넌 일렉 사려고 일한다며? 대단한 일이야. 그걸 비웃지는 않아. 하지만 나는 집세 내고 우리 가족들 먹여 살리기 위해서 일하는 거야. 겨우 석 달만에 집 안이 텅텅 비어 버렸어. 이젠 팔아 치울 물건도 없다고."

대답할 말이 없었다. 나가쿠라는 페달을 밟기 시작했다. 나는 따라가지 않았다.

이튿날 수업이 끝난 후에 음악실에 나타난 그는 일단 조립한 클라리넷을 한 번도 불지 않고 다시 분해해서 정성 들여 청소하고는 케이스에 넣어 연습실 선반에 돌려놓았다고 한다. 아무하고도 이야기하지 않았고, 다만 떠나기 전에 교실 안쪽을 향해 오래도록 고개를 숙여 인사했다고 한다.

봄 방학이 지나고 새로운 학년이 시작되자 중학교에서 취주악을 한 신입생들이 곧바로 클럽에 들어왔고, 나가쿠라가 썼던 클라리넷은 그 중 한 명에게 돌아갔다. 수업 끝난 후에 음악실에 나와 당당하게 왔다갔다하는 그들의 모습은 귀엽기도 했고, 짜증이 나기도 했다. 작년에 우리도 저랬나 하는 생각이 들면서 왠지 선배들한테 미안했다.

결국 나가쿠라는 정시제 반으로 옮겨 갔고, 그 후로 졸업할 때까지 우리가 만날 기회는 한 번도 없었다. 다만 그해 봄에 딱 한 번, 신입생을 맞이하여 재편성된 클라리넷 파트가 안뜰에서 연습하는 것을 학교 건물 안에서 몰래 내다보고 있는 그의 모습을 나는 목격한 적 있다. 내 눈이 나빠서 그랬는지 그의 얼굴에서 아무런 표정도 읽지 못했다. 다가가서 인사라도 할까 말까 망설이는 사이에 그는 창가에서 자취를 감췄다.

"그래서 악기 말인데……." 25년 후의 나가쿠라가 상반신을 뒤로 젖혔다. "약간 남기는 하는데 안타깝지만 학교하고 관계가 없는 일반인들에게 빌려 주지는 못하게 되어 있어."

"그래? 하긴 그렇겠지." 나는 끄덕였다. "고맙다. 기대를 하지 않았다면 거짓말이겠지만 반쯤은 포기하고 있었어."

"미안하다. 그래도 일단 윗선한테 물어는 봤는데 안 된다고 하더라고. 그 대신이라고 하는 건 아니지만." 그는 꽉 껴 보이는 폴로셔츠 가슴 주머니에서 접힌 종이 한 장을 꺼내 테이블 위에 펼쳤다. B♭Cl (3), Fl (2), A.Sax (1), T.Sax (1)…… 내가 전부 다 읽기도 전에 그가 말을 이었다. "덴소쿠에서 오랫동안 사용되지 않았던 악기들 목록이야. 몇 년씩 케이스도 열어 보지 않은 것들이라서 수리가 필요한지 어떤지도 모르는 상태야. 그러니까 음악실에서 가끔씩 사라져도 아무도 알아차리지 못할 거야. 기시오카 선생님 말고는."

나는 놀라서 숨을 들이쉬었다. "부탁해 준 거야?"

"딱히 부탁을 한 건 아니야. 그냥 몇 번 술이나 같이 마신 것뿐이지. 만약 다히라 군이나 사쿠라이 선배가 한 번만 더 가서 고개를 숙였으면 똑같은 메모를 받았을 거야."

나는 말없이 고개를 숙였다.

"이제야 겨우 후배라는 걸 커밍아웃했다. 나도, 틀림없이 한때는 그 클럽에 있었으니까."

"있었지. 그것도 중심에 있었지."

"이제 슬슬 너희들 인생을 따라잡았나 모르겠다."

나는 일부러 크게 웃었다. "무슨 소리를 하는 거야? 우리가 오히려 너를 쫓아갔는데. 아직 따라잡지 못했지만."

그는 고개를 저었다. 그리고 손목시계를 보더니 이제 들어가 봐야지, 하며 자리에서 일어섰다.

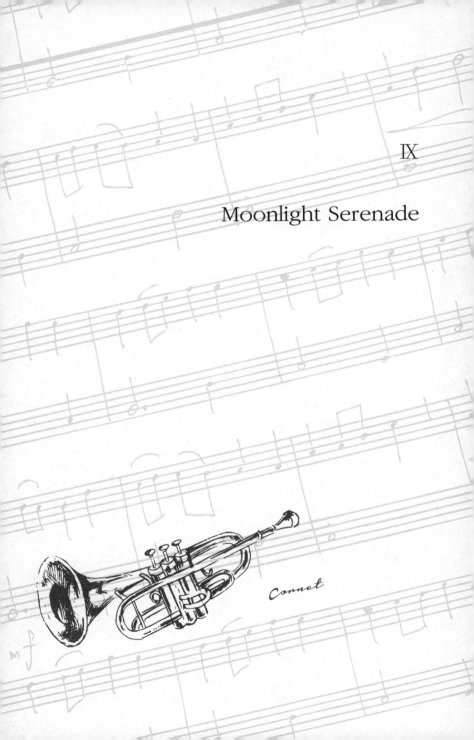

IX

Moonlight Serenade

Cornet

♩ ♪ ♫ ♬

클럽은 3학년 선배들과 나가쿠라가 사라지고 그 대신에 신입생들이 들어온 것만 변한 게 아니었다. 지도 교사가 바뀌었다. 4월 신학기를 맞은 학교에서 안노 선생님의 모습이 보이지 않았다.

안노 선생님의 임신은 공공연한 화제였다. 내가 들었던 소문들만 적겠다. 상대는 부교재 판매업자로 처자식이 있는 유부남이었다. 작년 봄부터 몰래 교제하고 있었는데 선생님이 임신한 사실을 알자 아기를 지우라고 다그쳤고, 끝까지 거부했더니 회사를 그만두고 가족들을 데리고 종적을 감춰 버렸다. 그 시기에 선생님의 임신 사실이 심한 입덧 때문에 교무실에 다 퍼졌다. 그녀가 온갖 중상모략을 피하기 위해 스스로 퇴직했는지, 공식 혹은 비공식으로 받은 사직 권고를 따랐는지, 아니면 그냥 단순한 출산 휴가 중인지 말하는 사람마다 견해가 달랐다.

음악 준비실은 히구치라는 1920년대에 태어난 여자 선생님의 아성이 되었다. 이미 은퇴했는데 갑자기 학교에서 복직을 요청해 돌아왔다고 했다. 그녀가 수업 이외의 근무를 기피했는지 취주악부의 지도 교사는 합창부 지도 교사인 구레바야시라는 마흔을 앞둔 남자 선생님이 겸임하게 되었다. 나는 이 교사하고 얼굴이 닮았다는 소리를 종종 들었다. 성실해 보이지만 믿음직스럽지는 않았고, 와카랑 와카랑—모르겠다 모르겠다— 하고 반복하는 게 버릇이었다. 그러다 보니 어느새 이 선생님을 와카랑이라고 부르게 되었다. 구레바야시樟林라는 한자를 와카랑이라고 읽어야 하는 줄 알았다는 신입생이 있을 정도였다.

게다가 이 사람은 원래 음악 교사도 아니었다. 대학 시절 글리 클럽(17세기 영국에서 글리라는 음악 장르를 노래하던 단체가 발상이며 현재는 주로 남성 합창단을 뜻한다)에 있었다는 이유로 합창부 지도 교사를 맡고 있지만 수학을 가르치는 교사였다. 처음에는 내가 연주하는 악기 이름도 몰라 "그 커다란 첼로."라고 말해서 부원들이 피식피식 웃었다. 자신은 원래 합창부 지도 교사라는 의식이 강했는지 가끔씩 이쪽 연습을 둘러보기는 했지만 막상 무슨 일이 있어서 찾아다니면 틀림없이 합창부가 연습하고 있는 강당에 있었다. 모임에 좀처럼 나타나지 않는 그를 대신해서 부장인 고히나타 선배가 모든 일을 주관하는 경우가 많았다.

안노 선생님은 지도 노트에 우리에 대한 메시지를 남겨 놓았다. 그 글을 우리에게 읽어 준 것이 와카랑 선생님이 취주악부 지도 교사로서 제일 먼저 한 일이었다. '롱 톤 연습을 게을리 하지 말 것, 강약 기호에 유의할 것, 숨 쉬는 타이밍을 연주할 때마다 바꾸지 말 것' 등과 같이 철저하게 실무적인 메시지였다. 그것을 쓴 안노 선생님의 미간 주름이 눈에 떠오르는 듯해서 처음에는 엄숙한 분위기였던 음악실이 키득거리는 웃음소리로 가득 찼다. 와카랑 선생님은 영문을 몰라 얼굴을 들었다. 마지막 항목에 이르러서는 듣고 있던 2학년 이상의 모든 부원들이 배를 잡고 웃었다.

"합주곡 선정은 신중하게 할 것. 특히 재즈나 록은 절대 금지."

내 생활에도 큰 변화가 있었다. 나가쿠라가 클럽을 그만둔 뒤로 생각을 계속해 오다가 봄 방학 때 나는 아버지에게 상의했다. 일렉 베이스를 사기 위해 빌린 돈 갚는 일을 고등학교 졸업 뒤로 미루면 안 되겠느냐고. 3학년 여름이 되면 취주악부에서 은퇴한다. 앞으로 1년 몇 개월 뒤면 내 인생에서 취주악이 사라진다. 다시 만날 수 있으리라는 보장은 없다. 나가쿠라에게는 그 시점이 약간 일찍 왔을 뿐이다.

나는 처음으로 단순히 취주악부에 녹아드는 데 그치지 않고, 이 클럽을 지탱하는 대들보가 되고 싶다는 바람을 갖게 되었다. 소리가 작은 악기를 하고 있어도 어떤 식으로든 존재감을 드러내고 싶은 마음이 생겼다.

이런 심경의 변화에는 경음악 동호회 활동에 대해 한때 실망한 것도 크게 작용했다. 취주악부를 쉬고 있는 동안에 나는 몇 번이고 그냥 이대로 그만둬 버릴까 하고 생각했다. 그런 만큼 일렉 베이스에 집중하고 싶어서 퍼시먼 멤버들에게 일주일에 한 번씩 악기점에 있는 연습 스튜디오를 빌려서 합주하는 시간을 지금의 두 배로 늘려 보자고 제안했다. 나눠서 돈을 내면 그다지 부담이 가는 액수도 아니었다. 그러나 3대 1로 졌다. 나를 제외한 나머지 세 명의 이유가 돈 때문이 아니라는 사실에 나는 충격을 받았다. 그 정도로 잘하고 싶은 마음이 없다는 것이었다.

아연실색하고 있는 나에게 악기 경력 반년인 드러머가 다가와서 말했다. "다히라, 네가 답답해하는 심정은 이해해. 브라스밴드에서도 매일 베이스를 치는 너는 아무리 일렉 초보자라고 해도 우리들보다는 훨씬 잘하니까. 잘 따라갈 수 있으면 참 좋겠다는 생각은 해."

"그러니까 같이 맞춰 보는 시간을 늘려서……."

"네가 더 이상 실력이 늘지 않고 여기서 그대로라면 나도 언젠가는 따라잡을 수 있을지도 몰라. 하지만 실제로는 아마 가면 갈수록 차이가 더 벌어질 거야. 우리는 점점 더 재미가 없어질 테고, 이 밴드에서 너한테 쫓겨날 수도 있어."

"내가 어떻게 그래? 그럴 자격도 없고."

"아니야, 이제는 그럴 자격이 있다고 봐. 누가 봐도 네가 우리 밴드의 리더 격이니까. 그래도 나는 될 수 있으면 내년까지는 지금처럼 즐겁게 노는 것 같이 밴드 활동을 계속하고 싶어. 다 같이 음악을 하지만 그 중에는 나처럼 생각하는 사람도 꽤 있다는 걸 네가 이해해 줬으면 좋겠다."

머리로는 이해할 수 있었다. 그가 아주 괜찮은 녀석이라는 것도 알 수 있었다.

신문 배달을 그만두고 난 이후로, 일단 내 자신이 무엇보다 취주악부의 현 베이스 주자임을 확실히 자각하고 그때까지처럼 적당히 얼버무리는 일 없이 확실히 연주하는 것을 목표로 삼았다. 가와노에 선배한테서 받은 교본을 처음부터 다시 찬찬히 읽어 보고는 내가 기본적인 자세부터 제대로 잡히지 않았다는 점과 공연히 활을 움직여서 음량만 키우려고 했지 롱 톤, 그러니까 긴 음도 제대로 내지 못한다는 점을 깨달았다. 피아노 앞으로 악기를 들고 가서 음정을 맞춰 보니 내가 내는 도레미 소리는 평균율의 도레미와 전혀 달랐다. 그때까지 내가 냈던 소리는 밴드에서 완전히 빗나가 있었던 것이다.

처음부터 다시 시작해야 했다. 언제부터인지 나는 악보를 노려보면서 콘트라베이스를 연주하게 되었다. 쭉 가나다로 표기해 왔던 나는 여태껏 악보조차 잘 보지 못했는데 도레미 표기의 악보를 보고 연주하려니 엉뚱한 소리를 내는 경우도 종종 있었다. 그러나 악보에 표시되어 있는 것은 음정이나 음의 길이만이 아니었다. 템포, 강약, 조 변화, 이탈리아어로 표기된 뉘앙스 등 간단하게 통째로 외워 버릴 수 있는 정보량이 아니었다. 그런 것도 깨닫지 못한 채 지난 1년을 보냈던 것이다.

모임 후에도 남아서 연습하는 게 습관이 되면서 나는 제일 늦게 귀가하는 부원 중 하나가 되었다. 언제나 가방 속에 교본이 들어 있었다. 밤에는 일렉 베이스를 콘트라베이스처럼 세워놓고 복습했다.

퍼시먼은 어디까지나 친구들끼리 재미로 하는 밴드라고 마음속에 딱 선을 그어 놓았다. 걱정했던 것만큼 지겹지는 않았다. 눈을 감고 어깨 힘을 빼 멤버들의 소리에 맞추고 있으면 밴드가 내는 모든 소리가 들렸다. 그것은 서툴더라도 나름 서로 다른 네 가지의 노랫소리였고, 네 개의 얼굴이었다. 예전에 내가 얼마나 주위 사람들의 소리를 듣지 않고 연주했는지 알 수 있었다. 아이러니라고 할까, 아니면 얻어 걸렸다고 할까, 콘트라베이스의 음색에 신경을 쓰게 된 나는 그와 동시에 바람직한 일렉 베이스의 음색도 발견할 수 있었다. 결코 주변을 방해하지 않는 소리, 그러면서도 숨지 않는 소리, 조용하게 밴드를 감싸 안는 소리. 강물과 같은 소리. 이불과 같은 소리.

어느 날 감색 야마하를 치는 기타리스트가 내게 말했다. "다히라, 방금 어떻게 친 거야? 지금 그 느낌, 진짜 듣기 좋다."

나는 퍼뜩 정신이 들어서 그의 얼굴을 쳐다보았다. 잘 친다거나 기술이 좋다거나 하는 소리를 들은 적은 있어도 듣기 좋은 연주라는 말은 처음이었다.

그해 봄 취주악부는 창설 이래 처음이라고 할 정도로 많은 신입부원들을 맞이했다. 나중에 약간 줄어들기는 했지만 처음에는 2, 3학년을 합쳐 놓은 것보다 더 많았다.

마부치의 남동생도 호른을 불고 싶다면서 들어왔다. 마부치 나쓰히코라고 했는데 그냥 보기에는 남매가 전혀 닮지 않았다. 호른은 우리 학년에도 없고, 바로 위 학년에도 없어서 아라마타 선배가 은퇴한 뒤로는 없는 파트가 되어 있었다. 그래서 마부치는 중학교에서 호른을 하기는 했지만 고등학교 들어가면 남의 눈에 잘 띄는 운동부에 들어가야겠다고 마음먹고 있던 남동생에게 만약 덴소쿠에 들어오게 되면 운동부 포기하고 취주악부로 들어온다는 약속을 받아 냈다. 그런 약속을 어기지 않았다고 하면 아주 말 잘 듣는 동생처럼 보이겠지만 내 눈에는 지극히 계산적이고 득이 안 되면 손 하나 까딱 안 할 타입으로 보였다. 깝죽거리면서 나대는 스타일이기도 했다.

지금은 어떤지 모르지만 당시 이 지역의 공립 고등학교는 종합 선발 제도였다. 소위 뺑뺑이 돌리기다. 그러니까 고등학교 입학시험을 본 학생들은 합격 불합격이 결정된 다음에 지역 내 여러 공립 고등학교 중 한 곳으로 적당히 배정받는 방식이었다. 희망 순위를 제출할 수는 있지만 그대로 된다는 보장은 없었다.

마부치는 남동생에게 그런 약속을 받아 낸 대신에 벌써 집에서 방을 바꾸어 준 상태였다. 그 전까지 마부치는 별채처럼 집 밖에 있는 조립식 건물을 방으로 썼고, 나쓰히코는 2층의 다다미 6개짜리 방을 썼는데 언제나 누나의 방을 부러워했다고 한다. 그러니까 나쓰히코가 덴소쿠 고등학교를 지망 학교 하위에 썼으면 갖고 싶은 누나의 방을 차지하면서 자기가 원하는 운동부 생활도 할 수 있었을 가능성이 크다. 그는 분명히 그랬을 것이라고 나는 생각한다. "이 학교로 올 줄 몰랐는데."라고 투덜대는 소리를 들은 적이 있기 때문이다.

"결과도 모르면서 어떻게 선선히 방을 바꿔 줬어? 방만 빼앗기고 네 생각대로 안 되었을지도 모르잖아." 경위를 들은 내가 그렇게 마부치에게 말했다.

"남의 오라도 볼 수 있는 내가 동생이 어떻게 될지 모르겠어?" 그녀는 당연하다는 듯이 말했다.

현 베이스는 신입생을 맞이하지 못했다. 클럽 견학 날에 나름 대로 열심히 유치 활동을 했지만 나와 콘트라베이스 조합이 영 매력이 없었는지, 아니면 너무 매력적이어서 다가오기 힘들었는지 잘 모르겠다. 클럽에 들어온 신입생들이 자기 주변에 경험자나 흥미가 있는 사람이 없는지 찾아봐 주기도 했지만 잠시 보러 온 사람조차 없었다. 하기야 가와노에 선배와 나 사이에도 1년의 공백이 있었다. 혼자 하기에도 벅차서 누군가를 가르칠 자신이 없던 나로서는 오히려 고마운 환경이라고 할 수 있었다. 내년에 어떻게든 되겠지.

파트 연습이 무조건 개인 연습이 되어 버린 나를 불쌍하게 여겼는지 플루트 파트나 클라리넷 파트가 같이 맞춰 보려느냐고 물어볼 때가 있었다. 클라리넷 신입생에 마쓰바라 미야코라는 재미있는 여학생이 있었다. 좌우 비대칭으로 자른 쇼트커트 머리에 네모난 검정색 뿔테 안경. 아마 엄청나게 멋을 부린 것이겠지만 "저 머리 자기 손으로 자른 것 아냐?" 하고 뒤에서 쑥덕이는 사람도 있었다.

같이 해 보자는 소리를 듣고 클라리넷 파트가 있는 교실로 악기를 들고 간 나에게 "다히라 선배, 이거 칠 수 있어요?" 하며 악보를 건네주었다.

〈문라이트 세레나데Moonlight Serenade〉의 베이스용 악보 복사본이었다. 심플한 진행이어서 연습하지 않고도 대충 칠 수 있었다. 그녀는 대단하다고 기뻐하면서 다른 클라리넷에게도 악보를 나눠 주었다.

"전 이 곡이 세상에서 제일 좋아요. 이 곡을 하고 싶어서 클라리넷을 시작한 거예요." 하며 눈을 반짝였다.

"이거 재즈 아냐?" 오키타 선배가 안경을 손에 들고 악보를 들여다보면서 물었다.

"아니에요." 마쓰바라는 단호하게 말했다. "이건 명곡이에요."

"그러니까 재즈 명곡이잖아." 니이미 선배가 웃으며 말했다.

"아니라니까요." 마쓰바라는 나를 보았다. "선배, 재즈는 원래 전부 애드리브로 하는 거잖아요? 이건 악보대로 부는 거니까 명곡이죠?"

명곡이라는 말의 정의가 기묘하기는 했지만 완전히 틀린 말도 아니었다. 공연히 설명하다가 오해가 더 심해질까 걱정되어서 "재즈라고 다 애드리브로 하는 건 아니야."라고만 얘기해 두었다.

"그래요?" 하며 살짝 놀라는 것처럼 보였다. "선배, 잘 맞춰 주세요."

그녀는 메인 멜로디를 불기 시작했다. 나는 허겁지겁 따라갔다. 완성도로 봐서는 그리 대단하지 않았지만 곡의 느낌만큼은 감미롭기 그지없었던 이 이중주가 클라리넷 파트 사람들에게 준 충격은 어마어마했다. 곡이 채 반도 넘어가기 전에 모두가 운지법을 확인하기 시작했다. 그리고 그날로 〈문라이트 세레나데〉는 덴소쿠 고등학교 취주악부 클라리넷 파트의 테마곡이 되었다.

이러는데 색소폰이나 트럼펫이나 트롬본이 가만히 보고 있을 리가 없었다. 이 곡을 클라리넷 파트가 불기 시작하면 재빨리 달려가서 같이 연주하는 것이 클럽 멤버들 사이의 새로운 게임이 되었다. 악기가 큰 나는 그렇게 하기 좀 버거웠지만 그래도 말할 수 없이 즐거웠다.

그러나 모든 클럽 부원들이 이 게임을 즐길 수 있는 것은 아니었다. 마쓰바라가 가지고 있던 악보는 재즈 빅 밴드용이었지 취주악용으로 편곡된 악보가 아니었다. 그러니까 글렌 밀러 스타일의 빅 밴드에는 존재하지 않는 악기—오보에, 플루트, 베이스 클라리넷, 호른, 유포니움, 튜바 등을 위한 악보는 존재하지 않았다. 이것이 하나의 불씨였다.

"슬슬 나가야지." 하며 아직 잠에서 덜 깬 선생님에게 입을 맞췄다.

그녀는 눈을 감은 채 말했다. "일하러? 쉬는 날 아니었어?"

"말했잖아. 오늘 덴소쿠 고등학교에서……."

"그거 진짜였어?" 그녀가 웃었다. 눈은 감은 채로. "여전히 사람만 좋다니까. 위 학년 애들이 꼬드긴다고 여탕을 훔쳐보러 따라갔을 때나 지금이나. 그냥 남들끼리 하는 결혼식인데."

"사쿠라이 선배는 남이 아니잖아."

그녀가 갑자기 눈을 번쩍 뜨더니 가슴을 풀어 헤친 채 벌떡 일어나는 바람에 나는 깜짝 놀라 침대에서 뛰어 내렸다.

"남이 아니라니?"

"……선배잖아."

그 말에 그녀는 다시 눈을 감고서 오리털 베개에 풀썩 엎어졌다. "다녀와. 아니, 안 와도 돼."

"언제까지?"

"내가 너 생각날 때까지."

인도향 냄새가 풍기는 이 방에 나는 요즘 사흘이 멀다 하고 들락거리고 있다.

내가 시코쿠에 갔다가 돌아온 날, 정기 휴일인 가게에 갑자기 찾아온 그녀는 어리광을 부리는 술주정뱅이와 위엄이 넘치는 교사가 하나의 육체를 절묘하게 나눠 쓰고 있었다. 예전에 내가 아파트까지 바래다주었던 일을 오랫동안 그냥 꿈이라고 생각했다고 한다. 그런데 어느 날 뚜껑을 열어 본 향로 안에 낯선 담배꽁초가 있었단다.

술집을 한다고 말한 기억은 없어서 어떻게 알았냐고 물었다. 그녀는 "담배꽁초가 이쪽이라고 하더라."는 말도 안 되는 소리로 얼버무릴 뿐 끝내 입을 열지 않았다.

그녀는 두 개의 말투를 잘 섞어서 나에게 몇 가지 명령을 했다. 나는 그 명령들을 따랐다. 선생님이 시키는 것을 곧이곧대로 했다고 오해할 것 같아서 자세히 말하자면 그녀의 명령은 크게 다섯 가지였다.

하나는 그날 자기를 위해서만 가게 영업을 하라는 것. 이건 문제없었다. 전화를 걸고 찾아온 가라키를 위해 달려와서 가게 문을 열어 준 적도 있었으니까.

두 번째는 술을 같이 마셔 달라는 것. 이것도 문제가 아니었다. 더구나 그녀는 처음부터 결코 싸지 않은 술을 주문하고서 그 술을 내게도 권했다. 고마운 일이었다.

세 번째 명령을 따를지 말지 결정하기는 한밤중에 둘 다 졸리기 시작할 때까지 한참 시간이 걸렸다. 이따가 다시 자기 집까지 바래다달라는 것이었다. 그렇게 되면 그녀를 품고 싶어지리라는 걸 알고 있었다. 딴 곳을 보면서 대화를 하면 지난번하고는 전혀 다른 사람이라고 착각할 만큼 그녀의 말투는 발랄했고, 눈초리가 마치 반드시 내 것이 될 수 있다고 믿는 먹이를 은근히 살피는 고양이 같았다. 그런 그녀를 바라보고 있는 것이 즐거웠고,

세대 차이가 점점 느껴지지 않았다. 그러면서도 그녀는 나의 예전 선생님이었다.

세 번째 명령에 따를 각오를 하면서 이미 작은 여행을 떠난 기분이었기 때문에 네 번째 명령과 그에 따라온 일련의 명령들에 대해서는 주저하지 않았다. 나도 마음만 먹으면 이탈리아 남자 저리 가라 할 정도의 봉사 정신과 유머를 발휘할 수 있었다. 네 번째 명령은 안고 키스하라는 것이었다.

자기 스승이었던 사람을 품고 싶다는 욕망은 선생님에게 혼자만 잘 보이고 싶은 어릴 적 심리의 연장이 아닐까? 지금 돌아보면 그런 생각이 든다. 적어도 다른 이와의 섹스에서는 맛볼 수 없는 황홀한 쾌감 같은 것은 없었다. 안도감, 쑥스러움, 그리고 약간의 자랑스러움이 뒷맛으로 남았다.

다섯 번째 명령은 요리였다. 다만 그 자리에서 하라는 것이 아니라 조만간 뭐든 보기 드문 요리를 만들어 달라며 집에서 나올 때 돈을 주었다.

"요리 잘하잖아?"

나는 고개를 갸웃거렸다. 가게를 하고 있으니까 잘할 거라고 짐작하는 건가?

"잊어버렸어? 여름 합숙 때 애들한테 오크라(아욱과의 야채. 자르면 별 모양의 단면이 나온다) 수프를 만들어 줬잖아."

그제야 생각났다. 완전히 잊어 먹고 있었다. "그럼 이번에야말로 제대로 된 검보(고기와 야채류가 들어가는 미국식 스튜 요리)를 만

들어 줄까? 그때는 엉터리였거든."

"그랬어?" 하며 그녀는 웃었다.

합숙소에 근처 농가에서 아이들 먹이라고 대량의 오크라를 갖다 줬다. 식사 때마다 그걸 썰어서 간장에 볶은 반찬이 나왔는데 풋내가 싫어서 입을 안 대는 사람들이 많았다. 그래서 도무지 줄어들지 않았다. 이걸 어떻게 처분하면 좋을지 모르겠다며 식사를 담당하던 농가 아주머니들이 선생님에게 말하는 자리에 학생들이 몇 명 있었다. 식당을 찻집 삼아 자유 시간을 보내고 있었다. 나도 그 자리에 있었다.

오크라 요리, 오크라 요리, 하며 고민에 빠진 선생님에게 내가 검보는 어떻겠느냐고 반쯤 농담으로 제안했다. 그게 뭐냐고 해서 미국 남부 요리인데 오크라를 중심으로 이것저것 들어간 잡탕 스튜다, 하고 아는 척했다.

이 제안은 호의적으로 받아들여졌다. 문제는 아무도 검보라는 요리를 먹어 본 적이 없다는 것이었다. 나도 글로만 읽어 봤을 뿐이었다.

"그럼 다히라 군이 만들어 봐."라고 선생님이 말했다.

농담인 줄 알았는데 그녀는 이제 문제가 해결되었다는 듯 시원해진 얼굴로 식당에서 나가 버렸다.

"오크라 어떻게 자를까?" 아주머니 한 분이 내게 물었다.

나는 하는 수 없이 주방으로 들어가 요리를 시작했다. 어머니가 입원했던 때가 있어서 남자 고등학생치고는 칼을 제법 익숙하게 다루는 편이었다. 그러나 뭔가 아는 요리를 만들려다가 듣도 보도 못한 요리가 나온 적은 있어도, 생전 보지도 못한 요리를 만들려고 나선 건 처음이었다.

잡탕이라고 했으니 뭘 집어넣어도 괜찮겠다면서 아주머니들이 냉장고와 바깥에 있는 저장고에서 남은 야채들을 계속 들고 왔다. 어떻게 자르느냐고 물을 때마다 나는 "적당한 크기로요."라고 대답했다. 고기 종류도 있는 편이 좋겠다고 말했더니 이 지방 것이라는 닭고기를 4, 5킬로그램이나 가지고 왔다.

제일 나이 많은 아주머니가 재료를 볶고 나서 끓이는 편이 맛있지 않겠냐고 했다. 따로 레시피가 있는 것도 아니어서 그 말에 순순히 따랐다. 대충 썰어 놓은 채소와 닭고기를 두 개의 커다란 국 냄비에 볶은 다음 물을 넣어서 끓였다. 이도 저도 안 되면 마지막에 고형 카레를 풀어야겠다고 마음먹었다. 보통 카레하고 다른 점은 오크라가 들어갔다는 것뿐이니까.

"그냥 끓이기만 하면 되나?"

"간은 마지막에 볼게요." 나는 무책임하게 대답한 뒤 주방에서 나왔다.

저녁 때 불가로 돌아간 나는 사태의 심각성을 깨달았다. 다른 반찬이 거의 준비되어 있지 않은 것이었다. 내 검보가 두 개의 국 냄비와 두 개의 불을 차지하고 있었기 때문인데, 아줌마들은 학생들이 그것을 좋아하리라고 마음을 푹 놓고 있었다. 거품만 걷어 났다는 국 냄비 뚜껑을 살그머니 들어서 국자로 휘저어 보왔다. 대량으로 넣은 오크라는 지름이 원래의 반 정도로 줄어 있었고, 그 대신 국물 전체가 걸쭉해졌다. 다른 채소들은 거의 녹아 버렸고, 닭고기도 짧은 면처럼 풀어져 있었다. 맛을 한 번 보았다. 바로 판단이 서지 않았다. 혹시 이런 걸 깊은 맛이라고 하지 않나?

아주머니들한테도 맛을 보라고 했다. 연배가 있는 아주머니는 너무 죽 같아서 이상하다고 했지만 다른 사람들은 맛있다고 했다. 우리를 도와준 것은 제철의 오크라였다. 원래 감칠맛이 강한 채소인데다 노지 재배여서 맛이 더 진했다. 소금과 후추로 적당히 간을 해 달라고 부탁한 다음, 이게 바로 검보라고 우기기로 했다. 요리는 부원들에게 생각보다 좋은 평가를 받았고, 몇 그릇씩 먹는 사람까지 있었다.

떡국이나 카레가 집집마다 맛이 다르듯이 검보 또한 그랬다. 내가 그 여름에 만든 검보도 그런 의미에서는 제대로 된 요리였다. 그러나 항상 배가 고픈 고등학생이 아닌 사람들도 그렇게 인정해 줄지는 좀 애매하다. 음식점에서 파는 검보에는 밀가루를 볶아서 만든 루와 다양한 향신료가 녹아들어 있다. 향기롭고 색도 곱다. 그런 점을 감안하면 그 합숙 때의 요리는 미완성의 음식을 모두가 맛만 본 것에 지나지 않았다.

지금도 선생님—이름을 부르려고 한 적도 있지만 자꾸만 웃음이 터져 나오는 바람에 실패했다— 집에서 음식은 내가 거의 다 했다. 처음에 선생님한테 받은 재료비가 너무 많아서 나머지를 돌려주려 했더니 냄비랑 부엌칼 값이라고 했다. 부엌에서 선생님이 할 수 있는 일이라고는 냉동 그릇에서 얼음을 빼는 정도밖에 없었다. 최소한 아이 한 명은 키웠을 텐데, 유모라도 쓴 거냐고 농담 섞인 말투로 물어본 적이 있었다.

"안 키웠는데?" 하고 그녀가 말했다. "유산됐어."

선생님의 과거에 대해서도 현재에 대해서도 모르는 것투성이지만 공연히 캐물었다가 또 과호흡 발작이라도 일으키면 큰일이라서, 그냥 내 눈앞에 보이는 이 여자에만 집중하고 그 외의 일에 대해서는 관심을 끄기로 했다. 언젠가 자기 입으로 말해 줄 날이 오겠지.

덴소쿠 고등학교를 찾아가는 것은 두 달 만이었다. 열 명이 모인다고 들었다. 멤버들 이름을 표로 만들어 봤다. 결혼해서 성이 바뀐 여성이라도 옛날 성으로 표기했다.

니이미 가오리 (B♭Cl)

마쓰바라 미야코 (B♭Cl)

아시자와 구미코 (Fl)

기미시마 히데쓰구 (A.Sax)

사쿠라이 히토미 (Tp)

고히나타 류이치 (T.Tb)

가사이 소노코 (T.Tb)

가라키 에쓰오 (Euph/Tu)

다히라 히토시 (E.B)

가시와기 미키 (Perc)

취주악단이라고 생각하고 보면 빈약하고 들쭉날쭉한 편성이지만 그래도 열 명이다. 대단하다.

안노 선생님 아파트에서 일단 집으로 돌아가 쓰지 선배한테 받은 일렉 베이스를 어깨에 메고, 손에는 소형 앰프를 들었다. 모임 인원수를 사쿠라이 선배한테 들은 이튿날 데즈카 악기점으로 가서 없는 돈을 털어 산 앰프였다. 취주악부 사람들이 이런저런 구실로 찾아오게 된 덕분에 예전보다 가게 수입이 좀 늘어서 바다가 갈라질 정도는 아니라도 기적은 일어났다. 재결성이다. 규모로 치면 3분의 1, 전체 인원수로 보면 4, 5분의 1 정도이기는 하지만 틀림없이 재결성이 이루어지려 하고 있다. 25년 만에 재결성하는 밴드가 또 어디에 있단 말인가?

약간 지각을 하는 바람에 내가 도착했을 때는 쪽문이 잠겨 있었다. 인터폰을 누르면 경비실로 연결되겠지만 기시오카 선생님이 우리에 대해 어떤 식으로 설명해 두었는지 몰랐다. 말이 어긋나면 곤란할 것 같았다.

담을 따라서 도로로 돌아갔다. 뒤쪽 뜰 한 귀퉁이에 지진 혹은 지반 침하 때문에 생긴 것으로 보이는 개구멍이 있었다. 바깥쪽에서는 전봇대에 가로막혀서, 그리고 안쪽에서는 나무들에 가려서 잘 보이지 않지만, 사람 하나 간신히 지나갈 수 있는 틈새가 있어서 학교를 땡땡이치는 학생들의 탈출구로 사용되곤 했다.

담벼락은 보수 공사를 한 흔적이 있었지만 옛날 그 개구멍은 그대로 있었다. 몇 년 전에 진도 6 정도의 대지진이 있었는데 그때 다시 벌어진 것인지도 모른다. 지진이 거의 일어나지 않는 지방이어서 그때는 정말 깜짝 놀랐다. 사상자는 많지 않았다. 이른 봄치고는 따뜻한 날이어서 화재도 일어나지 않았다. 고베 대지진 때를 교훈 삼아 가스관 같은 것도 잘 정비되어 있었던 모양이다.

새로운 개구멍은 마른 사람이라면 간신히 들어갈 수 있는 크기였다. 앰프를 담벼락에 올려놓고, 베이스를 구멍을 통해 안으로 밀어 넣은 뒤에 내가 들어갔다. 마치 고등학교 시절로 돌아가는 타임 터널을 지나는 것 같은 착각이 들었다.

들린다. 방금 그 부드러운 선율은 기미시마 선배다. 사쿠라이 선배의 하이톤이 거기에 겹친다.

저음에서 고음으로 몇 번씩 빠르게 치고 올라가는 금관 소리가 들려오자 나의 입가에 웃음이 번지면서 눈물이 고인다. 이건 고히나타 선배의 워밍업이다.

비상계단을 끝까지 올라가기가 겁이 났다. 모든 게 환청일 뿐이고 교실 안에 아무도 없으면 어떡하지?

문이 스스로 열렸다. 마침 교실에서 나오는 기시오카 선생님과 맞닥뜨렸다. 웃는 얼굴로 무슨 말을 하는데 뒤에서 나는 소리가 시끄러워서 들리지 않았다. 예전 일상이 재현되었다. 들은 척하며 머리를 숙였다. 선생님은 계단을 내려갔다.

교실 안으로 들어갔다. 그곳에는 밴드가 있었고, 다들 나를 향해 손을 흔들었으며, 그들 한가운데는 악기 케이스 더미가 쌓여 있었다.

사쿠라이 선배가 사람들 틈에서 걸어 나와 걱정스럽게 말했다. "기시오카 선생님한테 지휘를 부탁했는데 거절하더라고. 내가 부탁하는 방식이 또 잘못됐나?"

나는 고개를 갸웃했다. "기분 좋아 보이시던데요?"

콘트라베이스도 있었다. 나는 가방을 내려놓고 그 앞에 무릎을 꿇었다.

파란 천으로 된 커버를 본 순간부터 그런 예감이 들었는데, 지퍼를 열어 보니 그것은 정말로 내가 고등학교 시절에 쓰던 적 갈색 악기였다. 뒤쪽을 확인했다. 나도 모르게 웃음이 터져 나왔다. 박장대소를 했다. 다른 사람들도 모여들어서 함께 웃었다.

뒤판 아래쪽에 만화로 그린 웃는 얼굴 입모양처럼 나무판을 덧댄 반달 모양의 덮개가 있었다. 같은 모양의 큰 구멍을 메운 흔적이었다. 본래 색에 맞춰서 칠해 놓기는 했지만 아마추어가 한 것이라 확연하게 티가 났다. 1981년, 나에게는 두 번째 고등학교 문화제에서 취주악부 부원 절반이 저질렀던 바보짓의 흔적이었다. 그 일에 대해서는 나중에 설명하겠다.

그리운 콘트라베이스를 오랜만에 다시 보기는 했지만 나는 역시 일렉 베이스를 하게 되었다. 모처럼 큰마음을 먹고 산 앰프를 쓰기 위해서가 아니라 기미시마 선배가 요청해서였다.

입가에서 웃음을 떼지 못한 채 콘트라베이스를 세우고 줄의 감촉을 확인하고 있던 나에게 "다히라, 잠깐만. 그리고 가라키도." 하며 그가 다가왔다. "다히라는 가능하면 그쪽이 아니라 일렉을 했으면 좋겠다. 그러면서 가끔씩 낮은 음은 가라키한테 맡기고 테너 색소폰의 선율을 쳐 주면 좋겠어. 색소폰이 나밖에 없어서 말이야. 특히 쓰지가 없다고 생각하니 불안하다."

쓰지 선배의 오른팔에 대해서는 굳게 함구하고 있었다. 내가 들고 온 일렉 베이스가 그저 비슷한 물건이 아니라 선배의 악기 그 자체라는 사실을 아는 사람은 사쿠라이 선배밖에 없었다. 그럼에도 불구하고 쓰지 선배의 파트를 재현해 달라는 부탁을 받게 된 이 인연이 나는 놀라웠다. 물론 이의가 있을 리 없었다.

"알겠습니다. 그렇게 하는 편이 집에서도 연습할 수 있으니까 저는 더 좋지요." 이 말도 사실이었다. 좁아터진 집에 콘트라베이스는 못 들어간다. 혹시 들어갈 수 있다 해도 그러면 내가 못 들어가겠지.

그러다 보니 가라키의 튜바가 밴드의 가장 낮은 음을 떠맡게 되었다. 그도 알았다고 끄덕였다.

사실 그에게는 이시마키 선배가 은퇴한 뒤에 튜바 주자로 돌아간 경험이 있었다. 고히나타 선배 다음으로 부장이 된 사람은 기스기였다. 그는 특유의 영리함으로 사람만 많았지 단합도 안 되고 지도 교사도 있으나 마나 한 클럽을 재구성했다. 가장 독특

했던 전략은 가라키처럼 하나 이상의 악기를 경험한 부원들에게 악기를 정해 주지 않고 축구팀처럼 상황에 따라 자리를 바꿔서 배치한 것이었다. 안노 선생님 때라면 생각하지도 못했을 일인데, 예를 들면 체육 대회의 실외 연주에서는 1학년이 튜바 하나로 가느다란 소리를 내는 것보다 실력은 모자라도 가라키의 튜바가 가세한 소리가 훨씬 듣기 좋았다. 당사자들도 장차 프로 연주자의 길로 나갈 게 아니니까 악기를 이것저것 해 볼 수 있어서 더 즐거웠을 것이다.

기미시마 선배의 명예를 위해 그때는 내가 몰랐던 사실을 여기 덧붙여 둔다. 쓰지 선배가 없어서 불안하다고 했지만 매끄럽게 색소폰 연주하는 데 있어서는 기미시마 선배 쪽이 더 나았다. 그리고 대학에서도 취주악부로 활동했고, 사회에 나와서도 민간 악단에 소속되어 있었다. 그 뒤로도 혼자서 계속 불곤 해서 실력이 오히려 더 발전한 상태였다.

그는 삼십 대 중반에 열다섯 살 연하의 여성과 속도위반으로 결혼했다. 아기가 태어날 무렵, 그의 왼쪽 귀에 감음성 난청이 생겼다. 계속 이명이 들리기도 하고, 특정한 소리가 안 들리기도 하고, 다른 사람이 하는 말뜻을 알아듣지 못하기도 하는 병이었다. 신경 전달에 문제가 생겨서 발병한다고 하는데 아무리 검사해 봐도 귀의 기능에는 문제가 없었다. 그래서 치료할 방법이 없었다.

기미시마 선배의 왼쪽 귀가 거절하는 소리는 주로 전화벨 소리, 헤드폰으로 듣는 음악, 아기 울음소리, 그리고 빠르게 재잘대는 여자 목소리다. 부인의 말투가 딱 그래서 여러 가지로 불편하다고 했다. 왠지 짐작되는 바가 있었지만 천박한 억측은 삼가기로 한다. 어쨌든 부인한테 걸려 온 전화가 완전히 안 들렸을 때는—표시 제한된 번호로 자꾸만 전화가 걸려 와 받으면 아무 말이 없어 어이없어서 같이 술을 마시던 동료에게 전화를 건네주었더니 그 사람이 자기 부인이랑 이야기를 했다고 한다!— 진심으로 소름이 끼쳤단다. 자기가 부는 색소폰 소리가 안 들린 적은 아직 없는 모양인데, 주변의 악기 소리는 어떨지 모른다.

나랑 같은 학년에 오카무라 요시코라고 색소폰을 잘 부는 부원이 있었는데 2학년 때부터는 같은 반이기도 했다. 아 참, 그러고 보니까 반 배정에 대한 이야기를 하지 않았다. 덴소쿠 고등학교에서는 1학년에서 2학년으로 올라갈 때만 반이 바뀌었다. 2학년과 3학년은 반이 유지되었다. 대입 전에 어수선하게 만들기 싫어서였던 것 같다. 마부치와는 다른 반이 된 반면에 오카무라 요시코, 퍼커션의 후텐마 준, 그리고 이쿠다가 같은 반이 되었다. 마부치하고는 워낙 전생에 왕비와 개 사이라서 완전히 친해지기는 힘들었지만, 이 새로운 반 친구들과는 매우 사이가 좋았다. 다들 서양 음악을 좋아해서 말이 잘 통했다.

오카무라는 소프트 머신(1966년에 결성된 영국 록 밴드), 공(1967년에 결성된 프랑스 록 밴드), 헨리 카우(불협화음으로 유명한 재즈 록 심포니) 등 소위 캔터베리 록(영국 캔터베리 출신들을 중심으로 하는 프로그레시브 록)이야말로 록의 진수라고 주장하는 마니아적 취향을 가진 록 팬이었다. 후텐마는 전에 얘기한 대로 로커빌리를 좋아했다. 나는 그녀를 통해 진 빈센트를 알았다. 이쿠다의 음악 취향은 어디까지나 기타가 주축이었지만, 일렉 기타는 기본적으로 잡음으로 들리는 모양이었다. 닐 영(캐나다 싱어 송 라이터, 사회운동가)의 어쿠스틱은 아주 좋아했지만 크레이지 호스(미국 록 밴드)와 함께 연주한 음악은 도저히 들어줄 수가 없다고 했다. 나는 양쪽 다 좋았는데. 이쿠다는 존 렌본, 버트 잰쉬, 레오 코트케 등과 같은 포크의 명수들을 좋아했다.

그들하고 다른 점이라면 나는 엘비스 코스텔로(영국 록 싱어 송 라이터)나 엑스티시XTC(영국 뉴웨이브 밴드), 스퀴즈 등 너무 삐딱하게 가려다가 정면을 바라보게 된 것 같은 팝 록을 좋아했다. 퀸도 내 진영이었을지 모른다. 오카무라도 자주 듣곤 했다. 칩 트릭이나 더 카스(미국 록 밴드)는 틀림없이 내가 들고 있는 비장의 카드였다. 하드 록을 이해하는 사람처럼 구는 일도 종종 있었지만 레드 제플린(1970년대에 세계적으로 인기를 끌었던 영국 록 밴드)은 잘 알아도 딥 퍼플(영국 록 밴드. 하드록의 선두 주자)은 별로였다. 신기하게도 이쿠다 또한 레드 제플린에 대해서만은 어느 정도 이해한 것 같았다. 켈트 민요를 연상시키는 부분이 있어서였던 모양이다.

내게 각별했던 그룹은 더 밴드(1964년에 캐나다에서 결성된 록 밴드)였다. 중학생 때 영화관에서 많은 손님을 초대해서 공연한 그들의 해체 콘서트 영상을 본 적이 있었다. 마틴 스콜세지(미국 영화감독, 각본가, 제작자) 감독이 찍은 영화였다. 열네 살 때 머리에 박혀 버린 무언가를 바꾸기란 쉬운 일이 아니다. 그 영화에 기록된 것이 그대로 내가 생각하는 록의 정의가 되어 버렸다. 그 영화에 나오는 뮤지션은 다 좋아했다.

마찬가지로 영화에서 받은 영향으로 장고 라인하르트를 좋아했다. 루이 말(프랑스 영화감독)의 영화 《라콤 루시앙》 예고편을 극장에서 보고 그 음색과 이름이 머릿속에 선명하게 남았다. 루이 말의 필모그래피에는 1973년 작품이라고 되어 있는데 그 영화가 일본의 내가 살고 있던 도시까지 와서 상영되는 데에는 2, 3년의 시간이 걸렸을 것이다. 예고편을 본 시기가 리메이크한 《킹콩》이나 그 비슷한 영화를 가족이 함께 보러 갔을 때니까 얼추 맞는다. 라인하르트는 사십 대에 죽었는데 같이 연주했던 스테판 그라펠리(프랑스 재즈 바이올리니스트)는 참 오래 살았다. 그라펠리의 우아한 바이올린 연주가 귀에 익숙한 걸 보면 어쩌면 그 소리도 장고 라인하르트와 이어져 있는 문일지도 모른다.

이야기가 많이 빗나가 버렸다. 내가 클럽에 가입한 날 음악실에 급하게 뛰어 들어왔던 색소폰 파트 무리 중에 오카무라가 있었다. 기미시마 선배의 중학교 후배였고, 그때는 이미 클럽에 적응한 상태였다. 1학년 때는 알토 색소폰을 불었고, 이듬해에는 편성 때문에 테너 색소폰으로 전향했다. 그러니까 둘 다 불 수 있었다는 뜻이다. 그녀가 들어와 주면 기미시마 선배도 마음이 든든할 텐데, 안타깝게도 규슈로 시집을 가 버렸고, 아이가 아직 어려서 움직일 수가 없다고 했다. 기미시마 선배나 사쿠라이 선배보다도 오히려 본인이 더 아쉬워한다고 들었다.

어? 그럼 그때 색소폰 파트에 있던 사람은 이걸로 다인가?

아니, 또 있었다. 기미시마 선배부터 쓰지 선배, 오카무라, 미우라…….

"저기." 이번에는 내가 기미시마 선배에게 다가갔다. "사토 선배라는 분이 색소폰 파트 아니었나요? 아마 3학년 때까지 남아 있지는 않았던 것 같은데."

그렇게 물어는 봤지만 이름을 제대로 알고 있는 건지 자신이 없었다. 사이토였나?

"데쓰오 말하는 거야?"

"네." 그 이름이 맞았던 모양이다.

그래, 테너 색소폰에 분명히 또 한 명 있었다. 한 학년 위인 사토 데쓰오 선배. 우리 때는 정말 흔한 이름이었는데, 지금 생각해 보면 절묘하게 맞아 떨어진다. 있었다는 사실 자체를 내가 잊었을 정도니까. 인상이 얼마나 희미한지 도바시 선배도 못 따라갈 정도다. 아직도 얼굴이 기억나지 않는다. 어떤 소리를 냈는지도 기억에 없다.

기미시마 선배는 무슨 영문인지 웃음을 참고 있었다. "얼마 전에도 같이 한잔 했어. 같은 대학이었기 때문에 지금도 가끔씩 얼굴은 보지."

"그럼 오시라고 하지 그랬어요. 안 되는 이유라도?"

"피로연에는 초대했어." 사쿠라이 선배가 다가왔다. 그녀도 웃고 있었다. "하지만 걔는 연주 못 해."

나도 모르게 쓰지 선배가 떠올랐다. "……다쳤어요?"

"원래 못 했어. 고등학교 시절에도 하는 척만 했을 뿐이야."

한동안 머리가 돌아가지 않았다. 그게 무슨 뜻이지? 주변을 둘러보았다. 선배들이 모두 웃고 있었다. 동기나 후배들은 어리둥절한 표정이었다.

기미시마 선배가 말했다. "1학년 때 초보자로 클럽에 들어왔는데 입 모양이 이상한 건지, 아무튼 아무리 해도 방귀 소리 같이 지저분한 음밖에 내지를 못하는 거야. 그래서 롱 톤 연습만 끝없이 했지. 그런데도 무슨 일이 있어도 문화제는 나가고 싶다, 다른 학교에서 보러 오는 여자친구한테 멋있게 보이고 싶다고 하소연해서 우리 위 학년 선배들이 내보내는 주겠는데 그 대신 절대로 소리를 내지 말라고 명령했지."

"그거 실화예요?"

"실화야. 아마 선배들로서는 무대에 서지 말라는 뜻으로 그렇게 말했겠지. 그런데 데쓰오는 그 말을 곧이곧대로 듣고 부는 척하는 것을 필사적으로 연습했단 말이야. 그러다가 옆에서 진짜로 소리를 내는 쓰지가 오히려 립싱크를 하는 것처럼 보일 정도로 그럴듯하게 되었어."

"그럼 우리가 속고 있었던 거예요?"

"창피하니까 후배들한테는 말하지 말아 달라고 부탁하더라고. 그걸 몰랐다면 너희 잘못이지."

"우리는 그때 다들 초보자여서 자기 연주를 하느라……." 하면서 가라키 쪽을 돌아보았다. "너보다 고수가 있었네."

"그러게." 그는 얌전히 고개를 끄덕였다. "미나모토는 어쩌면 알고 있었을지도 모르지."

"걔는." 기미시마 선배는 미나모토 귀신이라도 찾는 사람처럼 음악실을 둘러보았다. 결국 고히나타 선배한테 물었다. "어땠어?"

"알고 있었어. 내가 알려 주기 전에 지가 먼저 알아차렸더라고. 안노도 마지막까지 몰랐는데."

정말로 몰랐는지, 아니면 모르는 척했는지 오늘 밤에라도 물어봐야겠다.

기미시마 선배는 계속 웃고 있었다. "쓰지 대신으로 무대에 세워 볼까? 그 연주하는 흉내는 거의 신의 경지인데. 소리는 다 히라, 네가 내고 말이야."

고히나타 선배는 실직한 상태였는데 그래도 전보다는 얼굴이 좋아 보였다. 지역 정보를 싣는 무료 신문으로 시작한 작은 출판사에서 올여름까지 일하고 있었다. 지역 정보지 붐이 가라앉은 후로는 유흥업소 정보를 다룬 무료 책자로 갈아탔는데 이게 괜찮게 풀려서 한때는 상당히 잘 나갔다고 했다. 그러나 인터넷이 보급되기 시작하자 업소들이 웹 사이트에 중점적으로 광고비를 쓰면서 인쇄 매체 광고에는 무게를 두지 않게 되었다. 사실 표지를 제외한 모든 내용이 광고로 이루어진 책자였고, 회사의 수입원이 달리 있는 것이 아니어서 비탈길을 굴러 떨어지듯이 상황이 악화되었다. 그만두기 전까지 고히나타 선배는 반년 동안 완전히 무급으로 일했다.

이혼한 상태여서 걱정할 가족이 없는 게 그나마 다행이라고 했는데, 어머니가 키워 주는 아들 양육비를 매달 보내고 있었으니 경제적으로 힘들기는 마찬가지였다. 전우를 저버리는 심정으로 사표를 쓰고 일자리를 찾으러 고용 센터를 드나들기 시작했을 때는 어쨌거나 그 상황에서 살아남은 자기 자신을 칭찬하고 싶은 심정이었다고 했다. 가난하면 머리도 안 돌아가게 되는지 어느 시기부터는 최종적으로 아들이 받게 되는 생명보험 액수만 자꾸 머릿속에 빙빙 맴돌더라고 했다. 의리나 체면을 따지지 않고 급여를 받을 수 있는 일거리를 찾아서 일해야겠다는 당연한 생각이 들지 않았다고.

학교에 남아 있던 트롬본은 심하게 훼손되어 있었다. 그래도 오랜만에 잡은 악기의 감촉이 그의 표정을 부드럽게 만든 것 같았다. 좋건 나쁘건 자존심이 강한 사람이고, 그만큼 남들을 강하게 끌어들이는 카리스마가 있다. 어디에 보람을 둘지만 잘못 판단하지 않으면 괜찮은 일자리를 찾을 것이다.

다른 멤버들에 대해서도 대략 얘기해 보겠다.

가라키는 여전하다. 오늘도 가사이 선배를 위해 장미 꽃다발을 들고 왔다. 지난번처럼 크지는 않았다.

"지난번보다 빛깔이 좋은 꽃을 발견해서요." 하며 내밀었다.

가사이 선배는 살짝 곤혹스러운 듯 웃었다. "이것도 생일 축하 선물이야?"

가라키는 어떻게 대답해야 할지 몰랐는지 "그냥 이것저것 다요." 하고 말했다.

아시자와 선배는 전통 있는 화과자 가게의 여주인이 되어 있었다. 가게 이름이 요시무라라고 하기에 결혼하고 바뀐 성인가 했더니, 그건 몇 대 조상이 유명한 과자점에서 독립해 나오며 받은 이름이라고 했다. 그럼 결혼한 다음에 바뀐 성이 뭐냐고 물었는데 대답해 주지 않았다. 성을 가르쳐 주면 유부녀가 되었음을 스스로 인정이라도 하게 되는 양 고집스러웠다. 가게를 이어받을 아들이 아직 없는 것 때문에 시댁 식구들이 자꾸 뭐라고 한다면서 "상관없어, 조만간 이혼해 버릴 거니까."라고 우리 가게에 와 입버릇처럼 말했다.

그날 그녀는 기시오카 선생님에게 주는 선물에다, 쉬는 시간에 우리가 먹을 과자와 찐빵까지 산더미처럼 싸 가지고 왔다. 우리 가게로는 모나카를 자주 들고 왔다. 술집에 무슨 모나카냐고 웃는 사람이 있을지 모르지만 술을 진탕 마신 다음에 달달한 것을 찾는 손님이 은근히 많았다. 예전에는 그런 사람이 있으면 할 수 없이 통조림 프루트 칵테일을 내주곤 했다. 요시무라의 모나카는 안에 든 앙금이 알맞게 달아서 취객들한테 인기가 좋았다.

적어도 20년은 플루트를 한 번도 불지 않았다고 했다. 악기도 "어딘가 있기는 할 텐데." 하면서 찾지도 않고, 그저 먹을 것이라도 가져다 줘야겠다는 사명감으로 온 듯했다. 그랬다가 사쿠라이 선배가 재촉해서 남는 플루트를 들고 픽픽 불더니 어느덧 얼굴 표정이 진지해졌다.

"곡은?" 하며 사쿠라이 선배를 돌아보았다.

"아직 안 정했어. 하지만 어차피 이런 종류들이겠지." 그녀는 루이비통 보스턴 가방을 의자 위에 올려놨다. 그리고는 안에서 상자에 든 악보들을 잇달아 꺼내기 시작했다. 가방이 불룩해서 뭘 가지고 왔나 싶었는데. "차이콥스키, 무소르그스키, 비제, 드보르자크⋯⋯."

"글렌 밀러는요?" 마쓰바라가 물었다.

"있지. 물론 취주악용으로."

"〈가을 하늘에〉는요?" 가라키가 물었다.

"역시 그 곡 할 거야? 그래, 한다고?" 사쿠라이 선배는 고개를 들었다. 가방 안에서 얇은 종이 다발을 꺼내더니 "사 두기를 잘했네. 이건 열람도 못 하게 해 놓았더라고. 이 곡 연주 안 해도 환불은 못 해." 하고 말했다.

"되게 비싸지 않아?" 아시자와 선배가 놀라서 물었다.

"이건 지금도 여기저기서 과제곡으로 쓰고 있어서 그나마 1만 엔대지만 라벨이나 버르토크 같은 건 빌리는 데 기본요금이 5만 엔 이상이더라고. 내 참 어이가 없어서."

지방 오케스트라나 취주악 선곡이 어떤 의미에서 '재미없는' 이유 중 하나가 여기에 있다. 사쿠라이 선배가 준비해 온 클래식 악보들은 모두 외국의 전통 있는 악보 출판사에서 낸 것으로 모두 명곡이기는 하지만 십년을 하루 같이, 백년을 하루 같이 마치 복사판처럼 변함이 없다. 옛날에 생략된 곳은 그대로 생략되어 있고, 20세기 초반에 발견된 스펠링 오류가—그걸 고치면 천벌이라도 받는 것처럼 아직도 그대로 보존되어 있다. 가격도 결코 저렴하다고 할 수 없는데 그래도 악단 전원이 나눠 본다고 생각하면 그나마 상식적인 범주라고 할 수 있다.

저작권 효력이 아직 남아 있는 클래식 작품의 대여 악보에 대해서는 나도 그 프로세스를 잘 모른다. 아마추어와는 인연이 없는 세계라고 생각해도 될 것이다. 작곡가와 정식으로 계약을 맺은 대여 업체가 있고, 어느 악단이건 그곳에서 악보를 빌리지 않으면 연주할 수 없다. 그리고 흥행 수익에 따라 대여료를 지불한다. 저작권을 악보라는 형태로 사고파는 것이어서 악보를 전부 외우고 있으니 빌리지 않아도 된다는 차원의 문제가 아니다. 그러나 유명한 교향악단이라면 모를까 아마추어 딱지만 겨우 뗀 취주악단이 제대로 된 수입을 올릴 수 있을 리가 만무하다. 연주회 장소를 빌리는 데에도 돈이 모자랄 판이다. 수익이 없다고 해서 악보를 무료로 빌릴 수 있는 것도 아니다. 막상 연습해 보니 도저히 불가능할 정도로 어려운 곡이어서 대여료를 그대로 날려야 하는 비극을 막기 위해 열람이라는 명목으로 시험 대여를 해주는 업자도 있다. 사쿠라이 선배가 말한 '열람'은 그런 뜻이다.

정반대의 경우가 팝의 편곡 악보다. 작곡가의 주된 수입원이 음반이어서 그런지 지금 한창 유행하는 노래를 취주악용으로 편곡한 악보를 약간 큰 악기점에 가면 소설책 한두 권 가격으로 살 수 있다. 중학교나 고등학교의 취주악부가 새로운 레퍼토리를 원할 경우 그런 악보를 사 오는 게 제일 손쉽다. 단, 10년 후에는 아무도 모르는 곡이 되어 있을 수도 있다.

카운트 베이시(미국 재즈 피아니스트, 작곡가, 밴드 리더. 카운트 베이시 오케스트라를 50년 동안 지휘했다), 글렌 밀러, 베니 굿맨(미국 클라리넷 연주자, 스윙 재즈 음악가)의 악단은 오래된 클래식과 지금 유행하는 가요의 중간 정도에 위치하는데 주기적으로 유행이 돌아오기 때문에 악보를 구하기가 비교적 수월하다.

아시자와 선배가 들고 온 과자에 처음 손을 댄 사람은 가시와기였다. 그 뒤로도 끊임없이 먹고 있었다. 그러다가 훌쩍 밖으로 나가는가 싶더니 식당 앞에 있는 자판기에서 녹차를 사 가지고 돌아와서 또 과자 봉지를 뜯었다. 시간이 남아서 주체할 수 없는 모양이었다.

전날하고 당일밤에 참가하지 못한다고 했던 가시와기가 처음 멤버들이 모이는 이날을 위해서 휴가를 냈다. 토트백에는 새것으로 보이는 스틱과 말렛, 와이어 브러시가 들어 있었다. 사쿠라이 선배가 악기를 조달해 준다고 했던 말에 대해 나는 사과해야만 했다. 언제 무엇이 얼마나 필요하게 될지 모르는 퍼커션 종류에는 여분이라고 부를 만한 것이 없었다. 그런 상황을 설명했더니 그녀는 그 카리스마 남자친구의 친구한테서 록 밴드용 드럼 세트를 빌려 왔다. 드럼 세트라는 건 참으로 잘 고안된 시스템으로 다양한 사이즈의 북과 심벌즈를 동시에 연주할 수 있도록 배치한 것이라 실력만 있으면 몇 사람이 내는 소리를 비슷하게 재현할 수 있다. 물론 실력이 따라와 줘야겠지만.

"어디 있어?" 나는 드럼의 소재를 물었다.

"딕크 차에 실려 있어요."

"그 차는?"

"딕크 가게에요. 걱정 마세요. 중간에 잠깐 빠져 나와서 가지고 온다고 했으니까. 다섯 시 맞죠?"

카리스마 군도 나름 괜찮은 구석이 있었다. 우리가 우선 학교에 모인 이유는 악기를 물색하기 위해서였다. 아무리 졸업생이라고 해도 여기 눌러 앉아서 연습할 수는 없었다. 약간 떨어진 곳에 있는 주민 회관에 연습실을 빌려 두었다. 이제부터 이동해야 했다.

"지난번 그 매드 맥스가 맛있었다고 하더라고요. 다음에 또 만들어 주세요."

보일러 메이커를 말하는 거겠지.

마지막으로 클라리넷을 하는 두 사람에 대해서 이야기를 해 보자. 표기에는 앞에 B♭이 달려 있는데 이건 일반적인 클라리넷이라는 뜻이다. B♭은 이 악기의 음조다. 도레미, 하고 일반적으로 불었을 때의 도가 절대음으로 시 플랫이 된다. 도는 그냥 도로 소리가 나게 하면 좋을 것 같고, 실제로 그런 악기도 있는 모양이기는 하지만 닭이 먼저인지 달걀이 먼저인지, 취주악곡에 피아노로 치면 흰 건반 위주의 다장조나 가단조는 얼마 없기 때문에 그런 구조의 악기가 오리지널을 대신하지는 못했다. 앞의 연주자 목록에 E♭Cl이라고 되어 있는 악기는 에스 클라리넷, 피콜로 클라리넷, 소 클라리넷이라고도 불리는 음이 높은 악기를 가리킨다. 옛날 덴소쿠 고등학교에서는 사용되지 않았다. 목관 앙상블에 가깝다는 지금의 취주악부에는 도입되어 있을지도 모른다.

니이미 선배는 의외로 얼굴이 그대로 남아 있었다. 지금은 도바시 부인이 되었다. 그렇다고 우리 클럽의 베이스 트롬본이었던 도바시 선배랑 결혼한 게 아니라 상대는 대학 선배라고 했다. 흔한 성이 아니어서 알아봤더니 도바시 선배와 먼 친척이기는 하지만 경조사에서 얼굴을 마주칠 정도는 아니라고 했다.

전문대를 졸업함과 동시에 결혼했고 아들이 하나 있는데 고등학교 졸업 후 이미 독립해서, 요즘에는 주로 컴퓨터 앞에 앉아 주식 거래를 하며 지내고 있다고 했다. 인터넷 옥션에서 거의 공짜로 샀다는 합성수지로 만든 클라리넷을 들고 왔는데 학교의 남은 악기를 잠시 불어보더니 "이 소리가 훨씬 좋네." 하면서 자기 악기를 도로 집어넣었다.

여전히 정보통이고, 특히 주부가 된 예전 부원들의 동향을 잘 알고 있었다. 자기들만의 네트워크가 있는 모양이었다. 누구의 남편이 어디 회사 다니고, 지금은 어느 지위에 있고, 어디 동네에 어느 정도의 집에서 살고, 애들은 어디 학교 다닌다는 둥 나로서는 아무런 관심도 없고, 들어 봤자 세 발짝만 움직이면 잊어버릴 정보들을 잔뜩 갖고 있었다. 그런 얘기를 아시자와 선배와 가사이 선배한테 열심히 해 주는데, 그 둘도 별 관심이 없는지 그냥 기계적으로 머리만 까닥거릴 뿐이었다.

또 한 사람의 클라리넷은 클럽에 〈문라이트 세레나데〉를 들여 온 마쓰바라다. 결혼을 하지 않아 성을 그대로 썼다. 옆 시의 도서관에서 사서로 일하고 있다고 했다. 여전히 임팩트 있는 안경을 끼고 있었다. 좌우의 렌즈 형태가 다른 안경이었다. 고등학교 시절부터 자기 악기를 가지고 있었는데 그보다 훨씬 새것이고 상당히 고급스러워 보이는 악기를 가지고 왔다.

그렇게도 사람이 많던 학년에서 참가한 사람이 그녀와 가시와기 둘뿐이라는 게 좀 섭섭했지만, 전에 살짝 언급했던 것처럼 사쿠라이 선배는 3학년 여름 합숙을 마지막으로 아버지의 전근 때문에 도쿄로 전학을 가 버렸으니까 당시의 1학년들하고는 학교를 3개월만 같이 다닌 셈이었다. 사쿠라이 선배의 이름조차 기억하지 못하는 사람들도 있을 것이었다.

고3 중반이라는 미묘한 시기여서 그녀를 받아 주는 학교는 얼마 없었다. 자기 성적에 비해 한참 수준이 떨어지는 사립 학교로 전학갈 수밖에 없다는 얘기를 듣고 많은 부원들이 혼자 이쪽에 남지 그러느냐는 무책임한 말로 그녀를 잡았다. 그러나 가족들과 떨어져서 지낸다는 선택은 할 수 없었다. 집에 거동을 못

하는 할아버지가 계셔서 조금이라도 집안일을 거들어야 했다.

그러니까 사쿠라이 선배는 고등학교 마지막 콩쿠르에 참가하지 못했던 것이다. 지도 교사가 문외한이었고, 게다가 1학년들이 중심이었던 우리는 가볍게 예선에서 탈락해 버렸으니까 참가하지 않아도 되었을 법하지만, 본인으로서는 결과를 가지고 왈가왈부할 문제가 아니었던 모양이다. 클럽 생활이 고교 끝자락에 갑자기 뚝 끊겨 버린 만큼 사쿠라이 선배의 마음속에서 그때의 취주악부는 뭔가 완성되지 못한 채로 지금까지 이어져 왔을 것이다. 나처럼 취한 머리로 일부러 생각을 하지 않아도 될 만큼.

끝도 없이 제멋대로 흘러가는 고등학교 시절의 회상을 도대체 어디서 멈춰야 할지 나는 계속 고민해 왔다. 원래 내가 기록하고 싶었던 이야기는 사십 줄이 된 우리가 다시금 모이게 된 과정이었다. 고등학교 시절의 에피소드들은 그것을 위한 배경 묘사에 지나지 않았다. 고등학교 생활이 반짝반짝 빛나는 시기는 2학년 2학기까지였던 것 같다. 그 이듬해 학교는 우리 3학년들에게 자꾸만 졸업 후의 진로를 의식하면서 생활하라고 강요했다. 적어도 문과인지 이과인지 예술 계열인지 취직반인지 정도는 정해 놓고, 스스로 그 진로에 맞춰서 일상을 바꿔 가야 했다.

클럽에 나가도 마치 여행을 온 것처럼 즐겁기는 해도 모래시계 안의 모래가 술술 떨어지고 있는 느낌이 들어서 항상 안절부절못하고 있었다. 그런 상태에서 있었던 일들을 공연히 늘어놔 봤자 내가 하려는 이야기에 깊이가 생길 것 같지는 않다. 나도 모르게 당시의 속내를 자꾸만 설명하게 되는 이유는 항상 변명을 만들면서 사는 나의 이 성격 때문일 것이다. 지금 여기에 쓰고 있는 것은 어디까지나 나중에 우리 브라스밴드는 이랬다고 말할 수 있게 기록해 놓는 울퉁불퉁한 악단의 이야기이지 내 자서전이 아니다. 하는 일마다 모조리 실패만 해 온 인간이 쓴 자서전 따위 누가 읽고 싶겠느냐 말이다.

정답은 벌써 나와 있다. 여기까지 글을 쓰고서야 겨우 깨달았다. 무의식중에 나는 사쿠라이 선배의 감각, 그녀의 시간 축에 따라 이야기를 쓰고 있었다. 고등학교 시절이 1학기이고, 지금이 2학기이고, 그 동안에 지나간 나날들은 정신없이 많은 일들이 벌어진 여름 방학에 지나지 않은 것처럼 묘사하고 있었다.

그렇다면 사반세기 전의 눈부신 날들은 지금도 귓가에 맴도는 사쿠라이 선배의 명료한 말로 매듭짓는 것이 적당하겠다. 그녀와는 그 후로 25년 동안 아무 교류도 없었다. 따라서 거기까지 적은 다음에는 우리가 새로 결성한 브라스밴드가 간신히 무대에 오르기까지 있었던 일들을 짤막하게 이야기하고 이 글을 마치려 한다. 그 이후의 이야기는 너무나 가까운 과거이고 지나치게 생생해서 지금의 나로서는 냉정하게 돌아볼 수가 없다. 말하지 않는 편이 좋겠다.

우리의 '1학기'는 이 말로 막을 내렸다. 그녀는 그때 내게 이렇게 말했다. "슬퍼?"

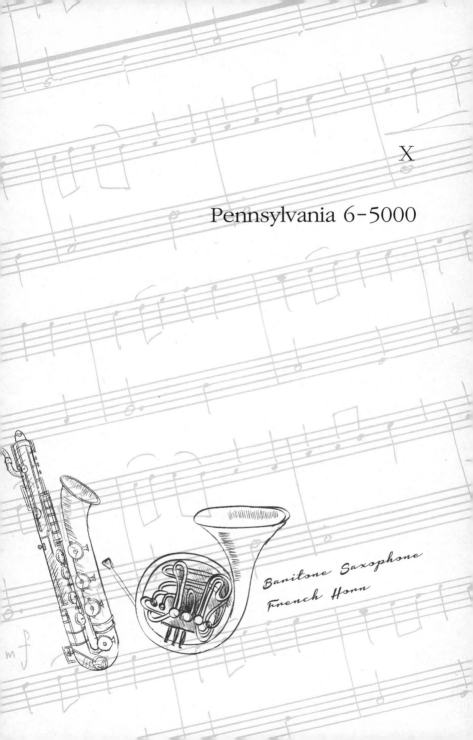

X

Pennsylvania 6–5000

Baritone Saxophone

French Horn

♩ ♪♫♬

음악실로 돌아온 기시오카 선생님은 취주악 경험자라면 누구
나 안에 든 악기를 알아맞힐 수 있는 특수한 모양의 케이스를 들
고 있었다. 우리는 많이 놀라서 조용해졌다.

그는 그것을 오해해서 "아니, 학생들 지도하는 데 쓸까 싶어
서." 하고 변명하며 준비실 쪽으로 서둘러 갔다.

"마침 잘 됐어요." 하고 가사이 선배가 얼른 말했다. "아직 호
른이 없거든요. 누구라도 있어 주면 도움이 많이 될 텐데."

역시 밴드를 하는 사람답게 노련했다.

"아니, 이건 진짜로……."

선생님은 준비실 문 안쪽으로 도망쳤다. 그 뒤를 사쿠라이 선

배가 따라갔다. 잠시 뒤에 두 사람이 함께 나왔다.

버스를 타고 연습실을 빌려 놓은 주민회관으로 이동했다. 그룹에 이 지역 주민이 포함되어 있으면 한 시간에 겨우 몇 백 엔만 내고 빌릴 수 있다는 사실을 마쓰바라가 알고 있었다. 그리고 다행히 우리 악단에는 그 조건에 해당되는 사람이 있었다. 바로 나였다.

바깥에 카리스마 군의 차가 보이지 않아서 가시와기가 당황했는데 연습실로 들어가 보니 드럼 세트가 벌써 세팅되어 있었다. 이거 괜찮은 놈인데. 다음번에 보일러 메이커를 만들어 줄 때는 버번을 두 배로 넣어 줘야지.

아직은 본격적인 연습을 할 수 있는 상태가 아니었다. 빌려온 악기의 상태를 확인하면서 그나마 할 만한 곡을 뽑아 놓는 정도였다. 처음 한 시간은 이 지독한 소음이 밖으로 새어 나가면 어쩌나 싶어 진땀이 날 지경이었다. 인원이 적어서 고등학교 때와는 느낌이 많이 달랐다. 단순해도 파워풀한 소리가 필요한 곡은 머릿속에 떠오르는 이미지와 실제 소리의 차이가 너무 커서 연주하면서도 얼굴이 붉어졌다.

반대로 의외로 괜찮았던 것은 〈호두까기 인형〉의 일부 곡이나 〈문라이트 세레나데〉처럼 서정적이면서 멜로디가 잘 알려진 곡들이었다. 전자 피아노나 전화 컬러링으로 편곡된 것을 자주 들어서 그럴지도 모른다. 진짜 오케스트라나 빅 밴드와는 비교할 수 없겠지만 이런 형태도 나름대로 재미있을 것 같았다. 〈문라이트 세레나데〉가 나쁘지 않았던 이유는 마쓰바라가 감정을 듬뿍 담아 연주한 멜로디가 듣기 좋았기 때문이다. 피로연 때 이 곡은 틀림없이 연주될 것이다.

최악이었던 곡은 모두가 눈을 감고서도 얼마든지 연주할 수 있다고 자부한 〈가을 하늘에〉였다. 원래 박력 있게 밀어 붙여야 하는 곡이어서 이 인원수 가지고는 파트 연습하는 것처럼 들려 영 듣기 싫었다. 게다가 악기끼리 잘 맞지도 않았다. 아마 옛날에도 악기 조화가 잘 되었던 건 아닌데 그냥 소리 크기로 얼버무렸을 가능성이 높다. 그나마 계절하고도 잘 맞고, 최소한 한 곡은 확보해 두었다고 생각했는데 터무니없는 오산이었다.

예전에 구레바야시 선생님을 대신해서 지휘봉을 잡은 적이 많은 고히나타 선배가 얼떨결에 둥글게 모여 있는 밴드 중심에 앉은 탓에 시작하는 박자를 지시하고 있었다. 그런데 너무도 제 멋대로 소리를 내는 우리들을 보다 못한 기시오카 선생님이 더 이상 못 참겠는지 지휘를 하겠다고 나섰다. 반대할 수 있는 사람은 아무도 없었다. 고히나타 선배는 살짝 불만스러운 얼굴로 의자를 가장자리로 옮겨 앉았다.

지휘자가 없는 상태보다 훨씬 편해지기는 했어도 곧바로 훌륭한 결과가 나타난 것은 아니었다. 지휘자도 다양한 타입이 있다. 한 손은 박자의 기본 형태대로 움직이면서 포인트를 줘야 할 때는 다른 손으로 지시하는 꼼꼼한 사람이 있는가 하면 처음 한 번으로 박자는 지시한 것으로 간주하고 그 뒤로는 그냥 반복적인 움직임만 계속하다가 곡의 흐름이 바뀌는 순간이나 감정을 넣어야 되는 부분에서만 크게 지시를 내리는 사람도 있다. 안노 선생님이나 구레바야시 선생님은 전자였고, 기시오카 선생님은 후자였다. 그런데 전자와 같은 취주악 지휘 패턴밖에 모르는 우리는 자꾸만 지시를 잘못 받아들였다. 선생님도 생각대로 움직이지 않는 악단에 점점 짜증을 내면서 표정이 험악해졌다.

쉬는 시간에 고히나타 선배가 사쿠라이 선배에게 몰래 선생님은 그냥 호른에 전념해 주십사 부탁하자는 의견을 내놓았다. 사쿠라이 선배는 그래도 악기를 빌렸는데 오늘 정도는 선생님 대접을 해 줘야 하지 않겠느냐고 말했지만 기본적으로는 고히나타 선배 의견에 동의하는 것처럼 보였다.

"어이, 다히라." 고히나타 선배가 내 쪽으로 고개를 돌렸다.

"네."

"기스기 부부는 안 오는 거야?"

"몇 번 전화를 했는데 항상 해외 출장 중이더라고요. 상사맨이잖아요."

"클래식도 할 거면 오보에가 필요하잖아. 퍼커션도 저것만으로는 좀 허전하고." 하면서 뒤쪽에 있는 가시와기를 가리켰다.

가시와기가 한 대 얻어맞은 표정으로 이쪽을 쩨려봤는데 고히나타 선배는 알아차리지 못했다.

그녀의 사고 회로가 또 이상한 방향으로 열을 받으면 곤란할 것 같아서 그쪽까지 들리도록 일부러 큰 소리로 말했다. "열심히 잘하고 있잖아요. 생각보다 훨씬 괜찮은데요."

"여전히 여자한테는 물러 터져 가지고. 기스기가 못 오겠다면 마누라라도 데리고 와."

"구마가이보다는 가시와기가 더 잘합니다. 게다가 퍼커션을 늘린다 해도 악기가 없으니……."

"드럼은 그냥 놓고 가라고 하면 되잖아. 어차피 연습 나오지 못한다면서. 당일에는 둘이 반씩 나눠서 두드리면 되지, 뭐."

"오히려 더 어려워져요. 곡예를 하는 것도 아니고……."

"올 거예요." 가시와기가 큰 소리로 말했다. "연습 때 제대로 나올 거예요."

고히나타 선배가 그녀를 돌아보았다. "나올 수 있어?"

"업무 시간을 바꿔 달라고 하죠, 뭐."

"그럼 됐다. 열심히 해. 다음은 튜바."

공격의 날이 가라키 쪽으로 방향을 틀었다. 나는 도망치듯이 웃옷 주머니에서 담배를 꺼내 교실을 나왔다.

흡연 장소에 기시오카 선생님이 먼저 와서 한 대 피우고 있었다. 목례를 한 다음 나도 담배에 불을 붙였다.

"나는 아무래도 괜히 꼈나 보네. 젊은 사람들끼리 즐겁게 하는데."

"무슨 말씀이세요!" 나는 고개를 흔들었다. "얼마나 큰 도움이 되시는데. 호른은 정말 귀합니다."

"적어도 지휘는 안 하는 게 낫겠어. 나도 모르게 학생들을 지도하는 것처럼 되어 버려서."

"오늘은 그게 필요했다고 생각합니다. 하지만 그날에는 둘 다 하실 수 없겠지요." 하며 웃었다.

"사람이 더 들어올 수 있다면 고히나타 군이라는 저 사람이 연주를 하지 말고 지휘를 하는 게 내 생각에는 제일 좋을 것 같은데. 트롬본을 나름 잘 불기는 하지만 실력은 빨간 안경 쓴 여성이 더 좋으니까."

"그 사람은 현역으로 밴드를 하고 있으니까요. 불지 말라고 하면 고히나타 선배가 싫어할 텐데요. 재즈 곡 같으면 솔로도 불고 싶어 할 텐데."

"결혼식까지 앞으로……."

"6주 남았습니다."

"갈 길이 험난하네."

"그러게 말입니다." 나는 테이프를 감은 손가락으로 V 사인을 만들어 보였다.

그러자 선생님도 셔츠 소매를 걷었다. 악기를 받치는 오른쪽 팔에 파스가 더덕더덕 붙어 있었다. 어디서 박하 냄새 같은 게 난다 싶었더니.

고히나타 선배가 강한 리더십을 발휘하는 게 어제오늘 시작된 일은 아니다. 거만한 책략가. 시야가 좁은 로맨티스트. 드디어 내게는 두 번째, 그리고 선배들에게는 마지막 문화제에서 무슨 일이 일어났는지 말할 때가 온 것 같다.

1981년 문화제에서 재즈의 4비트를 두드린 것은 가시와기였다. 다만 이번처럼 세트로 구성된 드럼을 사용한 게 아니었다. 만약 구레바야시 선생님이 어느 정도 냉정하게 지휘하고 있었다면 첫 번째 곡인 〈신세계 교향곡〉에서 발췌한 곡의 마지막 부분에서 소리가 한창 웅장해질 때 심벌즈가 나오지 않았다는 사실을 알아차렸을 것이다. 그 심벌즈를 치고 있어야 할 가시와기가 대신에 이상한 행동을 취하고 있었다는 점도 알아차렸을 것이다. 어쩌면 알았을 수도 있다. 하지만 공연 중이라 주의를 줄 수도 없었다.

내 위치에서는 그녀가 무대 옆으로 들어가 숨겨 둔 악기를 무대 뒤쪽에 늘어놓고 있는 모습이 잘 보였다. 스네어 드럼, 하이햇 심벌즈, 라이드 심벌즈. 정말로 할 생각인 것이었다. 나는 한숨을 쉰 다음, 각오를 하고 콘트라베이스 뒤편으로 이어진 전기 코드를 발로 확인했다.

올해야말로 〈펜실베이니아 6-5000〉을, 그리고 가능하면 〈문라이트 세레나데〉도 하자고 구레바야시 선생님에게 고히나타 선배를 비롯한 몇몇이 작년처럼 정공법으로 제안을 했다. 안노 선생님만큼 클래식에만 치우쳐 있지 않던 그는 별로 싫은 기색이 아니었다.

"글렌 밀러? 들어 본 적이 있네. 2학년 이상은 다 연주할 수 있는 건가? 그런데 글렌 밀러면 재즈 아닌가? 재즈는 절대 안 된다고 안노 선생님이……. 아, 재즈가 아니라고? 그럼 뭐지? ……
아아, 스윙. 그렇게 부르나 보지? 그럼 문제없겠네. 어, 스윙도 재
즈라고? 도대체 어느 쪽이야? 난 잘 모르겠는데. 반대하는 사람
이 없으면 나는 상관없네. 반대한다고? 혼자만? 아, 다른 사람들
도 꽤 반대하네. 그럼 안 되겠군." 마치 반대파 말을 따라 버린
듯한 선생님의 태도가 찬성파의 투지에 불을 붙였다.

반대, 하면서 처음에 손을 든 사람은 튜바의 이시마키 선배였
다. 이어서 하나둘씩 손을 든 사람은 마부치네 남매, 기스기, 클
라리넷과 퍼커션 파트 절반, 그리고 미나모토. 양다리를 걸쳤다
고 해도 고히나타 선배하고의 관계는 계속 이어가고 있었을 테
니까 아마 사랑 싸움이라도 한 모양이었다. 가라키는 이시마키
선배의 눈치를 살피면서 찬성으로도 반대로도 볼 수 있게 가슴
앞쪽에서 손을 들었다 내렸다 하고 있었다.

그런데 〈문라이트 세레나데〉를 즐기는 듯했던 클라리넷 파트
에서 반대표가 나온 것은 뜻밖이었다. 생각할 수 있는 이유 중의
하나는 안노 선생님에 대한 충성심이었다. 구레바야시 선생님의
믿음직스럽지 못한 모습이 점점 알려지면서 예전의 안노 선생님
이 보여 준 지나치리만큼 열정적인 지도 방식을 그리워하는 사
람들이 늘고 있었다. 다른 하나는 너무 튀는 마쓰바라에 대한 반
감 때문이 아니었을까.

그 다음 주, 연습이 끝난 후 저녁 7시에 나는 알전구가 켜져
있는 요오가 선배네 집 차고에 있었다. 학교에서 가까운 동네였

다. 차고라고는 해도 차는 없고, 공간의 반을 요오가 선배가 오랜 기간에 걸쳐서 수집해 온, 예전에 자전거나 오디오 세트나 조명 장치의 일부였던 것으로 보이는 잡다한 물건들이 차지하고 있었다. 콘크리트 바닥에 종이 박스를 펼쳐놓고 양반 다리를 하고 앉아 있거나, 스프링이 드러난 소파에 앉아 있는 사람은 나랑 요오가 선배 외에도 고히나타 선배, 도바시 선배, 기미시마 선배, 쓰지 선배, 오카무라, 미우라, 가니 도라쿠라고 불렀던 니시자키, 그리고 후텐마였다. 그 외에도 몇 명 더 있었을지 모른다. 나는 요오가 선배한테 자기 집에 가자는 소리를 듣고, 이유도 물어보지 못한 채 따라오기는 했지만 그 자리에 모인 면면들을 보고는 짐작 가는 바가 있었다. 이건 재즈 밴드구나. 트럼펫 파트, 트롬본 파트, 색소폰 파트, 내가 베이스를 맡고, 후텐마가 드럼이고.

시끌벅적하니 말만 많고 내용은 별로 없는 이야기들을 상세하게 재현하지는 않으려고 한다. 차라리 그날 차고에서 봤던 개 이야기를 하는 편이 낫겠다. 커다란 검은 반점이 있고 털이 긴 개였는데 요오가 선배는 아키타 견(일본의 대표적인 개 품종 중 하나)이라고 주장했다.

"일본의 국화는 벚꽃, 국조는 꿩. 그럼 국견은 뭔지 알아? 아키타 견이야. 그런데 순수한 일본 토종개들은 메이지 시대에 거의 전멸해 버렸고, 서양에서 들여온 개들하고 섞여서 모두 잡종이 되어 버렸지. 그렇다면 어째서 현재 순종처럼 생긴 토종개들이 있느냐면, 백 브리드라고 해서 예전 순종의 특징을 가지고 있는 개들끼리 계속 교배시켜서 얻은 결과물인 거야. 그래도 한 번 섞인 서양 품종의 피는 없앨 수가 없어. 그래서 이렇게 가끔씩 조상으로 돌아간 개가 태어나지. 이 녀석은 부모가 둘 다 혈통서까지 있는 아키타 견 순종인데, 얘한테는 혈통서를 붙일 수가 없어. 백 브리드를 하는 데 가 보면 이런 녀석들이 꼭 하나씩 섞여 있어서, 제발 가져가 달라고, 돈은 안 받을 테니 데려가기만 해 달라고 부탁하지. 겉보기에만 살짝 문제가 있지 속은 엄연한 명견이야."

그 개의 이름은 출신 그대로 공짜라는 뜻인 다다였다. 일반적인 의미의 명견이라고는 할 수 없는 다다는 처음에는 다들 관심을 가져 줘서 좋아라 꼬리를 흔들다가 나중에 사람들이 무시하기 시작하자, 도바시 선배의 등짝을 한참 킁킁거리며 냄새를 맡더니 뒷다리를 들고 오줌을 갈겨 버렸다. 그래서 토론이 잠시 중단되었다.

다시 시작된 토론에서 고히나타 선배는 무조건 해야겠다는 식이었다. 기미시마 선배도 거기에 동조하고 있었다. 요오가 선배와 쓰지 선배는 재미있는 일이라면 환영한다는 표정이었고, 미우라와 오카무라는 선배들을 따라가겠다는 태도였다. 도바시 선배와 니시자키는 속내를 알 수 없었다. 분위기를 보고 우세한 쪽에 붙고 싶다는 게 솔직한 마음 아니었을까? 이야기를 처음 듣고 놀란 사람은 나랑 후텐마밖에 없는 것 같았다. 후텐마의 가무잡잡한 얼굴에 핏기가 사라져 알전구의 빛을 받아 푸르뎅뎅해 보였다. 내 입장은 그보다 더 심각했다. 처음부터 퇴로가 막혀 있었다. 재즈를 연주하려면 콘트라베이스가 반드시 필요한데 그 악기를 하는 사람이 우리 클럽에 나밖에 없었다.

"일단 모든 프로그램이 끝나고 마지막에 하면 되잖아. 안 그 러면 무대 위에서 싸움이 벌어질지도 몰라." 자기가 하는 말에 자기가 선동되어 계획을 점점 더 대담하게 부풀려 가는 고히나 타 선배를 요오가 선배가 느긋한 목소리로 제지했다.

"아니, 하바네라와 붙을 거야." 고히나타 선배는 양보하지 않 았다.

구레바야시 선생님이 좋아하는 오페라 〈카르멘〉의 이국적인 무곡에는 금관 악기가 많이 쓰이지 않는다. 갑자기 전체적인 음 량이 커지는가 싶다가 다시 조용해지는 부분이 몇 군데 있어서 그때만 나오는데, 금관은 자기 차례가 올 때까지 목관 중심으로 진행되는 앙상블에 귀를 기울이며 가만히 기다리고 있어야 한 다. 고히나타 선배는 쉬는 마디를 잘못 세는 바람에 혼자서 불쑥 소리 내어 버리는 일이 많았다.

참고로 하바네라는 쿠바 음악의 형식 중 하나이지 곡명이 아 니다. '비제의 하바네라'로 유명한 이 곡의 제목은 원래 〈사랑은 반항적인 새〉다. 덧붙이자면 오페라 〈카르멘〉은 비제의 작품이 지만 〈사랑은 반항적인 새〉의 진짜 작곡가는 비제가 아니다. 스 페인의 작곡가 이라디에르가 현지 음악에서 힌트를 얻어 만든 〈엘 아레그리토〉를 비제는 민요라고 오해해서 〈카르멘〉에 넣어 버린 것이다.

"그렇다고 프로그램 끝날 때까지 기다리다가는 막이 내려 버리잖아."

"이제 끝났다는 클로징 음악으로 생각하지 않을까?" 하며 쓰지 선배가 웃었다.

요오가 선배는 싸구려 와인을 병째로 홀짝홀짝 마시면서 말했다. "그럼 타이밍은 좀 더 생각해 보자. 같이 할 사람을 확보하는 게 더 먼저잖아. 나는 우선 사쿠라이를 설득하면 되는 건가?"

"있잖아, 생각해 봤는데……." 기미시마 선배가 끼어들었다. 고히나타 선배가 너무 앞서 나가는 것 같아 위태위태하다 느끼고 있었던 모양이다. "처음에는 우리끼리 다른 무대를 확보한 것처럼 말하면 어떨까? 그리고서 반응을 보는 거야. 영 아니다 싶으면 시기를 봐서 그 무대가 없어졌다고 하면 되잖아."

"저기요." 하고 처음으로 내가 발언했다. "정말로 그렇게 하면 안 되나요? 이 밴드를 동호회로 해서 무대를 따로 확보하는 거예요. 올해는 경음악 쪽이 야외무대에서 하죠? 그걸 나누든지, 아니면 모두가 경음악 동호회에 들어간다든지."

"사실 그런 방향으로도 생각해 보기는 했어." 쓰지 선배가 대답했다. 쓰지 선배는 올해 경음악 동호회의 부장이었다. "그런데 방송부가 퇴짜를 놨어. 시간이 연장되면 퍼블릭 어드레스 대여 비용이 신청한 예산보다 커지니까 우리보고 차액을 내라는 거야. 진짜인지는 모르지만 10만 엔 이상 필요하다던데."

믹서와 스피커 등 음향 장비 세트를 퍼블릭 어드레스라고 부른다. 학교에는 그런 것이 없기 때문에 업체에서 대여한다. 옛날에 '더 후'를 흉내 내던 밴드가 공연 마지막에 기재를 부숴 버린 일이 있었다는데, 그 후로 방송부와 경음악 동호회 사이에 뿌리 깊은 반감이 있다고 한다.

"빅 밴드는 그런 장비 없이도 할 수 있잖아요?"

"무대까지 포함된 대여라서 그렇게 할 수도 없어. 안 그러면 경음악 쪽 밴드를 줄일 수밖에 없는데, 그게 가능할 것 같아?"

첫 무대를 향해 기대를 부풀리고 있는 퍼시먼 멤버들의 얼굴이 떠올랐다. 다른 밴드들도 틀림없이 같은 마음으로 기다리고 있을 것이다. "불가능하죠."

"1학년들한테는 이유를 말해 주지 않고 연습만 시켜 둔 다음 본 연주 직전에 악보를 나눠 줄까 보다. 다히라, 유포니움은 어느 쪽에 붙을 것 같냐?" 고히나타 선배가 물었다.

클라리넷 파트의 〈문라이트 세레나데〉 놀이에 가사이 선배가 달려와서 트롬본 멜로디를 불던 장면이 떠올랐다. "이쪽이겠죠. 가사이 선배가 이쪽이면 가라키도 따라올 거고요."

"그럼 금관 중에서 저쪽에 붙는 건 튜바밖에 없네." 그는 입술을 일그러뜨렸다. "다히라, 네가 튜바보다 크게 소리를 내 줘야겠는데."

"그건 무리예요."

"할 수 있어." 요오가 선배가 말했다. 그는 소파에서 일어나더니 뒤쪽 바닥에 무릎을 대고 잔뜩 쌓여 있는 잡동사니 틈새로 몸을 집어넣었다. 흑하는 소리가 들리더니 한쪽 귀퉁이에 불이 두세 개 켜졌다. 다시 일어선 요오가 선배는 가느다란 선이 달린 요요 크기의 원반을 들고 있었다. 표면에 여기저기 구멍이 나 있었다. "이게 뭘 것 같아?"

"……마이크예요?"

"비슷하지만 정답은 아니야. 마이크와 스피커는 소리의 입구냐 출구냐만 다를 뿐이지 원리는 같아. 이건 로드셀 소금 결정을 이용한 압전식 스피커야. 크리스털 타입이라고도 하지. 아주 옛날에 광석 라디오를 듣기 위해 사용되던 골동품인데 같은 원리의 이어폰은 요즘도 많이 나와 있어. 참고로 로드셀 소금이라는 건 저걸 저장하는 통에 모이는 주석산의 결정이지." 하면서 와인 병을 가리켰다. "전쟁 때는 오로지 로드셀 소금 생산만을 위해서 군수 공장의 하나로 양조장을 만들었다더라. 당시 학자들은……."

"어려운 설명은 됐고." 고히나타 선배가 말을 끊었다.

요오가 선배는 병 주둥이에 스피커를 가져다 부딪쳤다. 다른 곳에서 탁, 하는 커다란 소리가 나서 우리는 술렁였다. 그는 스피커 쪽에 얼굴을 가까이 갖다 댔다. 아까 소리가 났던 방향에서 코맹맹이 소리가 울려 왔다. "지금은 마이크로 접속했어. 소리가 별로인 건 진동판이 안 좋아서 그런 건데 악기는 그 자체가 진동하니까 빼 버려도 상관없지."

"그래서…… 현 베이스를 일렉으로 하자고요?"

"바로 그거야. 한 번쯤은 튜바보다 크게 소리를 내고 싶지 않냐?"

"무대에 앰프를 갖고 올라간다고요? 누가 봐도 이상하잖아요."

"그건 그러네. 그럼 어쩌지?" 알전구 불빛을 받고 있는 그의 웃는 얼굴이 묘하게 살벌해 보였다.

해가 긴 계절이어서 차고에 들어갈 때만 하더라도 대낮처럼 밝았는데 밖으로 나왔을 때는 완전히 밤이었다. 자전거에 올라타려는데 후텐마가 다가와서 뭔가 이야기하고 싶은 기색으로 옆에서 떨어지지 않았다. 할 수 없이 자전거를 끌며 걸어갔다.

"넌 어떻게 그렇게 태연하니?" 주위에 사람이 없는 것을 확인하고 말을 걸어왔다. 오키나와 사투리가 남아 있어서 그런지 억양이 살짝 묘했다. "난 완전 공포 상태인데. 선배들을 좋아하지만 이런 일까지 같이 하기는 무서워."

"그럼 그렇게 솔직히 말해야겠네. 퍼커션은 다른 사람도 있으니까 누군가를 대신 끌어들이겠지. 그 사람이 너처럼 4비트 연주를 잘할 수 있을지는 모르지만."

"배신자 같잖아. 앞으로 선배들 눈치 보이지 않을까?"

"못 하겠다고 하면 그 순간에는 싫은 얼굴을 할 수도 있지만 더는 뭐라고 하지 않을걸. 도리에 맞지 않은 짓을 하려는 건 고히나타 선배들 쪽이니까."

"다히라 군은 하는 거지?"

"글렌 밀러? 응. 요오가 선배가 저렇게 의욕적으로 나오는데 안 할 수 없잖아."

"큰 문제가 될지도 모르잖아. 정학 당하면 어떡해?"

"어떻게 할지 지금은 나도 모르지. 그때 가서 생각하지 뭐."

"펜실베이니아나 문라이트도 좋지만 나는 하바네라도 좋아해. 취주악부가 아니면 할 수 없는 곡이니까. 지금은 모두 힘을 모아서 그 곡을 더 열심히 했으면 좋겠어."

"계획을 짜는 것만으로 만족하고는 결국 그냥 원래대로 할지도 몰라. 최종적으로는 본 연주 직전의 분위기에 따라 달라질 거야. ……어쨌든 나는 마지막까지 같이할 것 같아."

"무엇 때문에? 요오가 선배한테 미안해서?"

나는 잠시 생각한 뒤 대답했다. "누구 때문은 아닌 것 같아. 난 아마 무언가가 끝나 가는 느낌이 싫은 거야. 아무리 하찮은 일이라도 끝나 버리는 게 슬프거든. 하지만 끝이 없는 일은 어디에도 없지. 그러니까 차라리 마지막 순간까지 내 눈으로 직접 보려고 하는 거야."

"슬픈데도?"

"무엇이 내가 모르는 사이에 끝나 버렸고, 그 사실을 나중에 알게 되었다고 쳐. 그럼 그게 이제는 존재하지 않는다는 사실을 난 자꾸 잊어버리게 돼. 그러다가 아, 그거 끝났지, 하고 생각이 나면 그때마다 몇 번씩 실망감을 맛 봐야 하잖아. 그러니까 차라리 내 눈으로 직접 보고, 이걸로 끝이라는 사실을 머릿속에 새겨 놓을 필요가 있는 거야." 나는 그녀의 옆얼굴을 보고는 "무슨 뜻인지 모르겠지? 미안해." 하고 말했다.

"아니, 이해해." 그녀가 말했다. "다히라 군 옆에 있으면 편리하겠다."

"편리해?"

"말을 이상하게 했나? 도움을 많이 받겠다는 뜻이야."

"그런 말을 들은 건 처음인데. 남들하고 잘 어울려서 그렇다는 뜻이야? 난 도망을 잘 못 칠 뿐인데."

"아니, 다히라 군은 뭐든 다 기억해 줄 것 같아서."

"내 기억력은 아주 이랬다저랬다 해. 기억이 안 나는 일은 완전히 까맣게 잊고 있어."

"아무리 그래도."

버스 다니는 길가로 나왔지만 그 뒤로도 그녀는 나와 같은 방향으로 걸었다. 나는 여전히 자전거를 타지 못했다.

100미터 가량 같이 걸어간 다음 버스 정류장 앞까지 가서야 겨우 발길을 멈췄다. "나는 여기서 버스 타고 갈게."

"그래? 그럼 잘 가라."

나는 자전거에 올라탔다. 한참을 달리다가 그녀의 집과 그 거리를 다니는 버스 노선이 전혀 무관하다는 사실을 깨달았다. 뭔가 잘못 알고 있는 거 아닌가? 쓸데없는 참견이라는 생각은 들었지만 방향을 바꿔서 다시 버스 정류장으로 가 보았다. 후텐마는 어디에도 없었다. 버스는 한 대도 지나가지 않았다. 나는 고개를 갸웃거리다가 다시 자전거를 돌렸다.

이튿날 수업이 끝난 후에 나는 고히나타 선배의 명령에 따라 콘트라베이스를 요오가 선배네 차고로 옮겼다. 같이 들어 줄까, 하고 물어봤지만 나도 언제까지나 초보자는 아니었다. 괜찮다고 사양하고 외국 교본에 나와 있는 운반 방법대로 악기를 들었다.

그는 깜짝 놀라 한 발짝 뒤로 물러섰다. "제대로 드는 거 맞아?"

"네. 의외로 편해요."

이 운반 방법을 직접 본 사람은 많지 않을 것이다. 콘트라베이스의 위아래를 거꾸로 해서 어깨 위에 짊어지는 것이다. 원래 모양 그대로 끌고 가듯이 들고 다니면 모든 무게를 팔로 지탱해야 해서 힘들지만 이런 식으로 하면 몸 전체로 그 무게를 감당할 수 있어서 의외로 무겁게 느껴지지 않고 안정감도 있다. 키가 두 배 가까이 커지는 셈이어서 건물 안에서 이 방법을 쓸 수는 없다. 그리고 밖에서도 공연히 이런 자세로 돌아다니다가는 머리가 이상한 놈으로 오해를 받을 소지가 있어서 일단 연습만 해 봤을 뿐 남들에게 보여 준 적은 거의 없었다.

"위쪽 조심해라. 힘든 것 같으면 거들어 줄게."

"고맙습니다."

편하다고는 해도 상대적으로 그렇다는 것이지 10킬로그램 이상 가는 악기가 가벼울 리는 없었다. 반쯤 가다가 내려놓고 잠시 쉬는 나에게 "내가 잠깐 들어 줄게. 너처럼 들어도 되겠지?" 하고 고히나타 선배가 말했다.

"네. 물론이죠. 고맙습니다."

"이렇게?"

"그대로 단숨에 올리세요. 커버 미끄러우니까 조심하시고요."

"제대로 될지 모르겠다."

그는 콘트라베이스를 힘차게 거꾸로 들어올렸다. 너무 힘을 주어서 처음에는 살짝 휘청거렸지만 걷기 시작하자 나보다 더 빨랐다. 잘하시네요, 내가 칭찬했더니, 그러냐, 하며 그는 정면을 바라본 채로 무지하게 기쁜 표정을 지었다. 그러나 100미터쯤 가더니 어휴, 하며 내려놓아 버렸다. 그 뒤로 다시 내가 짊어졌다.

차고에서는 요오가 선배가 준비를 갖추고 기다리고 있었다. 발치에 오디오 앰프, 분해한 스피커 유닛, 자잘한 부품들을 모아둔 종이 박스, 오래된 공구 상자 등이 늘어서 있었다.

"수고했다."

"내놓을까요?"

"그래."

나는 커버를 벗기면서 "거기 있는 부품으로 베이스 앰프를 조립하는 건가요? 어느 정도 크기예요?"라고 물어보았다.

"출력을 물어보는 거야?"

"……아니, 앰프 크기요."

"앰프 크기? 그런 거 없어."

"없어요?"

"두고 보면 알아."

"빨리 현 베이스나 꺼내." 고히나타 선배가 보챘다.

"꺼냈으면 뒤로 돌려." 요오가 선배가 말했다.

나는 커버를 벗긴 악기를 뒤돌려서 잡았다.

"사운드 포스트라는 게 들어가 있을 텐데 그게 어디야?"

"이 근처요." 브리지가 서 있는 뒤편을 가리켰다.

"그럼 괜찮겠다."

그가 처음에 공구 상자에서 꺼낸 것은 매직펜이었다. 펜 뚜껑을 입으로 열었다. 살짝 표시를 하려나 보다고 생각했는데 바닥에 무릎을 꿇은 그는 악기 밑바닥을 따라 힘찬 곡선을 그리기 시작했다.

"요오가 선배, 잠깐만요……."

"움직이지 마. 가만히 있어. 선이 비뚤어지잖아."

반달 모양을 다 그린 그는 다음으로 그 안쪽을 사선으로 메웠다. 앞으로 일어날 일을 구체적으로 깨달은 나는 하늘로 고개를 쳐들었다.

"고히나타 부탁한다. 내가 하면 시간이 너무 걸려."

"알았어. 다히라, 잘 잡고 있어."

오른손에 나무망치, 왼손에 톱을 잡은 고히나타 선배가 먹잇감을 궁지에 몰아 놓은 살인마와 같은 눈초리를 하고 다가왔다.

요오가 선배의 공작은 그날 중으로 완성되지 않았다. 다음 날 어떻게 됐냐고 물어봐도 어깨만 으쓱할 뿐이었다. 다음다음 날은 미간에 주름을 잔뜩 잡은 채 고개를 절레절레 흔들었다. 나는 하는 수 없이 가와노에 선배가 쓰던 악기를 썼다. 저 반쯤 부서

진 콘트라베이스는 요오가 선배네 차고에서 영원히 잠들고 말 것인가?

다음 일요일 날씨가 좋을 것이라는 일기 예보가 적중한 오후 시간, 휴일인데도 우리는 학교 음악실에 있었다. 고히나타 선배가 연습 허락을 받아 히구치 선생님에게 열쇠를 받아 놓았다. 내가 지각해서 모여야 할 사람들은 거의 다 와 있었는데, 그건 취주악부 전체가 아니라 거의 반 정도였다. 반역자라고 해야 할지, 반란을 일으킨 군중이라고 해야 할지, 아무튼 글렌 밀러 계획에 참가 의사를 밝힌 사람들에게만 이날 연습의 연락을 했기 때문이다.

클라리넷 파트는 채 반도 안 왔는데, 트럼펫 파트는 1학년이 모두 다 와 있어서 놀랐다. 전에 없이 공손하게 머리 숙여 인사했다. 나는 사쿠라이 선배의 모습을 눈으로 찾았다. 그들에게 가장 영향력이 큰 사람은 그녀일 것이다.

"어이, 주동자." 뒤에서 누가 내 어깨를 툭 쳤다.

"사쿠라이 선배…… 여기 있어도 괜찮아요?"

"네가 모이라고 해 놓고 무슨 소리를 하는 거야?"

"제가 한 거 아니에요."

"요오가 군은 다히라 군이 주동자라고 하던데? 현 베이스를 개조하면서까지 튜바에 도전한다면서?"

"개조하겠다고 나선 사람은 요오가 선배예요. 고히나타 선배하고요."

"그럼 농담이었던 건가? 아, 뭐야~ 후배가 그렇게까지 나서서 하는 거니까 나도 힘을 보태야겠다 싶어서 애들한테 오라고 한 건데."

"당연히 농담이죠. 저 같이 소심한 놈이 어떻게 그런 일을 하겠어요?"

"나도 진짜인가 다시 물어봤는데 고히나타 군이 네가 의외로 불량 학생이라고 그러더라. ……그렇게 험악한 표정 짓지 마. 보기하고는 다르다고 생각했지만 약간 불량기가 있는 편이 여자애들한테도 인기가 있는 거야. 나도 그런 느낌이 싫지 않고."

고히나타 선배를 찾아보았다. 그는 악보를 가리키면서 유포니움 두 사람에게 열심히 무언가를 이야기하고 있었다. 문득 짐작되는 바가 있었다. "잘됐네요. 그럼 안심하고 불량 학생 노릇을 계속할 수 있겠군요. 고히나타 선배가 불량 학생이라고 했어요, 아니면 날라리?"

"분명하게 뭐라고 말했는지…… 하지만 다히라 군이 진지할 리가 있겠느냐고 했어."

역시 그렇군, 하고 나는 고개를 끄덕였다. "혹시 그 말의 주어가 달랐던 거 아닌가요? 진지할 리가 있겠느냐고 고히나타 선배가 그랬다고 했지요? 그게 저에 대해 말했던 거 맞아요? 아니면 얘깃거리가 그렇다는 거였나요?"

"그게 무슨 소리야? 주어는…… 생략했던 것 같기는 한데, 틀림없이 다히라 군에 대한 말이었어. 얘깃거리가 진지하지 않다니? 난 진지하게 물어본 건데."

"그게 말이죠……." 설명을 시작하려다가 일이 원활하게 진행되고 있는데 그걸 막는 것도, 모처럼 공짜로 얻게 된 나쁜 남자의 매력을 버리는 것도 현명하지 않다는 생각이 들었다. "아니, 아무것도 아니에요."

말의 갭이다. 우리는 종종 진짜라는 뜻을 '진지'하다고 말한다. "진지하게 가르쳐 줘."라고 말하면 "진지한 태도로 가르쳐 줘."가 아니라 "제발 가르쳐 줘."라는 뜻이다. "진지할 리가 있냐." 하면서 웃었다면 그건 "농담이야."라는 뜻이다. 그런 말의 갭이 사쿠라이 선배한테는 통하지 않았다. 그녀는 사전에 있는 뜻으로 받아들였고, 거기에 적절한 주어를 갖다 붙인 것이었다. 아무도 잘못하지 않았고, 그냥 내가 앞으로 사쿠라이 선배한테 약간 껄렁대면서 행동하면 아무 일 없이 순조롭게 마무리된다. 그리고 그건 또 나름대로 매력적인 일이었다.

합주를 시작하기 위해 모두 제자리에 앉았는데 퍼커션 위치에 후텐마의 모습이 보이지 않았다. 대신에 드럼 세트를 앞에 두고 앉아 있는 사람은 가시와기였다. 지휘대 위에서 트롬본을 안고 있는 고히나타 선배가 신호를 보내자 일단은 4비트 엇비슷한 박자로 치기 시작했다. 후텐마한테 배운 모양이었다. 이 시점에서 나는 아직 가시와기한테 초콜릿을 받지 않았기 때문에 그녀 특유의 사고 회로에 대해서는 몰랐다. 제대로 말 한마디 해 본 적이 없는 후배일 뿐이었다. 어째서 후텐마는 이런 애를 자기를 대신할 사람으로 뽑은 걸까? 다른 악기를 하는 사람은 알 수 없는 반짝이는 재능을 발견했나? 아님 그냥 말을 잘 들어서 그랬나? 스네어가 퍼덕퍼덕 되게 시끄럽네. 선배들이 뭐라고 하지 않으면 내가 주의를 줘야겠다. 뭐 그런 생각을 하면서 가와노에 선배의 현 베이스를 치고 있었다.

음악실에 보이지 않는 또 한 사람이 있었다. 요오가 선배였다. 아직도 차고에서 공작과 실험을 반복하고 있는 걸까? 아니면 너무 지친 나머지 잠에서 깨지 못한 건가? 인원수만큼은 빵빵한 트럼펫 파트였지만 그의 살짝 긁히는 것 같은 유유한 소리가 없으니 뭔가 모자란 느낌이 들었다.

그렇기는 해도 전반적으로는 괜찮았다. 2, 3학년은 작년에 망친 연주에 대해 반성하고 있었고, 반항 정신도 넘쳐났다. 거칠고 서툰 연주라도 기개와 힘이 있으면 나름대로 들어줄 만하다. 나는 사태를 낙관하기 시작했다. 이 연주를 들으면 구레바야시 선생님과 다른 부원들도 그냥 앙코르 정도라면 해도 괜찮다는 생각을 하지 않을까? 우리들의 열정이 이 정도인 줄은 몰랐다고 구레바야시 선생님이 사과하면 고히나타 선배의 마음도 풀릴 것이다.

이윽고 연습 중간에 요오가 선배가 훌쩍 나타나서 칠판 앞에 섰다. 옷깃이 벌어진 셔츠의 등짝과 어깨가 땀에 흠뻑 젖어서 들러붙어 있었다. 그 모습은 나의 느긋한 몽상을 날려 버렸다. 전황을 전하러 돌아온 척후병 같았다.

그는 〈문라이트 세레나데〉의 마지막 음 E♭이 울림과 동시에 "다히라, 네 악기니까 네가 짊어지고 올라와." 하고 재빨리 말했다.

연주하던 악기를 옆으로 눕히고 음악실에서 나왔다. 비상계단을 내려가다가 도중에 비명을 질렀다. 천 커버에 싸인 나의 사랑하는 악기가 하필이면 앞쪽을 아래로 해서 콘크리트 바닥에 나뒹굴고 있었다.

뒤따라온 요오가 선배를 향해 화를 냈다. "브리지가 쓰러져 버리잖아요."

"반대로 눕히면 안에 있는 것들이 쏟아져 나올 것 같아서."

"그럼 옆으로 눕혀야지요."

"미리 말해 줬어야지."

1층으로 뛰어 내려가 악기를 안아 올렸다. 안에 물이라도 차 있나 싶을 정도로 무거웠다. 뭐야 이건. 그 자리에서 커버를 벗겼다.

고히나타 선배가 대담하게 뚫어 버린 뒷면 구멍에는 아무런 조치도 취해져 있지 않아서 바닥 언저리에 알루미늄 판을 잘라서 붙인 섀시가 들여다보였다. 고정시켜 놓은 부품도 그대로 드러나 있었다. 그때는 뭐가 뭔지도 몰랐지만 지금 와서 생각해 보니 전원과 출력 트랜스, 어디에선가 해체해 온 트랜지스터 회로의 기판 등이었다. 크리스털 타입의 마이크는 약한 전류밖에 일으키지 못하기 때문에 실리콘 다이오드를 이용한 회로를 매개체로 써서 강하게 증폭시켜 놓았다는 말도 들었다. 더 깊이 들여다

보니 위쪽에 비스듬히 고정된 두 개의 서로 다른 사이즈의 스피커 뒷면이 보였다.

그렇다. 요오가 선배는 콘트라베이스를 일렉으로 만드는 데 그치지 않고 재생 앰프와 스피커까지 내부에 집어넣어 버렸던 것이다. 나중에 비슷한 구조의 값싼 일렉 기타가 발매되어 유행했다. 설계 아이디어는 이것과 똑같았다.

이 파괴적 걸작에 악기 책임자인 나는 뭐라고 소감을 말해야 하나? 요오가 선배를 돌아보았다. 다리를 벌리고 팔짱을 낀 그 자세, 만족스러워하는 표정, 어느새 척후병에서 신형 합체 로봇을 부대에 공개하는 광기 어린 과학자의 모습으로 변해 있었다.

뭐가 어떻게 되었든 일단 소리를 내 보고 싶었다. 원래 콘트라베이스를 옮길 때는 건물 안의 폭이 넓은 계단을 이용하는데 오늘은 비상구만 열려 있었다. 비상계단 입구에서 꾸물거리는 나를 보다 못한 요오가 선배가 다가왔다. "무겁지? 내가 여기까지 잘 들고 왔지?"

"대단하네요. 이걸 오른팔로만 들고 왔어요?"

"아니, 왼쪽도 쓸 수밖에 없었어. 잘 움직이지 않을 뿐이지 아예 못 쓰는 건 아니니까."

둘이서 같이 음악실로 들고 올라갔다. 음악실에 있던 사람들이 박수를 치며 환호해 주었다. 요오가 선배는 전원 트랜스에 코드를 연결했고, 그걸 다시 테이블 탭에 꽂았다. 1학년이 콘센트를 찾아 뛰어다녔다.

"구멍에 손을 넣어서 위쪽을 만져 봐. 스위치가 있어. 이상한 데 건드리지 마라. 감전되어서 날아간다."

"그럼 스위치를 바깥에 달아 주세요."

"구멍 늘려도 괜찮겠어?"

"아니, 안 돼요. 그냥 두세요. 지금 켭니다."

북, 하고 악기가 낮은 소리로 외쳤다.

"들어왔다. 뭐라도 쳐 봐."

왼손을 갖다 대려는데 퍼벅, 하고 불꽃이 튀는 것 같은 소리가 들려서 기계에 이상이 생겼다고 생각한 나는 요오가 선배를 봤다. 그러나 신경을 쓰지 않는 얼굴이었다. 나중에 생각해 보니 그건 줄이 지판에 닿아서 난 소리였다. 그러니까 평소에는 들리지 않을 정도로 작은 소리가 그렇게까지 증폭되었다는 뜻이다. 그걸 알아차렸다면 다음에 일어날 일도 예측할 수 있었을 텐데 나도 이성적인 상태가 아니어서 낡은 부품을 사용했기 때문에 생긴 잡음라고 생각해 버렸다. 가장 낮은 음인 E를 힘차게 퉁겼다.

책상과 의자, 보면대가 여기저기서 쓰러졌다. 물론 소리 때문에 쓰러진 게 아니었다. 부원들이 일제히 교실 반대쪽으로 피신했기 때문이다. 나중에 어떤 사람은 "점심 먹은 게 목구멍까지 치밀어 올랐다.", 또 어떤 사람은 "소리 때문에 눈이 아팠다.", 그리고 "앞사람 뒤통수에 흰 머리가 났다.", 또 다른 사람은 "천사가 보였다."라고 이 순간을 증언했다. 천사를 본 사람은 가시와기였다. 예전에 콘트라베이스 E선의 굵기를 가지고 요오가 선배가 "코끼리가 목을 매달아도 되겠다."며 웃어댔었다. 그 코끼리도 잡을 줄이 퍼덕퍼덕퍼덕 하며 끊어질 듯한 기세로 마구 떨리고 있었다. 허둥지둥 두 손으로 잡았는데도 살아 있는 야수처럼 계속해서 마구 날뛰었다. 인간은 공포를 느끼면 몸이 자기 마음대로 움직여 버리는 모양이다. 이윽고 나는 미쳐 날뛰는 줄을 잡고 있던 두 손을 확 놔 버렸다. 아마 내 몸뚱이가 그 자리에서 도망치려고 한 게 틀림없다. 그러나 다리는 악기 동체를 붙들어야 한다는 이성이 남아 있었다. 이런 공명은 다른 줄에도 전해졌고, 음악실의 시공간이 뒤틀리는 것 같았다. 사실 그 순간에 사람들이 다 죽었고, 그 뒤에 살았던 인생이라고 생각한 모든 일들은 죽기 직전에 꾼 꿈이라 해도 나는 충분히 믿을 수 있었다.

현실이 갑자기 되살아났다. 콘센트 플러그를 손에 든 요오가 선배가 뭐라 소리를 지르고 있었다. 배경 음악은 전위적인 이 콘트라베이스의 코드였지만 음량은 비정상적이었다. 요오가 선배의 목소리가 안 들렸으니까.

"멍청아! 스위치 꺼!"라고 계속 외치고 있었다는 사실을 한참 뒤에 깨달았다.

"……볼륨 정도는 미리 조절해 줬어야지요."

"나 혼자서 어떻게 조절하란 말이야? 지금부터 밴드에 맞춰서 조절해야지."

착한 어린이는 이런 방법을 흉내 내서는 안 된다. 보통은 작은 소리부터 시작해서 점점 음량을 키워야 한다. 그러나 요오가 선배는 일렉 악기를 다룬 경험도 없었고, 현악기를 다루는 데에도 익숙하지 않았다. 그래서 그냥 고개를 끄덕였다. 폐품을 활용해서 이 정도 시스템을 만들어 낸 그는 천재적이라 하겠지만 사물에는 다 정도라는 게 있다. 말도 안 되는 괴물을 만들어 주었다. 이걸 무대에서 치는 날에는, 설사 요한 바오로 2세 교황이 와서 변호해 주어도 모두가 나를 주동자로 지목할 것이다. 어느새 나도 땀투성이가 되어 있었다.

이렇게 쓰면 콘트라베이스의 일렉화가 너무 비음악적 사태처럼 묘사된 것 같지만 처음에 말도 안 되는 음량이어서 가시와기가 천사를 봤다는 둥 하는 일이 일어났을 뿐이지, 적절하게 조정된 다음에는 튜바가 없는 앙상블에서 그 효과가 절대적이었음을 인정하지 않을 수 없다. 최저음을 전혀 음질이 다른 악기가 지탱해 주는 음악에는, 밴드 전체가 하나가 된 클래시컬 음악에 없는 시원함이 있다. 특히 뒷전으로 밀리기 쉬운 중저음 파트에서 자기 악기 소리를 듣기가 쉽다는 호평을 받았다. 글렌 밀러의 편곡이 워낙 좋아서 그랬을 뿐이라는 생각도 들지만.

이런 신기한 앙상블을 하며 눈에 띄게 실력이 좋아진 부원들도 있었다. 첫 번째 비밀 연습에서는 음정도 박자도 천방지축이던 1학년 트럼펫 파트가 두 번째 연습 때는 완전히 다른 사람들처럼 질서 정연한 하모니를 연출했다. 하지만 가장 현저하게 발전한 사람은 쓰지 선배의 여자친구인 바리톤 색소폰의 미우라였다.

사실 재능이 많은 친구는 아니었다. 알토 색소폰을 지원해서 클럽에 들어왔는데 같은 학년 중에 이미 오카무라가 있었다. 초보자인데다가 딱 보기에도 잘 못할 것처럼 생겨서 처음에는 쓰지 선배가 그녀를 귀찮아했다고 들었다.

악기를 잘하기 위해 필요 불가결한 요소는 과연 무엇일까? 센스? 열정? 재주? 모두 틀린 답은 아니지만 확실한 정답도 아니다. 정답은 자기가 가지고 태어난 신체다. 피아노에는 피아노에 맞는 손, 베이스에는 베이스에 맞는 팔과 손가락, 색소폰에는 색소폰에 맞는 치열과 횡격막. 그런 신체 요건을 부모에게서 받지 못한 사람은 아무리 노력을 해 봐야, 안타깝지만 처음부터 그런 것들을 가지고 태어난 사람과의 거리를 영원히 좁히지 못한다. 초보자들은 종종 빠르게 치거나 부는 걸 보고 놀라지만 그런 스킬은 연습을 통해 습득할 수 있다. 힘든 부분을 얼렁뚱땅 넘어갈 수도 있다.

그러나 아름다운 음색은 배울 수 없다. 그런 음색은 그게 가능한 사람만 낼 수 있다. 대학 이후 내가 콘트라베이스에서 완전히 손을 떼고 일렉 악기에만 전념했던 것도 결국 이런 이유 때문이었다. 대학의 재즈 연구회나 도시의 라이브 하우스 등에서 대단하다고 평가받는 사람들은 신체 구조 자체가 근본적으로 나와 달랐다. 내가 고양이라면 그들은 호랑이였다.

이 정도로 어울리지 않는 악기를 억지로 시키면 그만두든지,

다른 파트로 가 줄 거라는 꿍꿍이속으로 미우라에게 바리톤 색소폰을 건네준 사람은 쓰지 선배였다. 그가 예상한 대로 그녀는 제대로 된 소리를 내지 못했지만 파트를 바꾸거나 클럽을 그만두거나 하지는 않았다. 그리고 여름 방학이 지났다.

"사실 예전하고 달라진 것도 없는데 나한테 인사를 하기에 슥 하고 그 애 얼굴을 봤더니 갑자기 눈이 휙 돌아가는 것처럼 어지럽더라고. 내가 아무래도 이 여자한테 훅 갔나 보다, 하고 알아챘지. 솔직히 그때는 난감했어. 한편으로는 빨리 좀 그만둬 줬으면 하고 바라고 있었으니까."

쓰지 선배에게 그런 이야기를 자주 들었다. 나는 이야기를 들어주는 역할로 아주 적합했던 모양이다. 말도 안 되는 이야기도 꽤 섞여 있었던 것 같다. 예를 들면 이런 것이었다.

"아무래도 신이 정해 주는 운명대로 따르는 수밖에 없겠다 생각해서, 만약 이 여자가 딸기 그림 팬티를 입고 있으면 사귀자고 말해야겠다고 마음먹었지. 난 딸기를 좋아하거든."

"먹는 게요? 아니면 팬티가요?"

"먹는 걸 좋아하면 팬티도 좋아하는 거지."

"어떻게 확인했어요?"

"뒤에서 치마를 들춰 봤지. 동그란 딸기 그림이 있더라고."

"그거 혹시 토마토 아니었어요?"

"맞아. 그게 딸기로 보였어. 그러니까 이미 나는 맛이 가 있었던 거야."

그런 입장의 변화는 있었다 해도 색소폰 연주자로서 미우라는 고등학교 취주악부 수준으로 보아서도 합격선에 아슬아슬하게 걸쳐져 있었다. 그냥 흉내만 냈던 사토 선배가 이상한 소리는 내지 않는다는 점에서 그나마 나았을 수도 있다.

그 전해에 처음으로 경험한 글렌 밀러 앙상블에서 그녀는 아마 뭔가 감이 잡힐 듯 말 듯 했던 것 같다. 그러나 제대로 꽃 핀 것은 2학년 때였다.

그녀는 어떤 연주법에 대한 감을 잡았다. 한마디로 말하자면 끊는 법이다. 악기는 소리를 내기 시작할 때보다 끊을 때가 더 어렵다. 소리의 깔끔한 끝맺음은 중저음 악기가 의외로 진가를 발휘하는 점이다. 그러나 이것은 양날의 칼이다. 너무 심하게 해서 거칠거칠한 느낌이 되어 버리면 클래식 쪽에서는 틀림없이 싫어한다. 그러나 재즈와 록에서는 다소 히스테릭한 정도가 오히려 듣기 좋다. 어느 날 같이 연주하면서 쓰지 선배는 눈가에 눈물이 맺혔다고 한다.

"가나코는 원래 나보다 나이가 많아."

그 이야기를 들은 게 언제였는지 기억이 안 난다. 당시 나는 그 말을 믿지 않았다. 토마토 그림 팬티 이야기보다 더 안 믿었다. 미나모토라면 믿었겠지만 미우라는 아무리 그래도 겉보기와 쓰지 선배가 말한 실제 나이가 너무 차이 났다.

고등학교 입학이 늦어진 이유는 부모의 금전적인 문제가 원인이었다고 한다. 두 분이 한꺼번에 요상한 사이비 종교에 빠져서 헌금을 내기 위해 여기저기 빚을 졌다는 것이다. 그 빚을 갚지 못해 부모가 빚쟁이들한테 도망 다니는 동안 그녀와 언니는 친척 집에 맡겨졌고, 그 맡겨진 집이 또 야박해서 공짜로 밥을 얻어먹는 주제에 의무 교육도 아닌 고등학교까지 보내 줄 수는 없다고 했단다. 세 살 많은 언니가 돈을 벌어서 독립해 그녀와 둘이 살기 시작한 다음에야 고등학교에 다닐 수 있게 되었다. 그런데 그 언니가 하는 일도 일종의 피라미드 사기 같은 것이라고 들었다. 이 모든 이야기가 사실이라면 돈이 얼마나 무섭기도 하고 고맙기도 한 존재인지 뼈저리게 느꼈을 미우라가 나중에 개인 파산에 이른 것은 인생의 아이러니라고 안타까워해야 할지, 아니면 호방하고 대단한 가족이라고 감탄해야 할지 모르겠다.

다시 만든 브라스밴드의 첫 연습일 며칠 전에 사실 나는 미우라와 이야기를 했다. 도고에서 쓰지 선배에게 이야기를 들었을 때는 거처를 알아내기 힘들겠다고 각오했는데, 문득 생각이 나서 인터넷 카페로 들어가 '오노미치 보육사 가나코'로 검색해 보니 딱 한 건 해당되는 게 있었다. 보육사 블로그였지만 글을 쓴 사람은 미우라가 아니었다. 보육사 모임 행사에서 같이 일을 한 사람으로 '아담한 체구의 가나코 씨'라는 표현이 있었다. 메일 주소가 있어서 메시지와 연락처를 보내 두었다.

밤에 그 블로거한테서 가게로 전화가 왔다. 젊은 남자의 목소리였다.

"미우라 가나코 씨 일로 질문을 받은 사람입니다."

아직 독신이구나, 하고 일단은 쓰지 선배를 대신해서 기뻐했다. 그러나 생각해 보면 참으로 평범한 이름이다. 우리와는 전혀 상관이 없는, 예를 들어 스즈키 가나코라는 사람이 미우라 성을 가진 남성과 결혼하면 미우라 가나코가 된다. 우리가 알고 있는 미우라 가나코가 같은 성을 가진 남성과 결혼했을 경우에도 미우라 가나코가 된다. 누가 누군지 모를 수 있다.

그쪽이 알고 있는 가나코의 나이와 외모에 대해 물었다. 듣고 보니 아무래도 그 미우라가 맞는 것 같았다.

이튿날, 그 사람이 가르쳐 준 보육원에 전화를 걸었다. 미우라 가나코는 이미 직장을 옮겼다고 했다. 현재 연락처를 알고 있느냐고 물었다. 알고 있는지 여부도 가르쳐 주지 않은 채 도리어 내 주소와 전화번호만 요구했다.

한밤중에 미우라 본인이 전화를 했다. 보육원에서 메모를 전해 주었다고 한다.

"오랜만이네." 하며 부러 자연스럽게 말했다. 아주 우연히 블로그를 보게 되었고, 직감에 따라 알아본 것처럼 설명했다. "보모가 되고 싶다고 했던 얘기를 막연하게 기억하고 있었거든."

"그랬구나. 난 또. 되게 놀랐어." 하며 그녀는 의심하지 않았다. 온화하고, 어딘지 다른 사람 같은 말투여서 그 시점에서 뭔가 감이 왔다.

"거기, 가게야?"

"그래. 나 술집 하거든."

"그쪽으로 갈 일이 거의 없기는 해도 혹시 가게 되면 꼭 들를게. 여자도 들어갈 수 있어?"

"이상한 술집 아니야. 아무나 올 수 있어. 기다리고 있을 테니까 언제든지 와. 지금도…… 옛날 성으로 불리나 보네?"

"일할 때는 옛날 성을 계속 쓰고 있어. 선생님 이름이 갑자기 바뀌어 버리면 아이들이 헷갈려하니까. 그러다가 성을 바꿀 타이밍을 놓쳤어."

"지금도 보모 일을 하는 거야?"

"아이가 없으니까, 보육원 아이들이 내 아이려니 하면서 일하고 있어. 다히라 군은? 결혼은?"

"안 했어."

"그렇구나. 자유로워서 좋겠다."

말과는 반대로 전혀 부러워하는 것처럼 들리지 않았다. 나는 그녀에게 심술을 부리고 싶어졌다.

"브라스밴드, 다시 시작했어."

"사회인 밴드?"

"아니, 고등학교 때 멤버들이 다시 모여서."

그녀는 말이 없어졌다. 그녀가 묻고 싶은 것, 하지만 물을 수 없는 것이 무엇인지는 물론 알고 있었다. 그러나 나는 아무 말도 하지 않았다.

"이제 슬슬 자야겠다. 일찍 일어나야 되거든." 이것이 다음 말이었고, 그녀의 결론이었다.

나는 짧게 작별 인사를 하고 전화를 끊었다.

미우라의 대처 방법은 옳았다. 그녀는 자신의 새로운 세계를 지켜야 한다. 내가 나의 낡은 세계를 그러하듯이. 쓰지 선배한테는 아무 말도 하지 말아야겠다.

나는 일렉 베이스를 퉁기면서 손님이 문을 열고 들어오기를 기다렸다.

XI

반딧불의 빛

♩ ♪♫♬

"흥분되어서 온몸이 떨린다."

1981년 6월, 강당 뒤에서 차례를 기다리고 있는 나에게 요오가 선배가 술 냄새 나는 숨을 내뿜으며 말했다. 나는 벽에 붙어서서 앞으로 일어날 일을 모르는 부원이 가까이 다가올 때마다 악기 바깥쪽만 보이도록 애를 쓰고 있었다. 다리가 약간 후들거렸지만 이건 흥분 때문이 아니었다.

방송부원들이 대기실 입구에 나타나 우리 차례라고 알려줬다. 고히나타 선배가 찬찬히 우리 얼굴을 둘러보았다. 몇 사람이 머리를 까딱거렸다. 나도 고개를 끄덕였다.

다른 부원들이 모두 올라간 것을 확인한 다음 무대 뒤쪽으로 올라갔다. 자기 자리에 재빨리 악보와 악기를 놓은 요오가 선배가 닌자처럼 다가와서 콘트라베이스 뒤편에서 전원 코드를 끌어냈다.

시작을 알리는 부저 소리. 방송부의 소개. 그리고 막이 올랐다. 눈에 띄는 빈자리나 그러면서도 어수선한 분위기가 작년과 하나도 변한 게 없었다. 계절에 맞지 않는 짙은 색 양복을 입은 구레바야시 선생님이 불안한 모습으로 두리번거리며 조명 아래로 나와 객석을 향해 고개를 숙였다. 지휘대 위에 섰다.

첫 번째 곡인 드보르자크는 마지막 부분에서 가시와기의 심벌즈가 빠진 것 말고는 그럭저럭 괜찮은 완성도였다. 귀에 익숙한 멜로디가 계속 나와서 관객들의 호응도 좋았다. 생각보다 큰 박수를 받았다.

그리고 두 번째 곡.

지휘봉이 올라갔다. 가시와기는 이미 하이햇 심벌즈 앞에서 스틱을 잡고 있었다. 트럼펫 파트가 엉거주춤하는 게 보였다. 갑자기 벌떡 일어설 태세였다. 지휘봉이 내려갔다.

튜바의 연주 라인은 물론 〈사랑은 반항적인 새〉였다. 그러나 제자리에서 일어선 트럼펫 파트의 팡파르는 〈펜실베이니아 6-5000〉이었다. 후자를 쫓아가기 시작한 나는 앰프 스위치를 깜박하고 켜지 않았다는 걸 뒤늦게 알아차렸다. 소리를 늘어뜨린 채로 허리를 굽혔다. 스위치가 켜짐과 동시에 펑하고 뭔가가 파열한 듯한 소리가 울렸고, 이시마키 선배와 미나모토가 깜짝 놀라 악기를 든 채로 자리에서 일어났다. 나는 상관하지 않고 계속 연주했다.

이시마키 선배는 곧바로 상황을 눈치챈 모양이었다. 그러나 그는 끝까지 하바네라를 고집했다. 사실 그렇다기보다 〈펜실베이니아 6-5000〉을 연습하지 않았으니 이쪽에 맞출 방법이 없었다. 우리를 제외한 다른 부원들도 마찬가지였다.

구레바야시 선생님을 쳐다봤다. 그는 딱딱하게 굳은 표정으로 묵묵히 지휘봉을 흔들고 있었다. 무슨 일이 일어났는지 아직 제대로 파악하지 못한 모양이었다. 이건 본 연주 전날 밤에 꾸는 악몽이라고 여겼을지도 모른다.

다행인지 불행인지 〈사랑은 반항적인 새〉와 〈펜실베이니아 6-5000〉은 박자가 비슷했다. 후자 쪽이 약간 더 빠르지만 선생님은 가시와기의 4비트에 끌려가다가 결국에는 같은 템포로 지휘봉을 움직이기 시작했고, 두 개의 곡은 묘한 상태로 같이 연주됐다. 〈사랑은 반항적인 새〉의 주조는 라장조, 즉 D키였고, 〈펜실베이니아 6-5000〉은 내림가장조, 즉 A♭키였다. 재즈 이론을 잘 아는 사람은 이해할 것이다. 이렇게 마이너스 5도 차이의 두 조가 겹치면 서로 맞지 않는데도 가끔씩 맞는 것도 같은, 아주 기묘하지만 엉망진창이라고는 할 수 없는, 아무튼 신기한 음악이 만들어진다.

두 개의 곡은 기적적으로 동시에 끝났다. 엄밀하게 말하자면 〈사랑은 반항적인 새〉의 마지막 따단, 하는 소리가 아름답게 남왔다. 치밀하게 작곡된 현대 음악 같아서 나는 감탄했고, 객석에서도 여기저기서 박수 소리가 들리기는 했지만, 그제야 상황을 알아차린 구레바야시 선생님은 지휘봉을 분질러 버리더니 말없이 안쪽으로 들어가 버렸다. 원, 투, 스리, 포, 고히나타 선배의 카운트로 〈문라이트 세레나데〉가 시작되자 나머지 부원들도 하나둘씩 무대에서 떠나 버렸다. 웬일인지 객석에서 다시 박수를 쳐 주었다. 일종의 연출로 보인 모양이었다.

팔이 안으로 굽어서 그런지 모르지만, 이 〈문라이트 세레나데〉는 연주자들의 열정을 고스란히 쏟아 부은 명연주였다고 생각한다. 글렌 밀러가 좋아서 어쩔 줄 모르던 사람은 꼭 가사이 선배나 마쓰바라만이 아니었다.

상점가를 걷다가 느닷없이 말할 수 없을 정도의 행복감이 온몸을 감싸면서 왜 이렇게 마음이 가벼운지 신기해질 때가 있다. 혹시 나도 모르게 내가 죽은 게 아닌가 싶어서 주위를 둘러본다. 알고 보면 별것 아니다. 아케이드 상가 천장 스피커에서 흘러나오는 〈문라이트 세레나데〉의 효과라는 사실을 깨닫고는 어딘지 모르게 실망을 하면서 한숨을 쉰다. 그리고 재미없는 일상으로 돌아간다.

명곡이 그리움과 한 치의 오차도 없이 겹쳐질 때, 그것은 사람을 죽게 하거나 혹은 다시 한 번 태어나게 할 정도의 힘을 가진다. 〈문라이트 세레나데〉가 나에게 미치는 효과는 글렌 밀러의 계산을 아마도 훨씬 초월할 것이다. 그리고 〈사랑은 반항적인 새〉의 효과는 이라디에르와 비제의, 〈신세계 교향곡〉의 효과는 드보르자크, 〈꽃의 왈츠〉의 효과는 차이콥스키의 계산을 초월한다. 그런 곡들을 들을 때마다 죽은 뒤의 내가 장례식에 흐르는 배경 음악을 듣고 있는 듯한 기분이 든다. 동시에 방금 전에 어른의 모습으로 세상에 다시 태어난 것 같은 기분이 들기도 한다.

초등학교 음악 시간에나 들었을 법한 곡들을 열거해 놓은 이유는 취주악부는 기본적으로 그런 곡을 연주하는 곳이었기 때문이다. 폰키엘리(1834~1886. 이탈리아 작곡가)나 리드(1921~2005. 미국 작곡가, 지휘자. 특히 취주악 분야에서는 20세기를 대표하는 음악가의 한 명으로 꼽힌다)의 곡도 연주했던 것 같은데 기억이 확실하지 않다. 연습 삼아 연주해 봤다가 제대로 되지 않아 본 무대 때 빼놓은 곡도 많았다.

초등학교 때 들은 〈꽃의 왈츠〉를, 고등학교 때도 연습해서 합주하고, 마흔이 되어서도 연습해서 합주하는데 어떻게 질려 하지도 않느냐고 어이없어 하는 사람도 있을 것이다. 사실은 질렸다. 벌써 오래 전, 고등학교 때 개인 연습을 할 때부터 완전히 질려 버렸다. 질리고 질리고 질리고 너무 지겹고 싫어서 다시 보고, 그런 나 자신에게도 질려서 일부러 잊어버리고, 어느 날 문득 다시 생각나고, 그러다가 정신을 차려 보니 세포에 각인되어서 마치 엄마의 목소리처럼 잊어버릴 수가 없게 되었다.

인간은 왜 음악을 연주하는가. 나는 지금 나름대로 그 답에 이르려 하고 있다.

음악 따위는 단순한 물리 법칙을 이용한 의식에 지나지 않는다.

음악 따위는 잡다한 정보에 둘러싸인 공허에 지나지 않는다.

음악 따위는 어차피 남과 공유할 수 없는 순간적인 느낌에 지나지 않는다.

음악 따위는 진동에 지나지 않는다.

음악 따위는 헛수고에 지나지 않는다.

음악은 아무것도 주지 않는다. 받았다고 착각하는 우리가 있을 뿐이다.

그런 주제에 음악은 우리에게서 많은 것을 빼앗아간다. 인생을 남김없이 빼앗기는 사람들조차 존재한다.

그런데도 사람들은 고생을 마다않고 음악을 연주하려고 한다.

씨를 뿌리고 다니듯이 어디에서나 음악을 연주한다. 그래서 좋은 일만 생기면 좋겠지만 그것이 원인이 되어 싸우기도 하고 병에 걸리기도 하고 목숨을 잃기도 한다.

그렇게 대책 없이 악랄한 야수로부터 우리가 도망치지 못하는 이유는 아마 그놈이랑 같이 있는 한 몇 번이고 다시 태어날 수 있을 것 같은 느낌이 들어서일 것이다. 그놈에게 먹이를 주면서 그 부드러운 털을 쓰다듬어 왔던 자일수록 그런 예감을 거역할 수 없고, 등을 돌릴 수도 없다.

"올해의 취주악 콩쿠르 과제곡, 구시다 데쓰노스케 작곡의 〈도호쿠 지방 민요 콜라주〉를 보내 드렸습니다." 방송부가 대본에 있는 대로 소개하자 객석이 술렁였다. 웃음소리도 살짝 들렸다. "드디어 마지막 곡입니다. 우리 학교는 이렇게 6월에 문화제를, 그리고 11월에는 체육 대회를 실시하는 전통이 있습니다. 눅눅한 날씨가 이어지고 있는데 마지막 공연에서 스포츠의 계절다운 상쾌한 바람을 느껴 주십시오. 가미오카 요이치가 작곡한 행진곡 〈가을 하늘에〉입니다."

약간의 박수 소리. 그러나 연주는 시작되지 않았다. 지휘자도 없이 행진곡을 시작하는 것은 역시 곡예나 다름없었다. 구레바야시 선생님이 화가 나 무대에서 내려가 버릴 가능성에 대해 이야기를 나눠 본 적은 있지만 이 정도 상황까지는 예상하지 못했다.

생뚱맞게 쓰지 선배가 일어서서 〈터부Taboo〉(쿠바의 마르가리타 레쿠오나가 연주한 1930년대 라틴 음악)를 불기 시작했다. 〈8시다! 전원 집합〉(1970~1980년대에 인기를 끌었던 주말 TV 코미디 프로그램)의 가토 차가 "아주 살짝 만이야."라는 개그를 할 때의 그 야시시한 배경 음악 말이다. 나는 앰프 스위치를 끈 뒤 콘트라베이스의 넥에 귀를 붙이고 곡의 키를 확인했다. 베이스 라인은 귀에 익숙했고 어려운 진행도 아니었다. 중간에 스위치를 다시 켜고 가세했다. 객석이 호응을 했다. 가시와기가 리듬에 맞춰서 스네어 드럼을 치기 시작했다. 음감이 좋은 몇 사람도 적당한 반주를 했다.

쓰지 선배가 테마를 분 다음에는 고히나타 선배가 일어서서 애드리브 솔로로 이어갔다. 상당히 괜찮았다. 고히나타 선배는 솔로의 마지막 부분에서 쭉 뻗은 슬라이드 끝으로 요오가 선배를 지명했다.

요오가 선배의 솔로는 프리 재즈풍이랄까, 거의 엉터리였다. 한차례 불고 나서 옆에 있는 사쿠라이 선배에게 벨을 획 돌렸지만 그녀는 악기를 한 바퀴 돌린 뒤 양손을 펼쳐서 못 하겠다는 제스처를 했다. 우리의 한계였다. 몇몇의 반주와 가시와기의 스네어 드럼, 나의 베이스만 남았고, 그것도 차례로 끊어졌다.

무대 뒤에서 구레바야시 선생님이 어깨를 잔뜩 올리고 씩씩거리며 성큼성큼 걸어 나왔다. 손에는 테이프로 이어 붙인 지휘봉을 잡고 있었다. 객석에 다시 한 번 인사한 다음 지휘대에 올라 양손을 얼굴 높이로 들어 올렸다.

우리는 파블로프 박사의 개처럼 소리를 죽이고 악기를 고쳐 들고서 다음 지시를 기다렸다. 선생님은 좀처럼 움직이지 않았다.

한 명, 두 명, 다섯 명…… 아까 무대에서 내려갔던 부원들이 자기 자리로 돌아왔다.

지휘봉이 춤췄다…….

공연이 끝난 후 글렌 밀러를 연주한 멤버 전원이 음악실로 소집되었다.

"너희들 요청에 진지하게 귀를 기울이지 않은 나도 잘못했다고 생각한다. 그러나 모든 일에는 원칙이라는 게 있잖아." 구레바야시 선생님은 화가 났다기보다는 슬퍼 보였다. "일부 학생들한테서 주동자가 다히라 군이라는 이야기를 들었는데……?"

나는 포기하는 마음으로 고개를 끄덕였지만 3학년들이 앞을 다투어 아니라고 했다.

"그래도 현 베이스에 저런 짓을 한 건……."

고히나타 선배와 요오가 선배가 손을 들었다. 요오가 선배는 '왼손'을 들었다.

선생님은 손을 내리라는 손짓을 했다. "알았다. 안타깝게도 다른 선생님들도 있는 자리에서 저지른 짓이라 내 선에서 조용히 넘어갈 수는 없다. 연대 책임을 지우게 될 텐데 괜찮나? 이의가 있는 사람? 없어? 벌칙은 이쪽에서 생각하겠다. 되도록 너희들 내신에는 반영되지 않게 처리하지. 즐기자고 만든 자리에서 일어난 일이기도 하고. 현 베이스는 원래대로 되돌려 놓을 수 있는 거야?"

"네. 원래대로 해 놓겠습니다." 요오가 선배가 대답했다.

선생님은 고개를 끄덕였다. "아무래도 나는 취주악부 지도 교사에 적합하지 않은 것 같다. 역시 취주악은 잘 모르겠어. 합창부만 맡기에도 힘에 부친다고 말하고 내년부터는 다른 선생님이 이쪽을 맡으시게 요청할 작정이다. 3학년은 콩쿠르까지, 1, 2학년도 학년이 바뀔 때까지만 참으면 돼. 그때까지는 제발 얌전히 지냈으면 좋겠다."

내가 제일 두려워하던 것은 그 자리에서 정학을 맞아 이튿날에 예정된 경음악 무대에 설 수 없게 되는 사태였다. 그렇게 될 경우에는 정학 기간이 늘어날 각오를 하고 무대에 설 작정이었다. 퍼시먼 밴드에게는 첫 무대였고, 멤버들이 대학 입학에 어떤 생각을 갖고 있느냐에 따라서는 마지막 무대가 될 수도 있었다. 그런 사태가 일어나지 않아서 나는 가슴을 쓸어내렸고, 이튿날은 기분을 완전히 바꿔서—완전히 바뀌었다고 스스로에게 주문을 걸면서 야외 무대에 올랐다.

연주는 그런대로 괜찮았다. 나름대로 실수도 있었지만 끝나고 보니 한순간에 지나간 일 같았다. 무대 옆 계단 밑에 가족들이 모여서 나를 기다리고 있었다. 올 것이라고는 생각도 하지 못했기 때문에 엄청 놀랐다.

"음악은 잘 모르겠지만, 소리는 좋더라." 아버지가 말했고 "참 즐겁게 연주하더라. 집에서도 그런 얼굴 좀 보여 주지." 하며 어머니가 웃었다.

그렇다. 즐거웠다. 친구들하고 열심히 노력한 성과를 보여 줄 수 있어서 그날의 나는 진심으로 즐거웠다.

나중에 구레바야시 선생님이 우리에게 준 벌칙은 작문이었다. 반성문 같은 건 아니었고, 우리에게 주어진 주제는 '글렌 밀러와 나'였다. 센스 있는 벌칙이었다. 나는 묘하게 의욕적으로 덤벼들어서 400자 원고지 스무 장 분량의 글에 표지까지 붙여서 제출했다. 나름 평론이라고 생각하며 쓴 글이었는데 선생님한테 "무슨 소설 같다."는 소감을 들었다.

"그래도 재미있더구나. 글렌 밀러의 레코드를 나도 사서 들어

봤지."

더 나중에 있었던 후일담을 덧붙이자면 구레바야시 선생님이 학교에 요청한 것은 그가 의도했던 방식으로는 이루어지지 않았다. 두 개의 클럽 지도 교사를 하는 게 힘들다고 해석된 모양이었다. 게다가 이듬해, 할머니 히구치 선생님를 대신해서 부임해 온 음악 교사는 성악과 출신이었다. 그는 합창부에서 밀려나 모르겠다, 모르겠다, 거듭거듭 말하며 내가 졸업할 때까지 취주악부 지도 교사로 있었다.

전기 공작에 대단한 재능을 발휘한 요오가 선배는 목공은 영 제대로 못했다. 그가 어디서 주워 온 베니어판으로 만든 덮개는 악기의 곡면을 무시한 평평한 것이었다. 게다가 바깥쪽으로는 온통 틈새가 나 있어서 악기 뒷면과 마주 닿은 곳이 세 군데밖에 없었다. 내가 시험 삼아 두드려 봤더니 금방 안쪽으로 쓰러졌다.

할 수 없이 내가 다시 뚜껑을 만들어서 막았다. 악기에 종이를 대고 구멍의 모양을 본뜬 다음 그것을 다섯 장으로 나눠서, 새로 사 온 베니어판을 각각의 형태로 약간 큼직하게 잘라냈다. 조금이라도 곡면을 재현하려는 생각에서였다. 가장자리를 작은 칼로 다듬으면서 한 장씩 끼워 제대로 맞으면 목공용 본드로 붙였다.

표면을 종이 줄로 깎아서 모서리를 없애고, 그래도 살짝 벌어진 틈새는 줄질할 때 나온 톱밥과 본드를 섞은 것으로 메웠다. 마지막으로 아크릴 물감을 사 와서 색칠했다. 본드 위에 어떤 목공용 도료를 칠해야 할지 몰라서 유리에 그릴 수 있을 정도의 물감이면 괜찮겠다고 생각했다. 그런데 물감이 의외로 비싸서 제일 피해가 컸다. 마치 전혀 막힘없이 수리를 한 것처럼 썼는데, 실패를 되풀이하며 일주일가량 걸려서 겨우 마친 작업이었다.

매일같이 요오가 선배네 차고를 들락거리던 나는 어느새 다다의 졸개 신세가 되어 버렸다. 나는 친구라고 생각했는데, 그놈은 나를 자기보다 아래로 여기고 있었다. 작업을 하고 있으면 뒤에서 앞다리를 내 어깨에 올려놓고 '야, 놀자.' 하고 명령했다. 나한테도 오줌을 갈길까 싶어 그 녀석이 현관에서 계속 훔쳐오다가 기어이 자기 장난감으로 만들어 버린 요오가 선배의 운동화를 잡아당기면서 놀아 주었다. 그러다가 내가 진짜로 힘껏 잡아당기나 싶으면 '좋아, 그거 빌려줄게' 하듯이 툭 놓고 휭하니 가버렸다.

학교에 콘트라베이스에 대해 잘 아는 교사가 없는 것은 나로서도, 요오가 선배에게도 다행스러운 일이었다. 구레바야시 선생님이 "다 고쳤냐?" 하고 물어서 "네."라고 대답했더니 그걸로 끝이었다. 어떻게 고쳤는지 확인도 하지 않았다. 나중에 몰래 커버를 벗겨서 내가 적당히 고쳐 놓은 악기를 보고는 새파랗게 질렸을지도 모르지만 말이다. 변명하는 것 같지만 현악기의 뒤판과 옆판의 주된 역할은 악기 내부 공간을 보존하는 것일 뿐 소리와는 직접적인 상관이 없다. 그때 요오가 선배가 앞판을 손대려고 했다면 나는 단연코 거절했을 것이다.

마지막까지 뒷정리 때문에 바쁜 탓도 있어서 나는 점점 정말로 내가 주동자인 것 같은 의식을 가지게 되었다. 구레바야시 선생님의 포용력에 고마워할수록 그런 선생님을 그만둬야겠다는 생각까지 하게 만든 책임을 절실하게 느꼈다. 나 혼자 책임을 질 일이 아니라는 것을 머리로는 알고 있어도 마음을 어떻게 할 수는 없었다.

하다못해 콩쿠르에서는 제대로 하는 모습을 보여 드려야겠다는 생각에서 과제곡 연습에 열을 올렸다. 그런데 선생님을 마주보고 있으려니 마음이 괴로웠다. 합주하는 자리에 있으면 속이 쓰렸다. 원인은 알고 있었고, 클럽 활동이 끝나고 나면 괜찮아지니까 내버려 두었는데 아침부터 밤까지 얼굴을 마주해야 하는 여름 합숙이 시작되자 그럴 수가 없었다.

첫날부터 시작된 속 쓰림이 둘째 날에는 일어나기도 힘들 정도가 되었다. 사쿠라이 선배랑 같이 있을 수 있는 시간이 이게 마지막이라는 사실을 알고 있었기에 그대로 돌아가기는 싫었다. 합주를 하는 동안 나는 난생 처음으로 온몸이 진땀으로 젖는 경험을 했다. 사흘째, 도저히 더는 두고 볼 수 없던 부원들이 선생님에게 상태를 보고했고, 나는 합숙소에 있는 차로 마을 의원에 갔다. 선생님도 동행했다.

대기실에 있을 때까지는 이대로 죽는 게 아닐까 싶을 정도로 아팠다. 그런데 진찰 받기 위해 침대에 누워 있으니 의사한테 미안해질 정도로 씻은 듯이 아픔이 사라졌다. 의사에게 솔직하게 이야기했다.

"합숙하고 있다고 했지? 여름에는 가라앉지 않는 흥분이나 피로 때문에 몸이 안 좋아진 학생들이 진찰을 받으러 오는 경우가 종종 있지. 식중독 증상도 없으니, 일단은 좀 쉬도록 해."

별실에 있는 침대로 안내되었다. 안경을 벗어 베개 옆에 놓았다. 아파서 제대로 자지 못한 나는 얼마 후에 깊이 잠들었고, 눈을 떠 보니 어느새 저녁이 되어 있었다. 내 짐과 몇 천 엔이 든 봉투가 의원에 맡겨져 있었다. 숙소에 돌아올 수 있을 것 같으면 마중 나오겠다, 혼자 집에 돌아가기 힘들면 데려다 주러 오겠다는 말을 선생님이 전해 주라고 했단다. 나는 역이 있는 방향을 물어서 혼자 기차를 타고 집으로 돌아갔다.

한 달 늦은 오봉(음력 7월 15일 무렵 조상에 제사를 지내는 절기)이 왔다. 집 앞 언덕길에서 바라본 뒤틀린 형태의 묘지들은 다시금 온통 원색의 정원이 되었다. 이렇게 알록달록한 채색을 해 놓은 것은 나팔꽃 연등이었다.

가느다란 대나무 끝을 여섯 가닥으로 갈라서 깔때기 모양을 만들어 거기에 빨강, 노랑, 보라, 초록, 남색, 홍색의 금박 입힌 종이를 바르고, 종이로 만들어진 봉우리 장식을 붙인다. 오봉이 되면 그런 요상한 물건을 편의점에서도 판다. 종이 한 장에 고인의 이름을 적고, 또 다른 한 장에는 제물로 바친다는 표시로 '상上'이라고 써서, 성묘를 오는 사람마다 빗자루를 거꾸로 세워 놓는 것처럼 묘비 앞에 장식해 둔다. 가끔씩 새하얀 연등도 보이는데 그것은 돌아가시고 처음 오봉을 맞이해서 드리는 제물이다.

옛날에는 이 연등에 촛불까지 켜서 꽂았다고 하니 밤의 묘지는 그야말로 죽은 자들의 영혼이 진짜로 돌아와서 바라보고 싶을 정도로 아름다웠을 것이다. 화재가 나기 쉽기 때문에 이제는 안에다 초를 넣지 않는다. 8월 중순의 밝은 낮에, 여기가 일본인지 지중해 한가운데인지 의심될 정도로 강렬한 햇빛에 비추어 바라볼 뿐이다.

시내 한가운데 그 이름도 가미야초(종이 가게 동네)라는 옛날 종이 도매상들이 모여 있던 동네가 있는데, 도쿠가와 시대에 그곳의 큰 장사치가 딸의 죽음을 애도하면서 연등이 시작됐다고 한다. 그래서 이 지역에만 존재하는 풍습이다. 이 근방에서는 너무나 당연하게 여겨져서 다른 지방에 그런 연등이 존재하지 않는다는 사실을 모르는 사람들이 많다. 대학에 들어가 도쿄로 올라갈 때까지는 나도 그런 줄 몰랐다.

아래층에서 전화벨 소리가 들리는가 싶더니 "오빠." 하고 여동생이 방문을 열었다. "어떤 여자한테 전화 왔어."

손에는 불그스름하게 뭔가가 묻은 수건을 들고 있었다. 바로 5분 전에도 문을 열고서 "엄마가 수박 썬다는데." 하며 부르러 왔기에, 밥상 앞에 앉아 기다리는 것도 이상할 것 같아서 "다 자르면 불러."라고 말해 두었다.

미나모토나 뭐 그런 애가 또 자기 할 말이 있다고 연락을 했겠거니 예상했지만, "누구지?" 하고 일부러 고개를 갸웃거렸다. "이름 말 안 해?"

"손 닦고 있어서 제대로 못 들었어. 다시 물어볼걸 그랬나?"

"아냐, 됐어. 클럽 사람이겠지, 뭐."

장남이라는 위치는 여러 가지 면에서 어려운 입장이다. 왜냐하면 가족들이 처음으로 직접 겪는 '요즘' 무언가 때문이다. 이럴 때 당장 뛰어 내려가기라도 하면 "요즘 고등학생들은 부모 말은 제대로 듣지도 않으면서 여자애한테 오는 전화는 득달같이 달려가서 받는다."라는 잔소리하기 안성맞춤인 소재를 제공하게 된다.

전화를 건 사람은 후텐마였다. 우리 집으로 전화를 걸어 온 건 처음이었다.

"다히라 군, 내일 불꽃놀이 안 가?"

"내일 불꽃놀이를 하나? 혹시 미야지마에서 하는 거?"

"응. 미야지마에서 하는 불꽃놀이를 꼭 한 번 보고 싶거든. 그래서 부모님은 고향 가셨는데 난 안 따라갔어."

경내가 바다에 잠겨 있는 신사. 생각해 보면 참으로 기이한 경관이고, 그곳에서 바라보는 불꽃놀이라면 더욱 신기한 풍경일 것이다. 특히 장관은 배에서 잇달아 바다 위로 던지는 화약 덩이다. 수면에서 불꽃이 터지면 신사의 커다란 도리이(신사 입구에 세우는 기둥 문) 실루엣이 바다에 비친다. 이렇게 설명은 하지만 나도 그 광경을 지방 방송 TV에서 봤을 뿐이다. 토박이들은 원래

다 그렇다. 미야지마에 가려면 페리로 건너갈 수밖에 없는데 갈 때는 제각기 다른 시간에 도착한 사람들이 불꽃놀이가 끝나면 한꺼번에 본토로 돌아오려고 해서 항구는 콩나물시루처럼 사람들이 꽉 들어찬다고 한다.

"나도 그 불꽃놀이에는 가 본 적 없어."

"왜?" 하며 놀랐다.

"그냥. 그날 항구가 너무 북적인다고 해서. 날짜 바뀌기 전에 돌아올 수 있으면 다행이래. 우리 부모님은 젊었을 때 가 봤는데 그건 그냥 TV로 보는 게 낫다는 소리를 어릴 때부터 들었어."

"그럼 가자고 하면 안 되겠네?"

"아니…… 오히려 이렇게 누가 가자고 하지 않으면 아마 평생 갈 일이 없을 것 같아. 다른 사람은 누가 같이 가는 거야?"

"아." 하더니 후텐마가 입을 닫아 버렸다. 그리고는 한참 뒤에 다시 말했다. "아직은 다히라 군한테만 말한 건데. 여럿이 같이 가는 게 좋을까?"

"북적이는데 사람을 보태는 것 같아서 좀 그렇지만, 그래도 여러 사람이 같이 움직이는 게 자리를 잡거나 하는 데 편하지 않을까?"

후텐마는 아무 말이 없었다.

"많은 편이 더 재미있을걸." 하고 말하고는 대답을 기다렸다.

다시 말을 하기 시작한 그녀는 갑자기 오키나와 사투리를 많이 썼다. 나는 제대로 재현을 하지 못하겠지만 아무튼 자기는 반에서도, 클럽에서도 다른 사람들하고 잘 어울리지 못한다는 말이었다. 가라키나 이쿠다 같으면 내가 얼마든지 데려갈 수 있으니까 너무 걱정하지 말라고 말해 보았다. 그녀는 다시금 침묵해 버렸다.

"아무튼 내일 얼굴 보고 얘기해. 막상 진짜로 여러 사람이 간다고 하면 너도 귀찮아할 수도 있어." 그녀는 장소와 시간을 정한 다음 전화를 끊었다.

둔한 척할 생각은 없었다. 이건 소위 말하는 데이트를 하자는 뜻이고 불꽃놀이는 구실에 불과하지 않을까, 그래서 다른 사람을 부르기 싫어하는 게 아닐까 하는 생각이 일찍부터 뇌리를 스치고 지나갔다. 하지만 아니라고 그 자리에서 부정했다. 그녀의 말투가 그런 종류의 달콤한 향기를 전혀 풍기고 있지 않았기 때문이다.

미야지마의 불꽃놀이에 갈 생각이라고 어머니한테 말했더니 너도 참 별나다면서 웃었다. 나는 오기가 생겼다. 이틀날 저녁, 돗자리와 타월, 차가운 보리차가 담긴 보온병을 스포츠 가방에 넣고, 다시 말하자면 남자 고등학생으로서는 최고 수준의 준비를 하고, 만나기로 약속했던 기차역으로 자전거를 타고 갔다. 그때도 평소처럼 지각했다. 나는 지각 상습범이었다.

후텐마는 지친 표정으로 대합실 의자에 앉아 있었다. 어지간히 일찍부터 나와 있었던 모양이다. 어른스러운 타이트스커트를 입고, 핸드백을 무릎에 얹어 놓았다.

"그런 차림으로 왔어?"

그녀는 그녀대로 내 티셔츠와 청바지 차림에 실망한 듯했으나 마음을 고쳐먹었는지 "같이 가 주는 거야?" 하고 부드럽게 말했다.

자전거는 역 뒤편에 두고 냉방이 잘 된 기차를 타고 미야지마구치 역까지 갔다. 노면 전차에 비해 요금이 조금 비쌌지만 그 대신 빨랐다.

미야지마와 본토 사이를 왕복하는 페리를 운행하는 회사는 두 군데였다. 운임도 배의 규모도 똑같았다. 탑승구도 쌍둥이처럼 나란히 있어서 평소 같으면 배가 보이는 쪽으로 들어가기만 하면 곧바로 탈 수 있지만 이날 저녁만큼은 사정이 달라 양쪽 모두에 긴 줄이 늘어서 있었다. 시간표를 보고 일찍 배가 오는 쪽으로 줄을 섰는데 우리 차례 바로 앞에서 승선을 막는 바람에 다른 쪽의 더 짧은 줄에 서는 편이 오히려 더 빨리 출발할 수 있을 뻔했다. 물론 그 차이라고 해 봐야 몇 분에 불과했지만.

배를 타는 시간은 기껏해야 10분이었다. 그래서 처음부터 객실에 들어가지 않고 갑판에 서 있었다. 배가 부두를 떠나 방향을 틀어서 5분만 가면 섬의 신사 경내에 서 있는 큰 도리이가 눈에 보였다. 항구로 다가가면 다시 보이지 않았다. 소리가 늘어진 〈반딧불의 빛〉이 선내 방송으로 흘러나와 이 여정이 끝났음을 알려 주었다.

"오봉이랑 설날이 한꺼번에 온 것 같네." 하며 후텐마가 웃었다. 당시의 〈홍백가합전〉(국영 방송인 NHK에서 매년 12월 31일 마지막 시간에 유명한 가수들을 초청해서 진행하는 큰 규모의 노래 대항전)은 하늘을 찌르는 엄청난 시청률을 자랑하는 괴물 같은 프로그램이었는데, 이 프로그램의 마지막은 항상 후지야마 이치로가 지휘하는 〈반딧불의 빛〉으로 끝을 맺었다. 그 노래가 끝나면 곧이어 제야의 종소리가 울리기 시작했다.

스코틀랜드 민요인 〈올드 랭 사인Auld Lang Syne〉에 로버트 번스(스코틀랜드의 시인)가 붙인 가사는 재회의 기쁨을 노래하고 있지만, 이나가키 지카이의 가사는 전쟁터로 나가는 사람을 전송하는 노래였다. 4절에는 노골적으로 지명이 나오는데다가 전쟁 중에 문부성은 어리석게도 영토가 확대될 때마다 가사를 바꾸곤 했다. 그러니 4절을 더 이상 부르지 않게 된 건 당연하다.

후지야마 이치로는 일본인이라면 당연히 가사를 2절까지 외워서 불러야 한다는 듯이 자신도 노래를 부르면서 진심으로 즐겁게 지휘를 했다. 나는 가사의 운율이 너무 딱딱 들어맞는 1절보다 2절이 훨씬 가슴에 와 닿는다.

남는 자도 떠나는 자도 마지막이니,
서로를 생각하는 마음은 헤아릴 수 없네,
마음의 끝자락을 한마디로 모아, 잘 지내라는 노래로 부르네.

미야지마 항은 바겐세일 장소처럼 혼잡스러웠다. 섬이 온통

이 지경이면 사람들 무게로 섬 자체가 약간 가라앉지 않을까 걱정했는데, 상점이 늘어선 신사 앞길로 들어서니 그 정도는 아니었다. 단풍이 무르익은 가을철보다 오히려 약간 한적한 편이었다. 그러나 신사가 가까워지자 다시 갑자기 사람들이 늘어났고, 경내를 둘러싼 길가로 나가자 거의 옴짝달싹도 못할 지경에 이르렀다. 경내라고는 해도 밀물 때는 물이 차는 땅이라서 그쪽으로 사람들이 흩어질 일은 없었다.

낮은 돌담 위에 카메라를 얹어놓은 삼각대가 빼곡하게 늘어서 있었다. 무슨 일이 있어도 절대 그 자리에서 움직이지 않겠다고 버티는 촬영자들과 그 사이를 비집고 들어가 도리이를 들여다보고—그러다가 틈이 보이면 짐도 내려놓으려는 구경꾼들 사이에서 살기등등한 언쟁이 오가고 있었다. 불꽃놀이를 바치는 신이 계신 곳은 그 길을 한참 더 가야 있었다. 도리이와 불꽃놀이가 다 보일 정도의 자리라면 무자비한 총격전이 일어난다 해도 이상하지 않을 정도였다.

"돌아가자. 불꽃놀이만이라면 좀 멀리서도 보일 테니까."

후텐마로서도 예상 밖의 혼잡이었는지 순순히 끄덕였다.

상점가가 끝나는 해안 주변에는 우리와 같은 생각을 가진 가족들이 비교적 느긋하게 돗자리를 깔아 놓고 있었다. 앉을 틈을 발견하고는 가방을 내려놓았다. 이제 슬슬 해가 지면서 경치가 짙어지고, 바람도 불기 시작했다.

후텐마가 돌담 너머를 쳐다보더니 고개를 돌리며 말했다. "물이 꽤 많이 찼네."

나는 손목시계를 보았다. "물이 다 차면 아마 시작할 거야."

"기대된다." 하며 미소를 지었다. 그 순간에 보았던 후텐마의 얼굴이 잊히지 않는다. 조금도 즐거워 보이지 않았다.

오키나와에서 열렸던 해양 박람회 이야기 등을 하면서 시간을 보냈다. 파빌리온의 아쿠아 폴리스는 이곳에서 머지않은 바다 위에서 만들어졌다고, 당시는 그 그림자가 그녀의 집 근방에서도 보일 정도였다고 말해 주었다. 그녀는 해양 박람회에 가지 않아서 직접 본 적은 없다고 했다. 초등학생 때여서 해양 박람회가 뭔지 몰랐고, 그냥 새로운 군함 같은 게 오나 보다 생각했단다.

서로의 가족에 대한 이야기가 나왔다. 우리 어머니가 얼마나 험한 말을 쓰는지 얘기해 줄 때마다 그녀는 말도 안 된다고 했다. 그녀가 이야기하는 어머니의 모습은 마치 드라마의 극본처럼 깨끗하고 바르고 아름답게만 느껴졌다. 어머니가 무슨 미인 대회 출신이라는 것이 무척이나 자랑스러운 모양이었다. 미스 시쾃사? 미스 친스코? 생각이 나지 않는다.

옆에 앉은 가족이 도시락을 펼쳤다. 금방 사슴이 모여들어 먹을 것을 달라고 조르기 시작했다. 아버지가 쫓아내려 했지만 미야지마의 사슴들은 끈질기고 뻔뻔스러웠다. 아무리 위협해도 획 하니 머리만 돌릴 뿐 몸은 여전히 제자리에서 꼼짝 않고 있었다. 그 커다란 머리통 때문에 아래에 있던 아이가 겁에 질려 울기 시작했다.

"사슴 먹이 팔고 있었지? 사 올게." 후텐마는 상점가로 천천히 걸어갔다.

사슴 따위는 흥미롭지도 않아서 나는 바다를 바라봤다. 파도 소리가 점점 가까이 다가왔다. 조금 있으면 불꽃놀이가 시작될 것이다.

뒤에서 누군가가 머리카락을 잡아당겼다. 무슨 일이 일어났는지 몰랐다. 굶주린 사슴이 머리카락을 물고 늘어졌나 싶었다.

"이 새끼, 너냐?"

잡아당기는 게 사람이란 걸 알고 "뭐…… 뭐가?" 하고 말했다.

"준한테 나랑 헤어지라고 꼬드긴 놈이 너냐고, 이 새끼야!"

"그게 무슨 소리예요? 아니에요. 아니라고!"

"덴소쿠의 가미하라 맞지?"

"사람 잘못 봤어요. 놔 주세요. 이거 놓으라고. 비겁하게 뒤에서 뭐하는 짓이야."

드디어 놓여났다. 뒤를 돌아보았다. 하얀 양복 위에 검은 셔츠 옷깃을 내놓고 얼굴에는 콧등에 걸친 선글라스, 머리는 뽀글뽀글 파마를 한 남자였다. 코미디에 쓰는 의상을 입었나 싶을 정도로 양아치다운 차림의 양아치였다. 목소리에 무게를 주려고 무진 애를 쓰고 있지만 기껏해야 스물 안팎으로 보였다. 워낙 그런 지역이다 보니 인간 자체가 신기하진 않았지만 그 남자와 겹쳐서 있는 후텐마를 보고는 많이 놀랐다. 생각해 보니 후텐마의 이름이 바로 준이 아니던가.

"야, 가미하라."

내가 알고 있는 그 가미하라가 맞다면 페니스에 진주를 박았다는 소문이 있는 두 학년 위의 건달이다. 그러니까 이미 졸업한 사람이었다.

나는 남자와 후텐마를 번갈아 보았다. "가미하라 아닌데요. 보면 알잖아요."

"이게 어디서 헛소리야?"

"다시 말하지만 저는 가미하라가 아니라고요. 후텐마를 꼬드긴 기억도 없고요. 불꽃놀이 보러 온 것뿐인데, 그게 뭐 잘못됐나요?"

"저 사람 그냥 취주악부야." 후텐마가 떨리는 목소리로 말했다.

남자가 잠시 주춤했다. "그럼 준한테 헛소리를 지껄인 놈이 가미하라가 아니라 너라는 거냐?"

"그러니까 무슨 소리인지 모르겠다고요. 나는 후텐마한테 아무 말도 안 했고, 아무것도 몰라요. 야, 후텐마, 네가 좀 제대로 설명해 봐." 나는 가방을 집어 들었다. "아무튼 난 그냥 갑니다."

"기다려." 남자가 바짝 다가오더니 티셔츠의 목덜미를 움켜잡았다. "돈 내고 가."

"왜요?"

"남의 여자를 빌렸으면 빌린 값을 내고 가야지. 안 그래?"

"안 빌렸는데요."

"다히라 군, 내면 안 돼."

"내고 싶어도 돈이 없어. 이봐요…… 야, 후텐마, 이 사람 이름이 뭐야?"

"……기노시타."

"기노시타 씨, 그리고 후텐마, 둘 사이 문제는 둘이 알아서 해결하세요. 나는 무슨 말을 한 적도 없고, 빌린 적도 없어요. 놀러 가자고 해서 여기 온 사람을 협박해 돈 뜯어내면, 그건 그냥 삥 뜯는 것이거나 꽃뱀 노릇을 시킨 거잖아요. 창피하지도 않아요?"

기노시타는 내 얼굴에 눈을 바짝 갖다 댔다. "너 아주 간뎅이가 부었나 보다?"

펑, 하며 밤공기가 떨렸다. 첫 번째 불꽃이 하늘로 올라간 것이다. 기노시타의 얼굴도, 그 뒤에 있는 후텐마의 얼굴도 멍하니 바다 쪽으로 향했고, 티셔츠를 잡고 있던 손에서 힘이 잠시 풀렸다. 나는 항구 쪽을 향해 냅다 뛰었다. 신사 앞길에서 몇 번 돌아봤지만 두 사람은 쫓아오지 않았다.

페리에서 내린 후 공중전화를 찾아 미나모토에게 연락을 했다. 번호를 제대로 기억하고 있는지 불안했는데 어머니인 듯한 분이 받더니 미나모토를 제대로 바꿔 주었다.

"뭐야?" 퉁명하게 말하는 그녀에게 나는 오늘 있었던 일을 얘기했다.

그녀는 깔깔깔 웃었다. "그러니까 클럽의 몇몇 여자애들을 조심하라고 내가 말해 줬잖아."

"그렇게 알아먹게 말해 주지 않았거든."

"너무 그러지 마. 내가 1학년 때 걔 고민을 상담해 줬거든. 고등학교 합격하고 한껏 들떠서 번화가를 돌아다니다가 건달한테 헌팅을 당했는데 진탕 취하게 해 돌림빵을 하고 사진 찍어서 말을 듣지 않으면 학교에 뿌려 버린다고 협박하고, 그 뒤에도 그걸로 불러내서 또 돌리고, 처음 보는 아저씨한테 몸을 팔게 하는데, 어쩌지 하더라. 그래서 나도 어떻게 해 줄 수 없으니까 가미하라한테라도 의논해 보라고 했지. 그랬더니 그게 또 멍청하게 가미하라에게도 이용당하고 단물만 빨려 가지고……." 미나모토는 기관총처럼 다다다 후텐마의 수난사를 늘어놓았다.

중간부터는 도저히 듣고 있을 수가 없어 나는 전화기에서 귀를 살짝 떼고 있었다.

"……그래서 너도 한번 해 봤어? 어땠어? 좋았어? 기술 좋아?"

"야, 내가 한 얘기 제대로 들은 거야? 미야지마 갔다가 곧바로 돌아왔다고 했잖아."

"그럼 못 한 거네. 너 아직도 딱지 못 뗐어? 에휴, 불쌍해서 어쩌나?"

"너 진짜 죽는다."

"한번 해 보고 싶지? 내가 하게 해 줄까?"

"……제정신으로 하는 소리야?"

"돈 내면."

살짝 마음이 놓였다. 이제 사리 분별이 되어 가고 있었기 때문이다. "얼만데?"

"백만."

"그 정도면 되겠냐? 너무 싼 거 아냐? 알았어, 낼게."

"아냐, 잠깐만. 천만이야."

"그런 돈이 어딨냐?"

나는 크게 웃었다. 한순간이라도 미나모토를 당황하게 만들었다는 것이 만족스러웠다. 그녀는 화가 난 목소리로 "뭐야아아!" 하더니 일방적으로 전화를 끊었다. 나는 공중전화 박스에서 나왔다.

며칠 후, 콩쿠르 예선이 있었다. 나는 속 쓰림을 견디면서 참가했다. 결과는 앞서 설명한 대로 작년과 마찬가지였지만 글렌 밀러가 튀어나오는 일 없이 과제곡과 자유곡 〈가을 하늘에〉를 끝까지 연주했다는 데 구레바야시 선생님은 만족하는 모습이었다. 나도 마음이 놓였고, 정신을 차려보니 속 쓰림은 말끔히 사라져 있었다. 그 뒤에 치른 선거에서 새로운 부장은 기스기, 차장은 오카무라로 정해졌다.

예선 당일에도, 그 전날의 리허설에도 후텐마는 참가했는데 나를 피해 도망 다니느라 바빠서 말을 걸 수 있는 상황이 아니었다. 그래서 미야지마에서 주고받은 말이 내가 그녀와 한 마지막 대화가 되었다.

2학기가 되자 반에도, 그리고 음악실에도 후텐마는 나타나지 않았다. 그대로 열흘이 지났다. 오카무라가 안 되겠다 싶은지 집에 전화를 걸었다. 그리고는 아연실색할 만한 사실을 알게 되었다고 이야기했다.

전화를 받은 후텐마의 어머니는 오카무라에게 딸이 최근 반 년 동안 집에 들어오지 않았다고 말했다. 어디 있는지도 모른다고 했다. 그렇다면 올해 이른 봄부터 여태까지 후텐마는 집이 아닌 다른 곳에서 학교나 클럽에 다니고 있었다는 이야기다. 구체적으로 어디인지는 몰랐지만 그때 그 기노시타라는 양아치의 관리하에 있는 것만은 틀림없다고 생각했다.

"걱정 많이 하시겠다. 나는 어디 있을지 대충 감이 잡히는데 전화해 드릴까?"

"안 하는 편이 좋을 것 같은데." 오카무라는 고개를 흔들었다. "지금 와서 집에 돌아간다 해도 별로 반가워하지 않을 것 같은 말투였거든."

"그게 무슨 소리야? 그런 부모가 어디 있어?"

"있으니 문제지." 오카무라는 진지하게 말했다. "너네 집은 아주 정상적이라서 네가 모를 뿐이지. 자식이 없어져서 속 시원해하는 부모가, 너는 믿을 수가 없겠지만, 진짜로 있어. 후텐마 주소가 무슨 댁네라고 되어 있었잖아. 아마 가족들과 떨어져서 다른 집에 신세지고 있던 게 아닐까 싶어."

드라마에나 나올 것 같던 그 어머니의 모습은 후텐마가 지어낸 이야기였나? 아니면 원래는 그랬는데 점점 변해 버린 걸까? 그 뒤로 후텐마는 우리들 세계에서 사라져 버렸다. 가끔씩 소문만 들렸다. 거리의 창녀가 되었다고, 마약에 절어서 폐인이 되었다고, 아니, 오키나와로 돌아갔다고, 학교에 나오지 않는 줄만 알았는데 그때 이미 자살했다고…….

그 무렵에 나는 음악실에서 내 눈을 믿지 못하게 만든 인물을 목격했다.

비 오는 날이었다. 나는 노트를 잃어버렸다. 날마다 하는 개인 연습이나 합주, 퍼시먼 밴드 연습에서 생각난 것이나, 머리에 떠오른 코드 진행과 가사의 초안 등을 나는 초등학생이 쓸 법한 A5 노트에 메모해 두곤 했다. 그 노트가 가방에 없었다. 악기 연습에 대한 생각이나 코드 진행은 메모를 하는 사이에 기억되기 때문에 노트가 없어도 아무런 문제가 없었다. 문제가 되는 것은 가사였다.

가사가 없는 곡에 슬슬 싫증을 느낀 퍼시먼은 요즘 들어 자작 로큰롤을 만들려고 고민하고 있었다. 프레셔 기타를 치는 기타리스트가 해피 엔딩을 좋아해서 "다히라 군은 이나가키 뭐시기라는 사람의 책을 읽을 정도니까 그런 가사도 쓸 수 있지 않겠어?" 하고 말했다. 이나가키 다루호(1900~1977. 소설가)와 마쓰모토 다카시(1949~. 작사가, 전직 음악가)는 글렌 밀러와 글렌 프레이(1948~2016. 미국 싱어 송 라이터. 이글스의 창립 멤버)만큼이나 다르지만 재능을 인정받는 건 괜찮은 기분이었다. 그래서 열심히 해봤는데 나한테는 근본적으로 시인의 자질이 결핍되어 있는 모양이었다. 소름이 돋을 정도로 오글거리는 뻔한 문구들이 노트 여기저기에 흩뿌려져 있었다. 그게 노트와 함께 쓰레기 소각장에서 재가 되어 준다면 오히려 고맙겠지만, 그 전에 다른 사람이 읽게 된다면 난 죽고 싶을 것이었다.

어딘가에 떨어뜨렸다면 항상 가방에서 짐을 꺼내는 연습실일 것이다. 아니, 제발 그래 줬으면 하고 간절히 바라면서 쉬는 시간에 음악실로 올라갔다. 그 시간 앞뒤로 수업이 없는지 교실에는 아무도 없었다. 그런데 연습실 문을 열자 먼저 와 있던 사람이 보였다. 사쿠라이 선배였다.

노란 티셔츠와 하얀 진을 지금도 기억하고 있다. 새하얀 진 같은 건 그때까지 본 적이 없었다. 설사 팔고 있다 해도 우리는 절대 살 수 없는 것이었다. 쑥스러워서 입을 수가 없을 테니까. 도쿄 냄새를 느꼈다.

"노트?" 그녀가 물었다. "피아노 위에 놨어. 바닥에 떨어져 있길래."

나는 일단 서둘러 회수했다. 표지에도 뒤표지에도 이름은 적어 놓지 않았다. "읽었어요?"

"대충 훑어 봤어."

"어떻게 제 거라고……."

"모르는구나? 네 글씨는 초등학생처럼 큼직하거든."

안도가 되기도, 슬픈 듯하기도 했다. "왜 여기 있어요?"

"당장 필요한 물건들만 챙겨서 이사하기는 했지만 이쪽 집을 완전히 정리한 게 아니었거든. 다른 사람이 이사 들어온다고 해서 서둘러 치우려고 온 거지. 아까 다 끝났어. 누가 있으면 인사라도 하고 가려고 들렀는데 타이밍이 안 좋았나 봐. 아무도 없네."

"제가 있잖아요."

"아, 그렇지. 그럼 잘 있어. 가족들이 밖에서 기다리니까 이제 나가 봐야 돼."

"안녕히 가세요." 나는 문 앞에서 비켜 주었다. "가끔씩 올 수 있어요?"

"아니, 오늘이 마지막이야."

"그래도 올 거죠?"

"안 올 거야." 그녀는 문을 열더니 장난스럽게 말했다. "슬퍼?"

내가 고개를 끄덕이는 사이에 그녀는 사라졌다. 대낮에 꾼 꿈처럼 아무런 흔적도 남기지 않았다.

내 연애가 실패하는 원인은 오래도록 두 가지 유형이었다. 미적지근함에 상대방이 질려 버리거나, 아니면 내가 갑자기 감정을 폭발시키거나.

나는 희로애락을 밖으로 표출하기 전에 먼저 속으로 삭이는 버릇이 있는데 그게 남의 눈에는 참 우유부단하게 보인다. 상대방이 불쾌감을 표시하면 그제서야 허둥지둥 사정을 설명하는데 그런 모습이 진정성 없이 적당히 얼버무리는 듯한 인상을 주는 모양이다.

느긋한 성격으로 오해를 받으면 그건 그것대로 난처하다. 나는 지극히 감정적인 사람이어서 자신에 대해서도 남에 대해서도 언제나 격한 마음을 가지고 있다. 밖으로 드러내지 않고 속에 담아 두고 있을 뿐, 없는 게 아니다. 이렇게 담아 두는 감정의 그릇이 안정되어 있으면 넘실거리다가 쏟아지는 부분만 내놓으면 되니까 문제가 없는데 아무래도 내 그릇은 구조가 달라서 정량을 넘어서면 그 순간에 그때까지 모아 두었던 모든 것을 쏟아 버린다. 좋은 감정, 나쁜 감정 가리지 않는 격정의 방류다.

상대방은 놀라며 그때까지 두 사람 사이에 있었던 모든 것이 거짓이고, 배신당한 것처럼 느낀다. 반면에 나는 안에 있던 재고를 모조리 쏟아 내서 텅 빈다. 내 그릇이 다시금 사랑으로 찰 무렵에는 대개 상대방은 흔적도 없이 사라져 버린 뒤다.

안노 선생님에 대한 내 감정의 그릇이 안정되어 있는 이유는 그녀에게 푹 빠져 있지 않기 때문이라고 스스로 분석했다. 나는 실패에 진저리치고 있었다. 뇌리에 문득 그녀와 함께 하는 미래가 떠올랐다. 그것은 평온하고 건전한 이상이었다. 서로 술이 좀 과한 감은 있지만 그 점만 조심하면 우리는 의외로 오랫동안 평화를 유지해 갈 수 있을 것만 같은 예감이 들었다. 그러기 위해서는 우선 그녀에 대한 감정을 자제할 필요가 있었다.

경영 컨설턴트의 광고지를 모으기 시작했다. 우리 가게를 마음에 들어 하는 손님들만 다시 오게 하면 된다, 나 혼자 먹고 살 수만 있으면 된다는 사무라이식 장사법이 만들어 낸 것은 더 많은 빚뿐이었다. 취미도, 어중간한 자존심도 다 집어 던지고, 필요보다 열 배는 더 벌어들일 각오로 꾸준히 장사해야만 겨우 얼마

간의 여유가 생기는 게 현실이겠지. 평온한 또 하나의 꿈과 함께 라면 그 현실을 함께 집어삼키며 살아갈 각오가 슬슬 다져지고 있었다.

"여기서 하지 마."

그런 명령을 듣고 일렉 베이스와 함께 침실로 옮겨 와서 미닫이문을 닫는다. 물론 부드럽게 닫는다.

선생님이 조금이라도 더 같이 있고 싶어 해서 악기를 들고 이쪽으로 오는 것까지는 허락을 받았지만 그녀의 클래식 지상주의는 여전히 흔들림이 없다. 악기가 일렉이라는 것만으로도 기본적으로 기분 나빠한다. 되도록 눈에 거슬리지 않는 장소를 찾아서 연습하고 있는데, 그녀가 술잔을 한 손에 들고 자꾸 다가온다. 그러다가는 짜증난 표정으로 나를 내몬다.

그런 행동에 화가 나지 않는 이유는 가족들을 대하듯이 거리를 유지하고 있기 때문이다. 이 절묘한 밸런스를 나는 속으로 자화자찬하고 있다.

침대 끄트머리에 앉아 베이스를 내 앞으로 끌어당겼다. 그러다가 쓰레기통이 쓰러졌다.

다다미 바닥에 무릎을 꿇고 내용물을 쓸어 모았다. 침대 밑에는 재활용 쓰레기로 버려지는 날만을 기다리는 신문과 잡지와 종이 박스들이 가득 있었다. 안쪽으로 굴러 들어간 와인 코르크 마개를 찾기 위해 박스 하나를 꺼냈다. 의외로 무거워서 놀랐다.

눈에 띄는 장소에 내놓지 않은 선생님의 물건에 대해서는 절대로 흥미를 갖지 않게 조심하고 있었다. 붙박이장은 물론이고 싱크대 서랍 하나, 욕실 문 하나, 뿐만 아니라 신발장조차도 그녀의 허락 없이는 열어 본 적이 없었다. 그러니까 그때는 마가 낀 날이었다고 할 수밖에 없다.

나는 박스 뚜껑을 열었다. 편지와 엽서가 안에 꽉 차 있었고, 그 모두에 외국 우표가 붙어 있었다. 특이한 글씨가 눈에 익었다. 박스를 원래 있던 자리로 돌려놓는 동안에 내 머릿속을 채운 것은 먼 옛날의 요한 바오로 2세 목소리였다.

하느님, 저의 목소리를 들어 주십시오.

우리가 언제나 증오에는 사랑으로, 부정에는 정의로 온 몸을 헌신하고, 가난 앞에서 자신의 것을 나누고, 전쟁 앞에서 평화로 응답할 수 있도록, 지혜와 용기를 내려 주십시오.

아아, 하느님, 저의 목소리를 들어 주십시오. 그리고 이 세상에 주의 끝없는 평화를 내려 주십시오.

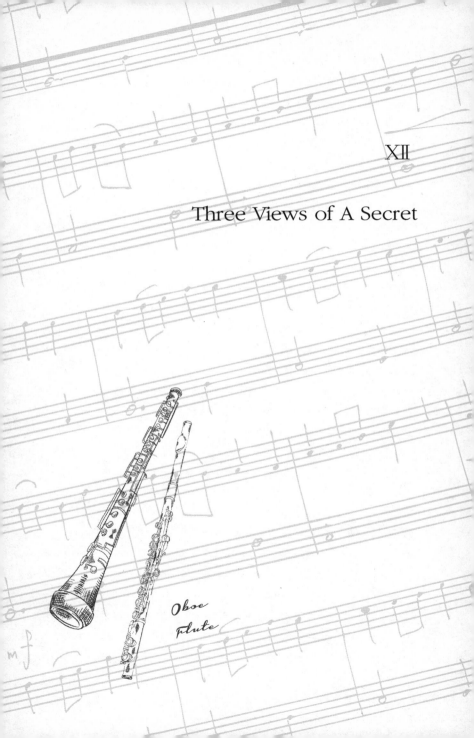

♩ ♪♫♬

　문도 서랍도 열어 보지 않을 정도였으니 편지를 훔쳐 읽고 싶지는 않았고, 실제로 무슨 내용이 쓰여 있는지도 궁금하지 않았다. 내가 꼭 확인해 보고 싶은 것은 그 편지들을 부친 나라였다.

　문면에서는 교묘하게 은폐된 그의 속내가 외국의 우표와 소인을 통해서는 틀림없이 느껴질 것 같다는 예감이 있었다. 선생님이 목욕하러 들어간 틈을 타 나는 며칠 만에 침대 아래를 찾아보았다.

　그 박스는 사라지고 없었다. 적어도 눈에 보이는 장소에서는 찾을 수 없었다. 서늘한 예감이 등줄기를 타고 내려갔다.

　한참 전부터 나는 편지를 보낸 사람과 만날 약속이 잡혀 있었다. 날짜만 계속해서 연기되고 있었을 뿐이다. 그런데 하필이면 그날 밤, 갑자기 퍼커션의 구마가이 료코, 지금은 기스기 료코한 테서 가게로 전화가 걸려 왔다. 내일 만날 수 있다는 말을 전해 주었다. 결혼식까지 앞으로 3주 남은 미묘한 시점이었다.

이튿날 오후, 나는 언제나처럼 수면 부족으로 약간 늦게 약속 장소로 갔다. 폐업해서 철거되어 버린 지 오래된 백화점 자리에 큼지막하게 스포츠 센터 간판을 내건 온통 유리로 된 빌딩이 서 있었다. 그 센터 안내 창구로 오라고 했다.

똑같은 폴로셔츠를 입고 늘어선 안내 창구 아가씨들 중 한 사람에게 내 이름을 말했다.

"네, 예약되어 있습니다. 체험 코스를 희망하시는 다히라 님이 시죠?" 하며 확인을 했다.

"무슨 체험이요?"

"오늘은 아쿠아 에어리어라고 되어 있습니다."

"아쿠아리아?"

"네. 고객님, 혹시 다치신 곳이 있거나 질병으로 통원 중이신 가요?"

"아니요."

"현재, 음주를 한 상태이신가요?"

"아니, 오늘은 아직."

"그럼 문제가 없으시네요. 라커룸으로 안내해 드리겠습니다. 위층입니다."

엘리베이터를 타고 이동했다. 라커룸 앞에서 열쇠와 천 가방을 건네받았다.

"옷을 갈아입으시고 안쪽 문으로 똑바로 가시면 됩니다. 그 다음부터는 그쪽 담당자가 안내해 드릴 겁니다. 그럼, 즐거운 시간 되십시오." 하며 고개를 깊이 숙였다. 기분이 썩 괜찮았다.

라커 앞에서 천 가방 안에 든 내용물을 보고 놀랐다. 폭신한 타월 말고는 수영복, 수영 모자, 수경만 들어 있었다. 할 수 없이 옷을 갈아입었다. 수영복은 입어본 적 없는 딱 달라붙는 타입이었다. 수경을 쓰면 아무것도 보이지 않으니까 안경을 낀 채로 다음 문을 열었다.

안내 창구 아가씨들의 폴로셔츠와 같은 색 수영복을 입은 까무잡잡한 피부의 여성이 기다리고 있었다. "다히라 님이시죠? 이쪽으로 안내하겠습니다."

"안경을 끼고 있는데 괜찮은가요?"

"물에 들어가기 전에 저에게 맡기시면 됩니다."

"기스기 도시야 씨를 만나러 왔는데."

"네, 안에서 기다리고 계십니다. 먼저 샤워를 도와 드리겠습니다."

자동문이 열렸다. 후끈하니 따뜻한 공기가 휩쌌다. 샤워기가 늘어서 있었다.

몸을 물에 적시는 동안 안경과 타월은 그 여성이 맡아 주었다. 건네준 타월로 얼굴을 닦고, 다시 안경을 끼고 따라갔다. 사방이 25미터 정도 되는 수영장 건너편에 둥근 타원 모양의 다른 풀장이 있었다. 한 사람이 상반신을 드러내고 물 위를 둥둥 떠다니고 있었다.

"저 노란 모자가 기스기 맞지요?"

"네. 안경은 저쪽 카운터에 맡겨 두시면 됩니다. 즐거운 시간 되십시오."

나는 안경 없이 쭈뼛쭈뼛 옆으로 가서 기스기가 다가오기를 기다렸다. 잘 살펴보니 그는 물속에서 뒤로 걷고 있었다.

어떻게 말을 걸어야 하나 망설이고 있는데 "왔어?" 하고 기스기가 돌아보며 말했다. "들어와라."

"뭐하는 데야?"

"그냥 걸으면 돼. 허리를 좀 다쳐서 재활 치료 중이야."

나는 계단을 따라 물속으로 들어갔다. 물 깊이는 허리까지밖에 안 왔다.

"걸으면서 얘기하자. 오라고 해서 미안하다. 여기서 잠깐 눈 좀 붙이고 회사로 돌아가서 회의에 참석했다가 바로 공항으로 가서 오늘 중으로 싱가포르에 가야 하거든."

"어떻게 걸어야 되는 거야?"

"마음대로 걸어."

뒤에 눈이라도 달린 사람처럼 그는 절묘하게 방향을 바꿔서 벽면과의 거리를 유지했다. 중량감이 있으면서 단단하게 다져진 몸매 덕분에 모르는 사람들 눈에는 서른 안팎으로 보일 것 같았다. 그냥 마르기만 한 나와는 완전히 딴판이었다. 땅 위에서처럼 걸으려고 했더니 생각보다 물의 저항이 강해서 얼굴이 찡그려졌다. 살짝 몸을 담그고서 평형을 할 때처럼 물을 저으니 훨씬 편했다.

"사쿠라이 선배 결혼한다며? 아쉬워서 어쩌냐?"

"내가 왜 아쉬워? 축하할 일이지."

"무리하지 마. 너는 너무 맞춰 줘서 탈이야. 다들 그 자리에서는 고마워하지. 그럼 다음에는 너를 위해서 다른 사람들이 맞춰 주나? 아니, 그 반대야. 네가 더 맞춰 줄 거라는 전제를 가지고 다음 일을 생각한단 말이야."

"뭔 소리를 하는지 모르겠다."

생각해 보니 기스기를 만나는 건 대학 시절 그가 소속되어 있던 가톨릭계 사립대의 오케스트라를 들으러 간 이후로 처음이었다. 그런데 느닷없이 내가 사는 방법에 대한 충고를 듣고, 그 이유도 짐작이 가는 만큼 더 화가 났다.

아무리 봐도 연습이나 악기 관리를 하는 시간을 아까워할 것 같은 기스기가 어째서 고등학교 때 오보에라는 골치 아픈 악기를 선택했는지 그때야 비로소 납득이 갔고, 그의 철저함에 혀를 내둘렀다. 연주자가 별로 없는데다가 배우는 데 시간이 오래 걸리는 오보에라면 어떤 악단에서든 소중한 존재가 될 수 있다.

모든 사람이 기스기처럼 살 수 있는 건 아니다.

"나는 편하게 잘 살고 있는데."

"그때그때는 그렇겠지. 하지만 생각해 봐. 만약 네가 이번에 사쿠라이 선배를 다시 만났을 때 그런 남자와 결혼하지 말고 나와 인생을 같이 하자고 부탁했다면 어땠을까?"

"될 법한 소리냐?"

"안 되겠지. 99퍼센트의 확률로 농담처럼 웃어 버리고 말 거야. 하지만 1퍼센트의 가능성은 남아 있어. 그러니까 그렇게 쓸데없어 보이는 노력을 100번만 계속하면 그 중 한 번은 상당히 높은 확률로 꿈을 이룰 수 있다는 거야."

"나는 나답게 살 거야. 내가 너처럼 될 수는 없잖아."

"물론 너답게 살면 되지. 그런데 내가 말한 것처럼 해 보는 너와, 지금처럼 금욕주의자입네 하는 너, 어느 쪽이 본래의 네 모습에 가까운가 따져 보라는 거야. 그나저나 밴드는, 워낙 사는 게 이 모양이라 도저히 참가 못 하겠다. 결혼식 날도 아마 상해에 있을 거야."

"기대도 안 했어. 그럼 네 와이프도 못 오는 거야?"

"오라고 말해 봐. 나는 하라고도 말라고도 하지 않았으니까. 애를 데리고 연습하러 가도 되는 거면 참가할 가능성이 전혀 없지는 않을 거야."

"알았어."

그는 갑자기 걸음을 멈췄다. "오늘 운동량은 채웠어. 지금부터 사우나에 들어갈 건데 어떡할래?"

고개를 끄덕였다. 스스로도 왜 하는지 알 수 없는 묘한 운동을 하느니 차라리 온도라는 명백하게 싸울 적이 있는 편이 낫다.

기스기는 아까 그 까무잡잡한 여성에게 뭔가 이야기하고 나서 나에게 신호를 하며 풀장에서 나갔다. 같은 층 안쪽으로 들어간 곳에 건식 사우나의 나무문이 있었다. 시간대가 애매해서 그런지 아니면 원래 회원 수가 적은 센터인지 이용자는 기스기와 나밖에 없었다.

오랜만에 쐬는 사우나의 열기는 나의 약해 빠진 사고를 가닥가닥 끊어 버렸다. 경우에 따라서는 죽마고우와 대적하는 것도 마다않을 각오로 나왔는데, 그러고 보니 나는 도대체 무슨 명분으로 적대시하려고 한 것이지? 나는 안노 선생님의 남편도 아니고 보호자도 아니다. 굳이 적당한 위치를 찾는다면 얹혀사는 동거인 정도일 것이다. 선생님이 기스기와의 사이에서 나를 어떻게 다루기로 했는지, 혹은 무엇을 계속 감추고 있는지조차 알지 못하지만 나는 한 번도 피해나 압박을 받지 않았다. 내가 그 상자를 열지만 않았으면 아무 일도 일어나지 않았을 것이다.

밤마다 계속된 음주로 잔뜩 부어 있던 세포가 처절한 기세로 땀을 뿜어내서 나는 연신 손으로 얼굴을 닦아내고 있었다. 반면에 기스기는 사우나에 익숙해서인지, 이미 한차례 땀을 빼고 난 후여서인지 시원한가 싶을 정도로 태연하게 앉아 있었다. 가끔씩 내 존재가 생각난 사람처럼 이쪽을 바라보고는 근황을 묻기도 하고 혼자서 자기 집 이야기를 늘어놓기도 했다.

"우리 집 마당에 눈이 잘 안 보이는 길고양이가 들어와 살고 있어. 여기저기 방황하다가 우리 집까지 왔는지 처음에는 뼈하고 가죽만 남았을 정도로 비쩍 말라 있었어. 불쌍해서 오래된 건어물을 코끝에 내밀었더니 정신없이 달려들어서 순식간에 먹어치우고는 그 후로 정원에서 꼼짝도 않고 지내지. 거기서 가만히 다음 밥 줄 때를 기다리는 거야. 나야 워낙 이렇게 바쁘게 살고, 애들이 많아서 마누라도 정신없어. 할 수 없이 밥 주는 기계라는 걸 사 와서 차고에 놨어. 정해진 시간이 되면 오르골이 울리면서 드라이 푸드가 떨어지는 장치야. 그랬더니 이 녀석이 점점 살이 오르고 털에 윤기도 나더라고. 그리고는 또 근처를 방황하더라. 며칠씩 돌아오지 않는 날도 있어서 기계 접시에 먹이가 넘치는 거야. 안 되겠다 싶어서 그걸 치워버렸지. 그런데 꼭 그러고 나면 금방 다시 나타나는 거야. 야옹야옹 울면서 밥을 내놓으라고 난리지. 이 녀석을 어떻게 해야 할지 모르겠어."

나는 대답하지 않았다. 그가 직감에 따라 화제를 고르고 있는지, 아니면 선생님한테 뭔가 들은 말이 있어서 그런지, 안경이 없어 안색을 살필 수 없으니 짐작이 안 됐다. 하기야 워낙 어렸을 때부터 알고 지내서, 그가 진지하게 해답을 원하고 있지 않다는 것만은 알 수 있었다.

합리로 빈틈없이 칠해 놓은 불합리라고나 할까, 그의 행동 원리는 에셔(1898~1972. 네덜란드 출신의 판화가)의 '영원한 계단'처럼 부분 부분은 엄격한데 전체는 뒤틀려 있다. 뇌세포가 죽는다는 이유로 억지로 웃는 얼굴을 하던 것도 냉정하게 바라보면 자학일 뿐이다.

　열기 때문에 머리꼭지가 아프기 시작해서 그를 남겨 두고 밖으로 나갔다. 샤워를 하고 마실 것을 찾고 있었더니 까무잡잡한 여성이 생수병을 들고 다가왔다. 안경, 타월과 함께 생수병을 받았다.

　"이건?"

　"아까 기스기 님께서……."

　마시면서 그가 나오기를 기다렸는데 생수병이 다 비도록 사우나 문은 열리지 않았다. 나는 라커룸으로 돌아왔다.

　일하러 나갈 때까지 눈 좀 붙이려고 집으로 돌아갔다가 결국 한숨도 못 자고 다시 나왔다. 어지간한 수면 부족에는 익숙하다고 자부했는데 밤이 되니까 너무 피곤해서 몸이 천근만근 늘어졌다.

　한동안 선생님 얼굴은 보고 싶지 않다, 혹시 봐도 아마 눈도 제대로 쳐다보지 못하겠지, 하고 생각했는데, 막상 몸이 안 좋으니까 갑자기 그리워졌다. 나도 참 답 없는 인간이었다. 일찌감치 가게 문을 닫고 선생님 아파트로 갔다. 일단은 내가 입 다물고 가만히 있으면 되겠지. 머리가 제대로 돌아가지 않으면 해결하겠다고 덤비지 않는 게 상책이다.

　선생님은 집 안에 피크닉용 돗자리를 펼쳐 놓고 속옷 차림으로 면도칼을 가지고 팔을 긋고 있었다.

　이쪽을 돌아보더니 취한 목소리로 "걱정하지 마. 금방 끝날 거야. 이렇게 하고 나면 마음이 좀 가라앉아." 하고 말했다.

나는 그 자리에 못 박힌 듯이 서 있었다. 팔 아래로 피투성이여서 확실하지는 않지만 적어도 열 번 이상 칼로 그은 상처가 손목부터 팔 중간까지 늘어서 있었다. 옆에는 낡은 목욕 타월이 놓여 있었지만 돗자리에 고인 핏물은 그 수건 하나로 닦아 낼 수 있는 양이 아니었다.

관절 언저리에 또 상처를 내려는 것을 "이제 그만하지." 하고 말렸다. "팔을 못 쓰게 되면 불편하잖아."

"너무 그었나? 이런 거 익숙한데." 그녀가 웃었다.

"응…… . 병원 가자. 술도 꽤 마신 것 같은데, 가만히 두면 피가 멈추겠어?" 커튼레일에 걸려 있던 빨래집게에서 수건을 빼서 그녀의 팔 아래쪽을 잡아맸다. 그녀는 내가 하는 대로 가만히 내버려 두고 있었다. "바보같이. 안 아팠어?"

"선생님한테 바보라고 해도 되는 거야?"

"이런 상황에서는 그런 말 들어도 싸지."

"아프니까 실감이 나는 거야."

"어떤 실감?"

"아프다는 실감."

"바보 맞네."

전화로 택시를 부르고 팔을 목욕 타월로 둘둘 감은 다음 코트를 위에 걸쳐 주었다. 피를 흘려서 그런지 밖으로 나오자마자 그녀는 바들바들 떨기 시작했다. 점퍼를 벗어서 코트 위에 덮어 주었다. 택시가 왔다.

"싱가포르에서 전화가 왔어." 차가 출발하자 그녀는 내 쪽으로 머리를 기대며 말했다. "만나러 갔다면서?"

"밴드 얘기하러."

"그것만?"

"그리고 자기 집 정원에 사는 길고양이 얘기. 기스기가 뭐라고 했는데?"

"그냥 다히라가 만나러 왔었다고."

"선생님은?"

"그랬구나, 하고 대답했지. 오히려 이상해 했을지도 몰라. 다히라 군이 처음 왔을 때, 그러니까 우리 집에 왔었다는 걸 알았을 때 어디 가면 만날 수 있는지 도시 군한테 물어봤거든."

"이런 일 처음이야?"

"손목 그은 거? 내 팔 보면 알잖아."

"기스기 말고 다른 사람 있을 때도 말이야."

"솔직하게 말해야 돼?"

"지금은 솔직한 편이 좋을 것 같은데."

"처음 아니야. 우리 이제 어떻게 되는 거야?"

나는 잠시 생각한 다음 내 안의 감정 그릇에 대한 이야기를 했다. 그런 이야기를 논리 정연하게 남에게 설명하는 건 처음이었다. 솔직하게 두 번은 못 견딜 것 같다고 말해 주었다. 그렇게 말하면서 기스기가 나를 불러내서 전하고 싶었던 말이 이거라는 걸 깨달았다.

"아까, 도시 군이라면 어떡했을 것 같아? 뭘 했을 것 같아?"

"기스기가 뭘 했을지는 짐작을 못 하겠는데."

"플레이 스테이션 2."

"난 못 참아."

"그렇겠지. 우리는 어떻게 되는 거야?"

"아마 원래처럼 선생하고 학생으로 돌아가겠지."

"헤어지지 않고?"

"……방금 모르겠다고 했지만 오늘 딱 한 가지 기스기에 대해 알게 된 게 있어. 어째서 고등학교 때 음악처럼 쓸데없는 짓을 그 녀석이 시작했는지."

"내가 음악 교사였으니까."

나는 피식 웃었다. "알고 있었어?"

"처음에는 열심히 그런 얘기를 해 줬거든. 그래서 기뻤어."

택시에서 내리며 그녀가 물었다. "나는 좋은 선생님이었나?"

나는 고개를 저었다. "하지만 적어도 정직한 선생님이었지요."

대기실을 나와 현관에서 담배를 피우고 있으려니까 간호사가 내 윗도리를 들고 와서 "지금 주무시고 계세요."라고 알려 주었다. 나는 걸어서 그녀의 집으로 돌아가 쓰지 선배의 베이스를 들고 나왔다. 열쇠는 평소대로 우편함에 던져 놓았다.

다음 일요일, 브라스밴드 멤버가 네 명이나 늘어 있었다. 비구

름으로 잔뜩 덮인 듯했던 마음이 얼마나 가벼워졌는지 모른다.

한 사람은…… 멤버라고 불러도 될지 약간 망설여지는데, 색소폰 부는 시늉을 잘했던 사토 선배였다. 처음에는 여성 멤버 누군가의 남편이 구경하러 온 줄 알았다.

"이 녀석 누군지 알겠어?" 기미시마 선배가 물어보기에 나는 고개를 갸웃거렸다.

"괜찮아. 기억 안 날 거야. 다들 이상하게 나를 잘 기억하지 못하더라고. 우리 집 개도 나를 몰라보고, 직장 상사도 여전히 가끔씩 다나카 씨라고 부르고." 하며 사토 선배는 웃어 주었는데 그 얼굴과 목소리가 벌써 기억이 나지 않는다. 참 미안한 일이다. "하지만 다히라, 난 너를 잘 기억하고 있어. 다시 만나서 정말 반갑다."

또 한 사람은 다카미자와 요코 선배, 지금은 야마다 요코 선배다. 사진집을 냈을 때와 비교하면 같은 인물인가 싶을 정도로 살이 쪘지만 고등학교 시절의 얼굴이 오히려 되살아난 느낌이었다.

오보에 직속 후배인 기스기와는 연예인 시절에도, 은퇴 후에도 계속 연락을 주고받았다고 했다. 결국 연예계에서는 잘 풀리지 않은 그녀는 이십 대 후반에 방송국 직원과 결혼했고, 금방 이혼했다. 그 뒤로는 부모님 집에서 집안일을 도우면서 막연히 살아가다가 어느 때 예전의 팬들이 만들어 준 회고 이벤트 자리에 나갔고, 그 행사를 주최했던 농가의 장남과 사랑에 빠져서 재혼했다. 그 후로 낳은 아이가 지금은 중학생인데 마치 매니저처럼 주민 회관에도 같이 왔다.

20년 가까이 오보에를 만지지 않았던 그녀에게 반짝반짝한 새 악기가, 더구나 국제 소포로 배송되었다. 기스기가 보낸 것이었다. 아무리 실력이 떨어졌어도 상관없으니 자기 대신 참가해 달라는 메시지가 동봉되어 있었다. 정말이지 기스기라는 놈은 속을 알 수가 없다. 보아하니 아무리 못해도 50만 엔은 훌쩍 넘을 것 같은 악기였다.

그리고 또 한 명은 나가쿠라였다. 클라리넷 연주자가 아니라 지휘자로 기시오카 선생님이 데리고 왔다. 좀처럼 연습실로 안 들어오려는 걸 나가쿠라 이놈, 하고 선생님이 호통을 쳐서 끌어들였다.

연습하다가 자꾸 조급해져서 자기도 모르게 지휘석에 서게 되는 기시오카 선생님을 그때까지 우리는 도무지 말리지 못하고 있었다. 그러면 또 다시 고히나타 선배의 속이 부글부글 끓는 게 보였고, 연습할 때마다 미간에 주름을 잡는 게 뭔가 꿍꿍이속이 있는 것 같아 이대로 가다가는 1981년 문화제 꼴이 나지 않을까 나는 조마조마했다.

기시오카 선생님은 그런 분위기를 눈치채고 있었다. 역시 옛 멤버는, 그리고 오랜 세월 교사 생활을 한 사람은 달랐다. 반발심이 들고 난 후에 생기는 단결력. 그의 노련한 술수에 우리가 완전히 걸려들었던 게 아닌가 하는 생각도 든다.

나가쿠라는 안노 선생님과 마찬가지로 꼼꼼한 지휘법을 보여주었고, 거기에 토를 다는 사람은 아무도 없었다. 갑자기 연주를 멈게 하더니 지휘봉으로 이쪽을 가리키면서 말했다. "일렉! 세 잇단 음표는 그냥 하나를 세 개로 나눠서 하라는 게 아니야. 좀 더 곡의 느낌을 살리면서 노래하듯이 쳐야지. 노래하듯이. 응? 이렇게 노래하듯이."

네, 하고 나는 대답했다.

네 번째로 새로 들어온 사람은 어떤 의미에서 내가 제일 같이 연주하고 싶었던 사람이다. 이날도 역시 내가 약간 지각해서 주민 회관까지 달려갔는데, 현관 앞에 수염이 무성하고 잠버릇이 그대로 남아 있는 머리의 그가 혼자 멍하니 서서 자꾸만 주위를 둘러보고 있었다. 내가 오는 것을 보더니 그가 반가워했다.

"라이 군. 아아, 라이 군이 왔네."

"이쿠다."

"어제, 오늘이 연습하는 날이라고 가르쳐 줬어. 오늘 맞지?"

"아시자와 선배가 전화했어?"

"응. 어제 전화해서…… 오늘이라고 생각해서 와 봤는데, 오늘 맞지?"

나는 베이스 앰프를 내려놓고 그의 어깨에 팔을 둘렀다. "그래, 오늘 맞아."

"어제 차이콥스키 연습했어."

"그럼 이제 같이 연주하자. 다들 네가 오길 기다리고 있었어."

아시자와 선배가 토요일마다 전화해서 그에게 이튿날의 예정을 알려 주고 있다는 말은 들었다. 그는 그녀에게 혼자서 연습한 일에 대해 이야기하고, 그럼 내일 봐요, 약속한 다음 전화를 끊는다. 그러나 오지 않는다. 그 다음 주에 연락하면 다시 그럼 내일 봐요, 하고 해맑게 말한다. 여태까지 계속 그런 일이 반복되어 왔다.

그런 이쿠다가 다시 살아났다. 연습해 왔다는 차이콥스키는 전혀 잘하지 못했지만 우리는 옆에서 그가 불고 있다는 사실만으로 충분했다. 그는 겉보기에 무척이나 우아하게, 마치 태어나서 지금껏 한번도 고생을 해 본 적이 없는 귀족의 자제처럼 플루트를 불었다. 그 모습은 여전했다.

쉬는 시간에 이쿠다가 다가와서 말했다.

"내일은 그거 했으면 좋겠다. 《워드 오브 마우스》의, 그, 그……."

그는 곡명을 기억하지 못했지만 나는 알았다. 〈스리 뷰스 오브 어 시크릿Three Views of A Secret〉— 한 가지 비밀의 세 가지 모습이라는 신기한 제목은 자코의 머릿속에서 어떤 이미지였을까? 응, 이쿠다?

고등학교 3학년 때인 1982년 9월 3일. 나와 이쿠다는 밤 새워 줄을 서서 겨우 산 티켓으로 세계 최고의 밴드 음악을 들었다. 《워드 오브 마우스》라는 두 번째 앨범을 낸 자코 파스토리우스 빅 밴드였다. 펜더의 재즈 베이스를 마치 피아노처럼 다루는 서른 살의 음악 귀재는 작곡가로서도 이 세상의 소리를 자기 마음대로 아로새겨서 환상적인 별이 빛나는 밤하늘을 그려낼 수 있었다. 그것을 재현해서 우리에게 들려 준 사람은 당대 최고의 재즈맨이었다. 걸작 중의 걸작인 〈리버티 시티Liberty City〉와 〈스리 뷰스 오브 어 시크릿〉에서 고독하고도 명랑한 휘파람 소리 같은 메인 멜로디를 담당한 사람은 이미 환갑을 맞이한 투츠 틸레만스(벨기에 재즈 뮤지션. 기타 연주와 하모니카 연주로 유명하다)의 크로마틱 하모니카였다.

틸레만스는 장고 라인하르트로부터 영향을 받은 기타리스트로서 그 오랜 음악 경력의 초반을 베니 굿맨 악단에서 보냈다. 글렌 밀러와 더불어 스윙 재즈의 귀공자인 〈리틀 브라운 저그〉의 베니 굿맨이 있는 곳이었다. 투츠는 리켄베커 사의 기타를 애용했다. 이 기타는 좋아하는 사람이 거의 없는 모델이었는데, 함부르크 공연에서 그것을 기가 막히게 연주하는 그의 모습에 반해서 이 회사의 기타를 구입한 젊은이들도 있었다. 그중 내가 아는 사람들이 있었다. 영국의 항구 도시에서 그곳으로 일하러 나와 있던 전혀 다른 장르의 음악을 하는 밴드 멤버들이었다. 존 레논, 그리고 조지 해리슨. 그렇게 모두가 연결되었다. 그렇지 않은가?

차원은 전혀 다르지만, 그리고 결코 역사에 기록될 일도 없겠지만, 그 일요일에 한 합주는 내가 경험한 연주 중에서 세 손가락 안에 꼽히는 감동적인 하모니였다. 다카미자와 선배가, 나가쿠라가, 이쿠다가 있었다. 동료가 늘었다. 그것만으로도 우리는 전혀 다른 차원의 존재가 될 수 있다. 그렇게 되든지, 아니면 어차피 사라져 버릴 것이다. 그들은 우리를 돕기 위해 찾아왔다. 반대로 그들을 도울 수 있는 것은 우리밖에 없다.

새로운 걱정이 생기지 않은 것은 아니었다. 가장 중요한, 우리가 봉사해야 할 존재인 사쿠라이 선배의 표정이 그날따라 무척 어두웠다. 그 원인이 다카미자와 선배나 나가쿠라라면 상관이 없지만 제발 이쿠다만은 아니기를 나는 빌고 있었다.

이튿날 밤늦게, 손님이 없는 우리 가게에 사쿠라이 선배가 전화를 했을 때, 그래서 나는 전혀 다른 일로 착각하고 엉뚱한 방향으로 경계 태세를 갖추고 있었다.

"미안해." 대뜸 그녀가 말했다.

"아…… 무슨 얘기예요? 밴드?"

"밴드."

"잘되고 있잖아요. 저도 정말 같이 하자고 해 줘서 감사하고 있어요."

그녀는 말이 없었다. 나는 기다렸다. 아무 말도 하지 않아서 "뭐 문제 있어요?" 하고 물어봤다.

"한 가지."

"누구요?"

"나."

"결혼식 날 연출 때문이에요? 저기, 혹시 최악의 경우로 사쿠라이 선배가 불지 못해도 트럼펫 분량을 다른 악기로 돌리면⋯⋯."

"미안. 아무도 불 수 없게 됐어. 피로연이 없어졌어."

한동안 말뜻을 알아들을 수 없었다. "왜요?"

"결혼식이 없어졌으니까."

"왜요?"

"결혼을 못 하게 됐으니까."

"왜요?"

"싸워서. 미안해. 사실은 일요일에 얘기할 생각이었는데 새로운 사람들이 오는 바람에 말을 못 꺼냈어."

"그럼 우린 어디서 연주하면 되는 거예요?"

"그래서 미안하다니까. 그럴 자리가 없어졌어."

"피로연 해 주세요. 싸웠으면 화해하면 되잖아요."

"물론 나도 싸운 정도로 결혼을 못 하게 될 줄은 몰랐어. 하지만 그쪽이 모조리 취소하고, 취소 수수료까지 다 내 버렸단 말이야. 근데 나보고 어쩌라고?"

"사과해요."

"당연히 했지. 나도, 그리고 우리 가족들까지 나서서 손이 발이 되도록 열심히 빌었어. 그래도 취소는 취소래."

"도대체 얼마나 심하게 싸웠길래 결혼을 취소해요? 어디서 듣도 보도 못한 얘기인데."

"대단한 싸움도 아니었어. 일이 이렇게 치명적으로 커질 줄은 꿈에도 생각하지 못했다고. 다히라 군도 애인한테 '이 각도에서 보니까 못생겼다'는 말 정도는 하잖아?"

"그런 말 해 본 적 없는데요. 그런 말을 도대체 뭐하러 해요?"

"보통 사람들은 그 정도는 한단 말이야."

"한다고 해도 결혼한 다음에 하면 되잖아요."

"결혼한 다음이면 너무 늦잖아. 공항에서 이혼하게 되면 어쩌라고?"

"우리 밴드 입장에서는 차라리 그게 더 나아요. 신경 쓰이는 점이 있었으면 결혼 날짜 잡기 전에 말했어야죠."

"싸우게 될까 봐 겁이 났단 말이야. ……이 말을 했는지 모르지만, 이번이 초혼이야. 사실 나이로 봐서 한계잖아. 그래서 이번 기회를 놓치기 싫었어."

"한계인지 어떤지는 차치하고라도 지금 선배가 하는 말이 모순이잖아요. 그럼 싸움을 걸면 안 되지."

"화내지 마. 안 그래도 울기 직전인데. 이렇게 다히라 군한테 전화를 거는 데까지도 한 시간 반을 망설였단 말이야. 한 번도 싸워 보지 않고 결혼하는 게 두려웠어. 이해해 줘."

"그래서 일부러 싸움을 걸었단 말이에요?"

"어디까지 참을 수 있는 사람인지 알아보려고."

"뭐라고 했는데요?"

"그러니까 아까 말했잖아."

"이 각도로 보니까 못생겼다고?"

"그래. 운전하고 있을 때."

"그랬더니?"

"당신을 조수석에 태우고 다니면 나는 평생 비웃음을 당하겠네, 하고 대꾸하더라."

"바보 아냐?"

"그렇지?"

"둘 다 똑같다고요. 만약 그 각도일 때 얼굴이 못생겼다고 생각하고 있었으면 항구까지 차로 마중을 나오겠냔 말이에요. 사쿠라이 선배, 본인 얼굴이 가장 나아 보이는 각도는?"

"오른쪽으로 비스듬히 약간 위에서 볼 때."

"그런데 그 얼굴이 못생겼다고 나한테 비웃음을 당하면?"

"한 대 패겠지."

"그러니까 그런 거라고요."

"왜 내가 다히라 군한테까지 야단을 맞아야 하는데?"

"우리가 밴드 멤버니까 그렇지요."

"부탁이 있는데. 다른 사람들한테 이렇게 됐다고 얘기 좀……. 회사에서 담당 업무도 바뀌어서 한동안 그쪽으로 갈 일이 없을 것 같단 말이야."

"싫습니다. 한 사람 한 사람에게 선배가 직접 설명해 주세요. 사쿠라이 선배가 모두에게 꿈을 꾸게 했잖아요. 그러니까 본인이 직접 그 꿈을 끝내야지요."

그녀는 입을 꾹 다물어 버렸다. 그러더니 문득 생각난 듯 "되게 매정하네." 하고 말했다.

"자기 표현이에요. 오해를 받는 일이 많은데 저는 원래 감정적인 사람이거든요. 지금까지 자기 표현을 하는 게 힘들어서 그런 감정을 안에 모아 두는 데 익숙해져 있었지요. 이렇게 해 달라, 저렇게 해 달라는 부탁을 받으면 저는 괜찮습니다, 하며 고개를 끄덕이는 게 지금껏 살아온 인생이었어요. 이 전화도 그래서 건 거잖아요? 이런 방법 말고는 남들에게 어떻게 호감을 얻어야 할지 몰라서, 앞으로 얼마나 더 참을 수 있을까 생각하면서 모래시계를 가만히 쳐다보며 살아온 사람이 저예요. 그런데 말이에요, 내가 가진 모래시계 따위 전혀 믿을 만한 것이 못 된다는 사실을 최근에 알았어요. 내 모래시계는 아직 여유가 있어도 모래는 어딘가 다른 시계에서도 떨어지고 있는 거예요. 얼른 알아차리고 전부 뒤집으면서 다니는 수밖에 없어요. 특히 소중한 사람들의 시계는."

이해가 된다는 말도, 기쁘다는 말도, 슬프다는 말도 사쿠라이 선배는 하지 않았다. 그저 이제부터 자기는 누구한테 전화를 걸어야 하느냐고 물었다. 우선은 위로가 필요하다면 가사이 선배, 효율을 생각한다면 고히나타 선배가 적당하겠지요, 하고 멍하니 대답하면서 나는 오지 않게 되어 버린 손님의 술병을 열었다. 방금 한 자기 표현은 실패였던 모양이다. 도대체 나는 언제까지 초보자일 건가?

전화를 끊고 나서 모든 것을 잃은 기분으로 술병을 비워 버렸다. 다음 술병을 골랐다. 카운터 구석에 쓰지 선배의 베이스를 세워 두었는데 만질 기분이 나지 않았다. 음악을 듣고 싶지도 않았다.

사람의 의식 흐름, 연상이나 추상은 어떤 시스템으로 머리에 떠오르는 타이밍이나 순서가 결정되는 것일까? 완전히 랜덤인 것 같지는 않다. 전두엽 근처에 연출을 담당하는 회로가 있어서 그때그때 필요할 것 같은 배우, 그러니까 기억의 단편들을 집합시켜 놓은 후 타이밍에 맞춰 큐 사인을 내는 것일까? 만약 그렇다면 내 머릿속에 숨어 있는 연출가는 객관적으로 봐도 상당히 우수하다.

내가 태어나서 처음으로 경험한 밴드가 퍼시먼이 아니었다는 사실이 20여 년 만에 기억났다. 이어서 어린 시절의 내가 음악을 무척 싫어했다는 사실도 떠올랐다.

유치원 때 내가 노래하고 있는데 선생님들이 그런 나를 보며 웃었다. 어린아이답지 않게 허스키한 목소리였던 나는 남들보다 훨씬 더 몸에 힘을 주지 않으면 합창 소리에 맞출 수가 없었다. 얼굴이 새빨개져서 노래를 부르는 모습이 어지간히 우스워, 아니 그녀들의 어휘로 말하자면 "귀여워." 보였던 모양이다. 한참 노래를 부르는데 그 중 한 명이 나를 가리키며 웃기 시작했다. 구경거리가 끝나기 전에 알려 주려고 그녀는 서둘러서 주위에 있는 선생님들에게 쟤를 좀 보라고 말했다. 모두들 손가락질을 하며 웃기 시작했다.

사십 줄에 이르는 지금의 내 관점에서 보자면 애라고 불러도 이상하지 않을 정도의 어린 아가씨들이었다. 그러니 그럴 수도 있다고 웃고 넘어갈 수 있다. 그러나 기껏해야 네 살 남짓의 나에게는 그런 선생님들에게 웃어 보일 정도의 여유가 없었다. 그들이 손가락질하는 사람이 나라는 것을 알게 되자마자 목소리가 나오지 않았고, 그 후로 초등학교를 졸업할 나이가 될 때까지 나는 한 번도 노래를 부르지 않았다. 부를 수가 없었던 것이다. 합창을 할 때는 입만 벙긋거렸다. 한 사람씩 노래해야 하는 경우에는 틀림없이 열이 나서 내 차례가 오기 전에 조퇴했다.

그러니까 음악이란 수업에서 나는 숙명적으로 열등생이었다. 3학년 때였는지, 적은 인원으로 그룹을 만들어 앙상블을 연습해서 발표하는 수업이 있었다. 수준 높은 아이들은 피아노 연탄이나 오르간 반주를 곁들인 리코더 다중주를 발표했다. 바이올린을 배우는 아이도 있었는데, 그때 그 애는 영웅이었다. 게임으로 치자면 우리는 그 영웅이 무찌르는 나쁜 괴수 같은 존재였다. 고맙게도 나는 혼자가 아니었다. 하모니카도 리코더도 제대로 불지 못해 어느 팀에서도 오라는 말을 듣지 못하고 절망에 빠져 창문으로 뛰어내리기 직전인 무능한 아이들이 여기저기 대략 열 명 가량 되었다.

선생님이 야단칠까 봐 무서워서 우리가 도망쳐 들어간 곳은 엘리트들이 거들떠보지도 않는 타악기의 숲이었다. 큰북, 작은북, 탬버린, 캐스터네츠, 트라이앵글, 우드블록, 종. 음량만 가지고 보면 다른 그룹을 압도하고, 질리게 할 수 있는 전위적인 음악 집단이 탄생했다. 쿵짜라쿵쿵, 하고 맞춰 봤지만 제일 큰 문제는 무슨 곡인지 알 수 없다는 점이었다. 그래서 가위 바위 보를 해서 진 아이가 글로켄슈필, 즉 철금을 맡게 되었다. 우리가 연주한 곡은 일본 동요 〈튤립〉과 〈말이랑 망아지〉였다. 다른 멤버들은 그저 같은 동작을 반복하고 있을 뿐이었는데 그때 철금을 맡은 애는 정말 잘했다. 연습을 무척 많이 한 모양이었다. 하나밖에 없는 말렛으로 두더지 잡기처럼 복잡한 멜로디를 쳤다. 덕분에 두 노래가 서로 다른 곡처럼 들릴 수 있게 되었다. 발표하는 날에 〈말이랑 망아지〉의 '뚜그덕 뚜그덕' 연주에 그 애가 성공했을 때 너무 기뻐서 곡이 끝나지도 않았는데 탬버린을 마구 치고 말았다.

지나치게 참신한 우리의 시도는 선생님께도 이해를 받지 못해서 결국 점수는 빵점이었지만 자랑스러운 악단에게 그깟 점수는 사소한 일에 불과했다. 한동안 우리는 음악실에 갈 일이 있을 때마다 재결성을 해서 엘리트 아이들의 빈축을 사곤 했다.

손님이 문을 열고 들어왔다. 커다란 배낭을 바닥에 내려놓으며 내게 말했다. "방금 밖에서 보니까 울면서 웃고 있던데. 도대체 어느 쪽이야?"

"……어서 오십시오. 옛날 일을 추억하고 있었습니다."

"그래, 그렇다면 울기도 하고 웃기도 하겠지. 앉아도 되나?"

"네. 편하신 자리 아무 곳이나."

그는 왼손을 주머니에 넣은 채 스툴에 걸터앉았다.

"무엇으로 준비해 드릴까요?"

"산토리의 레드가 괜찮겠네."

"죄송합니다. 저희 가게에 산토리 레드는……." 눈물이 나와서 더는 계속할 수 없었다.

"그럼 같은 색으로 아무거나. 괜찮은 걸로."

"알겠습니다. 언제 돌아오신 거예요?"

"방금 전이지. 사쿠라이가 보낸 편지가 대사관에 와 있었어. 밴드를 한다며?"

제일 좋은 몰트 위스키를 제일 비싼 술잔에 따랐다. "실은 연주 계획이…… 조금 전에 없어져 버렸어요."

"그럼 다음 계획을 세워야지. 나도 불게 해 주는 거겠지?"

"일본에 계시는 거면 당연히 그래야지요."

"악보는 있어?"

"사쿠라이 선배가 가지고 있어요."

"도쿄에 있잖아. 여기 맡겨 두면 될걸. 여전히 눈치가 없다니까. 됐어. 일단 대충 귀로만 들어둘 테니까 레퍼토리를 종이에 적어 줘. 그리고 멤버 목록도."

나는 진열장 끄트머리에 있는 술병 아래에서 일요일에 다시 쓴 멤버 목록을 끄집어냈다. 거기에 한 사람 덧붙인 다음 카운터에 펴 놓았다.

나가쿠라 류타로 (Cond)

니이미 가오리 (B♭Cl)

마쓰바라 미야코 (B♭Cl)

아시자와 구미코 (Fl)

이쿠다 기요시 (Fl)

다카미자와 요코 (Ob)

기미시마 히데쓰구 (A.Sax)

사토 데쓰오 (T.Sax)

기시오카 히로미치 (Fr.Hrn)

사쿠라이 히토미 (Tp)　　　요오가 다이스케 (Tp)

고히나타 류이치 (T.Tb)

가사이 소노코 (T.Tb)

가라키 에쓰오 (Tu)

다히라 히토시 (E.B)

가시와기 미키 (Perc)

"나가쿠라는 클라리넷 아니었어?"

"연주는 이제 못 한다 그러고, 지금은 슈린칸에서 음악을 가르치고 있어요."

"그렇군. 어, 데쓰오가 있네. 이제 불 수 있게 된 거야?"

"아니요, 여전히 흉내만 냅니다."

"어휴, 여전히 바보들이구만. 목욕탕 훔쳐볼 때나 지금이나 똑같아. 그런데 이 기시오카라는 녀석은 도무지 생각이 안 나는데?"

"지금 덴소쿠의 지도 교사고 1960년대 초반에 학교 다녔던 졸업생이에요."

"그러면 지금 어지간히 나이 먹었을 텐데."

"조만간 정년일 거예요."

"장난 아니군. 소리도 못 내는 놈하며, 할배하며…… 쓰지가 없네?"

"도고에 계신 모양인데 아직 연락이 안 되어서요."

"그렇군. 뭐 조만간 끼겠다고 나타나겠지."

"요오가 선배, 앞으로는 계속 일본에 계실 거예요?"

"모르지. 부탄 쪽 사정에 따라 달라지겠지. 내가 없는 동안은 이 멤버들끼리 계속하면 되잖아. 나는 언제 돌아와도 피해가 되지 않게 연습만큼은 꾸준히 하도록 할게. 밴드라는 게 원래 그런 거잖아."

"네, 맞습니다."

"울지 마. 나이가 몇인데……."

"네."

그는 고원의 햇볕에 탄 얼굴을 돌리다가 갑자기 카운터 구석을 보더니, 거기서 딱 멎었다. 그는 눈살을 찌푸렸다. "저 베이스, 쓰지 거잖아."

나는 고개를 푹 숙였다.

"미나모토가 죽었다고 편지에 쓰여 있던데 혹시 쓰지도 그런 거야?"

"아니요, 살아 있어요."

"조만간 그렇게 된다든지, 그런 것도 아니고?"

"아니에요."

"그래? 그럼 됐어. 지금 소리 낼 수 있나? 뭐든 쳐 봐. 나도 불 테니까."

그는 의자에서 일어나 오른손 하나로 짐을 풀기 시작했다.

"흥분되어서 떨리는데."

요오가 선배가 술 냄새 풍기는 입김을 훅 내뱉었을 때는 옛날 모습이 겹치며 현기증이 났다. 내 다리도 떨고 있었지만 나는 흥분해서가 아니었다. 추워서였다.

어제, 이 지역에서는 보기 드물게 눈이 쌓일 정도로 많이 왔다. 일요일의 교정은 아직도 새하얬다. 낮에 살짝 햇빛이 비치더니 저녁이 되자 기온이 뚝 떨어졌다.

아까까지는 우리도 객석의 빈 곳에 흩어져 있었는데 나가기 직전이 돼서 어쩔 수 없이 준비실로 모였다. 덴소쿠 고등학교 강당의 준비실은 바로 교정이 바라다보이는 테라스였다.

"학생들이 멋대로 정해 버려서." 크리스마스 콘서트에 우리를 게스트로 초대한 기시오카 선생님은 지금 무대에서 현역 부원들을 지휘하고 있다. 콩쿠르 과제곡 말고는 편곡된 가요나 애니메이션 영화의 주제가를 연주한다는 걸 선생님은 무척 부끄러워했지만 이렇게 밖에서 듣고 있으려니 아련한 향수도 느껴지는 게 꽤 괜찮은 느낌이다.

그들은 아직 한 곡도 크리스마스와 관련된 곡을 연주하지 않았다. 이대로 마지막까지 간다면 내 직감이 옳다는 뜻이다. 이건 우리를 위해 기획된 콘서트다.

갑작스럽게 초대되어서 합주해 볼 수 있는 기회가 한 번밖에 없었다. 틀림없이 실수할 거라고 예언할 수 있는 부분이 몇 군데나 있다. 억지로 합주 연습을 더 하면 어느 정도는 보정이 되겠지만 그 대신 다른 흠도 보일 것이다. 리허설과 청소는 참 비슷하다.

이렇게 직전에 발버둥을 쳐 봐야 잘 못 하던 부분을 잘할 수 있게 될 리도 없기 때문에 일반적으로는 악기의 피스톤을 부드럽게 해 놓거나, 립크림을 바르거나, 스트레칭을 하거나, 무대에서 관중석을 보며 위축되지 않게 손바닥에 사람 人을 쓰고 삼키거나 하면서 무대에 나갈 때까지 기다리는 수밖에 없다. 다만 부는 시늉만 하는 사토 선배만은 사정이 달라서 지금도 이마에 살짝 땀이 맺힐 정도로 클라이맥스에서 멋지게 부는 포즈를 반복해서 연습하고 있다. 옆에서 참을성 있게 지도하고 있는 사람은 기미시마 선배다.

니이미 선배는 다카미자와 선배에게 자꾸 말을 걸고 있다. 왜 그러는지 잡지에서 읽은 연예인의 가십에 대해 떠벌리고 있다.

자기가 데리고 온 사람과 이야기하고 싶은 다카미자와 선배는 살짝 귀찮아하는 표정이다. 그녀가 데리고 온 사람은 가와노에 선배다. 생각해 보니 두 사람은 같은 학년이었다. 어쨌거나 나는 많이 놀랐고, 형태는 달라도 베이스를 잡고 있다는 사실이 쑥스러웠다. 아직도 연주하고 있네, 하며 가와노에 선배는 기뻐했다. 그녀의 겉모습은 소름 끼칠 정도로 예전과 똑같다. 지금은 교외에 있는 병원에서 근무하고 있다고 한다.

가사이 선배는 입고 올 옷이 마땅히 없었다면서 딸하고 같이 하는 밴드에서 입는 옷차림으로 나타났다. 레오나가 엄마의 넥타이를 매만져 주고 있다. 가라키는 두 사람에게서 약간 떨어져 애달픈 표정으로 튜바를 끌어안고 있다.

악기가 무대에 있는 가시와기는 토트백에서 스틱과 브러시를 꺼내서 들여다보다가 다시 가방에 집어넣는 이상한 동작을 계속하고 있다. 아니, 가방 안쪽에 들어 있는 다른 물건에 자꾸 신경이 가는 모양이다. 한순간, 나한테 주는 크리스마스 선물이 아닐까 하는 예감이 들었는데 객석에 앉아 있는 카리스마를 본 것이 생각났다. 그를 제쳐 두고 나한테 선물을 주지는 않겠지. 안심이 되는 동시에 약간 실망도 했다.

나가쿠라는 벽에 등을 기대고 스코어를 읽고 있다. 가끔씩 눈을 감고 가슴 앞에서 오른손을 움직인다. 지금 그가 듣고 있는 음악을 우리가 그대로 연주할 수 있으면 좋으련만.

허벅지에 뭔가가 부딪치는 느낌이 들어 내려다보니 마찬가지로 벽에 등을 기대고서 쭈그리고 있는 이쿠다의 머리통이었다. 또 잠들어 있다. 다시 사람들 앞에 나타나게 된 그는 걸핏하면 조는 바람에, 그리고 그 빈도수가 너무 잦아서 우리를 놀라게 했다. 신경 쪽과는 별개로 이상한 병에 걸린 게 아닐까 싶어서 이쿠다의 어머니에게 물어보았다. 오랫동안 집 안에 틀어박혀 지내서 체력이 완전히 고갈된 모양이라는 소리를 들었다. 지금 이쿠다는 작은 일로 흥분했다가 금방 지쳐서 잠에 빠져 버리는 아기나 다름없다. 물론 잠은 다시 깨어난 후를 위한 준비를 하는 시간이다. 그는 다시 태어나려 하고 있다.

아무리 그래도 여기서 잠들면 감기에 걸리겠다 싶어서 살그머니 어깨를 흔들어 깨웠다. 그는 눈을 뜨더니 고개를 들고 "아아…… 어제의 꿈을 꾸고 있었어."라고 말했다. 주위를 둘러보더니 제일 멀리 있는 사쿠라이 선배를 향해 외쳤다. "어어이, 이제 시작할 거야."

그런 가느다란 목소리가 절대로 들리지 않을 거리의 눈 쌓인 운동장 위에 사쿠라이 선배가 서 있다. 사람들을 끌어 모았다가, 못 한다고 했다가, 결과적으로 우리를 우롱한 것처럼 되어 버린 일에 대해 아직도 상심이 큰 모양이다. 약혼 취소로 인한 허탈감에서도 회복되지 않았을 것이다. 그래서 우리와 별로 함께 있으려 하지 않는다. 그녀는 가만히 얼굴로 바람을 맞고 있다. 바람 냄새를 맡고 있다.

익숙한 교복 차림의 방송부원들이 무대 옆으로 통하는 계단

을 내려왔다. 신호를 기다리면서 국민 체조를 하고 있던 고히나
타 선배가 악기를 손에 들고 "가자!" 소리쳤다.

나는 눈을 감고 미나모토와 쓰지 선배와 후텐마를 불렀다.

주요 곡 해설

해설 : 쓰하라 야스미

어니스티 _빌리 조엘 Honesty _Billy Joel
1978년에 발표한 《52nd Street》에 수록된 곡. 일본에서는 빌리 조엘의 대표곡 중 하나로 꼽히지만 본국인 미국에서는 그다지 인기 있는 곡이 아니었다.

랩소디 인 블루 _조지 거슈윈 Rhapsody in Blue _George Gershwin
1924년에 처음 연주된 곡. 무대 음악 작곡가였던 거슈윈이 작곡한 광시곡의 걸작이며 진정한 미국 음악의 효시이다.

펜실베이니아 6-5000 _글렌 밀러 악단 Pennsylvania 6-5000 _Glenn Miller and his Orchestra
1940년, 악단의 멤버였던 피네건, 그레이, 시그만이 함께 만든 공동 작품. 공연을 갔던 밀러가 아내에게 보낸 메시지가 가사로 그대로 드러나는 참신하고 좋은 곡이다.

왓에버 겟 유 투르 더 나이트 _존 레논 Whatever Gets You Thru The Night _John Lennon
1974년 발표된 《Walls and Bridges》에 수록. 엘튼 존이 건반과 코러스로 참가했고 비틀즈 해산 후에 나온 존 레논의 첫 번째 전미 넘버원 싱글 앨범이다.

가을 하늘에 _가미오카 요이치 秋空に _上岡洋一
1976년도 시모타니 상을 수상한 고치 현 출신 작곡가 가미오카 요이치의 대표작. 미국의 취주악단인 이스트만 윈드 앙상블이 빠르게, 소위 스테이지 마치로 연주하여 그 매력이 널리 알려졌다.

448

행성 _구스타브 홀스트 The Planets _Gustav Holst

1918년 초연. 점성술에서 아이디어를 얻은 모음곡. 나중에 이 중 한 곡인 〈목성〉 중간 부분에 가사를 붙인 일본 가요가 만들어져 널리 애창되었으나 홀스트의 구상과는 관계가 없다.

비밥바룰라 _진 빈센트 Be-Pop-A-Lula _Gene Vincent

1956년에 첫 싱글 앨범이 나왔다. 빈센트가 데뷔한 계기는 엘비스 프레슬리 흉내 내기 대회에서 우승한 일이었다. 일선에서의 활약은 짧았지만 그가 록에 남긴 영향은 헤아릴 수 없다.

홈워드 바운드 _사이먼 앤드 가펑클 Homeward Bound _Simon & Garfunkel

1966년에 나온 《Parsley, Sage, Rosemary and Thyme》에 수록. 무뚝뚝한 곡조에 반해 가사에는 깊은 성찰이 담겨 있어 앨범을 처음부터 끝까지 들으면 전쟁이나 차별에 대한 통탄이 드러나도록 구성되어 있다.

파스토랄레 _조르쥬 비제 Pastorale _Georges Bizet

알퐁스 도데의 희곡 《아를르의 여인》을 위해 비제가 작곡한 극음악의 일부. 비제가 죽은 후 친구인 에르네스트 기로가 완성시킨 〈제2 모음곡〉의 1부를 이룬다.

아이 지 와이 _도널드 페이건 I.G.Y._Donald Fagen

1982년도에 발표된 《Nightfly》의 첫 번째 곡. 이 앨범은 '가장 음질이 좋은 녹음 작품'으로 현재도 음악 엔지니어링 기준의 하나가 되고 있다.

스타더스트 _호기 카마이클 Stardust _Hoagy Carmichael

1927년에 작곡되었을 당시는 업 템포의 랙타임이었는데 나중에 템포가 수정되었고 거기에 미첼 패리시가 가사를 붙였다. 가장 잘 알려진 재즈 스탠더드 중의 한 곡이다.

문라이트 세레나데 _글렌 밀러 악단 Moonlight Serenade _Glenn Miller and his Orchestra

1939년에 밀러가 작곡한 악단의 테마곡. 영화 〈글렌 밀러 이야기〉에서는 트럼펫 주자가 입술을 다쳐서 클라리넷이 메인 멜로디를 하게 된다는 에피소드가 나온다.

신세계 교향곡 _안토닌 드보르자크 From The New World _Antonín Dvořák

1893년에 작곡된 드보르자크의 마지막 교향곡. 미국에서 지내던 드보르자크가 흑인 음악과 자신의 고향인 보헤미아 음악의 공통점에 자극을 받아 고향에 대한 생각을 담아 작곡했다고 알려져 있다.

사랑은 반항적인 새 _조르쥬 비제 L'amour Est Un Oiseau Rebelle _Georges Bizet

보통 '하바네라'라는 이름으로 불린다. 프로스페르 메리메의 소설을 바탕으로 한 오페라 〈카르멘〉에 나오는 곡. 민요라고 생각한 비제가 자기 작품에 채용했으나 세바스틴 이라디에르의 작품이라는 사실을 안 이후로는 악보에 그것을 명시하였다.

반딧불의 빛 蛍の光: Auld Lang Syne
1881년, 스코틀랜드 민요 〈올드 랭 사인〉에 이나가키 지카이가 가사를 붙이면서 일반 초등학교의 노래가 되었다. 백화점 문 닫는 시간에 나오는 왈츠 편곡 버전은 영화 〈애수〉에 삽입된 곡을 바탕으로 하고 있다.

터부 _마르가리타 레쿠오나 Taboo _Margarita Lecuona
백인을 위한 쿠바 음악은 사실 좀 더 투박한 음악을 가리키는 룸바라는 이름으로 전 세계를 석권했다. 1930년대에 나온 이 곡은 쿠바를 대표하는 작곡가인 에르네스토 레쿠오나의 조카가 처음 만든 것이다.

스리 뷰스 오브 어 시크릿 _자코 파스토리우스 Three Views of A Secret _Jaco Pastorius
1980년, 밴드 웨더 리포트의 《Night Passage》에 수록된 후 파스토리우스의 솔로 앨범인 《Word of Mouth》에서도 다시 연주되었다. 파스토리우스가 세상에 남긴 가장 아름다운 곡이다.

옮긴이 임희선

일본에서 중고등학교를 다녔으며, 연세대학교 신문방송학과를 졸업, 한국외국어대학교 통역대학원 한일과를 졸업하였다. 현재 번역 에이전시 엔터스코리아에서 출판 기획 및 일본어 전문 번역가로 활동하고 있다. 옮긴 책으로는 『세기말 하모니』, 『잃어버린 것들의 나라』, 『치즈랑 소금이랑 콩이랑』, 『밀실을 향해 쏴라』, 『밀실의 열쇠를 빌려 드립니다』, 『운명의 인간』, 『공중정원』, 『시귀』, 『환수 드래곤』 등이 있다.

브라스밴드

1판 1쇄 인쇄 2016년 4월 18일
1판 1쇄 발행 2016년 4월 25일

지은이 쓰하라 야스미
옮긴이 임희선

발행인 양원석
편집장 김건희
책임편집 지소연
디자인 RHK 디자인연구소 남미현, 김미선
일러스트 안다연
해외저작권 황지현
제작 문태일
영업마케팅 이영인, 양근모, 박민범, 이주형, 김민수, 장현기, 김선영, 김수연, 신미진

펴낸 곳 ㈜알에이치코리아
주소 서울시 금천구 가산디지털2로 53, 20층 (가산동, 한라시그마밸리)
편집문의 02-6443-8879   **구입문의** 02-6443-8838
홈페이지 http://rhk.co.kr
등록 2004년 1월 15일 제2-3726호

ISBN 978-89-255-5886-8 (03830)